검은 모래

구소은 장편소설

검은 모래

소미미디어
Somy Media

『검은 모래』의 작가 후기를 세 번째 쓴다.

이 무슨 기구한 운명일까.

벌써 8년의 시간이 흘렀다.

문학과 거리가 멀었던 나는 이태준 선생의 『문장 강화』라는 책 한 권 달랑 읽고 소설 쓰기에 무작정 매달렸다.

2013년 봄이 막 시작되려던 때, '제주4·3평화문학상' 제1회 당선자가 되었다는 소식이 날아왔다.

심장에 문제가 발견되어 수술을 받았다가 열흘 만에 재발되어 재수술을 받는 과정에서 무척 지쳐 있던 때였다.

그래서였을까, 당선 소식에도 무덤덤했다.

그해 가을 처음으로 책이 되어 나왔을 때, 무덤덤하던 가슴에 낯선 감정이 찾아왔다.

소설가로 첫발을 내딛는 느낌은 묵직했고 뜨거웠으며 기뻤고 또한 두려웠다.

이후 회복이 덜 된 몸으로 기자간담회며 팬사인회, 북콘서트와 몇 번의 강연, 그리고 언론 매체들과 인터뷰하러 다니며 정신 없이 지냈다. 몸은 고달팠어도 마음은 은근히 즐거웠다.

내 앞에 꽃길이 펼쳐지는 줄 착각했다.

맨 처음 작가 후기를 쓸 때는 그렇게 꽃길을 상상하며 썼다.

첫 『검은 모래』는 '제주4·3평화문학상' 주최 측에서 선정한 출판사에서 책을 냈다.

그러나 여차 저차 갈등을 겪다가 5년 만에 절판되었다.

절판이라는 벽을 넘기는 쉽지 않았다.

급한 마음에 인터넷을 뒤져 신생 출판사를 찾아 부랴부랴 책을 냈다.

두 번째 작가 후기를 쓸 때는 가슴속에서 자글거리던 앙금들을 해감하는 기분으로 썼다. 그러나 2년의 시간은 더디고 순조롭지 못했다. 그 시간이 억겁 같았다. 그러다가 『검은 모래』는 2년 6개월 만에 또 절판이라는 비운을 맞았다.

나는 출판사보다 나에게 상을 준 재단을 원망했다.

제1회 수상작품이 장돌뱅이처럼 여기저기 돌아다니는 걸 알고나 있는지, 안다면 이렇게 천덕꾸러기로 방치해도 되는지, 무척 야속했다.

서러운 마음은 원망의 대상을 찾아 돌아다니다가 결국 지지리도 복 없고 운이 나쁜 나에게 화살을 돌렸다.

참으로 부질없는 짓인 줄 알지만 참담한 마음을 이렇게라도 달래는 수밖에 없었다.

이러니저러니 해도 길고 지루했던 나와의 싸움에 끝이 있었다.
원망도 내려놓고, 화살도 꺾고 그저 쓰고 또 썼다.
세 번째 장편 소설 『파란 방』을 끝냈을 때, 출판사 소미미디어가 내 손을 잡아주었다.

이제 세 번째 작가 후기를 쓰면서 나는 모든 감정을 맷돌에 가는 심정으로 쓴다.
곱게 갈아서 훨훨 날려 보내련다.
글 쓰는 사람이 자꾸 뒤를 돌아보아 뭣하겠는가.
앞으로 나가는 것도 벅찬 일이다.

맨 처음 발간되었던 『검은 모래』는 심사평과 작품 해설이 실렸으나 두 번째 재출간 시에는 지면의 제약으로 그 부분을 제외했다. 이번에도 생략하기로 했다.
대신 이 자리에서 간략하게 정리하여 올린다.

현기영 심사위원장님께서 써 주신 심사평의 일부를 발췌한다.
소설들이 서사성을 잃고, 그에 따라 독자도 잃고 트리비얼리즘의 자기만족에 빠져 있는 것이 요즘의 경향인데, 검은 모래는 소설에서 서사가 얼마나 중요한지를 제대로 입증하고 있다. 한 잠녀 가족사에 얽힌 진실과 오해, 화해의 과정을 탁월하게 그려냈다.

(생략)

일련의 디아스포라 소설들처럼 역사의 부침 속에서 갈등하는 개인의 삶의 궤적을 좇으면서도, 상처를 헤집어내기보다는 공존과 평화를 전망하는 작가의 깊은 통찰과 역사의식이 작품 전체를 관통하며 돌올하게 빛난다.

작품 해설을 빈틈없이 해주신 임헌영 문학평론가께서도 '신산한 삶의 궤적 속에서 펼쳐지는 갈등과 화해의 드라마'라고 칭찬을 아끼지 않았다.

첫 번째와 두 번째 작가 후기 말미에 나는 이렇게 썼다.
'글을 쓴다는 것은 나를 비우고 채우는 일의 반복이 아닌가 싶다.'
세 번째에도 그 생각은 변함이 없기에 나는 똑같이 쓴다.

글을 쓴다는 것은 나를 비우고 채우는 일의 반복이다!

2021년 7월

차례

두 종류의 시간이 있다.

하나는 흐르는 시간이고 다른 하나는 고이는 시간이다.

흐르는 시간은 육체에 흔적을 남기고 고이는 시간은 가슴에 흔적을 새긴다.

그 어떤 시간으로부터도 달아날 수 없는 세상 모든 것들은 변해간다. 낡아가고 사라져간다. 시간은 예외를 허용하지 않는다.

인생이란 유한의 공간에서 삶과 죽음이라는 전혀 다른 두 가지 사건 사이에 존재하는 한정된 시간이다. 그리고 인간의 시간은 아주 개인적이고 추상적이다.

생과 사는 존재의 장소를 이동하는 것에 불과하다.

해금은 늘 그렇게 생각해왔고, 지금도 그 생각에는 변함이 없다. 그녀의 부모를 잃었을 때도, 한태주를 잃었을 때도, 그리고 시부모와 남편을 잃었을 때도 그랬다. 어디 그 죽음뿐이겠는가. 세상에 살다간 모든 것이 그랬다.

그렇다고는 해도, 죽음이란 아무래도 의연히 맞서기에는 두려운 것만은 사실이다. 피해갈 수는 없어도 늦추고 싶은 것이다.

해금은 생의 마지막까지 남아 있을 몇 안 되는 들숨과 날숨에 신경을 집중해본다. 그 짧은 사이, 그녀의 의지와는 전혀 상관없이 저절로 스멀거리며 기어 나온 이미지들이 감겨진 눈꺼풀 안쪽으로 나열된다. 흑백사진을 이어붙인 느낌이다. 윤곽이 흐릿하여 알아보기가 쉽지 않다. 낡은 영사기에 걸어놓은 낡은 필름이 만들어내는 영상 같다. 낡았다는 것은 늙었다는 의미이고, 낡은 것과 늙은 것은 동의어다.

눈꺼풀을 들었다 내리는 동작도 힘에 부치지만, 그렇게 하지 않으면 불투명한 영상을 지울 수가 없다. 아이들의 매직칼라보드처럼 그려진 그림을 쓱싹 지워버리듯이 말이다. 간단하지만 힘에 부치는 동작을 한 번 하고 나서 해금은 기억 중에서 소중하게 여겨졌던 것들을 추려내어 추억하기로 한다.

인생의 종점까지 얼마 남지 않은 시간 동안 할 일이란 이렇게 기억의 선별 작업 외에 뭐가 더 있겠는가.

냉동되어 있던 기억들이 서서히 녹았다가 다시 얼고 또 해동되고, 그렇게 얼리고 녹이는 과정 속에서 기억은 원래의 모양과 색과 냄새와 소리를 잃어간다. 잊을 수 없는 일들도 있다. 그러나 단 한순간도 잊은 적이 없다고 여겼던 일들도, 절대 잊지 않겠다고 가슴 깊이 먹물로 문신을 새기듯 한 땀 한 땀 새겨 넣었던 일들도, 실은 알게 모르게 퇴색되어 있다는 것이 그저 얄궂고 쓸쓸할 뿐이다.

기억되고 추억되어지는 것들이 결국 그림자 같은 아련한 실루엣뿐이라고 해도, 그 끄트머리나마 한 번 더 잡아보고 싶은 것은, 그것이 고스란히 그리움이기 때문이다.

미유는 침대 옆 의자에 앉자마자 해금의 얼굴 가까이로 몸을 바짝 당겨간다. 미약하지만 규칙적인 해금의 호흡을 느낄 수 있다.

그녀는 등을 의자에 붙이고 이불 밖으로 나와 있는 해금의 손을 살며시 잡아본다. 따뜻하다. 손바닥으로 건너온 온기가 미유를 안심시켜준다. 아니다, 어쩌면 그 따스함은 조금 전 주방에서 마시고 온 뜨거운 커피가 미유의 손에 남겨놓은 온도인지도 모른다.

미유는 서른의 문턱에 닿아가고 있다. 왠지 퍽 긴 터널을 지나왔다는 느낌이 든다. 겉으로 드러난 굴곡은 없었다. 타인에게 비쳐진 미유는 비교적 순탄한 삶을 살아왔고 앞으로도 그럴 확률이 높다.

과연 그렇기만 할까. 한 번쯤 정체성으로 고뇌하지 않는 청춘은 없다. 미유에게도 지극히 개인적이기는 하나 누구 못지않게 힘들었던 시간이 있었다. 남들처럼 사랑과 이별의 수순을 밟으며 가슴 아파하고, 감춰진 비밀이 열린 문틈으로 비집고 나오는 바람에 깊은 번뇌에 빠져도 봤다. 그러나 그때마다 미유는 매번 잘 헤쳐나왔다. 아마도 그녀의 성격이 낙천적이고 긍정적이기 때문일 것이다.

하프와 쿼터의 차이는 얼마만 할까.

미유는 한국인과 일본인 사이에서 태어났으니 하프다. 스스로 떠들고 다니지 않는다면 육안으로는 구별되지 않는 혼혈아다. 어차피 순수 혈통이 아닌 바에야 하프든 쿼터든 무슨 큰 차이가 있겠느냐고 생각하는 사람들도 있다. 그러나 당사자에게는 그리 간단명료한 문제가 아니다. 혼혈을 사전적 의미 그 이상의 왜곡된 시선으로 본다면, 그것은 구닥다리 사고방식에 지나지 않는다고 핀잔을 들을지도 모른다. 하지만 사회 곳곳에는 그런 핀잔을 들어 마땅한 사건들이 종종 벌어지고 있다.

사회적 방정식에서 혼혈이라는 미지수는 우월한 유전자라는 값이 주어졌을 때에리야 등식으로 성립된다. 무정한 사회는 딱 떨어지는 정답을 원하지, 해답을 원하지는 않기 때문이다. 그렇다면, 하프와 쿼터의 차이는 유전형질의 농도 차이라고 말해도 될까. 그렇게 단순하게 정의를 내려도 될까. 미유 자신도 정답은 모른다. 다만 해답이라고 스스로 풀어낸 것을 믿고 싶을 뿐이다. 어차피 정답을 알았다 해도 달라지는 것은 아무것도 없다.

돌연변이가 아니라면, 미유라는 존재 속에는 낳아준 부모와 할머니 해금에게서 전해 받은 유전자가 있다. 더 나아가 먼 조상의 흔적이 실뿌리처럼 얽혀 있다. 그 흔적은 화석이 되어 미유의 유전자에 쐐기돌로 박혀 있다. 쐐기돌에 각인된 DNA라는 가장 원초적인 기호를 어떻게 알겠는가. 그 암호를 풀어낼 능력이 미유에게는 없다. 분명한 것은 지금 그녀 앞에 누워 잠든 해금과 절대불변의 성분을 공통점으로 가지고 있다는 것이다. 미유는 해금을 존경하고 사랑한다. 그 때문만은 아니겠지만, 미유에게는 일본인의 피보다 한국인의 피가 더 진하게 느껴진다.

피로감이 몰려온다. 나흘 전부터 꼼짝 않고 해금의 병상을 지키느라 몸이 지쳐 있다. 오늘도 벌써 커피를 넉 잔 마셨다. 바이오리듬이 마이너스대로 곤두박질치는 것 같다.

잡고 있던 해금의 손을 살며시 풀고 기지개를 쫙 펴는데, 미유의 어깨와 등 사이에서 우두둑 소리가 난다. 들어 올렸던 두 팔이 힘없이 떨어진다. 오후 4시. 두 시간 뒤라야 메구미는 퇴근할 것이다. 미유는 의자에 앉은 채 침대 모서리에 머리를 대고 또 쪽잠 속으로 빠져든다.

얼마의 시간이 흐른 걸까. 추억하는 일도 이제는 멈춰야겠다. 한 권의 그저 그렇고 그런, 그렇지만 제법 긴 누군가의 자서전을 읽은 기분이다. 홀가분하다.

그런데 무슨 일이 일어난 걸까.

해금은 한 번 더 미유의 얼굴을 보고 싶은데 눈이 떠지지가 않는다. 크고 두꺼운 검은 손이 눈두덩에 얹혀 있는 느낌이다. 손가락 끝으로 힘을 모아본다. 아주 희미한 감각이 느껴진다. 그렇지만 그 감각이 굉장히 낯설다.

　혹시……

　내가 죽은 걸까.

　모든 종점은 그 자체가 하나의 출발점이다.

1. 연락선

　나흘만 일찍 태어났어도 조선의 사람이었을 것을, 그 나흘이 늦어 나라 잃은 백성으로 억울하게 태어난 사람이 있었다. 억울한 것으로 따지자면 망국의 그날에 세상 빛을 본 사람에 견주면 좀 나을까. 그렇다 한들 결과는 마찬가지 아니겠는가.

　조선 땅에서 조선인으로 태어났다고 해서 국적의 표식이 몸어디에도 새겨져 있는 것은 아니지만, 잃어버린 나라라고 해서 그 땅에서 태어난 사람이 조선인이 아닌 것도 아니지만, 그래도 그게 그렇지가 않았다. 잃어버린다는 것은 돌이킬 수 없이 분하고 서럽고 아픈 일이기 때문이었다.

　더위조차 맥을 못 추던 8월 29일, 근정전에 일장기가 내걸렸고 강토는 의병들의 핏자국을 다 씻어내지도 못했거늘, 청천벽력의 소식이 망국의 백성들로 하여금 땅을 치며 목 놓아 울게 만들었다. 삼천리 무궁화 꽃들도 슬픔에 못 이겨 지고 말 일이었다.

병합을 막아보겠다고 저 먼 이국땅의 헤이그에서 이준은 구국에의 정열을 불태우다 숨을 거두었다. 미국 샌프란시스코 인근 오클랜드 역에서는 유학생이었던 두 청년, 장인환과 전명운이 우리 정부의 외부 고문으로 재직하면서 일본의 이익을 충실히 대변해 온 인물인 스티븐슨을 죽였다. 안중근은 하얼빈에서 우리 한민족의 원흉인 이토 히로부미를 응징했다 하여 사형을 당했다.

그뿐인가. 일본의 노예가 되느니 조선의 자유민으로 죽겠다며 젊디젊은 나이에 의병이 된 소년들도 수두룩했다. 그들은 제대로 된 무기도 없이 기능조차 의심스러운 낡은 총과 누더기 군복으로 무장한 채, 우수한 무기로 철저히 정비된 일본 정규군을 상대로 전투를 벌였다. 소년들은 이름 한 자 남기지 못하고 사라져 갔지만, 끝내는 일본의 횡포를 막을 수가 없었다.

임금이 나라를 잃었으니, 가난해도 부앙천지에 부끄러울 것 없던 착한 백성들은 천애의 고아가 되어 의지가지없는 천덕꾸러기로 전락했다. 나라를 잃는다는 것은 그런 것이었다. 온 백성의 가슴을 헤집어 벌겋게 드러난 생살에 소금을 절여도 찍소리 못하게 되었으니 살아도 사는 것이 아니요, 죽는다고 해도 해결되는 것은 아무것도 없었다.

구월은 태어나면서부터 나라를 잃은 신세였고, 태어나면서부터 잠녀였다. 제주에서 태어나 잠녀의 운명을 지고 살아갈 그녀의 인생이 얼마나 고단할 것인지는 불 보듯 뻔했다. 아무리 고단한 삶이라 해도 고달픈 삶보다는 나았다. 그러나 나라 없는 사람에게는 둘 다 매한가지였다.

나라를 빼앗긴 원통함에도 아랑곳없이 여름이 물러날 준비를 하는 하늘은 나 몰라라 높아만 갔다. 제주 앞바다의 푸른 물결이 하늘과 한 색으로 눈이 시리게 말간 날, 우도의 검은 모래가 파도에 씻기어 더욱 검게 보이던 날이었다. 구월의 어머니는 여느 때와 마찬가지로 물질에 나섰다가 구월을 낳았다.

만삭의 몸인지라 바다에서 소라며 전복을 채취하는 것이 수월치가 않아 해안으로부터 그리 멀지 않은 바위에서 미역이나 천초라고 하는 우뭇가사리를 뜯었다. 그나마 밭일은 시어머니가 도맡아 해주어 수고를 덜 수 있었다. 아무리 몸이 무거워도 하루를 편히 쉴 수가 없었다. 하루 벌어 하루 먹고 사는 처지라 하루 쉰 만큼 가족들은 배를 곯았다. 집 안에 누워서 마음을 앓느니 힘들어도 나가서 먹을거리 하나라도 챙기는 것이 차라리 위안이었다. 천만다행하게도 바다에 들어가기 전에 진통이 왔고, 엉금엉금 기어서 불턱까지는 올 수 있었다.

이렇듯 물질하러 바다로 나갔다가 출산하는 것이 제주의 여인네에게는 억장이 무너지는 일도 아니었다. 잠녀의 일상 속에는 언제라도 있을 수 있는 일이었다.

"또 아들인가?"

때마침 심심하여 불턱까지 놀러 나왔다는 이웃 꼬부랑할멈이 말했다. 수건 삼아 쓰는 광목천 조각으로 핏덩이를 말끔히 닦아

낸 뒤, 첫 젖을 물리는 구월의 어머니를 발견하고는 한다는 첫말
이었다.

"어디요, 계집애예요."

"삼신할멈이 딸 귀한 집이라고 이번에는 제대로 점지를 하셨
구먼."

구월의 어머니는 젖을 먹다가 잠든 어린것을 구덕에 눕혔다.
말대꾸를 할 기력도 없었다. 잠시 눈이라도 붙이고 싶은 심정이
었지만, 한데서 갓 난 어린것을 오래 둘 수가 없으니 몸을 추슬
러 얼른 집으로 돌아가야 했다.

이웃 꼬부랑할멈은 남의 사정은 안중에도 없는 것일까, 구덕
가까이로 바짝 다가와 쪼그려 앉아서는 잠든 갓난아이의 얼굴을
빤히 내려다보며 말을 이었다.

"아이고 고 녀석, 참 어여쁘구나."

"어여쁘면 뭐 해요, 앞날이 고생인데."

"어미 닮아서 물질 잘하는 잠녀가 되겠구먼. 게다가 바닷가에
서 태어났으니 상군 중의 상군이 될 테니 두고 봐."

이웃 꼬부랑할멈이 좋은 뜻으로 한 말인 줄은 알지만 구월의
모친은 서러웠다. 저 바다는 뭐며 잠녀면 뭐 하고 또 상군이면
뭐 하나 싶었다. 수월해 보여도 바다 저 푸른 아가리 속으로 들
고 나는 것이 칠성판을 등에 지고 저승길을 오르락내리락하는
일이라는 것을 모르고 하는 애먼 소리가 아니라는 것쯤은 알지
만, 그날따라 이웃 꼬부랑할멈의 말이 야속하게 들렸다.

위로는 아들이 셋이나 있었으니 귀한 첫 딸을 순산하여 기뻐해도 좋으련만, 그녀의 마음은 물질할 때 두르는 납덩이 허리띠보다 몇 갑절 무거웠다.

제주에서 여자로 태어난다는 것은 천형으로 삼고 살아야 할 것이 많다는 의미였고, 그 어떤 모진 간난도 묵묵히 받아들이며 살아야 하는 목숨을 뜻했다. 그러니 구월의 어머니가 핏덩이 딸 자식을 가련하고 애처롭게 생각하는 것은 지극히 당연한 부모의 마음이었다.

그저 딱 알맞은 날씨에 태어나 준 것이 고마웠다. 가장 좋아하는 달이 9월이고, 음력으로야 7월 그믐께지만 일본인들이 셈하는 양력으로는 벌써 9월 하고도 이틀이 지났으니, 이름도 그 자리에서 얼렁뚱땅 구월이라 정해졌다.

어려서부터 바닷가가 놀이터인 여자아이들은 누가 가르쳐주지 않아도 스스로 잠녀가 될 기량을 쌓아갔다. 구월도 그랬다. 그녀는 타고난 잠녀답게 또래 중에서 가장 빨랐다.

섬 속의 섬, 우도는 소가 누워 있는 모습을 닮았다 하여 소섬이라고 불렸다. 제주의 잠녀 중에서도 우도의 잠녀는 한층 더 모진 환경 속에서 물질을 하는 터라 억척같은 생활력과 강인한 생명력을 바탕으로 가족들의 생계를 책임졌다. 우도의 동쪽에 자리한 조일리는 검은 모래 해안을 끼고 있는 아름다운 마을이었다. 제주 사람들은 검은 모래를 검멀레라 불렀다. 거기서 태어나 한라산 구상나무로 만들었다는 오래된 떼배를 타고 제주 동쪽

구좌읍 하도리로 시집가기까지 스무 해를 보내는 동안, 구월은 이미 중군의 실력을 갖춘 잠녀가 되어 있었다.

스무 해가 저절로 갔겠는가. 잠녀로서 충분한 실력을 쌓고 밭일도 척척 해내는 품이 보는 이를 미덥게 했다. 그렇게 되기까지 그녀의 삶이 어떠했을지는 대충 상상할 수 있는 일이었다. 그렇다고 그녀가 시집가기까지 우도에서만 물질을 했던 것은 아니었다.

일제강점기 전부터 일본 어민들이 심심찮게 제주 앞바다로 출몰하여 어업 침탈을 일삼아 제주 사람들의 생계를 위협했다. 나라를 송두리째 삼킨 뒤로는 제집 드나들듯 하여 바다에서 채취하는 귀한 해산물들의 씨를 말렸다. 전복이며 소라의 씨가 말라 버린 바다에서 건져낼 것이 없어진 여인들은 돈을 벌기 위해 삼삼오오 무리를 지어 뭍으로 나갔다. 물질로 가족들의 생계를 도맡았던 잠녀들에게는 불가피한 선택이었다.

제주의 잠녀들은 타 지역으로 출가물질을 나갔지만 고된 노동의 대가는 보잘것없었다. 출가물질을 위한 준비 자금을 마련한다 해도 높은 이자율로 인하여 빌리고 갚아나가는 악순환은 반복될 뿐이고, 일본인들이 그들의 이익을 위해 만든 거나 다름없는 해녀조합에서 출가증을 사야만 출가물질이 가능했다. 태어나고 자란 고향 앞바다에서 물질하기 위해서는 조합비를 내야 하는 세상으로 바뀌었다.

그 조합비 내는 것도 아까운 판에 가족들 떠나 멀리 뭍으로 고생길 나서면서 3원이나 하는 출가증을 사야만 한다니 개탄스러운 일이 아닐 수 없었다.

게다가 지역 토착민들과의 갈등과 객주들의 횡포로 인한 분쟁도 끊이지 않았다. 객주를 통해서만 채취한 해조류를 팔 수 있었던 대부분의 잠녀들은 셈속이 밝지 못했다. 그녀들은 채취량과 가격을 조정해 중간에서 큰 이득을 취하는 객주들의 배불리기에 이용당했다. 설사 사실을 알았다 한들 자신들의 몫을 정당하게 취할 방법도 없었다. 그저 더 자주 차가운 바닷속으로 더 깊은 물속으로 들어가서 더 많은 해산물을 걷어 올리기만 하면 될 줄 알았다. 그러면 돈도 벌게 될 줄 알았다.

그러나 삭신이 무너져라 일해도 결국 빚은 고스란히 남아 있었다. 그런 쓰라린 고생담도 둘러앉으면 저마다 화려한 체험담으로 바꿔버리는 것이 제주 잠녀들의 특기였다.

출가물질을 떠나는 무리 속에는 구월의 어머니와 할머니도 있었다. 여인네들이 뭍으로 나가 돈을 버니 당연히 집안일은 어린 구월의 몫이었다. 어리다고 봐주는 것은 없었다. 제주의 여느 여자아이들은 물질뿐만이 아니라 온갖 밭일도 능수능란하게 해치웠다. 그런 일은 몸이 성장하듯 자연스럽게 몸에 배어갔다.

여인네들이 돈 벌러 나가고 없는 집안 일을 소홀함 없이 한다고는 해도, 태산 같은 아버지와 위로 오빠가 줄줄이 셋이나 있어 때때마다 끼니를 챙겨주는 것도 어린 구월에게는 수월한 일이 아니었다. 특히나 먹을 것이 부실한 형편이라 밥상을 채워내는 일이 늘 막막했다. 고기잡이배를 타는 아버지와 밭일하는 오빠들에게는 조와 보리에 톳을 넣어 양이라도 푸짐하게 지은 밥을 챙겨 냈지만, 구월은 미역귀를 불에 구워 입언저리가 시커멓게 되는 줄도 모르고 뜯어먹으며 시장기를 겨우 면하는 날들이 허다했다.

그래도 출가물질을 다녀오는 어머니와 할머니의 보퉁이에서 명절에 새로 지어 입을 치마저고릿감이라도 나올라 치면, 언제 고생했나 싶게 모든 시름이 날아가버렸다. 그뿐인가, 고생담이 어느새 재미난 체험담으로 바뀌어 이야기 보퉁이에서 솔솔 풀려 나왔다. 듣고 또 들어도 재미있고 맛깔스러웠다.

그러던 차에 제주와 오사카를 잇는 기미가요마루(君ケ代丸)라는 연락선이 1922년에 처음으로 취항했다. 이듬해 2월까지는 부정기 노선으로 취항하였으나, 3월부터는 본격적으로 제주와 오사카를 연결하는 정기항로로 개설되었다. 나라 곳곳이 다 마찬가지였지만, 심각한 빈곤에 허덕이던 제주 사람들은 일본으로 가면 이보다는 나을 것이라는 기대감으로 떼를 지어 연락선에 몸을 실었다.

일명 군대환으로 불린 기미가요마루는 네덜란드에서 1891년에 669톤급으로 건조된 스바에르데크론(Swaerdecroon)이라는 배였다. 일본 선박 회사인 아마가사키기선에서 이 배를 사들여 1907년에 일본 선명록에 등록을 시켰지만, 1925년 9월 제주도

동남쪽 서귀포와 표선읍 사이를 항해하던 중 태풍을 만나 좌초되고 말았다.

제2의 기미가요마루가 재취항을 하게 된 것은 이듬해인 1926년 2월이었는데, 이 배는 1886년 러시아에서 건조되었던 만주르(Mandjur) 호로 그 규모가 1,224톤에 달하는 군함이었다. 1925년 러시아 정부로부터 만주르 호를 구입한 아마가사키기선은 오사카 조선소에서 약 6개월에 걸친 대대적인 개조 작업을 통해 이 거대한 군함을 919톤 830마력짜리 연락선으로 바꿔놓았다. 비록 원래의 모습에서 많이 축소되었다고는 해도, 그 규모는 제주도 사람뿐만 아니라 일본인들까지 놀랄 만큼 당시로서는 실로 엄청난 것이었다. 승객 정원은 365명이었으나 날로 늘어나는 제주와 오사카 간의 이동 인구로 어떤 때는 685명까지 배에 오르기도 했다. 하지만 이 배는 태평양전쟁의 막바지인 1945년 4월 중순, 오사카의 치부네바시 부근에서 미군의 폭격으로 격침되고 말았다. 거의 20년 세월 동안 제주 사람들을 일본으로 실어 나르면서 위용을 자랑하던 운명치고는 너무도 짧았다.

구월은 17세 되던 해 봄, 어머니를 따라 기미가요마루를 타고 일본으로 첫 출가물질을 나갔다. 순종이 53세로 생애를 마치기 며칠 전이었다.

구월의 물질 솜씨는 잠녀들의 입에 오르내릴 만큼 그 또래들 중에서 단연 으뜸이었다. 구월의 할머니가 바다에서 채취하는 해산물보다 구월의 것이 훨씬 많았으며, 질적으로도 구월의 것이 더 좋았다. 과연 타고난 잠녀다웠다. 구월의 어머니는 비싼 이자를 각오하고 2인분의 뱃삯을 빌려 조합원 몇몇이 일본으로 떠나는 길에 구월을 데리고 갔다. 연락선을 타려면 우선 우도에서 작은 어선을 이용해 제주 세화항으로 나가야 했고, 거기서 꼬박 하루를 기다려야 기미가요마루에 오를 수 있었다. 산지항(현재 제주항)으로 입항한 기미가요마루는 이틀에 걸쳐 섬을 일주하면서 11개 면소재지에 기항하여 승객을 태웠다. 제주를 출발한 연락선이 오사카에 도착하기까지는 다시 만 이틀이 소요되었다.

12엔 50전이라는 거금을 뱃삯으로 지불했지만 대우는 말이 아니었다. 갑판 위에 있는 상등 선실은 일본인이나 사복으로 승선한 경찰관 등으로 제한하여 승객에 차별을 두었다. 대부분의 조선인 승객들은 갑판 아래에 있는 하등 선실의 상층과 하층으로 나뉘어 입실했다. 웬만큼 키가 큰 사람이 반듯하게 서면 머리가 닿을 정도로 선실의 천장은 낮았다.

정원을 크게 웃도는 승객으로 만원을 이룬 선실에는 제대로 발 뻗을 수 있는 공간을 찾기가 쉽지 않았다. 돈을 벌려고 나선 여공들이나 역시 돈을 벌기 위해, 또는 공부를 위해 먼 길을 떠나는 젊은 남자들, 배를 처음 타보는 사람들 상당수가 뱃멀미와 두려움으로 핼쑥한 몰골을 하고는 여기저기 창백하게 널브러져 있었다.

구월은 텁텁한 공기에 질식사할 것 같아 선실 밖으로 나갔다.

통로라고 해서 사정은 다르지 않았다. 사람들과 짐으로 꽉 차 있어 갑판 위로 나가기 위해서는 곡예를 부리듯 요리조리 발 디딜 틈을 찾아야 했다. 겨우 갑판으로 나갔으나 그곳도 나을 건 없었다. 배의 난간을 부여잡고 먹은 것도 없으면서 속엣것을 게워내는 사람들이 있는가 하면, 조금이라도 더 자리를 확보하기 위해 싸우는 사람들도 있었다. 봄바람의 한기를 느낀 가난한 일가족들이 서로의 식어가는 온기를 지키려고 포개듯 눕고 앉은 모습은 그 자체로 커다란 짐 덩어리 같았다.

비싼 뱃삯에도 불구하고 대다수의 조선인 승객들은 짐짝 취급을 당했다. 사람 머리의 3배 정도는 됨직한 태왁*과, 해초들의 찌꺼기가 꾸덕꾸덕 말라붙어 있고 해산물의 비릿한 냄새가 고스란히 배어 있는 망사리**, 그 외의 개인 소지품과 양념들을 바리바리 꾸려 넣은 보퉁이들에 짓눌린 잠녀들도 짐짝 대우 받기는 마찬가지였다. 연락선이라기보다는 난민을 실어 나르는 배 같았다. 참으로 누추한 풍경이었다.

멀리 오사카항이 보일 무렵, 대부분의 승객들은 얼굴에 피로를 한가득 묻히고 있었다. 간혹 말라붙은 오물을 입언저리에 묻힌 사람도 있었다. 파릇한 나이의 구월에게는 모든 것이 낯설고 신기했으며, 처음으로 외지에 나온 감회를 마음껏 즐기느라 피곤할 겨를이 없었다. 구월의 어머니를 비롯하여 다른 나이든 잠

---

* 잠녀가 자맥질을 할 때 가슴에 받쳐 몸을 뜨게 하는 뒤웅박
** 잠녀가 채취한 해산물 등을 담아두는 그물망

녀들도 여러 차례에 걸친 출가물질의 경험과 인생의 대부분을 바다를 상대로 살아오면서 다져진 강단 덕분에 제주에서 오사카까지의 뱃길이 그다지 힘에 부치지는 않았다.

오사카에 도착한 잠녀들은 각자의 인솔자를 따라 해안 마을로 뿔뿔이 흩어졌다. 구월과 그녀의 어머니를 포함한 스무 명 남짓도 인솔자를 따라 열차를 타고 도쿄로 향했다. 거기서 다시 보소 반도까지 가는 우치보선으로 갈아타고 도착한 곳은 사나운 파도 때문에 바다가 거칠기로 유명한 와다우라였다.

그 바다를 만나기도 전에, 강단 셌던 잠녀들은 오사카에서 시작하여 보소 반도까지의 기나긴 여정에 지칠 대로 지쳐서 그녀들의 짐짝보다 더 짜부라질 판이었다. 섬에서 태어나서 섬에서 자란 잠녀들에게 기차라는 것은 생소하기 짝이 없었다. 그녀들은 배에서도 않던 멀미를 했다. 새로 도착한 잠녀들을 위한 숙소는 비바람을 막는 정도의 겨우 모양새만 갖춰 지은 긴 장방형의 주택이었다. 말이 주택이지 그것은 거의 창고 수준이었다.

그러면 어떠랴 싶었다. 9월 하순이면 가족들에게로 돌아간다. 돈을 벌어서. 그런 생각 하나로 예까지 왔는데, 창고면 어떻고 움막이면 또 어떠랴, 비바람만 피하면 됐지, 이까짓 피로가 대수냐 싶었다. 하지만 그녀들의 생각과는 달리 몸은 벌써 퀴퀴한 다다미 바닥으로 폭삭 무너져내렸고, 어떤 아낙은 벌써 코까지 골았다.

"억만금을 준다 해도 더는 못 움직이겠어."

"배는 멀쩡히 타겠건만, 웬 놈의 화차는 사람 속을 그렇게 후벼놓던지."

"누가 아니래. 그 놈의 화찬지 증기기관찬지는 뭔 화통 삶아먹는 소리가 그리도 요란뻑적지근한지 귀가 다 먹먹해지더라."

"식은 주먹밥 한 덩이밖에 먹은 게 없는데, 그걸 다 게워냈으니 아까워서 어째."

"나는 지금 진수성찬을 차려준대도 먹을 힘 하나 없어."

"아이고 형님, 나는 지금 눈도 안 떠져요."

저마다 한마디씩 하고는 꿈도 없는 잠 속으로 빠져들었다. 어린 사냥개마냥 싱싱하던 기운과 호기심이 언제 몽땅 소진되었는지 구월은 어머니 옆에 쪼그리고 누워 그대로 잠이 들었다.

다음 날 이른 아침, 잠녀들의 기량에 맞게 상잠수들은 전복을 캐는 바다밭의 우라우케에게 소개되어 인근 바닷가 마을로 떠났다. 나머지 절반 정도 되는 10여 명의 잠녀들은 우뭇가사리를 채취하는 바다밭 주인에게 넘겨졌다. 이 시절의 어업권에는 획일적인 규정이 없었고 또 지역마다 제각각이었다. 어업권이 있는 조합이나 부락에서 해마다 고기 잡을 시기가 되면 입찰을 하여 바다밭을 매매했다. 그렇다고 아무나 입찰에 참가할 수는 없었다. 그 고장에서 권리가 있는 사람만이 가능했지만, 그 권리가 어떻게 생겨나는지 구체적으로 아는 사람은 극소수에 불과했다. 우라우케는 권리를 인정받아 바다밭을 산 사람을 가리키는 이름이었고, 일 년 동안은 바다밭의 주인으로 재산권을 행사할 수 있었다.

구월은 어머니와 헤어져 우뭇가사리를 채취했다. 물질이야 각
오한 고생이라 그리 힘들다고 느끼지는 않았다. 일을 할 때면 그
녀는 바다 속으로 녹아드는 법을 알았다. 다만 객지 생활이 주는
이질감에는 좀처럼 익숙해지지 않았다. 또한 우도에서 겪는 것
과는 또 다른 궁색함이 가슴속에 맴돌이를 만들었다. 그 울림이
서럽게 느껴질 때도 있었다. 바다가 사나워 물질을 못하는 날이
면 더욱 그랬다. 일본 사람들은 조선에서 건너온 잠녀들에게 결
코 친절한 이웃이 아니었다.

시간은 흐르지 못하고 묶여 있는 듯하였으나 어느새 계약한
시일이 끝났다. 추석을 앞둔 잠녀들은 만 5개월의 노역을 끝냈
다. 그녀들은 인솔자를 따라 올 때와는 역순으로 기차를 갈아타
가며 오사카까지 갔고, 거기서 또다시 기미가요마루를 타고 고
향으로 돌아왔다. 힘든 물질에 어느 정도 돈을 벌었다 해도 어깨
가 가벼워지는 일은 없었다. 돌아가면 갚아야 할 빚, 원금에 새
끼까지 친 이자가 기다리고 있었다. 이자라는 놈은 진저리쳐지
는 시궁쥐처럼 번식력이 좋았다.

제주에서 모집한 잠녀들을 일본으로 데려와서 물질을 알선하
는 사람을 인솔자라 하였다. 그들은 일을 주선해준 대가로 잠녀
들이 일하여 번 임금에서 일정 부분을 수수료로 받았다. 개중에
는 폭리를 취하는 야박한 인간도 있었다. 인색하고 불량한 인솔
자를 만난 잠녀들은 부당한 착취에 마음을 다치기도 했다. 더 불

행한 경우도 있었다. 짠 바닷물에 몸이 불어터지도록 일한 돈을 바다밭 매매업자이자 고용주인 우라우케로부터 송두리째 받아 챙겨서는 쥐도 새도 모르게 도망쳐버린 인솔자도 없지 않았다.

다행스럽게도 구월과 함께한 잠녀들의 인솔자는 친절한 사람이었다. 그녀들의 예상보다 약간 밑도는 대가였으나 그것은 순전히 우라우케의 셈에 따르다 보니 어쩔 도리가 없었다. 그래도 꽤 쏠쏠한 목돈을 손에 넣었다. 그해의 한가위 보름달은 유난히 크고 밝게 느껴졌으며 가슴도 그만큼 뿌듯했다.

순종이 별세했던 그해 10월에 조선총독부 청사가 경복궁 근정전을 가로막고 웅장하게 세워졌다. 혼백으로라도 백성들을 도울 테니 노력하여 광복하라는 피맺힌 유언은 마지막 임금의 절규였다. 그 절규가 무색하게 일본은 갖은 수단과 방법을 동원하여 오백 년 조선의 맥을 잘라나갔다.

12월에는 연호로 다이쇼(大正)를 사용했던 일왕 요시히토(嘉仁)가 47세의 나이로 생을 마감하였고, 그의 아들 히로히토(裕仁)가 즉위하면서 일본의 연호는 쇼와(昭和)가 되었다. 항간에 조용히 가라앉아서 떠도는 소문에 의하면, 요시히토 일왕은 5년간 정신병을 앓고 있었고, 그의 죽음이 지병과 연관이 있다는 것이었다. 일왕은 인간이 아니라 반신반인이었다. 그런 존재가 정신병을 앓았다는 것은 결코 입에 올릴 소리는 아니었지만, 세인들이 아무리 쉬쉬해도 소문은 한달음에 현해탄을 오갔다.

왕이 둘씩이나 죽은 해였으니 예삿일은 아니었다. 그해는 다양한 사건이 참으로 많은 해였다.

중국에서는 국민당의 총사령관으로 장개석이 임명되었고, 일본 도쿄 중심가 식당에서는 서양식 먹을거리인 돈가스와 카레라이스가 인기를 끌기 시작했다. 이상화는 식민지 백성의 비애를 상징적으로 표현한 〈빼앗긴 들에도 봄은 오는가〉를 발표했고, 한용운은 시집 《님의 침묵》을 펴냈다. 그리고 〈사의 찬미〉를 불렀던 윤심덕과 내연의 관계를 맺은 김우진은 함께 시모노세키를 떠나 부산으로 향하던 연락선에서 8월 4일 새벽에 서로를 부둥켜안은 채 검은 바다로 뛰어들었다. 현해탄의 정사(情死)였다. 스물다섯 살의 청년 나운규가 은막에 민족혼을 담아 만든 영화 〈아리랑〉이 10월 1일 단성사에서 개봉되었다. 새해를 나흘 남겨 놓고 의열단원 나석주는 동양척식주식회사에 폭탄을 투척하고 권총을 난사하였다. 그 결과 일본인 직원들과 경찰 등 모두 7명이 죽고 자신은 경찰에 쫓기다 권총으로 자살했다.

1926년, 구월과는 하등의 관계가 없는 많은 일들이 있었지만, 그녀는 자신이 일본을 무사히 다녀왔다는 사실 하나만을 머릿속에 담았다. 그리고 그것이 결혼 전의 처음이자 마지막 출가물질이 되었다.

3년 후, 뻐꾸기가 남의 둥지에 알 낳던 유월에 구월은 구좌읍 하도리로 시집을 갔다. 남편 되는 박상지는 일찍 세상을 등진 부친으로부터 물려받은 작은 어선 두 척을 소유하고 있었다. 가끔 그도 배를 타고 바다로 나갔다. 박상지는 크지도 작지도 않은 키에 인물도 잘생긴 축에 끼지는 못했다. 그래도 딱 벌어진 어깨는 믿음직스러웠고, 얼굴 이목구비를 하나하나 뜯어보면 반듯하고 시원스럽게 생겨서 호남아라는 소리를 들었다. 과묵하면서도 호기롭고 성실한 청년이었으므로 주위 사람들로부터 많은 관심을 받았고, 또 여기저기서 혼담도 꽤 들어왔었다.

그렇다고 구월이 뒤처지는 것은 전혀 아니었다. 물질하는 실력은 벌써 상군 소리 듣게 생겼다고 시샘 섞인 칭찬을 들었고 외모도 한몫했다. 초승달 같은 눈썹 아래로 쌍꺼풀 없는 눈 속에는 큼직한 별빛 눈망울이 초롱초롱 흔들리고 있었고, 그 별빛 아래로 오도카니 앉아 있는 코는 꽃망울이었다. 막 벌어진 동백꽃같이 붉고 윤기가 흐르는 입술하며 살짝 올라간 입꼬리에는 늘 잔잔한 미소가 물려 있었다. 키도 제법 헌칠했다. 타고난 피부 바탕이 희어서인지, 여름 땡볕의 물질에도 다른 잠녀들처럼 살갗이 거무스름하게 타지 않고 온 맨살이 수줍음을 타듯 볼그레했다. 무엇보다 구월을 돋보이게 하는 것은 긴 목이었고 선이 아름다웠다. 가난한 집 고명딸로 태어나 귀하게 자라지는 못했어도, 싹싹하고 바지런한 성격과 눈에 띄는 외양으로 가족과 이웃으로부터 귀염은 풍족하게 받아왔다.

두 사람이 혼례를 올리게 된 내력은 이랬다.

3년 전에 구월과 그녀의 어머니가 일본으로 출가물질을 나갔을 때, 그녀들의 인솔자가 다름 아닌 박상지의 매형이었다. 딸은 어미를 보고 데려간다는 말이 있듯이, 박상지의 매형은 구월의 어머니가 천성이 순하고 얌전하며 성실하다는 것을 한눈에 알아보았다. 거기에다 구월은 붙임성 있는 싹싹함과 고운 자태까지 지니고 있었다. 그때 눈여겨봐뒀던 구월을 박상지의 가장 손위 누이인 임례에게 주선을 맡겼다.

하도리에서 종달리 이웃으로 시집간 서글서글하고 입심 좋은 임례는 그 일대에서 물질 잘하기로 소문난 상잠수였다. 원래 박상지네 여인들은 물질을 하지 않았지만, 임례의 시집은 대대로 물질을 이어서 하는 집이었다. 임례는 혼례를 치른 뒤 새색시 때깔을 벗기도 전에 바다로 나가 물질을 배웠는데, 그 물질 솜씨가 여간 아니었다. 발 넓은 임례가 직접 나서거나 최소한 한 다리 정도만 건너면 성사시키지 못할 일이 없었다. 우도 태생으로 종달리에 시집와서 물질하던 잠녀 중에 제법 너름새가 있는 아낙이 있어 그녀에게 말을 넣게 했다. 약간의 심부름 값과 뱃삯을 챙긴 우도 태생의 잠녀는 졸지에 매파가 되어 우도로 한달음에 건너가 구월의 어머니를 찾았다.

사는 모양새를 보니 궁색함으로 안팎을 도배했다고 해도 과언이 아니었다. 그러나 집 안 어디에서도 거미줄 하나 발견할 수 없을 만큼 허름한 살림이나마 정갈하고 반듯하여 안주인의 알뜰함을 엿볼 수 있었다. 여남은 살은 됨직한 똑 닮은 두 소년이 마당에 퍼질러 앉아 어미로 보이는 아낙의 그물 손질을 돕고 있었다.

매파는 구월의 어머니가 권하기도 전에 툇마루에 납작한 궁둥이를 붙이고는 다짜고짜 자신이 찾아온 요점부터 주워섬겼다.

"요즘 세상에 거지나 진배없이 사는 사람이 어디 한둘이오? 큰 부자라고 할 수는 없어도 고기잡이배가 둘씩이나 있어 세 끼 다 배불리 챙겨먹지, 딸린 군식구 없지, 이런 호사가 또 어디 있겠소. 위로 누이가 넷인데 다 시집을 가서 지금은 딸랑 모자만 살고 있다오. 아들 귀한 집이긴 해도 그게 뭐 대수겠소. 시집가서 아들 하나 떡하니 낳으면 될 일이고, 게다가 시어미 될 사람도 너그럽고 인정 많기로 소문난 집이라오."

"아직 형편이 좀……, 지금은 좀……"

구월의 어머니는 말을 만들어내지도 못하고 끝을 맺지도 못했다. 시집보낼 딸에게 변변한 것 하나 장만해주지 못하는 비참함을 구구절절 풀어내고 싶지는 않았다. 매파로 온 아낙의 말을 걸러내지 않고 그대로 믿는다면 이 혼처를 마다할 이유가 없었다. 구미가 당겼다. 부양할 식구가 적으니 마음고생도 적을 것이고, 어선이 두 척이라니 물질해서 돈을 벌어야 하는 몸고생도 없을 것이다. 하나뿐인 귀한 딸을 자기처럼 고생시키고 싶은 어미가 어디 있겠는가. 그런데 딸을 시집보내자니 최소한의 혼수를 마련해줄 밑천이 없었다. 어찌어찌 꾸어보면 구색이야 겨우 맞출 수 있겠지만, 그런 사실을 시집가기도 전에 구월이 알게 된다면 허사가 될 것은 뻔했다. 짧은 시간 동안에 머릿속에서는 올이 제각각인 씨줄 날줄이 들쭉날쭉한 갈등을 짜고 있었다. 그러나 마땅한 방편이 떠오르지 않은 구월의 어머니는 마당에서 어미를 도와 그물을 손질하는 쌍둥이 손자들을 바라보며 긴 한숨을 토해냈다.

큰아들은 우도의 서광리에 살던 처녀를 데려와 혼인하고 한집에서 기거했다. 그것이 벌써 11년 전이었다. 혼인한 이듬해에 쌍둥이 형제를 해산한 후 병을 얻은 큰며느리는 물질을 그만두고 집안 일만 도왔다. 이태 전, 부자가 한 배를 타고 바다로 나갔다가 풍랑을 맞아 배가 난파되는 바람에 구월의 어머니는 과부가 되었다. 그 충격으로 넘어진 구월의 할머니는 다시는 일어나지 못해 줄초상을 치렀다. 목숨을 건진 큰아들은 다리를 심하게 다쳐 오랫동안 자리보전을 하다가 최근에야 겨우 운신하게 되었고, 회복되자마자 절룩거리는 다리를 끌고 배를 타기 시작했다. 둘째 아들은 장가들어 처가가 있는 제주 서쪽 한림읍에 터를 잡은 것이 벌써 여러 해 전이고, 구월보다 두 살 위인 막내아들은 장사를 배우겠다고 대처로 나간 지 한 해가 지났다. 구월과 함께 물질하여 겨우겨우 하루살이를 면하는 형편에 혼숫감이란 언감생심이 아닐 수 없었다.

구월의 어머니가 토해낸 긴 한숨의 의미를 다 안다는 듯 매파는 생글생글 웃는 얼굴에 눈웃음을 더 보태어 다정이 철철 넘치게 했다.

"걱정일랑 마소. 여기는 아무것도 안 해가도 돼요. 이 집 처지를 잘 알고 있으니까 그냥 몸만 가면 된다오."

그리하여 혼사는 일사천리로 진행되었다. 한바탕 눈물바다를 이루고 난 뒤, 구월은 말 그대로 몸 하나만 밑천 삼아 구상나무로 만든 떼배를 타고 시집을 갔다.

구월과 박상지는 말 누가 봐도 천생연분이었다. 함께 길을 나서면 주변이 환해졌고, 보는 이들의 입에서 저절로 감탄사가 나올 만큼 어울리는 한 쌍이었다. 그 둘은 대면한 첫날부터 쑥스러워하면서도 눈을 맞췄고, 서로에게 찰떡처럼 들러붙는 애정을 느꼈다. 오래오래 따스한 정을 품고 알콩달콩 살아갈 수 있을 거라 확신했다.

둘의 신접살림은 비릿한 해산물을 말리고 메주를 쑤고 장을 끓여도 깨소금 냄새를 풍겼다. 매파의 말마따나 구월의 시어머니가 너그럽고 인정이 많은 편이라고까지는 못해도, 구월이 저지르는 어지간한 실수는 그냥 지나가는 잔소리 정도로 덮어주곤 했다. 매파가 맨입에 침도 안 바르고 줄줄이 엮어냈던 말처럼 하루 세 끼를 꼬박 챙겨먹을 수는 있으나, 한 끼를 배부르게 먹을 수 있는 날은 흔치 않았다. 그 점은 전적으로 암울한 시대 탓이었다. 다만 친정집처럼 보리쌀이 떨어지는 일은 없었다. 가끔은 멥쌀을 섞을 때도 있었으니 인근 다른 집들에 비하면 그래도 넉넉한 축에 속하는 것은 사실이었다.

큰 시누이 임례는 직접 물질해서 채취한 미역이나 다시마, 오분자기 등속의 해산물을 간간이 가져다주었고, 아주 가끔은 귀한 전복이나 소라가 섞여 있었다. 이런 해산물들을 볕에 잘 말려서 국도 끓이고 밑반찬으로 삼기도 했으니 별 고생 않고도 밥을 먹을 수 있었고, 당장 내일의 양식거리를 걱정할 필요는 없었다. 시어머니를 도와 집 뒤로 난 채마밭을 넓히느라 돌을 고르고 잡초를 솎는 것이 그나마 일이라면 일이었다.

　구월에게는 낯선 환경이었다. 이렇게 편해도 되는 것인가 싶었다. 새로운 환경은 우도에 있는 아직 어린 조카들과 늙어가는 어머니를 더욱 그립게 만들었다. 또래의 잠녀들과 바닷속으로 들어가 물질하던 일도 그리웠다. 우도까지 가까운 뱃길이라고는 하지만 시집살이를 시작한 이상 마음 내킨다고 함부로 친정 나들이를 나설 수는 없었다. 비록 넘쳐나는 신문물에 양반 상놈이 맞대면을 하고 법도가 허물어져가는 세상으로 바뀌었다고는 해도, 대부분의 사람들은 자신들의 신분을 잊지 않았고 법도를 지키며 살고자 했다. 맑은 날 바닷가로 나가 멀리 보이는 고향 섬을 눈에 담고 돌아오는 것이 고작이었다.

　시간이 가면 언젠가는 담담해지리라. 흘러가는 세월에게는 적응시키지 못할 환경 따위는 없었다. 세월은 늘 강했고, 모든 것을 발밑에 굴복시켰다. 구월은 그런 세월을 믿었다.

　박상지는 작은 어선 두 척을 빌려주고 어부들이 잡은 생선의 일부를 이윤으로 받았다. 그의 천성에는 야박한 선주가 될 기질은 없었다. 더러 이윤이 시원찮으면 배를 타고 나가서 직접 고기를 잡기도 했지만, 구월과 함께 살기 시작한 뒤로는 어선을 모두

처분할 때까지 한 번도 출어에 나서지 않았다.

수년 전부터 제주와 오사카 간의 직항 노선에 일본 선박 업체들이 일제히 인상시킨 뱃삯은 터무니없이 비쌌다. 거기에 불만이 쌓일 대로 쌓인 제주 사람들은 마침내 오사카에서 제주도민대회를 열었다. 뱃삯 인하 및 승객 대우 개선을 요구하고 아울러 부녀자와 미성년자들이 일하는 공장의 열악한 환경과 처우를 개선해 달라는 노동운동이었다. 1924년 일본으로 건너갔던 제주 출신의 아나키스트가 주축이 되어 벌어졌다. 이 노동운동은 일본에 거주하는 제주 사람들의 권익을 보호하자는 것이지만, 민족 해방운동의 성격도 띠고 있었다.

일본 선박 업체들은 눈 하나 꿈쩍하지 않았다. 새가 아니라서 날 수도 없고 물고기가 아니라서 헤엄을 칠 수도 없다, 라는 비아냥거리는 반응만을 돌려주었다. 그따위 반응에 포기할 거라면 시작도 하지 않았다. 재차 승객의 권익 처우 개선과 운임 인하 등을 요구하며 투쟁을 거듭했지만, 번번이 거부당했다. 일본 선박 업체들은 오히려 일본 관헌을 앞세워 탄압으로 대응하기를 반복했다.

이윽고 제주 사람들은 '우리는 우리 배로' 라는 슬로건을 내걸고 자주항로를 개척하기로 하였으며 바로 조합을 조직하여 활동에 들어갔다. 1930년 봄, 제주도의 약 70퍼센트에 달하는 부락이 조합에 가입했고, 오사카와 제주에 거주하는 도민 4천 500명이 1주식당 30전인 조합비를 내어 동아통항조합(東亞通航組合)

을 설립하였다.

그리하여 이 해 가을, '1세대 5엔'의 기금을 조성하여 약 6천 엔을 모금하는 데 성공하였고, 3천 톤급 교룡환을 임차하였다. 그리고 11월부터 기미가요마루의 거의 절반 수준인 6엔 50전이라는 저렴한 편도 요금으로 출항을 시작했다.

여기에 박상지도 가담하여 조합의 일을 도왔다. 하지만 도민들의 열렬한 지지 속에 출항을 계속하던 임차선 교룡환의 운명은 너무도 짧았다. 이듬해 3월의 용선계약을 끝으로 출항을 정지하지 않을 수 없었다. 비싼 임차료를 지불해야 하는 문제도 있었지만, 교룡환이 재정난에 허덕이게 된 좀 더 현실적인 이유는 따로 있었다. 6엔 50전의 교룡환 운임을 의식한 일본 선박 업체들도 앞다투어 요금 인하에 나섰고, 그것도 모자라 3엔이라는 파격적인 요금으로까지 인하시켜가며 출혈 경쟁을 하였다. 사정이 이러니 교룡환은 수천 엔의 적자를 낼 수밖에 없었다. 이에 조합은 새로운 길을 모색했고, 배를 구입하여 직접 운영하자는 계획으로 방향을 돌렸다.

6월에 사이토(齋藤) 총독이 퇴임하고 육군 대장 출신의 군부 강경파로 알려진 우가키 가즈시게(宇垣一成)가 신임 총독으로 임명되었다. 일찍부터 만몽적극정책을 주장해온 그를 두고 일각에서는 만주와 관련해 중대한 사건이 일어나지 않겠느냐는 추측이 분분했다. 우려는 현실이 되어 9월 18일 일본은 만주 전역을 점령하려는 야심으로 선전포고도 없이 무장 병력을 침투시켰다.

그 전해 검은 목요일이라 불린 10월 24일, 미국 월스트리트의 주가 대폭락을 시작으로 야기된 공포의 회오리바람은 세계적인 대공황을 일으켰다. 자본주의 열강들이 공황 타개에 전념하는 틈을 노려 일본은 경제 난국을 타개한다는 기치 아래 만주를 침략하였다. 이로 인해 만주 시장의 독점적 확보와 장차 대륙 진출을 위한 전진기지 확보라는 두 마리의 토끼를 잡은 격이 되었다. 물론 그들의 저의에는 항일운동 탄압의 목적도 있었다. 일본의 만주 침공에도 불구하고, 강대국들은 세계대공황으로 허덕이고 있던 터라 도리 없이 팔짱만 끼고 수수방관하는 입장이 되고 말았다. 정작 중국 국민당도 분쟁을 꺼려 싸울 의지를 보이지 않았다. 어디고 할 것 없이 늘 죽지 못해 사는 것은 그곳을 지키고 사는 백성들뿐이었다.

　세계대공황의 먹구름은 우리 땅에도 드리워졌다. 엎친 데 덮친 격으로 심각하던 경제난은 더더욱 가중되어 거리마다 실업자가 넘쳐났다. 조선과 일본의 농촌에서는 유례없는 풍작을 이루었지만, 쌀값의 폭락으로 돈가뭄에 허덕이는 농민들을 도탄 속으로 밀어 넣었다. 비가 오나 눈이 오나 하루도 빠지는 일 없이 농민들은 살이 터지고 뼈가 으깨어지도록 일했으나, 소작료에 빚 추리고 수리조합비에 비료 값과 세금까지 이래저래 모두 제하고 나면, 풍년이 들어도 막상 입으로 들어갈 밥풀 걱정을 해야 하는 시절이었다. 농촌만이 아니었다. 여기저기서 파산, 휴업, 도산하는 일들이 속출하면서 경제는 최악의 위기에 직면했다.

한편, 교룡환으로 실패를 본 동아통항조합은 새로 구입할 배의 자금을 마련하기 위해 동분서주했고, 박상지도 조합의 일원으로 입지를 굳히기 위해 어선 두 척을 처분하여 조합에 모두 투자했다. 십시일반으로 모여진 자금을 바탕으로 조합은 북일본 기선회사로부터 사할린 노선과 조선 노선에 투입되었던 1,332톤짜리 배인 복목환을 구입하였다. 드디어 일본 관헌의 방해와 탄압에도 굴복하지 않았던 자주운항운동의 결실은 성공을 거두었다. 1931년 12월 1일, 334명의 승객을 태운 복목환은 수많은 사람들의 환송을 받으며 첫 출항의 뱃고동을 있는 힘껏 울렸다. 교룡환 이후 9개월 만의 환희였다.

개인적인 경사도 있었다. 5월 17일, 음력 3월 그믐날에 구월은 남편을 빼닮은 딸 해금을 낳았다. 첫 자식을 본 박상지는 얼씨구나 좋다고 벌어진 입을 좀처럼 다물지 못했지만, 딸을 낳은 구월은 면목이 없었다. 며느리에게 첫딸은 살림 밑천이라고 위로의 한마디를 던지던 시어머니는 정작 자신의 서운함을 감추지 않았고, 아들 귀한 집안임을 누누이 상기시켰다.

박상지와 구월의 금슬 좋기는 동네 삼척동자가 다 아는 사실이었고, 어린 해금은 인근 마을 일대를 돌던 홍역에도 끄떡없이 잘 자랐다. 박상지가 몸담고 있는 조합의 일도 순조롭게 진행되는 듯했다. 복목환을 운항하면서 동아통항조합은 제주와 일본에 34개의 지부와 1만여 명의 조합원을 두었다. 조합의 앞날은 밝아 보였으나 정작 박상지의 수입은 들어오는 것보다 나가는 것이 많다. 세파에서 비켜갈 수 없게 된 살림은 야금야금 축나면서 허리끈을 졸라매야 하는 처지로 변해갔다.

자주운항의 기쁨이 채 가시기 전인 이듬해 1932년 1월, 제주도 잠녀들은 일본인들에게 **빼앗긴** 그녀들의 권익을 되찾기 위한 항쟁을 일으켰다.

몰아치는 풍우에 험난한 파도와 싸우며 열악한 환경 속에서 일하는 잠녀들의 권리를 옹호한답시고 1920년 해녀조합이 창설되었다. 그랬으나 얼마 가지 못하고 총독부의 관제조합제도에 의해 일본인 상인을 위한 조합으로 전락해버렸다. 제주라고 다르지 않았다. 그곳 조합에서도 일본인들과 결탁해 수탈 행위를 공공연히 자행했다. 바다 언저리에서나 작업하는 노약자까지 포함하여 모든 잠녀들은 조합에 가입해야 했다. 가입비와 조합비는 물론이고, 이들 모두에게 입어 수수료, 판매 수수료, 기타 주재원 수당 등을 강제로 징수했다. 또 출가물질을 원하는 잠녀에게는 노소를 불문하고 출가 수수료를 납부해야만 출가를 허용했다. 일본인 독점 상인에 한해서 해산물 판매가 허용되었으며, 잠녀들이 채취한 해산물 대금을 낮게 책정하는 불합리한 처사가 공공연히 자행되었다.

해를 거듭해 계속되는 수탈 행위로 도민들의 생활은 이루 말할 수 없이 궁핍해졌다. 인간의 존엄성과 생존권이 무참히 밟히면서도 어디에 하소연할 곳이 없었다. 잠녀들의 어획물 판매를 독점한 특정 일본인 상인은 각종 잡비 명목을 붙였다. 갖다 붙이면 다 명

목이 되었다. 잠녀들은 그런 터무니없는 명목으로 수입의 절반 이상을 뜯겼다. 참는 것도 한계가 있는 법, 조합 측에 맞서 작업거부 운동을 일으켜도 보고 호소도 해보고 항의성명을 발표하기도 했었다. 그러나 조합은 그녀들의 요구에 묵묵부답이었고, 분노가 최고조에 달한 잠녀들은 쌓인 울분을 일시에 토해냈다.

구좌면 하도리의 잠녀 300여 명이 손에 호미와 비창을 들고 호방히 일어섰다. 이를 계기로 수차례에 걸쳐 결사항쟁을 외쳤으며, 주재소에 끌려가 혹독한 문초를 당하는 것도 불사하고 그녀들의 요구가 수용될 때까지 행진을 계속했다. 모진 고문으로 만신창이가 된 잠녀들도 속출했다. 그렇다고 물러나 앉을 여인네들이 아니었다. 그녀들의 요구가 점철될 때까지 죽어나갈 각오로 맞섰다.

몇 차례의 긴 투쟁에 의하여 잠녀들의 요구 사항이나 노동조건이 얼마간이나마 개선된 것처럼 보였지만, 실질적인 이익은 항쟁 이전과 하등 차이가 없었다. 잠녀들은 다시 바다로 나갔고, 일본인 상인들과 조합은 눈치껏 배를 불려나갔다.

순항을 거듭하던 복목환의 운명도 그리 길지는 못했다. 잠녀들이 일으킨 해녀항쟁을 일본 관헌은 동아통항조합과 무관하지 않다는 쪽에 무게를 두었다. 일본 자본과 경찰의 긴밀한 협조 아래 계속된 탄압은 점점 그 수위를 높여갔다. 심지어 복목환을 타려는 승객에게는 도항증을 발행해 주지 않는 등의 강경책까지 동원했다. 결과는 참담했다. 누적된 적자로 말미암아 출항을 시작한 지 만 2년째인 1933년 12월 1일, 복목환은 운항을 멈추었다. 민족적 투쟁 성격이 강하다는 빌미로 1934년에는 동아통항조합마저 해산시키고 말았다.

다들 살기 힘들어 더는 못살겠다고 땅이 꺼져라 한숨을 뱉으면서도 희망의 끈이 한 푼의 자투리라도 남아 있다면 그 끈을 붙들고 늘어졌다. 구월도 그랬다. 비록 남편의 일터였던 조합이 파탄에 이르렀지만, 젊고 건강한 몸으로 뭔들 못하랴 싶었다. 가진 것 다 잃었으면 또 거기서 시작하면 될 일이었다. 가난이라는 것은 어려서부터 몸에 각질처럼 붙어 있던 것이 아니던가. 몇 년 편하게 살아봤으면 됐지, 이제라고 다시 물질을 못할 것이 뭔가. 구월의 생각은 그랬다. 그녀는 고개를 못 드는 남편을 위로하면서 몸을 꼿꼿이 세워 바다로 향했다.

어린 해금은 어미를 따라 바다로 나갔다. 구월이 물질하는 동안 바위에 붙은 조개를 따거나 떠내려 오는 해조류를 건져내면서 또래들과 노는 것이 하루 일과였다. 그렇게 노는 동안, 숙명 속에 잠녀의 기질이 차곡차곡 자연스럽게 채워질 것이었다. 구월이 그랬던 것처럼.

바다는 성마르게 굴지 않는다. 서서히 해금을 단련시켜나갈 것이다. 그리고 바다가 허락한 만큼의 것만 얻게 할 것이다. 인간의 욕심을 용납하지 않는다. 태곳적부터 바다의 규율은 관대하면서도 엄격했다.

박상지는 선주가 아니라 어부가 되어 다시 배를 탔다. 풍어를 기원하며 출항한 배는 늘 허기진 배를 부여잡고 돌아와야 했다. 일제강점기 전부터 일본 어선들이 온갖 구실로 우리의 영해를 제집 드나들듯 하면서 마구잡이식 남획을 일삼고 있었다. 까닭에 한반도 연안은 물론이고 제주 인근 바다까지 어장의 수산물은 씨가 말라갔다. 그렇다고 작은 어선을 끌고 난바다로 나가는 것은 위험했지만, 그런 위험도 무릅쓰지 않는다면 가족들의 뱃가죽을 등짝에 도배해야 할 판이었다.

1936년 2월, 사학자이자 언론인이었으며 혁명가이기도 했던 단재 신채호 선생이 중국 뤼순감옥에서 뇌일혈로 옥사하였다. 그분은 일제가 지배하는 암울한 시대에 고개를 숙일 수 없다 하여 세수할 때 고개를 빳빳이 들고 해서 늘 옷자락을 적시기로 유명했다. 같은 달 26일, 일본에서는 육군 장교 22명이 젊은 군인 1,400명을 이끌고 쿠데타를 일으켰다. 수상 관저와 의사당 및 육군본부 일대를 점거하고 내무대신인 사이토를 포함하여 각료 3명을 살해하기는 하였으나, 안타깝게도 이 쿠데타는 사전에 탄로 나는 바람에 제대로 위상을 떨쳐보지도 못한 채 진압되고 말았다. 이후 군부는 더욱더 강력하게 전쟁의 필요성을 선전하며 사회주의자나 진보적 민주주의자들에 대한 탄압과 사상 통제를 강화해나갔다.

만약 이 쿠데타가 성공했더라면 대한의 운명도 바뀌었을까. 그것은 아무도 모를 일이었다.

불행이라 할 일이 또 있었으니, 우가키 총독이 사임한 자리에 강경파인 미나미 지로(南次郎)가 조선 총독으로 임명되었다는 사실이었다. 그는 만주사변 때 대륙 침략을 주도한 인물로 일본 제국의 대륙 팽창에 조선인을 적극 활용하겠다는 의도를 표명했다. 말하자면 그들의 총알받이로 대한의 백성들을 십분 이용해 먹겠다는 소리였다. 또한 전국에 신사(神社)를 증설하였고, 각 학교 학생들에게 신사참배를 강요하기 시작했다.

기쁜 소식이 영 없지는 않았다. 평북 신의주 출신의 손기정 선수가 제11회 베를린 올림픽에서 세계신기록을 세우며 마라톤으로 우리 민족의 기상을 세계만방에 떨쳤다. 비록 일장기를 가슴에 단 채 금메달을 목에 걸고 월계관을 썼지만 말이다. 베를린에서 음악 활동을 하던 안익태는 애국가에 곡을 붙였다. 그 전에는 스코틀랜드 민요인 〈올드랭사인〉에 가사를 붙여 불렀는데, 비로소 우리의 노랫말과 곡이 하나가 된 진정한 애국가가 탄생하였다. 조국의 동포들이 소리 높여 부르지는 못했지만, 완전한 우리의 것을 갖게 되었으니 실로 눈물겨운 일이 아닐 수 없었다.

세상의 변화만큼이나 해금의 집에도 변화가 있었다. 해금의 할머니는 물질하느라 고생이 많은 며느리를 대신하여 집안일을 해왔다. 구월은 시어머니에게 감사했고 또 죄송했다. 시어머니는 박씨를 심은 그날 밤, 잠결에 인기척도 없이 세상을 떴다. 시어머니는 종종 잔기침하는 것을 빼고는 건강했는데, 이렇게 급작스레 떠날 줄은 아무도 짐작하지 못했다. 식구 적은 집에 한 사람 난 자리는 너무도 선명하여 남은 가족들은 그지없이 처량했다. 대를 이을 손자를 여러 해 기다렸건만 해금 이후로 손이 들어서지 않아 구월은 시어머니 보기가 늘 면구스러웠다. 고통 없이 잠자다가 저세상 갔으니 호상이라고 사람들이 암만 위로해도 그녀는 내리 사흘을 통곡했다.

해금의 할머니가 채마밭 한쪽에 심어둔 박씨는 봄을 지나 여름이 한창일 때까지 제법 두리둥실 야물어갔고, 갯가에서 뛰놀던 해금도 덩달아 커갔다. 여름 끝 무렵에는 해금의 머리통 세 배는 족히 되는 박들이 달덩이 같았다. 여물어가는 것은 박만이 아니었다. 구월의 뱃속에도 새 생명의 씨앗이 여물고 있었다. 첫 입덧을 하고 나서 구월은 가장 먼저 저세상 떠난 시어머니가 떠올랐다. 삼신할미 만나 한바탕 제대로 따지려고 그렇게 서둘러 소리 없이 가셨나 싶은 생각이 들었다. 자손으로 빈자리를 채우라고 성급히 당신의 자리를 내놓으셨나 싶은 생각도 들었다. 구월은 배 속에 든 것이 아들이기를 은근히 바랐다.

검은 현무암 위로 볕이 곱게 내려앉은 어느 초가을 하루, 구월과 박상지는 큼지막한 박을 하나씩 따냈다. 박을 따서 손질하는 구월의 손놀림이 경쾌했다. 그 옆에 쪼그리고 앉아 구경하던 해금은 박나물의 졸깃하고 고소한 맛이 기억나 절로 입 안에 군침이 도는 것을 느꼈다.

"어머니, 오늘 박나물 먹어요?"

"암, 들기름에 박나물도 볶고 또 태왁도 만들고 해야지."

해금은 마당 구석에 놓아둔 바닷물에 절어 색이 짙어진 구월의 테왁을 보면서 물었다.

"테왁을 또 만들어요?"

"새것을 만들어서 소라랑 전복이랑 많이많이 캐고 우뭇가사리도 캐야지."

구월의 말이 끝나자마자 뾰로통해진 해금이 오금을 박듯 말을 받았다.

"그래도 돈은 많이 못 벌잖아요."

구월은 말없이 쓸쓸한 미소만 지었다. 날이 궂어도 물질을 나갔던 구월의 벌이가 신통찮은 것을 어린것이 눈치채고 하는 소리라 듣는 어른들의 맘이 짠했다. 일본인들이 주무르는 조합의 횡포를 조무래기들도 눈과 귀가 있어 웬만큼은 알고 있었다. 해금은 자신이 한 대꾸가 어른들의 심사를 불편하게 했다는 것을 알고는 그대로 입을 다물었다.

구월은 박의 꼭지 부분을 동그랗게 오려낸 뒤 그 속에 숟가락을 넣고 파기 시작했다. 박 껍질이 상하지 않게 조심하면서 파낸 박속은 버리고, 나물을 해서 먹을 부분은 소쿠리에 펼쳤다. 솜씨 좋게 속을 파낸 박들을 마당 한쪽에 늘어놓고 바짝 말렸다. 그렇게 말린 박은 처음 도려냈던 꼭지로 공기가 들어가지 않게 부레풀로 붙여져 테왁으로 거듭났다.

박상지는 며칠 전 지게에 한 짐 져 나른 억새풀 껍질을 벗겼다. 그러고는 속껍질을 끊어지지 않게 다시 잘 벗겨서 그물을 짰다. 새 그물은 구월이 만든 테왁에 매달려 망사리 구실을 제대로 할 것이었다. 이리하여 실질적인 집안의 경제를 담당하는 구월의 장비 일부가 완성되었다.

새로 짜낸 망사리는 구월이 캐고 따는 것들을 안전하게 담아줄 만큼 튼튼했고, 테왁은 달큼한 가을볕에 보기 좋게 말라서 윤기가 돌고 단단해졌다. 어린 해금의 눈에도 새 망사리와 테왁은 믿음직스러웠다.

"어머니, 내 것도 만들어줘요."

"넌 물질하기에 아직 일러. 이담에 네가 좀 더 크면 만들어주마."

"나도 얼른 물질을 잘 해서 전복도 따고 소라도 많이 잡고 싶어요. 돈 많이 벌어서 아버지 어머니 드릴 거예요."

"우리 해금이가 효녀로구나."

박상지는 자신을 빼닮은 어린 딸이 한없이 사랑스럽고 대견했다. 한편으로는 가난을 물려주게 될까 두려웠다. 반면 구월은 해금이 잠녀가 되는 것을 그리 내켜하지 않았다. 해금을 소학교에 보내 글을 배우게 하고 싶었다. 현모양처의 꿈을 꾸던 처녀들이 실과 바늘과 수틀을 팽개쳤다. 대신 책과 펜을 부여안은 채 신여성으로 출세하겠다는 꿈으로 갈아타고서 밖으로 뛰쳐나가도 크게 욕되는 세상이 아니었다. 세상은 변하고 있었고, 그 변화는 작은 어촌에서도 감지할 수 있었다.

그렇기는 하나, 뒤숭숭한 세상은 참말로 나락이 어디까지인지 떨어져봐야 알겠다는 듯 더욱더 흉흉해져만 갔고, 동냥 다니는 거지가 날로 늘어났다. 뭍에서는 농민들이 생활고에 시달리다 못해 거지꼴을 겨우 모면했을 성싶은 남루한 몸을 만주로 향하는 이민열차에 실었다. 제주에서도 먹고 살아보겠다고 많은 양민들이 짐 덩어리처럼 일본을 향한 연락선에 빼곡히 실렸다.

온 식민지 백성이 비렁뱅이가 되건 총알받이로 죽어나가건 일본에게는 하등 문제될 것이 없었다. 그저 모기 다리에서 피 뽑아 먹고, 나환자의 문드러진 콧구멍에 끼워둔 마늘까지 빼먹을 기세로 조선 침탈에 혈안이 되어 있을 뿐이었다.

이듬해 3월, 해금의 동생이 태어났다.

아들이었다. 물질 준비로 한창 바쁜 시기였으나 임례는 만사를 제쳐놓고 하나뿐인 올케의 해산을 도왔다. 해금의 할머니가 한 해만 더 살았어도 저승 가서 조상 뵐 낯은 있었을 텐데, 임례는 조카의 출생이 반가우면서도 한편으로는 서둘러 떠난 어머니를 생각하니 안타까웠다.

"요놈, 참 잘도 생겼지. 올케를 빼닮았구먼."

"어디요, 지 애비를 더 닮은 것 같은데요."

사이좋은 시누올케가 갓난쟁이를 목욕시키며 주거니 받거니 얘기를 나눴다.

"아냐, 눈매 또렷한 것 하며 요 코를 좀 봐, 영판 올케야."

"어디요, 여길 보세요. 쌍꺼풀이 있잖아요. 애비를 더 닮았다니까요."

"에계계, 그게 어디 쌍꺼풀이야?"

"자세히 보시라니까요. 속쌍꺼풀이 맞단 말예요."

두 여인은 아기 얼굴을 요리조리 뜯어가며 누굴 더 닮았네 하면서 한바탕 입씨름을 벌였다. 무슨 까닭으로 여인네들은 자기 배 아파 낳은 자식이 자신보다 남편을 더 닮았다고 하면 마음이 흡족해지는 것일까. 더욱이 아들일 경우는 그 정도가 더 심했다. 씨도둑은 못한다는 말을 자랑스럽게 내뱉으면서 말이다.

"차라리 해금이 날 닮고, 요 녀석은 지 애비를 닮았다면 좀 좋았을까."

구월은 아들 기영이 자신을 닮았음을 결국 인정하고 말았다. 해금은 자라면서 얼굴 모습이며 뼈대가 박상지의 축소판이 되어갔다. 고추라도 달고 나왔더라면 고놈 참 잘생겼다, 라는 소리를 들었겠지만, 계집아이치고는 그다지 아기자기한 용모는 아니었기에 예쁘다는 소리를 들은 적이 없었다.

구월의 새침해진 목소리에 임례는 빠득빠득 우긴 것이 못내 미안했다.

"애들은 크면서 자꾸 변하는 거야. 좀 있으면 또 변해. 뭐니 뭐니 해도 건강하게 잘 자라주는 게 제일 아니겠어?"

그건 그랬다. 한 집 건너 한 아이 이상 잡아가던 돌림병들도 매번 해금의 방문턱은 넘어오지 않았다. 큰 병치레 없이 잘 자라니 고마운 일이었다. 하는 짓이 다소곳하지는 않지만, 아직 어린 것이 생각이 깊고 말도 가려 하는 품이 가끔 대견스럽기도 했다.

사내애같이 생겼으면 좀 어떠랴. 고집이 센 것은 어쩔 수 없다마는 이 한세상 살아가려면 여자도 강단이 있어야 하고, 더러는 사내를 앞지르기도 해야 하지 않겠는가. 그런 생각을 하니 오히려 지금 그대로의 해금이 어미의 마음에 한결 위안이 되었다.

항간에 떠돌던 전쟁에 대한 불안이 현실이 되고 말았다. 종내 일본은 중일전쟁을 통해 대륙 진출의 야욕을 실현시켰다.

일본은 대한의 백성들을 대륙 진출에 동원하기 위해 먼저 자신들의 왕에게 충성하는 신민으로 거듭나게 한다는 얼토당토않은 논리를 앞세웠다. '황국신민화정책'이 그것이었다. 이 억지스러운 야욕을 위하여 식민지의 백성은 반드시 삼켜야 하는 달디단 꿀물이었고, 이용의 가치가 떨어지면 필히 뱉어내야 할 쓴 질경이 뿌리 같은 존재들이었다.

학교에서는 기미가요의 레코드를 틀어 놓고 군국주의의 상징인 욱일승천기를 게양했으며, 조회 시간이면 학생들은 달달 외워두었던 황국신민서사를 힘차게 외쳐야 했다.

1. 우리는 황국신민이다. 충성으로써 군국에 보답하리라.

2. 우리들 황국신민은 서로 신애, 협력함으로써 단결을 굳게 하리라.

3. 우리들 황국신민은 인고 단련의 힘을 길러 황도를 선양하리라.

참으로 가관이라 하지 않을 수 없는 것은, 이 황국신민서사의 문안 작성자가 조선인이고, 또한 손질하고 다듬은 사람도 조선인이라는 사실이었다. 미나미 총독의 지시에 의하여 김포 군수를 지낸 이각종과 전북 지사를 지낸 이대우가 바로 그들이었다.

일본 군부의 작품이나 마찬가지인 중일전쟁은 말 그대로 광란의 잔치라고밖에 달리 표현할 길이 없었다. 피로 시작된 축제는 더 많은 피를 갈구했다. 일본은 희대의 흡혈귀가 되어 같은 해 1937년 12월, 잔치의 하이라이트를 장식했다. 그들은 중국의 임시 수도인 난징에서 삼광작전(三光作戰)을 수행하였다. 죽이고 태우고 약탈하는 만행을 30만이 넘는 민간인과 포로와 패잔병들에게 가했다. 남녀노소 차별을 두지 않고 죽이고 태우고 약탈하는 방법은 무궁무진했다. 극악무도의 끝이 보이지 않았다.

이듬해 2월에 공포된 '육군특별지원병령'은 조선인에게까지 전쟁의 희생물이 되도록 강요하는 조치와 다름없었다. 말이 좋아 지원이었지 대부분은 강제성을 띤 압력에 의해 어쩔 수 없이 죽음의 도가니로 내몰린 경우였으며, 지원병들은 사실상 일본군의 인간 방패로 전락한 셈이었다.

전쟁에 광분한 일본은 '국가총동원법'을 제정 공포하였다. 전쟁이라는 목적을 위해 국가의 행정과 경제는 말할 것도 없고, 대한의 백성과 일본 자국민 전체가 그 잘난 목적을 향해 질서정연하게 우향우를 해야 하는 전시 파시즘 체제를 구축했다. 이 법으로 말미암아 의회의 기능을 무력화시키고 모든 법률은 전쟁에 초점이 맞춰진 칙령에 위임되었다. 인간의 기본권과 존엄은 조잡한 군홧발에 짓이겨지는 벌레와 별반 다르지 않았다.

어떤 지식인들은 지조를 벗어던지고 친일이라는 새 옷으로 갈아입고서 변절이라는 주제의 꼭두각시놀음을 했다. 나라 안팎으로 골병들어 망국을 실감하는 일은 이제 대수롭지 않은 일상으로 전락했고, 부걱거리며 입에 물렸던 게거품도 서서히 삭아갔다.

해금을 소학교에 보내고 싶었던 구월은 조촐한 희망을 접었다. '조선교육령'이라는 해괴망측한 법을 공포하여 한글 교육을 금지시켰고, 조상으로부터 대대로 물려받은 성과 이름을 일본식으로 갈아치우라고 했다. 조선 땅에서 김씨 성을 가졌던 사람들은 하루아침에 가네모토(金本), 가네하라(金原), 가네미츠(金光)로 바뀌었다. 알만한 지식인들 중에는 이름 바꾸기에 앞장서서 군국주의에 아부하는 작태를 보인 이들도 있었다. 그들은 자고 나면 무슨 법이네, 무슨 령이네 하면서 대한의 백성들을 들볶았다.

"우리 해금이 학교 보내려고 했는데, 아무래도 지금은 어렵겠죠?"

"우리말까지 못쓰게 만드는데 학교에선들 무얼 배우겠소. 세상이 바뀌면 모를까. 천하에 못된 놈들."

박상지는 이를 악물고 울분을 꾹꾹 눌렀다. 구월과 임례는 마당에서 잘 마른 미역을 다듬고 있었다. 해금에게 글이라도 깨우치게 하고 싶었던 구월의 꿈은 파도 거품보다도 더 빨리 사라져 버렸다.

"아무리 망한 놈의 세상이라지만, 먹는 입에 풀칠하는 걱정이라도 덜 수 있다면 얼마나 좋겠소. 뭍에서는 가뭄이 너무 심해 쌀 구경을 못한다지 않소. 그나마 있는 것도 일본 놈들이 죄다 공출해가니, 쯧쯧쯧."

"그래요? 그래도 여기는 바다에서 나는 것이라도 있으니 다행이네요."

박상지와 구월이 주고받는 말에 임례도 질세라 끼어들었다.

"바다에서 나는 것으로만 살 수 있나, 사람은 뭐니 뭐니 해도 곡기를 배 속에 넣어야 그게 힘이 되는 거지."

"우리도 어렵다지만 뭍에서 사는 사람들에 비하면 그나마 낫다고 해야 하나 말아야 하나. 참, 어쩌다 나라가 이 지경이 되었을꼬."

박상지는 잘 피우지도 못하는 곰방대를 입에 물었다.

"동생, 저어기 윗마을 대추나무집 큰아들 알지? 그 큰아들이 돈 벌러 부산으로 나갔다가 글쎄 반년 만에 거지꼴로 돌아왔대. 발이 불어터지도록 돌아다녀봤지만 일자리가 없더래. 먹을 것도 없어서 풀뿌리며 나무껍질을 벗겨 죽을 쑤어다가 먹는 사람들 천지라네."

임례가 전하는 말에 구월은 대처로 돈 벌겠다고 떠난 셋째 오빠가 생각났다. 구월보다 두 살 위인 셋째 오빠는 어디서 무얼 하고 있을지 궁금했다. 우도에 있는 식구들에게 가끔 소식이라도 보내기는 하는 것일까. 아니면 그도 벌써 피골이 상접한 거지꼴로 이 집 저 집 기웃거리지나 않는지 걱정이었다.

구월은 임례를 따라 일본으로 출가물질을 떠났다. 이런 난세에는 그저 돈을 버는 것이 첫째였다. 매형에게서 인솔자의 일을 배웠던 박상지도 구월과 더불어 일본으로 나갔으니, 해금과 어린 기영은 구월의 친정집이 있는 우도에 맡겨졌다. 바짝 마른입에 보릿가루 한 움큼을 털어 넣은 것보다 더 퍽퍽한 세상살이에도 철없는 것들에게는 온 천지가 무궁무진한 놀이터였다. 우도를 둘러싼 바다는 열 살 전후의 소녀들에게 잠녀의 자질을 점검하고 시험하는 천혜의 놀이마당이 되어주었다.

동생 기영을 외숙모에게 맡기고 해금은 해가 떠서 넘어갈 때까지 또래들과 어울려 바닷가에서 잠녀들 흉내를 내며 놀았다. 해가 중천에 걸리기도 전에 허기진 배에서 어김없이 소리가 났다. 까무잡잡한 소녀들과 해금은 작은 소쿠리에 담아 온 주먹밥을 베어 물었다. 보리와 조에 톳을 넣고 지은 밥을 똘똘 뭉친 주먹밥은 찰기가 없어 보리 따로 톳 따로 흩어지기 일쑤였다. 그러면 어떠랴. 꿀맛보다 다디단 주먹밥이 목구멍을 간질이며 순식간에 해금의 배 속으로 조 한 톨 남김없이 사라졌다. 해가 중천을 지나 서쪽으로 이울 무렵이면 또 배가 고팠다. 그럴 때면 미역귀를 잘근잘근 씹으며 심심한 입과 출출한 속을 달랬다. 운이 좋으면 저보다 더 성숙한 소녀들이 가져다주는 고둥이나 홍합 몇 개를 얻어 불에 구워먹었다.

검은 모래 해안인 검멀레에는 고래들이 살았다는 고래콧구멍 동굴이 있었다. 그 동굴을 향해 앉아 몸을 태우고 재잘거리며 보내는 시간들은 어찌 그리도 후딱 지나갈까. 얼마나 큰 고래이며 어떤 고래인지, 몇 마리나 살았는지, 언제 또 올 것인지, 매일같이 똑같은 상상을 해도 재밌었다. 더러는 미역이나 고춧잎, 무 또는 호박 등속을 말리고 있는 평상 귀퉁이에 앉아 말라가는 것들을 질겅질겅 씹으며 해가 옮겨가는 반경에 따라 만물이 그늘을 만들어내는 모습을 지켜봤다. 어느새 성인 티가 나는 쌍둥이 외사촌 오빠들이 다리가 불편한 외삼촌을 도와 잡아 온 물고기를 손질하는 것도 흥미로운 구경거리였다. 부모님이 풀어내는 보따리에서 딸려 나올 것들을 미리 상상하는 재미는 매번 짜릿했다. 두어 해를 우도에서 보낸 해금은 어린 시절을 통틀어 가장 발랄하고 아름다운 시절이었음을 훗날 기억할 것이었다.

난세에 출세하겠다는 것도 아니고, 남들보다 잘살겠다는 것도 아니며, 오로지 입에 거미줄 치는 일 없기를 바라는 평범한 백성들은 하루살이와 진배없는 사람살이에 진절머리가 났다. 매일 들려오는 소식은 살벌하지 않으면 맥 빠지는 것들이었다. 더는 전전긍긍하며 살고 싶지 않았다. 총독부가 선포한 '국민징용령'은 사실상 본격적인 강제 연행이나 다름없었다. 비록 '조선인 노무자 내지 이주에 관한 건'이라는 그럴싸한 형식을 취하고 있었지만, 다름 아닌 민족말살정책의 강화가 그들의 검은 속내인 것을 조선 천지에 그 누가 모르겠는가. 어수룩한 인간조차도 믿을 것이 못된다는 것을 알았다.

혹시나 하고 기다리다 보면 세상이 뒤집혀서 해금을 소학교에 보낼 날이 올지도 모른다는 쥐뿔만 한 희망을 몰래 품었던 구월이었다. 희망을 접긴 했으나 버린 것은 아니었기에 언젠가는 접은 것을 펼쳐낼 좋은 세상 만나지 않겠는가. 구월은 그런 작은 기대로 힘을 얻곤 했었지만, 이번에는 미련 없이 걷어내버렸다. 일본은 소학교를 국민학교로 개칭하고 조선어 교육을 완전히 폐지시켰다. 몰래 숨겨둔 희망 한 뿌리조차 두고 보지 못하는 그들의 말라 비뚤어진 심보가 치가 떨리게 미웠다.

여러 해 전부터 일본으로 이주할 계획을 세웠던 임례의 가족은 마침내 그 계획을 실행에 옮겼다. 박상지와 구월도 결단을 내렸다. 바닷가에서 사는 것 외의 삶은 상상도 해보지 못한 그들이었다. 어차피 먹고살자고 하는 일, 이왕이면 더 넓은 곳으로 나가 좋은 세상 만날 때까지 악착같이 돈 벌자. 돈 많이 벌어 고향으로 돌아오자고, 자식들 얼굴에 핀 버짐을 걷어내고 입성이라도 온전히 시키자고 뜻을 모았다.

해금은 멀찌감치 떨어져서 구경만 했던 기미가요마루를 난생처음 바로 코앞에서 올려다봤다. 기가 눌릴 만큼 위용이 대단한 배였다. 1941년 5월, 동생 기영을 등에 업은 해금은 그 웅장한 연락선의 승객이 되었다. 해금의 나이 열한 살이었다.

2. 여객선

부우우우 웅, 부우우우 웅.

콘트라베이스 음역에 가까운 소리다. 깊은 음빛깔의 뱃고동을 멋들어지게 뽑아낸 사루비아 호는 정확히 밤 10시 20분, 도쿄 다케시바 여객선 터미널을 벗어나 태평양 쪽 바다를 향하여 유유히 몸을 튼다.

하네다 발 비행기는 며칠째 움쩍도 하지 않는다. 화산가스 때문에 비행기 결항이 잦다. 시간을 다퉈야 하는 사람들에겐 여간 짜증스런 일이 아니다. 비행기가 취항을 순조롭게 한다고 해도 바쁜 일 없는 미유처럼 여객선을 선호하는 사람들이 아직은 많은 편이다.

도쿄는 꿈틀대는 거대한 야광충으로 변신해 있을 시간이다. 레인보우브리지와 도쿄타워, 오다이바의 마천루들은 낮 동안에 존재했었다는 증거를 보이기 위해 필사적으로 화광을 발산하고 있다. 그러나 그것은 착각이다. 그것들은 아무것도 증명해내지 못한다. 인간은 낮과 밤을 연결하고 싶어 하지 않는다. 그것들은 그저 불빛 신기루일 뿐이다.

밤은 날카로운 빛의 단칼에 맥도 못 추고 비틀거리며 뒷골목 쓰레기봉투 더미 밑으로 납작하니 숨어들어 악취를 맡아야만 한다. 새벽이 올 때까지. 먼 옛날 빛이 미약하던 시절부터 새벽은 만물의 구원자다. 인공의 빛들이 황혼녘을 기점으로 슬그머니 완력을 휘두르는 21세기에도 새벽은 여전히 권위를 잃지 않고 있다.

그런 새벽과 어깨를 나란히 하고 섬에 도착하는 거다. 장엄한 분위기에 우수가 살짝 곁들여진 모양새면 더 좋겠지. 도도하게 보이는 것도 괜찮을 것 같다. 걸음걸이에 신경을 좀 쓰자. 한 걸음 내딛을 때마다 지면에 음각으로 발자국을 새길 수 있도록. 동쪽으로 향하는 오르막길 중간쯤이면 아마도 새벽은 숨을 헐떡일 것이다. 새벽이 구원자로 있을 수 있는 시간은 꽤 짧은 편이니까. 제아무리 새벽이라 해도 태양 아래서 용빼는 재주를 부릴 수는 없다. 결국 개선장군이라는 타이틀은 미유의 독차지다. 한편의 대서사시가 간단하게 완성된다. 이런 조잡한 시나리오를 머리에 그리는 여유라니, 미유는 히쭉 웃고 만다. 닭살 돋는 허영심하고는.

잘나가던 잡지사를 박차고 나와 프리랜서 기자 겸 번역가로 일한 지 3년째다. 일거리가 많이 들어오는 것도 아니고, 대단한 작품을 번역하는 것은 더더군다나 아니다. 소설을 써보고 싶다는 생각도 해봤지만, 모름지기 소설가란 개떡 같은 주제도 찰떡같이 쓸 수 있어야 하는데, 아무리 생각해봐도 그럴 자신이 없다. 일찌감치 그 생각을 접고 잡지사에서 하던 일의 연장이나 다름없는 시시껄렁한 프랑스 잡지의 기사들을 번역하고 있다. 수입에 대해서는 말하고 싶지 않다. 오죽했으면 부모 밑으로 다시 들어갔겠는가.

도쿄만을 다 빠져나갈 즈음, 육중한 선체에 제법 속력이 붙는다. 4월 초순의 밤바람이 아직은 차다. 난간에 기대어 있던 미유는 멀어져가는 도쿄의 야경을 향해 손을 팔랑팔랑 흔들어 아쉬울 것 없는 작별을 고한다.

미야케지마(三宅島)는 도쿄에서 남해상으로 약 180킬로미터 떨어져 있다. 직경 8킬로미터에 둘레가 38킬로미터, 면적이 55.4제곱킬로미터로 거의 원형에 가까운 섬이며, 지금도 살아서 꿈틀대는 화산섬이다. 수심 300~400미터의 해저로부터 우뚝 솟은 오야마(雄山)는 현무암질의 성층화산으로 이 섬의 중심에 위치한 최고봉이다.

약 20년 주기로 폭발하던 화산이 17년 만인 2000년 6월 26일, 지진을 시작으로 분화하였다. 대분화였다. 그 바람에 미야케지마는 4년 반 동안 무인도로 지냈다. 아직까지 화산가스를 뿜어대는 오야마는 바라보는 것만으로도 심장을 써늘하게 만든다. 깊이 모를 검고 큰 아가리에서 언젠가는 또다시 불덩어리를 꾸

역구역 토해내며 화산재를 하늘 높이 쏘아올릴 것이다. 고압적인 오야마가 떡하니 버티고 있는 그 섬을 향해 미유는 간다. 6시간 40분 동안 검디검은 밤을, 그보다 더 칠흑 같은 바다를 가르며.

4인용 일등 선실의 마룻바닥에는 네 사람을 위한 이부자리가 마련되어 있지만, 그날 그 방을 사용하는 사람은 미유 혼자다. 휴가철이나 주말이 아니면 종종 이렇게 넓은 선실을 독실처럼 편안하게 이용할 수 있다. 잠자리를 입맛대로 고를 수 있다는 것은 꽤 매력적이다. 미유는 재킷을 벗어 벽에 붙은 옷걸이에 걸고, 선실 유리창에 비춰진 자신의 실루엣을 쳐다본다. 스키니 청바지와 몸에 붙는 셔츠가 그녀의 몸매를 고스란히 드러내고 있다. 20대 후반이지만 초반의 늘씬하고 군더더기 없는 라인을 가감 없이 그대로 유지하고 있다. 관리에 소홀하지 않았다는 증거다. 변함없는 것 중에는 포니테일 스타일의 머리도 있다. 몸매 감상은 기분 전환에 꽤 도움이 된다. 이것도 선실을 혼자 사용할 때의 좋은 점 중의 하나다.

텔레비전을 켠다. 혼자여서 좋은 점 중에 TV 리모컨을 독차지할 수 있다는 것도 추가된다. 혼자 있을 때면 즐겨보지도 않는 텔레비전을 습관처럼 켠다. 혼자라는 느낌을 살짝 지울 수 있기 때문이다. 프랑스 유학 시절, 어학 공부에 도움이 된다 하여 구입한 중고 텔레비전을 숙소에 있는 내내 켜놓고 살았다. 그것은 어쩌면 핑계였을 수도 있다. 낯선 나라에서 혼자 고립된 듯한 느낌과 적막한 분위기에서 벗어나기 위한 방편이었는지도 모른다. 그 핑계가 어느새 버릇이 되어버렸다.

여행용 보스톤백에서 세면도구와 수건이 든 작은 비닐백과 꼼꼼히 포장한 살라미를 꺼낸다. 갑판에서 선실로 들어올 때 자동판매기에서 뽑아온 350밀리미터짜리 캔 맥주 두 개가 있다. 맥주에 살라미를 안주 삼아 재미도 없는 텔레비전의 대담 프로를 건성으로 본다.

약 한 시간 정도 캔 맥주를 홀짝거리는 사이에 시간은 자정을 향해 페이스를 전혀 흐트러뜨리지 않는 마라톤 선수처럼 달린다. 너무도 정확한 템포로. 시간이 페이스를 놓쳐서 발이 꼬여버린다면 어떤 일이 생길까. 모든 것이 엉망진창이 되겠지. 인간사회는 한순간에 아수라장이 될 것이다. 지구상에 생명체는 존재할 수 있을까.

아서라! 이런 생각 따위는 잠들기 전에는 안 하는 게 낫다. 통제되지 못한 상상력은 널뛰기를 할 것이 분명하고, 막판에는 명료하지 못한 머리가 지끈거리다 못해 잘게 분해되어버릴 것이다. 미유의 상상은 대부분 허무맹랑한 공상으로 끝나기 일쑤다.

몸속으로 퍼진 술기운이 적당한 나른함을 준다. 두 뺨은 옅은 홍조로 채색되어 있다는 걸 거울을 보지 않아도 미유는 안다. 빈 맥주 깡통과 살라미 포장지를 쓰레기통에 버린 뒤, 세면도구가 든 비닐백을 들고 선실 밖으로 나간다. 세면장은 복도를 따라 7미터 정도 떨어진 곳에 있기 때문이다.

맥주는 캔 두 개쯤이 딱 좋다. 약간 알딸딸한 정도의 취기는 미유의 기분을 좋게 만든다. 캔 맥주 두 개, 와인 두 잔, 청주 두 잔, 소주 역시 두 잔, 한국산 막걸리도 두 잔. 둘이라는 숫자를 딱히 좋아하는 것은 아니지만, 술과 관계된 것은 종류를 막론하고 두 잔이다. 이유는 없다. 버릇에 반드시 이유가 있어야만 하는 것은 아니다. 언제부터 그랬는지는 기억에 없지만, 그 정도가 미유에겐 최상의 컨디션을 유지시켜주는 활력소가 된다. 약간 표현을 과장하자면, 황홀감마저 준다고나 할까. 두 잔을 마시는 시간은 분위기에 따라서 매번 다르다. 10분 만에 두 잔을 비울 수도 있고 두 시간이나 그 이상이 걸리는 경우도 있다. 역시 분위기란 중요한 것이다.

세면장을 다녀온 미유는 매트를 깔고 그 위에 시트를 편 뒤 텔레비전과 실내등을 끈다. 이미 갑판에도 꼭 필요한 조명만 빼고 다 꺼져 있어 안이고 밖이고 꽤 어둡다. 그녀는 자리에 누워 잠을 청해 보지만, 평소에는 베개에 머리만 닿았다 하면 꿈나라 가기가 바빴는데 지금은 그렇지가 않다.

약 5천 톤급, 정확히는 4,973톤이며 정원 816명인 여객선 사루비아 호는 11,200마력짜리 동력과 20노트의 속력으로 파도를 가르며 바다를 내달리고 있다. 스크루 프로펠러를 돌리는 웅장한 추진력은 배 전체를 진동시키면서 끊임없는 소음을 생산해낸다.

우우우 웅 크르르르 릉, 우우우 웅 크르르르 릉……

바로 이것이 미유를 잠들지 못하게 만드는 주범이다. 아무리 쉽게 곯아떨어지는 사람도 때와 장소와 상황을 깡그리 무시하지는 않는다. 이렇게 야간을 이동해가는 여객선에서의 경우도 예외는 아니다. 수마의 달콤한 유혹은 미유 주변을 맴돌 뿐, 선뜻 다가와주지 않는다. 배는 미유를 부드럽게 재워줄 마음이 전혀 없다. 손님 대우가 말이 아니다.

그래도 어느 결엔가는 잠 속으로 빠져든다. 지구상의 생명들은 환경과 시간의 상호작용에 적응하기 마련이다. 게다가 미유는 그 적응력이 월등한 축에 속한다. 소음과 진동이 기관실을 빠져나와 여러 구조물들을 통과하여 선실 바닥에 도달할 쯤에는, 울림과 떨림이 어느 정도 여과되어 미쳐버리고 싶다는 생각이 들 정도는 아니다. 뭐랄까, 결코 유쾌하지는 않지만 소음도 나름대로는 일정한 리듬을 가지고 있다. 이미 하루를 꼴깍 넘기고 적당한 술기운과 피로에 휘감긴 미유는 그 리듬을 박력 있는 자장가쯤으로 여기다가 잠이 든다.

자기 전에 마신 맥주 때문에 화장실에 가려고 잠이 깬 미유는 휴대폰으로 시간을 확인한다. 2시 48분. 칙칙한 복도에는 작은 날벌레의 그림자조차 없다. 4미터가량 앞에 있는 코너를 도는 순간, 웅크리고 있던 물체가 쓰윽 일어나서 손이라도 덥석 잡는다면 기분이 어떨까. 괴담영화를 찍으면 딱 좋을 장소다. 썩 그럴듯한 스토리를 만들 수 있을 것 같다. 시나리오를 한번 써볼까, 라는 생각을 몇 초 동안 해본다. 생각은 생각으로 끝내자, 쓸데

없는 공상이 부풀기 전에. 지금은 볼일 보는 것이 급선무다. 미유는 발소리를 죽여 세면장과 붙어 있는 화장실로 간다.

여객선의 화장실을 이용하는 것은 에너지가 많이 필요하다. 몸의 균형을 잘 잡기 위해서는 힘을 적절히 분배할 줄 알아야 한다. 특히 파도가 높은 날은 균형 감각이 떨어져서 아랫도리가 지저분해질 우려가 있다. 좌변기가 아니고 쪼그리고 앉아서 일을 보는 구닥다리 수세식 변기니 어쩔 수 없는 노릇이다.

새벽 다섯 시경, 사루비아 호는 또 한 번 목청을 가다듬어 굵고 멋들어진 음조의 뱃고동을 울린 뒤, 승객들을 아코 지역의 사비가하마 항에 부릴 준비를 한다.

출입구 앞에 일렬로 서서 하선을 기다리는 무리에 미유도 합류한다. 잠이 덜 떨어졌는지 대부분의 얼굴들이 푸석해 보인다. 미유라고 예외는 아니다. 새벽과 더불어 장엄하고 도도하게 섬에 입성하리라던 공상은 도쿄만을 빠져나오기도 전에 스크루 프로펠러에 흔적도 없이 갈려버렸다. 이것저것 생각하기도 싫고 얼른 할머니 집으로 가서 부족한 수면을 만회하고 싶은 심정이 굴뚝같다.

현문과 부두 사이를 이어주는 가교에 올라서다가 아뿔싸, 미유의 발이 꼬이는가 싶더니 어느새 몸은 휘청하면서 앞으로 고꾸라지는 것이 아닌가. 잠이 확 달아난다. 순식간에 생긴 일을 대처하기엔 보통 이상의 순발력이 필요하다. 그나마 다행이라고 해야 할까, 미유는 앞서 나가던 남자의 건장한 등판—엄밀히 따져 말하면 딱 벌어진 등짝의 오른쪽 견갑골 아래쪽 부근—에 이마를 찍으면서 겨우 몸을 가눈다. 자칫 대망신할 뻔한 순간을 모면한 셈이다.

하지만 갑자기 등판이 찍히는 바람에 화들짝 놀라 돌아보는 남자의 일그러진 얼굴이 미유를 불판의 오징어로 만든다. 미유는 얼굴이 화끈거리고 심장까지 오그라든다. 구릿빛 피부에 구레나룻, 구둣솔같이 뻣뻣한 머리카락의 남자는 퍼뜩 야쿠자를 떠오르게 한다. 얼른 눈을 아래로 깔고 연신 고개를 까닥대며 용서를 구해본다.

"죄송합니다. 정말 죄송합니다."

미유의 입술도 덩달아 오그라들어 가부키 인형의 입만큼 작아진다.

그 남자가 진짜 야쿠자라면 쌍심지 켠 눈으로 너 뭐야, 라는 말을 이빨 사이에 물고 집게손가락에 힘을 잔뜩 넣어 미유의 고개가 돌아갈 정도로 볼을 짓누를 것이 틀림없다. 그다음은 생각하기도 싫다. 다행히 야쿠자는 아닌 듯하다. 험악한 표정은 지워 없앴지만, 여전히 불편한 인상을 주는 남자는 입술을 살짝 달싹이며 한마디 툭 던진다.

"괜찮아요."

순간 풋, 하고 미유는 웃을 뻔했으나 아랫입술을 꼭 깨물고 꾹 참는다. 생김새와는 달리 나직하고 부드러운 목소리의 남자라니. 그 목소리는 신선한 와인인 보졸레 누보가 되어 미유의 오그라든 몸과 마음을 풀어준다.

긴장하고 있어서 몰랐던가, 이마가 욱신거린다. 견갑골 아래쪽을 얻어맞은 남자도 꽤나 아팠을 것 같은데, 괜찮다고 하니 감사할 따름이다. 한 번 더 사과를 해야 옳겠지. 보스톤백을 들고 숄더백을 멘 채 허리를 거의 90도로 꺾다가 미유는 남자의 등짝 한복판에 머리를 또 부딪치는 실례를 범하고 만다.

"안 가고 뭐 하나?"

"거기 빨리 좀 나갑시다."

미유 뒤에서 몇몇의 짜증 섞인 목소리가 들리자, 등짝을 맞은 남자는 뒤돌아보기를 포기하고 성가신 사람에게서 달아나듯 성큼성큼 가교를 건너간다. 미유는 조심조심 종종걸음으로 남자 뒤를 따라 부두로 내려선다.

"정말 죄송합니다. 다시 한 번 사과드립니다."

톤을 높인 미유의 목소리는 제법 쌀쌀한 새벽 부두의 공허한 메아리가 되어버린다. 미유를 상종하지 않겠다는 뜻인가, 등짝 남자는 뒤도 돌아보지 않고 멀어져간다.

진심으로 사과를 하는데, 사람 무안하게 그냥 가다니 꽤나 무뚝뚝하다. 산적같이 생긴 얼굴에 성격도 꼭 그만할 거란 생각이 든다. 방금 했던 사과가 어지간히 멋쩍어서 메아리를 잡아다가 발로 질근질근 밟고 싶다. 산적은 좀 그렇다. 여긴 섬이니까 해적이라고 하는 게 더 어울리겠다. 저런 남자는 분명히 여자도 없을 거다. 사라져가는 등짝남자의 뒤통수를 향해 속으로라도 씹고 나니 아주 조금은 후련해진다.

부두에서 도보로 10분이 채 안 걸리는 할머니 집까지 잽싸게 가서 한숨 푹 자고 싶다. 자고나면 이까짓 해프닝쯤은 기억에서 말끔히 사라질 것이다.

부두가 끝나는 곳 정면에 호텔이 있고, 호텔 앞에는 섬을 일주할 수 있는 최단 코스의 아스팔트 도로가 좌우로 펼쳐져 있다. 무조건 직진만 하면 되니까 초보 운전자가 도로주행 연습을 하기에 최적의 코스다. 산길을 따라 급커브가 이어지는 난코스가 한 군데 있기는 하지만 말이다. 파친코와 대중탕까지 갖춘 이 호텔은 섬에서 가장 큰 호텔이자 유일한 호텔이다. 여름 휴가철이나 각종 시즌 이벤트, 즉 스쿠버다이빙이나 낚시 대회, 사이클 로드레이스 또는 모터 대회 등이 있으면 호텔은 꽤 붐비는 편이지만, 요즘은 경기가 별로인 것 같다. 섬 반대편 쪽에도 호텔이 하나 더 있지만 화산 분화로 지금은 폐쇄된 상태다. 호텔 외의 숙박 시설로는 민박들이 여럿 있으므로 결코 잠잘 곳이 없어 고민해야 할 필요는 전혀 없는 섬이다.

호텔을 마주 보고 미유는 오른쪽으로 방향을 틀어 완만하게 경사진 도로를 따라 걷는다. 걷다 보면 오른편에 주류를 취급하는 기타가와 상점과 맞은편의 잡화점을 만난다. 조금 더 가면 섬에서는 아주 드물게 신호대가 있는 사거리가 나타난다. 마침 초록불이다. 횡단보도를 건너자마자 오른쪽 코너에 있는 주유소와 우체국을 통과하여 약간만 더 올라가면, 왼쪽 건너편에 산으로 통하는 작은 오솔길이 나온다. 미유는 길을 건너 그 오솔길을 따라 약 100미터 정도 타박타박 올라간다. 마침내 오른쪽 경사지 위에 제법 너른 터를 닦아 지은 '아리수'라는 민박집에 다다른다. 바로 거기가 미유의 최종 목적지인 할머니, 박해금의 집이다.

남서향으로 문을 내고 동남쪽으로 길쭉하게 손님방을 만든 아리수는 투숙객을 받지 못한 지가 꽤 되어서일까, 고즈넉한 분위기가 도를 넘어 괴괴함을 풍긴다. 중개축을 거쳐 오늘에 이르기까지 30년을 바라보는 세월 동안, 곳곳에 해금의 손길이 고스란히 느껴지는 집뿐만이 아니라 손때를 먹인 잡동사니들이 미유는 참 좋다.

예전에는 심심찮게 손님들이 다녀갔으나 베이징 올림픽이 열렸던 그해, 해금이 큰 병을 얻어 입원과 수술, 치료 등으로 일 년간 민박집을 비운 뒤로는 아주 각별한 단골이 아니면 손님을 안 받는다. 각별한 손님이래야 도쿄에 거주하는 재일교포 사업가와 섬에서 개최하는 사이클 로드레이스에 참여하러 왔다가 해금의 민박집에 묵은 인연으로 단골이 되어버린 사람이 전부다. 시즈오카에서 편의점을 한다는 그도 역시 재일교포다. 동족의 유대감을 누가 감히 무시할 수 있겠는가.

미유는 언제나처럼 잠겨 있지 않은 현관문을 연다. 남편을 먼저 저세상으로 떠나보내고 혼자가 되면서부터 해금은 현관문을 잠근 적이 없다. 그녀에 의하면, 문을 꼭꼭 잠근 집에 도둑이 더 잘 든다고 한다. 도둑이 든다 한들 마땅히 가져갈 것도 없거니와 또 가져갈 것이 있다면 내주면 될 일이지, 뭐가 무서워서 문을 잠그느냐는 것이 해금의 지론이다. 철모르고 까불던 시절에 그런 소리를 들을 때면 미유는 또박또박 대꾸를 했었다.

"이런 섬에서나 그렇죠, 도쿄나 대도시에 살게 되면 할머니도 별수 없이 문을 잠그게 될걸요."

"그게 내가 여기서 사는 이유 중의 하나지."

"그럼, 다른 이유도 있어요? 그게 뭔데요?"

"이담에 크면 가르쳐주마."

"지금 가르쳐 주면 안 돼요?"

해금은 대답 대신 싱긋이 웃었고, 미유는 노상 똑같은 대답이 불만이었지만 이유를 가르쳐달라고 조른 적은 없다.

집 안으로 들어가 마루로 올라선 미유는 가방들을 한쪽에 내려놓고 해금이 자고 있을 방문을 살금살금 열어본다. 방 안은 텅 비어 있다. 화장실에도 주방에도 손님방 그 어디에서도 해금은 없다. 집 밖으로 다시 나온 미유는 마당을 가로질러 '카페 아리수'라는 팻말이 붙은 출입문을 열어본다.

역시 해금은 보이지 않는다.

카페의 건축 연도는 민박집보다 훨씬 짧다. 2000년 화산 분화 이후 4년 반 만에 다시 섬으로 돌아온 해금이 사람을 사서 지은 2층짜리 아담한 목조건물이다. 아래층은 숙식을 할 수 있는 공간으로 꾸미고, 위층은 오솔길 쪽으로 테라스를 낸 카페다. 카페 출입구와 민박집은 한 마당 안에 있다. 그러므로 아래층은 오솔길에서 보면 분명 1층이지만 해금의 집을 기준으로 치면 지하가 되는 셈이다.

비탈진 민박집 입구의 왼편에 세워진 목조건물은 낮에는 평범해 보이지만, 어둠이 내리는 시간이면 화려하게 변신한다. 카페의 통유리에 걸려 있는 아크릴 조각 사인에 불이 들어오고, 테라스에서 아래층까지 길게 늘어진 전선에 다닥다닥 붙어 있는 형형색색 자잘한 꼬마전구에 불이 밝혀진다. 그것으로 카페 아리수의 화장이 끝난다. 입구의 사철나무에 장식되어 있는 꼬마전구는 미유가 직접 달았다.

미유의 엄마 메구미는 이 카페를 그다지 좋아하지 않는다. 밤풍경이 꼭 가난한 항구의 선술집 분위기를 연상시킨다느니 어쩐다느니 하면서 말이다. 지나치게 도회적인, 그래서 우아함을 옆구리에 끼고 사는 메구미로서는 당연한 반응인지 모르나, 미유는 그럴 때마다 딸의 정서를 바닥으로 끌어내리는 엄마가 가끔은 징그럽다.

메구미가 카페를 마음에 들어 하지 않아도 인정하는 것이 두 가지 있는데, 바로 아리수라는 이름과 테라스다. 테라스에 서면 눈앞에 드넓은 바다와 수면 위로 우뚝 솟아올라 있는 세 개의 바위섬 산본다케가 보인다. 거기서 만나는 석양은 숨이 턱 막힐 정도로 아름답다.

해금은 카페를 오픈한 뒤 가까운 이웃이나 밤배를 타고 고기잡이 나갔다가 새벽에 들어오는 어부들과 민박 손님을 상대로 커피나 차와 같은 음료를 팔았다. 간단한 먹을거리에 생맥주도 내놓았다. 혼자서 많은 일을 처리하기가 힘에 부치자 나중에는 목조건물을 통째로 세를 놓았는데, 일 년 넘게 아래층에 살면서 카페를 운영하던 여자도 한국인이었다. 해금의 유대감은 이런 경우에도 유감없이 발휘된다.

민박집의 오랜 단골인 재일교포 사업가의 소개로 섬에 들어온 한국 여자였다. 해금은 장사가 별로 신통치 않아 도쿄로 돌아가 겠다는 그녀를 잡았다. 카페에 가라오케 기계를 들여놓고 월세도 깎아주니 다시는 군말 않고 카페를 운영하였다. 그러다가 해금이 도쿄의 병원으로 이송되어 간 뒤, 오래지 않아 그 여자도 카페를 정리하고 떠났다.

2008년 초가을, 해금이 대학병원에 입원하여 비소세포폐암이 라는 진단을 받고 수술을 한 뒤, 방사선 치료와 화학요법으로 요 코하마에 있는 아들집에서 통원 치료를 받은 기간이 거의 일 년 이었다. 해금은 어느 정도 회복이 되자 가족의 만류에도 불구하 고 섬으로 돌아왔다. 그러고는 소일 삼아 해떨어지기 전까지만 카페를 찾아오는 손님에게 차를 내놓았는데, 얼마 전부터는 그 일도 완전히 손을 놓았다 한다.

그러니 카페도 아래층도 텅 비어 있는 것은 당연하다. 여기가 섬이기에 망정이지 만약 대도시라면 문을 잠그지 않는 할머니의 민박집이며 카페 건물은 아마도 노숙자들의 온상이 되었을 것이

틀림없다고 생각하니 미유는 진저리가 쳐진다.

미유가 카페 문을 닫고 막 돌아서는데 텃밭이 있는 민박집 뒤쪽에서 해금이 나온다. 사진에서 본 한국 농촌의 아낙들처럼 머리에 수건을 두르고 나타난 그녀의 해맑은 미소가 미유에게로 다가온다. 지난겨울에 봤을 때보다 등이 더 굽어 있다. 미유는 할머니의 미소가 아무리 해맑아도 탁해진 안색을 통해 육체가 얼마나 쇠락해져 있는지를 한눈에 알아본다. 가슴이 물크러질 것 같다.

아들 내외와 미유가 함께 살자고 애원해도 끝끝내 고집을 피우며 섬에 살겠다던 해금이었다. 그런데 이번에는 스스로 아들네와 요코하마에서 같이 살겠으니 미유가 와서 집 정리를 도와달라고 했다. 그 자체가 심상치 않은 심경 변화였는데, 대충의 짐작도 못하다니.

망부석처럼 서 있던 미유는 해금에게로 가까이 가지 못하고 도리어 병약한 해금이 미유에게 다가오도록 만든다. 얼마나 무심한 인간인가. 미유가 자신의 어리석음을 질책하는 사이, 그녀의 보드라운 왼손이 해금의 까칠하고 앙상한 양손에 냉큼 잡힌다. 해금의 그 강하던 손힘은 어디로 갔을까. 낡고 빈 작업용 장갑에 손이 잡힌 느낌이다. 자기가 먼저 할머니 손을 잡지 않아서 다행이라고 미유는 생각한다. 만약 미유가 먼저 해금의 손을 잡았다면 할머니의 손은 분명 마른 낙엽처럼 바사삭 소리를 내며 바서져버렸을 거다.

그제야 미유는 자신이 어정쩡한 미소를 짓고 있고, 그 미소란 것도 이름만 미소이지 볼썽사납고 딱딱하게 굳은 입술 근육의 뒤틀림일 뿐이라는 것을 깨닫는다. 한번 뒤틀린 근육이 잘 풀리지 않는다. 한바탕 울어버리면 풀리려나, 하는 생각이 끝나기도 전에 미유는 해금을 와락 껴안고 울음을 터뜨리고 만다. 목젖이 보일 만큼 입을 벌린 채. 그렇게 봇물을 터뜨리고 나니 좀 낫다.

"아이고 우리 강아지, 힘이 이리도 센 줄 몰랐네."

강아지라니, 오랜만에 들어보는 소리다. 미유가 싫다 해도 해금은 종종 한국말로 강아지라고 불렀다. 미유가 고등학생이 된 후로는 더 이상 들어보지 못한 말이다.

미유는 해금이 바스러질까 봐 감고 있는 팔은 풀지 않고 힘만 살짝 들어낸다.

"할머니, 왜 이렇게 말랐어요? 그새 왜 이렇게 작아져버렸느냐고요."

울음이 잔뜩 묻은 소리는 말이라기보다는 웅얼거림의 범벅이다. 해금은 어깨의 힘을 이용해서 미유의 팔을 풀며 말한다.

"얘가 왜 이리 울어, 그만 뚝 해라. 이러다 감기 걸리면 어쩌려고."

의외로 할머니의 어깨 힘이 세게 느껴진다. 갑작스레 힘이 재생된 것일까. 그렇다면 다시 등도 펴지고 예전의 건강함을 되찾게 되는 것이 아닐까. 그런 일이 생기는 것을 소위 기적이라고 한다. 기적이 딴 곳에서만 일어나는 추상적인 사건은 아닐 것이다. 미유의 할머니에게도 충분히 가능한 일이지 않는가.

아니다. 지푸라기라도 잡고 싶은 심정에 너무 앞서가는 거라고 미유는 마음을 고쳐먹는다. 찰나의 시간에도 미유의 머릿속은 초스피드로 회전한다.

눈물이 쏙 들어간 멍청한 눈을 하고는 해금을 말끄러미 쳐다보고 있자니, 쳐다보는 미유에게 답례라도 하듯 해금은 아이처럼 방싯하고 웃는다. 미유는 헉, 하고 놀란다. 지금까지 해금이 그런 식으로 웃은 적이 없다. 그녀는 잘 웃지도 않았지만, 아주 가끔 웃어도 그저 허허 하고 마는 정도였다. 해금의 웃는 모양새가 미유에게는 낯설다. 해금은 머리에 둘렀던 수건을 벗어 헐렁해진 바지에 털털 털고는 그 수건을 미유의 코에 갖다 댄다. 어렸을 때 종종 그랬던 것처럼.

"흥, 하고 코풀어."

"아이, 그건 정말 싫은데."

말은 그렇게 하면서도 해금이 시키는 대로 미유는 흥, 하고 코를 푼다.

그와 동시에 불순한 예감 하나가 머릿속에 광속으로 들어와 날카롭게 박힌다. 할머니는 미유를 어린애 취급 하고 있다. 강아지라 부르질 않나, 코를 풀어주질 않나, 생전 않던 방싯 웃음은 또 어떻고. 미유의 걱정이 보글보글 끓는다. 그녀의 머릿속에 박혀든 것은 꿈에서도 생각하고 싶지 않은 바로 알츠하이머병이라는 의학용어다.

말기 암보다는 알츠하이머가 더 나을까. 그렇지 않다. 둘 다 결과로 보면 할머니를 잃는 것이다. 시간적인 차이일 뿐이다.

해금의 방에서 세 시간가량 눈을 붙이고 난 미유는 기분이 한결 상쾌하다. 문틈으로 들어온 고소한 냄새가 식욕을 자극했는지 미유는 허기를 느낀다. 그녀는 실내 슬리퍼에 발을 절반만 끼운 채 질질 끌고 식당을 거쳐 부엌으로 곧장 들어간다. 해금이 굽고 있는 베이컨 한 조각을 집다가 뜨거워서 얼른 프라이팬에 다시 놓는다.

"가서 자리에 앉아 있으렴. 금방 샐러드 만들어 줄 테니까."

미유는 식당으로 건너가 주방이 보이는 식탁 앞에 앉아 해금이 요리하는 모습을 본다. 언제 봐도 푸근하다. 그리고 언제 먹어도 맛있는 요리들이다. 미유의 혀는 인스턴트식품과 패스트푸드에 길들여져 있지만 진국을 알아보는 데는 전혀 문제없다.

해금은 6년 전 미유가 선물한 앞치마를 걸치고 있다. 비록 낡았으나 항상 정갈한 앞치마다. 그 당시는 해금에게 딱 맞는 사이즈였는데 지금은 너무 크다. 무생물이 자랄 리는 없으니 해금의 몸피가 그만큼 줄었다는 뜻이다.

지난겨울까지만 해도 해금에게서 별다른 징조를 느끼지 못했다. 수술 경과가 좋았고 치료도 잘 받았기 때문에 재발이라는 것은 생각지도 않았다. 좀 더 일찍 섬에 왔어야 했다. 미유는 잡지사와 계약한 일 때문에 바쁘다는 이유로 차일피일했다. 이런 경우, 이유와 핑계는 동격이다. 왜 이제야 찾아왔을까, 미유는 후회막급이다. 가슴이 아린다.

의학적인 상식이 없는 그 누구라도 해금의 모습에서 병세가 극도로 나빠져 있다는 것을 쉽게 짐작할 것이다. 실낱같은 희망이라도 있다면, 아등바등 그 희망을 붙들고 씨름하면 병마가 달아나줄까. 하지만 여든 살의 해금이 감당하기엔 엄청난 고통이 될 게 분명하다.

행운이란 인간이 어찌해볼 도리 없는 우연의 조건이다. 그리고 해금에게 그 우연의 조건이 성립될 확률은 너무도 희박해 보인다.

정신이 말짱한 할머니를 두고 알츠하이머 증세까지 의심하다니, 미유의 정신이 어지간히 산만했었나 보다. 아까는 새벽의 해프닝으로 마음이 찜찜한 데다, 급작스레 쇠약해진 해금을 보고 충격을 받았다 해도, 역시 미유의 생각은 좀 지나치다 싶을 만큼 앞서간다. 행동이 침착하지 못한 사람은 생각조차도 덤벙대는 것일까. 해금처럼 총명한 사람이 치매에 걸린다는 건 치매에 걸린 노인도 안 믿을 소리다.

미유는 신선한 샐러드와 베이컨을 한꺼번에 포크로 찍으며 묻는다.

"할머니, 아까 새벽에 왜 텃밭에 갔어요?"

"박씨를 심었지."

미유의 맞은 편 식탁 의자에 앉으며 해금은 또 방싯 웃는다.

방싯거리는 웃음만 놓고 보면 왠지 천진난만한 느낌을 주어

보기에는 좋다. 그러나 해금에게는 뭔가 어색하고 어울리지 않는 웃음이라고 미유는 생각한다. 그래도 무뚝뚝한 것보다는 낫다. 아마도 할머니를 보지 못한 몇 개월 사이에 웃는 스타일을 바꾸기로 한 모양이다.

"박씨는 왜 심어요? 요코하마에 가서 살기로 했잖아요?"

"늘 이맘때면 박씨를 심었잖니. 그래야 올가을에도 네가 박국수를 먹지."

미유는 올가을 해금과 같이 있을 수만 있다면 박국수를 수십 그릇, 아니 박이 동나도록 먹어줄 자신이 있다.

"근데 박은 누가 키우죠?"

"박이야 내가 없으면 저 혼자 잘 크겠지 뭐. 정성을 다해 키우던 것들은 손을 타야 살지만, 그건 인간의 오지랖이 지나쳐서 그렇게 된 게지. 그냥 두면 알아서 다 살아가게 되어 있더구나."

해금의 지론은 언제나 옳다. 미유는 반박할 이유가 없다. 모름지기 생명체는 스스로 살려고 애쓰는 성질을 다 가지고 있다. 치열한 생존경쟁에서 살아남기 위한 생명의 끈질긴 힘은 단순한 인간의 사고 밖에 있다. 왜냐하면 생명은 자기초월적이기 때문이다. 해금의 생명도 그같기를 미유는 간절히 바란다.

"혹시 민박집을 팔거나 통째로 세를 줄 생각은 없나요?"

"팔긴 왜 파니? 세를 놓을 생각도 없다. 이제 이 아리수는 미유 거란다."

이 무슨 뜬금없는 소리인가 싶어 미유의 눈이 화등잔이 된다.

"할머니, 그게 무슨 말이에요?"

"나는 이제 여기서 안 살란다. 섬이 지겹구나. 미유 네가 와서 살든지 아니면 가끔 여기 와서 일을 하든지 맘대로 해라. 이제는 네가 주인이니까. 나는 요코하마로 가서 소프트 아이스크림이나 실컷 먹고 싶구나."

미유의 커졌던 눈이 닫히면서 닭똥 같은 눈물이 뚝, 떨어진다. 여간해서는 울지 않는 미유지만 섬에 도착한 새벽부터 눈물이 잦다.

해금은 요코하마에서 살고 싶어 집을 정리하는 것이 아니라, 생을 정리하기 위해 요코하마로 가는 것이다. 물론 해금이 아이스크림을 좋아하고 그중에서도 소프트 아이스크림이라면 사족을 못 쓰는 것은 진짜다.

"할머니, 이건 반칙이에요."

해금은 미유의 손을 가만히 잡으며 말한다.

"이 할미는 말이다, 네가 이 세상에 와 나를 만나줘서 얼마나 행복한지 모른다. 할미가 많이 가진 사람이었다면 네게 더 많이 줬을 텐데…… 그나마 이 집이라도 줄 수 있어서 다행이야."

무슨 말을 하겠는가. 미유의 얼굴은 어느새 눈물범벅이다. 해금이 이번에는 앞치마를 들이대기 전에 얼른 일어나 세면장으로 가는 것이 상책이다. 달아나듯 식당을 나가는 미유의 등 뒤를 해금의 말이 따라간다.

"냉동해둔 박이 있으니까 점심때는 박국수를 말아주마. 이번에는 내 옆에서 박국수 만드는 법을 자세히 배워두도록 해라."

해금의 박국수는 일미다. 미유가 할머니의 요리 중에서 가장 좋아하는 것이 바로 이 박국수다. 일본식 국수와는 많은 점이 다른데, 시원하면서도 깊은 맛과 칼칼한 맛이 어우러져 한 그릇으로는 양이 찬 적이 없다.

다 영글기 전에 따낸 박을 씻어 껍질을 조금 두껍게 벗겨내고 속은 먹기 좋게 채를 친다. 멸치와 무, 다시마로 국물을 우려낸 뒤 박을 넣고 한소끔 끓인 다음 국수를 넣고 다시 끓인다. 그릇에 박과 국수와 국물을 알맞게 담아내고, 가장 중요한 포인트인 양념장을 얹으면 박국수가 완성된다. 파와 고추를 송송 썰어 넣고 갖은 재료로 맛을 낸 양념장은 해금만의 노하우라 미유도 메구미도 따라갈 수가 없다. 적당한 아삭함과 졸깃함을 무엇에 견줘 말하랴. 적당해지는 것만큼 어려운 것도 없다.

얼마 전까지도 해금은 콩을 삶아 메주를 쑤었고, 그 메주를 띄워 장을 만들었다. 어쩌면 해금의 손으로 담는 마지막 장이 될지도 모른다. 장을 담글 때면 의당 최고의 정성을 쏟아붓지만 최근의 것은 더 깊은 마음을 담아서 만들었다.

조선 땅 제주에서 보낸 어린 시절엔 어른들이 해마다 담그는 간장, 된장, 고추장 등의 양념과 장아찌 만드는 것을 어깨너머로 보고 배웠다. 눈썰미가 남달랐던 해금은 장 담그는 방법을 잊지 않았고, 한국인들이 모여 사는 곳을 일일이 찾아다니며 새롭게 배워 와서는 시험 삼아 몇 차례 해본 것이 성공을 하였다. 그 후로는 줄곧 장 담그기를 해왔다.

민박집을 찾는 일본인들에게 해금의 요리는 별미로 유명하다. 그 음식은 일본 대도시에 있는 한국 식당에서 먹는 것과 성질이 다르다. 휴가철도 아니고 특별한 볼일이 있는 것도 아닌데 간혹 해금의 음식이 먹고 싶다는, 단지 그 이유로 섬까지 와서 민박집에 며칠씩 묵고 가는 사람도 있었다.

완성된 간장을 조선간장, 국간장, 재래식간장 등으로 부르는데, 한국에서는 진간장 또는 왜간장이라 부르는 일본식 간장과는 색깔, 맛, 냄새가 확실히 다르다. 미유는 조선간장으로 맛을 낸 음식들을 좋아하지만 아직까지도 익숙해지지 않는 것이 있다. 그것은 할머니가 조선간장을 달일 때 집 안팎으로 진동하는 냄새다. 대단한 인내심이 필요한 부분이다. 처음 그 냄새를 맡았을 때는 속이 다 까뒤집히는 줄 알았다. 주변에 민가가 거의 없기에 망정이지 아마도 이웃이 다닥다닥 붙은 동네라면 할머니가 간장을 달이는 날엔 틀림없이 민원이 들어왔을 거다. 그래도 해금의 양념장과 국물 맛내기에 빠지지 않는 조선간장의 마력은 인정할 수밖에 없다. 간장 하나로 음식의 맛을 확 바꿔버릴 수 있는 그 오묘함을 찬양하고 싶을 정도다. 오죽하면 장과 관련된 한국 속담이 많겠는가.

장맛 보고 딸 준다, 말 많은 집은 장맛도 쓰다, 며느리가 잘 들어오면 장맛도 좋아진다. 한 고을의 정치는 술맛으로 알고 한 집안의 일은 장맛으로 안다 등등.

뒤란 텃밭 한쪽에 흙을 발라 만든 화덕이 있고, 그 위에 어디서 구해왔는지 가마솥을 걸어두어 해마다 콩을 삶았다. 삶은 콩을 절구에 담고 절굿공이로 찧어 으깬 뒤, 나무틀에 넣어 네모난 메주를 만든다. 그런 다음 얼키설키 대나무로 엮어 만든 선반을 세워 그 위에 메주를 올리고 매달아 방 안에서 숙성시킨다. 잘 숙성된 메주를 독에 차곡차곡 쌓아 담고 그 위에 농도를 잘 맞춘 간수 내린 물을 붓는다. 그런 다음 대추와 붉은 고추, 숯 몇 개를 띄워 해가 잘 드는 곳에 둔다.

민박집 뒤로는 오각형 평상의 다섯 각에 다섯 개의 기둥을 세우고 지붕을 얹은 작은 정자가 있다. 두 평 남짓 되는 장독대가 있고, 정자와 장독대 사이에 화덕이 놓인 풍경이 영판 한국적이다. 장독대 뒷줄에는 예닐곱 개의 제법 큰 독들이 있고 그 앞에는 올망졸망한 독들이 반들반들 보기 좋게 진열되어 있다. 그것들은 거의 다 해금이 오사카 한인촌에서 사 온 것들이라고 한다. 그것만 있는 것이 아니다. 어디서 어떻게 날라다 놓았는지 돌확도 있고 정자의 평상 위에는 맷돌도 있다.

적당한 시일이 지나 메주를 건져내서 손으로 잘 으깨듯 풀어주면 된장이 된다. 그것을 독에 꼭꼭 눌러 담고 맨 위에 소금을 넉넉히 골고루 뿌려준다. 그런 다음 종이를 덮어씌우고 고무줄로 독의 입구를 막아 볕이 잘 드는 곳에 둔다. 해가 나오면 뚜껑을 열고 밤이 되면 닫는 거듭된 수고로 된장은 익어간다. 메주를 건져낸 말간 다갈색의 소금물을 펄펄 끓이면 간장으로 거듭나는

데, 다시 항아리에 담아 장맛이 들도록 익힌다.

"그 집안 음식 솜씨를 알려면 먼저 장맛을 보라고 했다. 그러니 너도 할미가 하는 거 잘 봐뒀다가 언제 직접 해봐라."

해금은 그렇게 일러주곤 했다. 여기까지가 틈틈이 보고 들은 장 담그기이고, 지난해는 견습생으로 조금 거들기는 했지만, 혼자 해보라고 한다면 영 자신이 없다. 구월을 거쳐 해금을 지나 메구미는 건너뛰고 미유에게로 이어지는 한국식 장 담그기의 맥이 이어질까. 미유는 자신의 대에서 끊어질지도 모른다는 불안과 어떻게든 이어 가고 싶다는 열정 사이에서 갈팡질팡한다. 어깨가 무겁다.

미유가 섬에 도착한 첫날은 해금을 도와 냉장고며 냉동고 정리를 한다고 부산을 떤다. 업소용이라 크고 넓고 깊은 냉동고는 한나절 이상이 걸려서야 말끔해진다. 걸린 시간에 비해 미유가 한 일은 그다지 없다. 미유가 섬에 오기 전에 해금이 대충 정리를 해둔 상태였기 때문이다. 밤 9시가 채 못되었지만 해금은 벌써 잠자리에 들었다. 미유는 할머니 곁에 누워본다. 마음이 싱숭생숭하니 잠이 올 턱이 없다. 살그머니 일어나 가벼운 카디건을 걸치고 밖으로 나간다.

할머니가 없는 이 민박집 아리수를 어떻게 관리를 한단 말인가. 난데없이 상속하게 된 이 집을 생각하면 캄캄하다. 낮에 해금이 그랬다. 와서 살든지, 가끔 일을 하러 다녀가든지 맘대로

하라고.

팔아버릴까. 그건 못할 짓이다. 화산재에 폭삭 묻혀버리는 한이 있더라도 그럴 수는 없다. 할머니가 어떻게 일구고 가꾼 집인지 너무도 잘 아는 미유의 고민은 이만저만이 아니다.

만약에, 어디까지나 만약에, 이 집을 팔면 얼마나 받을 수 있을까. 팔리기는 할까. 시도 때도 없이 유독성 가스가 뿜어져 나오고, 또 언제 분화할지도 모르는 이런 화산섬에서 살아보겠다고 일부러 들어오는 사람이 과연 있기나 할까. 미유는 마음속으로 들쭉날쭉 끼어드는 변덕이 영 못마땅하다. 세월이 약이라니까 그냥 흐르는 대로 지내보는 거야. 앞질러 고민부터 할 필요가 뭐 있어, 언젠가는 답이 나오겠지. 생각을 밀어내니 미유의 마음이 가벼워진다. 미유는 앞질러 생각하는 것도 잘하지만, 골치 아픈 생각을 뒤로 던져두는 것도 잘한다.

밤 산책이라도 하면서 생각을 정리할 요량으로 나왔는데 바람이 꽤나 거칠고 쌀쌀하다. 어깨 길이의 머리카락들이 제각각 공중부양을 시도한다. 머리를 묶고 나오지 않아 신경이 쓰이지만, 들어갔다 나오기가 귀찮아서 이 정도 바람쯤이야 대수롭지 않다며 산책길에 나선다. 치솟는 머리카락들을 양손으로 잡아내린다. 손을 놓자 이내 헛일이 되고 만다.

경사진 마당을 내려오는데 2층짜리 카페 목조건물에 꼬마전구들이 알록달록 깜빡이는 것이 그제야 미유의 눈에 들어온다. 영업을 안 하는 건물에 조명은 왜 켜뒀을까. 그러나 미유는 의문을 접는다. 돌아오지 않을 섬에 여전히 박씨를 심고, 영업하지 않는 카페에 조명을 밝혀둔 해금의 마음을 조금은 알 듯하여 미유의 마음이 씁쓸하다.

미유는 우체국과 주유소를 지나 차도 사람도 보이지 않는 사거리에서 멈춰 선다. 빨간불이기 때문이다. 오늘따라 섬에는 바람에 흔들리는 나뭇잎을 빼면 움직이는 것이 너무 없다. 그리고 보니 새가 지저귀는 소리를 들었는지 어땠는지 도통 기억이 안 난다. 적막하다는 표현밖에 떠오르는 말이 없다.

걸을 때는 잠시 잊었는데 가만히 서 있자니 춥다. 두꺼운 카디건을 걸치고 나오지 않은 게 조금 후회된다. 정신을 다른 곳으로 돌리면 덜 추울 것 같아 하늘을 본다. 종일 잔뜩 낀 구름 탓에 별을 찾기는 글렀다. 달인들 보일 리 없지. 구름 한 점 없는 밤하늘이라 해도 기름기 자르르 도는 밝고 도톰한 달을 볼 수 있는 때는 아니다. 그믐이 사나흘 전이었으니까 아마도 가려진 구름 너머에는 조금씩 살이 차오르는 초승달이 걸려 있겠지.

다시 길을 따라 내려가는 미유는 호텔 앞을 지나다가 주차장에 여러 대의 차가 어둠 속에 웅크리고 있는 것을 본다. 호텔에 숙박 든 손님들보다는 파친코를 찾은 사람들 것이리라 짐작한다. 섬으로 발령된 사람들이나, 한시적인 일거리가 있어 체류하는 사람들이 주 고객을 이루는 파친코다. 섬에는 바다를 제외하고 여가를 즐길 만한 공간이 별로, 아니 거의 없다. 가족을 떠나 일 때문에 와 있는 남자들은 소일거리를 찾지 못하고 몇 군데 있는 술집이나 파친코에서 돈과 시간을 축내는 게 다반사다.

특별한 행선지를 정하고 나온 걸음이 아니라 산책 삼아 나온 건데, 갑자기 서둘러 가야 할 무슨 이유라도 있는 사람처럼 미유의 걸음이 빨라지기 시작한다. 호텔 주차장에 세워져 있는 차가 모두 몇 대인지 세어보다가 문득 떠오른 장소가 있다. 그곳이 졸지에 산책 코스의 종착지가 된 모양이다. 저만치 목적지가 보이자 목숨을 걸고라도 당도해야 할 고지라도 되는 양, 미유의 걸음이 씩씩하다 못해 돌진하는 돈키호테 같다.

9시가 조금 지났을 뿐이다. 아직 문 닫을 시간은 아니다. 문을 열고 닫는 시간을 정해놓긴 했어도, 여기는 섬이다. 주인장 마음 내키는 대로 해도 통하는 곳이다. 다행히 영업을 하고 있다. 칵테일 한두 잔 마실 여유는 충분하다. 문을 열고 바의 따뜻한 공기 속으로 미유는 후루룩 빨려든다. 미유가 이 섬에서 가장 세련된 술집이라 여기는 곳으로.

바의 주인을 여기서는 마스터라고 부른다. 홀에는 테이블이 여섯 개 있고, 출입문 맞은편 안쪽에는 길쭉한 스탠드바 스타일의 테이블이 가로막고 있다. 그 너머에는 마스터가 칵테일을 만들거나 안주 또는 간단한 먹을거리를 준비하는 공간이다.

"어서 오세요."

실내로 들어선 미유에게 의례적인 인사를 하던 마스터는 손님이 미유인 것을 알아보고 손을 들어 알은체한다. 미유가 섬에 와 있는 동안 아주 가끔 들러도 마스터는 그녀를 단골 취급 해준다.

미유는 가벼운 미소로 답한 뒤, 바람에 산발이 되어 있을 머리를 정리하며 입구에 서서 우선 홀의 분위기를 살핀다.

출입구에서 가장 가까운 홀의 왼쪽 테이블에는 30대 후반은 됨직한 여행객으로 보이는 남녀 한 쌍이 마주 앉아 있다. 그들은 생맥주와 소시지 요리를 시켜놓고 머리가 맞닿을 정도로 몸을 앞으로 기울여 소곤소곤 얘기를 나누느라 문이 열리고 닫히는 것에 전혀 신경을 쓰지 않는다. 여자는 앞으로 쏠린 머리카락들이 생맥주잔 속에 빠져 있는 것도 모른 채 남자에게 열중해 있다. 내일 아침이면 맥주잔에 담겨졌던 머리카락들만 노랗게 탈색이 되어 있을 것 같다.

다른 하나의 테이블에는 남자 둘과 여자 하나가 약간 목소리를 높여 간간이 웃음을 섞어가며 잡담을 나눈다. 얼핏 보아 그들 중 한 남자는 안면이 좀 있는 듯하다. 아마도 주민이거나 일 때문에 섬에 오래 체류 중인 사람일 거라고 미유는 짐작한다. 테이블 중앙을 기준으로 늘 오른쪽에 앉았는데, 이날 미유는 스탠드 테이블의 왼쪽 자리에 앉는다. 혼자 앉아 술을 마시는 꽤 튼실한 등짝을 가진 남자가 오른쪽에 있기 때문이다.

"언제 왔어요?"

"오늘 새벽에 도착했어요."

미유는 마스터의 질문에 대답을 돌려준다. 마스터는 미유의 표정을 살피며 조심스레 해금의 안부를 묻는다.

"할머니는 어떠신가요? 많이 편찮으신 것 같던데……"

이 섬에서는 비밀이 지켜질 수 없다. 밤사이 있었던 은밀한 일도 자고나면 더 이상 은밀하지 않은 일이 되어버리고, 오히려 은밀하게 입방아 찧는 자리를 돌고 돌다가 슬그머니 사라져버린다. 도대체 어느 구멍으로 다 새어 나가는지 남의 집의 시시콜콜한 것까지도 모르는 사람이 없다. 그건 섬이라는 국한된 지역의 특징이기도 하다. 건강에 심각한 문제가 있다는 사실을 비밀에 붙인다 한들, 할머니의 모습에서 여실히 드러나고 있으니 섬사람이면 다 아는 근심이 아니겠는가. 섬사람들은 해금을 좋아하고 존경도 한다. 미유의 할머니만큼 이 섬에서 오래 산 터줏대감은 없을 것이다.

"이번엔 요코하마로 모셔갈 거예요."

미유의 말뜻을 바로 알아챈 마스터는 고개만 살짝 끄덕이더니 쓸데없는 질문은 접어버리고 무엇을 마실 거냐고 묻는다. 그는 눈치가 빠르다. 술집을 경영하려면 그 정도의 매너는 기본이다.

미유는 라임 마티니 한 잔을 주문하고 스피커에서 흘러나오는 음악에 귀를 기울인다. 〈헝가리안 랩소디〉를 편곡한 음악이다. 잔잔한 볼륨으로 들어도 멜로디의 흡입력이 강한 편이다. 마스터가 칵테일을 만들어내는 손놀림과 음악이 조화를 이룬다. 미유는 칵테일 중에서 진과 베르무트를 혼합한 마티니를 가장 즐긴다. 조금 독한 편이지만 은은한 솔 향이 좋아서다. 그녀는 자신을 술에 비유한다면 바로 칵테일이 아닌가 생각한다. 혼혈, 그리고 칵테일.

어쨌든 이렇게 바에 앉아 약간의 여유를 즐길 수 있는 시간은 달콤하다. 우울하고 머리 아픈 일들은 잠시 내려두자. 라임 마티니를 기다리는 동안 오른쪽에 앉아 있는 남자의 술잔에 곁눈을 보낸다. 얼음이 담긴 갈색 액체가 잔 바닥에서 2센티가량 남아 있는 것으로 짐작건대 아마도 버번 계열인 것 같다. 버번을 마시는 저 남자에게는 재즈가 어울릴지도 모른다. 얼핏 본 오른쪽 남자의 덩치로는 헤비메탈이 더 어울릴 것 같지만.

근사한 음악을 들으며 피스타치오를 안주 삼아 라임 마티니를 홀짝거리는 미유는 바의 무드에 흠씬 취해간다. 마냥 늘어져서 분해되든지 녹아서 증발하든지 투명해지고 싶다. 그때 미유의 귀에 마스터와 날씨에 대한 얘기를 나누는 오른쪽 남자의 목소리가 들린다. 그 순간 미유는 입안으로 막 흘려보낸 마티니를 1미터 앞에 있는 마스터의 얼굴에 뿜어낼 뻔하다가 겨우 삼킨다.

우람한 몸에서 나오는 저 나긋나긋하고 야들야들한 목소리는 분명 들어본 적이 있다. 그것도 최근에. 미유의 생각이 적중한다. 오른쪽 남자는 새벽에 미유가 이마빡을 제대로 박은 바로 그 등짝의 주인공이다. 오른쪽 남자가 등짝남자라니, 순식간에 미유의 느긋한 분위기에 금이 가려 한다. 이제 막 라임 마티니를 마시기 시작한 거나 다름없는데, 얼굴이 화끈 달아오른다.

이런 장소에서 등짝남자가 미유를 알아보는 일이 없기를 속으로 기도한다. 혹시나 벌써 알아본 건 아닐까, 염탐이라도 해볼 깜냥으로 살며시 고개를 돌리다가 그만둔다. 안 돼, 절대 쳐다봐

선 안 돼. 긁어 부스럼 만드는 꼴이 될지도 몰라. 괜히 쳐다보는 바람에 기억을 더듬어낼지도 모른다. 아냐, 내가 자기 등짝을 찍은 사람인 줄 모를 거야, 사과하는데 돌아보지도 않았잖아. 얼굴을 기억하진 못할 거야. 과연 그럴까. 아까 마스터에게 오늘 새벽에 도착했다는 소리도 했는걸. 등짝남자는 벌써 알고도 시치미 떼고 있는지도 몰라. 역시 미유답게 생각이 많다.

지레 겁먹는 미유는 얼른 자리를 뜨는 것이 신상에 이롭다는 판단을 내린다. 아쉽다. 두 잔은 마실 생각이었는데 도망가듯 나가야 하다니, 수치스럽다. 그 반대의 생각도 든다. 도망가듯 나갈 건 뭐람, 일부러 잘못한 것도 아닌데. 게다가 등짝남자는 밤에 여자 혼자 바에 들어와서 칵테일을 마시는 데도 관심이 전혀 없는 것 같다. 남자들이 짧게나마 힐끗거리며 볼 정도의 매력은 아직 남아있다고 자부하는 미유가 아닌가. 그런데 이 등짝남자는 일별도 보내지 않는다. 좀 심하다. 미유가 슬쩍 등짝남자를 쳐다보니 앞만 묵묵히 보고 간혹 마스터와 짧은 얘기를 나누기만 할 뿐이다. 아마도 여자에게 무신경한 남자인 것 같다. 그렇다면 그녀를 못 알아볼 수도 있다. 새벽의 일을 까마득히 잊었을 수도 있다. 미유는 낙관적인 결론을 내리고 안도의 한숨을 쉰 뒤 바짝 말라버린 입을 라임 마티니로 축인다.

"괜찮아요?"

어디에서 날아든 질문이기에 이리도 가깝게 들리는가. 설마, 하면서 미유는 사람이 있지도 않은 왼쪽으로 먼저 고개를 돌렸다가 다시 오른쪽으로 돌려 등짝남자를 의도적으로 무시하고 훨씬 뒤도 돌아봤다가 한다. 30대 후반의 여행객으로 보이는 남녀 한 쌍은 언제 위치를 바꾸었는지 나란히 앉아서 머리를 맞대고 있다. 미유는 뒤로 돌아갔던 고개를 되돌리다 원위치를 못 시키고 오른쪽을 향한 채 고정되어버린다. 거기에는 등짝남자의 눈이 미유를 기다리고 있다.

해적같이 생긴 남자는 미소를 지을 줄도 안다. 옅은 미소지만 막강한 힘이 느껴진다. 얼음땡이 되어버린 미유에게 남자는 말 대신 오른쪽 검지를 들어 자신의 이마에 대고 톡톡 친다.

아, 이마가 괜찮으냐고 묻는 거였군. 남자를 따라 미유도 이마에 손가락을 갖다 대며 멋쩍은 미소와 함께 고개를 살짝 끄덕인다. 그는 기억하고 있다. 이럴 때일수록 침착해야지 절대로 실수하면 안 된다. 미유는 야무지게 다짐을 하지만 아무래도 잘될 것 같지가 않다.

"그땐 실례가 많았습니다. 어깨가, 아니 등이었나? 그게 그러니까…… 혹시 부딪힌 곳이 아프진 않았나요?"

미유는 또 고개를 숙이고 사과를 해야 하는 것이 좀 억울하다. 진작 받아줬다면 죄지은 것도 아닌데 이 시간에 이런 장소에서 이렇게 쩔쩔맬 이유가 없지 않은가.

"전혀."

남자는 아니라고 손사래 치며 짧게 말하고는 다시 미소를 짓는다. 살짝 귀여워 보인다. 미유는 남자와 계속 얘기를 해야 할지, 아니면 여기서 새벽의 해프닝을 마무리하고 첫 만남 전의 상태로 되돌아가야 할지, 얼른 판단이 서지 않는다.

"이 섬엔 무슨 일로 왔나요?"

세상에나, 이럴까 저럴까 머리를 굴리다가 난데없이 이 무슨 궁금하지도 않은 질문이람. 미유는 늘 입이 문제라고 생각한다. 그래도 때는 늦었으니 어쩌랴.

"일 때문에. 이삼 년, 뭐, 그 정도."

남자의 말은 짧은 편이다. 습관이거나 아니면 물음에 대한 마지못한 예의이거나. 미유는 남자가 일 때문에 2, 3년 있었다는 건지, 앞으로 2, 3년 있어야 한다는 건지, 쉽사리 감을 잡지 못한다.

"무슨 일을 하나요?"

역시나 미유의 입이 빠르다. 남자가 무슨 일로 왔건, 무슨 일을 하건 전혀 궁금하지도 않은 질문을 계속하고 있질 않은가.

남자는 거기에 대한 답은 구태여 하고 싶지가 않은지 입을 꾹 다물고 미유에게서 얼굴을 돌려버린다. 사람 무안하게 만드는 재주는 타고 난 듯하다. 바닥에 조금 남은 술을 홀딱 비운 남자는 마스터에게 빈 잔을 내민다.

"이거, 한 잔 더."

"지금 마시는 건 뭔가요?"

미유는 이번에는 진짜 궁금해서 묻는다. 새 잔에 와일드 터키를 따르는 마스터의 손에다가 시선을 묶어둔 남자의 대답은 너무도 간결하다.

"버번 콕."

이 남자는 문장 따위는 필요 없고 단어 몇 개로 대화하는 게 취미인가 보다. 미유는 남자와의 대화 같지도 않은 말을 중단해야겠다고 마음먹었지만, 마음보다 말이 앞서는 것을 막지 못한다.

"와, 내가 맞췄네, 버번 계열이라고 생각했거든요."

미유는 퀴즈를 맞힌 사람처럼 꽤나 발랄하게 말해놓고 보니 주책이 이만저만 아니라는 생각이 든다. 그때 남자의 입에서 또 단어가 튀어나온다.

"트럭 운전수."

끊어질 듯 어설프게 이어지는 이 부조화의 연주곡은 도대체 뭐란 말인가. 생김새나 덩치에 걸맞지 않게 야들야들 나긋나긋한 목소리가 남자에게는 콤플렉스인지도 모른다. 그래서 가급적이면 작게 말하는 것이거나 아주 짧게 얘기하거나. 그런데 방금 그가 한 말을 미유는 놓쳐버렸다.

"네? 뭐라고 하셨죠?"

"트럭 운전수라고, 했어요."

미유를 똑바로 쳐다보며 천천히 말하는 남자의 또박또박한 발음과 완전한 문장이 신기하다. 무슨 질문에 대한 답일까를 생각하며 가타부타 말을 잇지 못하는 미유는 그를 말끄러미 쳐다볼 뿐이다. 그도 고개를 돌리지 않고 미유를 응시한다. 남자의 눈동자가 아주 약하게 흔들리면서 슬픔이 고이는 것 같은 느낌은 미유의 착각일까.

미유는 직업에 대한 편견은 없다. 그런데 지금 두 칸 건너 옆에 앉아 있는 남자는 자기 자신의 직업에 편견을 가지고 있거나, 반대로 미유가 편견을 가지고 있을 거라고 지레짐작하는 것은 아닐까. 아무래도 문제 있는 남자라는 느낌이 든다. 도대체가 어부면 어떻고 변호사면 어떻고 막노동자라면 또 어떤가. 단지 구제불능의 노숙자만 아니라면.

"그 직업이 어때서요? 싫은가요?"

심각하게 묻는 미유에게 남자는 의외라는 듯 입을 앞으로 삐죽 내밀고 어깨를 으쓱 올렸다 내린다.

"누가 싫대요?"

"아까 무슨 일 하느냐고 물었을 때, 대답이 없기에 혹시나 해서……"

겸연쩍어진 미유의 목소리가 기어들어간다. 남자의 입에서 짤막한 웃음과 함께 완벽하게 문장으로 구성되어 나오는 말이 미유를 더 무안케 만든다.

"술 마실 시간도 안 주고 계속 질문만 했잖아요."

그렇다. 문제가 있는 쪽은 남자가 아니라 미유다. 예정되지 않은 만남과 분위기가 낯설고 어줍어 조급해한 사람은 바로 미유다. 침착하지 못하다고 늘 주의를 주던 메구미가 옳다. 무엇에 쫓기는 사람마냥 미유는 가끔 덤벙대고 서두르는 바람에 손해 보는 일도 있다. 덤벙거리는 것과 서두르는 것은 분명히 다른 뜻이지만, 미유에게는 조급해한다는 의미에서 한 가지이며 단지 글자의 변형일 뿐이다. 불투명한 미래 때문이라고 말한다면, 그것은 핑계다. 미래란 어차피 모든 인간에게 공평하게 불투명한 것이니까.

첫사랑과 헤어지고 난 후부터 미유에게 서두르는 버릇이 생겼다. 남자와 단둘이 어울리는 자리를 미유는 꺼린다. 의지와는 전혀 상관없는 어떤 예감이라는 것이 있다. 말하자면 우연과 필연 사이에서 필연 쪽으로 더 기운 예감이다. 그런 예감이 끼어들면 그녀는 어김없이 덤벙대고 서두르다가 실수연발을 한다. 그리고 그 만남은 십중팔구 불발로 끝난다. 누군가와 각별한 사이가 되는 것이 두렵다. 심리적인 알레르기 같은 일종의 사랑기피증, 그런 것이 있다면 말이다. 미유의 사랑은 이론상으로는 해박한 지식을 자랑할 만하나, 실전은 영 엉망이다.

"미안해요."

시르죽은 목소리로 미유가 말하자, 남자는 되레 실례를 한 것 같아 미안해진다. 방향 무시하고 사방팔방으로 통통 튈 것 같은 여자가 갑자기 의기소침해지니 분위기를 바꿔주고 싶었나 보다. 이번에는 제법 긴 질문을 한다.

"라임 마티니는 무슨 일 해요?"

라임 마티니란다. 그렇게 부를 줄도 알다니, 제법 센스가 있는 남자군. 미유의 기분을 풀어주려는 남자의 의도가 느껴진다. 그러니 계속 우울한 채로 있을 수는 없을 것 같다. 미유는 헛기침으로 목을 가다듬고 꽤나 장황스럽게 자기소개를 한다.

"내 이름은 마츠가와 미유라고 해요. 주로 프랑스 잡지들을 번역하고 있어요. 전에는 잡지사에 근무했었는데, 이젠 프리랜서예요. 이 섬엔 할머니가 살고 있어서 가끔 오는 편이고요. 집은 요코하마. 참, 이 얘긴 아까 마스터와 하는 걸 다 들었겠죠? 도쿄에 살다가 지금은 다시 부모님 밑으로 들어가 신세지고 있어요. 호호호, 어머, 내가 너무 말이 많았네요. 버번 콕은요?"

남자는 미유가 줄줄이 뱉어낸 말들을 정리하는지 천천히 머리만 끄덕이다가 한참 뜸을 들인 뒤에야 입을 연다. 그리고 짧게.

"나는 요시다 토모야."

아리수로 돌아온 미유는 도무지 잠을 이루지 못한다. 미유가 불면의 고통을 호소한다면 메구미는 놀라 자빠질지도 모른다.

요시다 토모야에게서 의지와는 전혀 상관없는 어떤 예감이 든 까닭도 있지만, 어처구니없는 실수를 반복하는 바람에 사람 꼴이 영 우습게 되고 말았다. 그러니 어찌 잠이 쉽게 오겠는가. 가벼운 산책을 나선 길이라 지갑을 챙기지 않았고, 바에 들어가서도 그 사실을 까마득히 잊고 있었다. 미유는 잡지도 않는 요시다 토모야로부터 벗어나고 싶었다. 라임 마티니 한 잔으로 만족하고 일어나서 계산을 하려다가 아차, 돈을 가지고 오지 않았다는 사실을 그제야 깨달았다. 낭패스러운 미유를 대신하여 그가 술값을 치렀다. 평소에는 자기가 소모한 양만큼은 자기가 계산하겠다고 우기는 미유지만, 이번처럼 딱한 사정에서야 달리 우기고 말고 할 것도 없지 않은가.

하루 동안에 생긴 일들이 창피하기도 하지만, 왠지 분하기도 하다. 빚을 졌으니 꼭 갚아야 한다며 요시다 토모야의 전화번호를 빠득빠득 우겨서 얻어온 것도 두고두고 마음에 안 든다. 낯뜨겁지만 고맙다고 눈 딱 감고 나왔으면 되었을 것을. 스스로 일을 키워서 또 만날 기회를 만들었으니, 오늘은 일진이 사납고 망신살이 단단히 낀 날인가 보다.

사흘에 걸쳐서 해금의 민박집 정리는 다 한 셈이다. 해금의 가벼운 짐 가방도 꾸려져 있다. 내일 오후 2시 20분발 사루비아 호를 탈 예정이다. 해금과 미유는 당분간 돌아오지 못할 섬을 떠난다. 그 당분간이라는 시간이 얼마나 걸리는 시간인지는 신만이 알 것이다.

섬에서는 살아 있는 모든 것이 슬로모션으로 움직이는 것 같다. 심지어 미친바람까지도. 일요일이라 섬은 평소보다 더 쥐죽은 듯 고요하다. 바다 한가운데 솟은 섬이 아니라 심해 속으로 가라앉은 아틀란티스가 아닌가 여겨질 정도다.

미유의 고집으로 해금은 소형차 조수석에 타고 섬을 한 바퀴 돌기로 한다. 민박집 손님들의 편의를 위해 마련했던 두 대의 차 중에 미유가 끌고 다니면서 아로새겨놓은 흔적들을 온몸에 달고 있는 소형차 하나만 남아 있다. 그동안 해금이 여러 번 손질을 해서인지 흔적들이 크게 표가 나지는 않는다. 부두와 민박집 사이를 오가며 손님들을 실어 나르던 9인승 승합차는 그 일을 도맡아 해주던 이웃에게 감사의 증표로 넘겨주고 없다.

도쿄나 다른 대도시에서는 엄두도 못 내는 미유의 운전 실력이지만, 섬에서만큼은 자신이 있다. 그녀는 언덕진 오솔길을 조심스럽게 내려가 도로와 만나는 곳에서 왼쪽으로, 그러니까 섬의 남쪽 방향으로 핸들을 돌린다.

한때는 녹음이 우거진 야생 조류들의 낙원이었으나 1983년 마그마 수증기의 폭발로 물이 말라버리고 황폐화된 신묘이케를 지나, 약 2천 년 전 화산 폭발로 생긴 화구호수 타이로이케 근처를 지난다. 공항을 오른쪽에 끼고 동쪽으로 더 가면 츠보타 지역의 미이케우라가 나온다. 그곳은 해금이 아주 오래전에 살았던 한국인 촌락이다. 거기까지는 커브가 적고 길이 완만해서 운전의 스트레스도 없다.

이미 여러 번의 분화와 화산재로 폐허가 된 미이케우라에 한국인 촌락이 있었다는 사실은 나이 든 원주민이 아니면 아는 사람이 거의 없다. 미유는 처음 이 지역을 지나다가 너무도 흉물스러워 보이던 폐허가 한국인들, 특히 제주에서 건너온 해녀들이 살았던 촌락이라는 얘기를 해금에게서 듣고 상당한 충격을 받았던 기억이 난다. 제주 해녀들이 돈을 벌기 위해 건너온 일본의 여러 해안 마을 중에서 유독 많은 무리를 지어 산 곳이 이 화산섬이다. 여기서도 그녀들끼리 모여 살았던 곳이 미이케우라였다. 지금은 용암과 화산재와 풍파에 만신창이가 되어 너덜거리는 넝마의 땅, 저주의 땅이 되어 주인 없이 버려져 있다.

가슴 깊은 곳에서 스멀거리며 통증이 일어난다. 그녀들은 모두 어디로 갔을까. 사람들이 기억하지 못해도 저 바다와 바위들은 기억해줄까.

"그만 돌아가자꾸나. 이 정도 봤으면 됐다."

해금의 목소리에 물기가 묻어 있다. 미유는 해금의 기분을 전환시켜주고 싶다.

"할머니, 아직 반도 안 돌았다구요. 오쿠보 해변은 보고 싶지 않아요? 설마 내가 운전하는 차를 타서 불안한 건 아니죠?"

"다 봤다. 새삼스럽게 다시 봐서 새로 기억하고 싶지가 않구나. 예전에 본 기억 그대로면 됐어. 그걸로 충분해."

"그래도……"

힘없는 해금의 목소리에 미유도 덩달아 울적해지려 한다. 고집 부려 여기까지 해금을 데려온 것이 큰 잘못 같다. 제주 해녀들이 살았던 마을에서 차를 세우지 말았어야 했는데, 후회가 밀려온다. 미유의 마음을 읽었을까. 해금은 목소리에 힘을 조금 실어 명랑하게 말한다.

"솔직히 말하면, 좀 겁이 나서 그래. 오쿠보까지 가면 그다음엔 꼬불꼬불 길기도 긴 내리막길이 나오는데, 난 싫다. 네가 긴장할 건 뻔하고 나도 걱정돼서 싫고. 그러니까 여기서 차 돌려집으로 가자."

해금이 밝고 명랑함을 가장해도 미유는 느낄 수 있다. 할머니가 아파 보인다. 아무리 아파도 아프다는 말은 절대 하지 않을 할머니다. 미유는 드라이브하자고 우긴 것이 너무도 죄송스러울 따름이다.

미유는 해금과 왔던 길을 되돌아가는 중에 오야마 화산으로 통하는 길 입구에서 요시다 토모야를 만난다. 적막강산이 따로 없다 싶을 정도로 차도 사람도 드문 데다 속력을 떨어뜨리고 운전을 하던 터라, 터벅터벅 혼자 걸어가는 남자의 뒷모습을 보자마자 그가 요시다 토모야임을 단박에 알아차린다. 그가 중앙선 건너편에 있는지라 그냥 지나쳐 가려다가 50미터쯤 가서 차를 멈춘다.

요시다 토모야가 차까지 오는 동안 미유는 해금에게 그와 얽힌 사연을 간략하게 설명하고 양해를 구한다. 손녀딸이 오랫동안 남자 친구가 없는 것을 내심 걱정하던 해금은 꽤 흥미를 느낀 나머지 얼토당토않은 제안을 한다.

"저 친구랑 같이 집으로 가서 차 한 잔 하는 게 어떻겠냐? 어차피 빚도 갚아야 하니까."

"할머니, 친구는 무슨. 그냥 신세를 쪼끔 진 사람일 뿐이라니까요."

미유의 목소리가 살짝 갈라지는 것은 아랑곳 않고, 해금은 호기심이 발동하여 룸미러와 운전석 백미러를 번갈아 보면서 다가오는 요시다 토모야를 관찰한다.

"저 친구 남자답게 생겼네. 생활력도 강해 보이고, 심성도 고와 보이는구나.”

“할머니가 어떻게 알아요? 그리고 남자답게 생겼다고요? 저 얼굴이? 할머니가 목소리를 못 들어봐서 그래요. 변성기 전의 소년이 몇 끼니 굶은 것 같은 목소리에다가 또⋯⋯”

길게 늘어놓기엔 시간이 짧아 미유는 말을 자른다. 가까이 다가온 요시다 토모야는 운전대를 잡고 있는 사람이 미유임을 확인하고 가벼운 목례를 한다. 미유도 살짝 고개를 숙인다. 요시다 토모야는 미유에게 가려지지 않으려고 삐딱하게 고개를 내밀고 자신을 쳐다보고 있는 해금과 눈이 마주치자 머리를 깊이 숙여 인사한다.

우연은 체념을 완성하기 전에 오는 기회다. 체념은 버리는 것이 아니라 거두는 것이다. 운명을 받아들이듯. 포기와 체념을 혼동하는 사람이 많다. 포기는 중도에 그만둬버리는 것이지만 체념은 도리를 깨달아 자신의 의지를 거두는 것이다. 그러므로 체념은 달관한 자의 미덕이라 할 수 있다. 미유는 그런 경지를 넘볼 만큼 주제넘지도 시건방지지도 않다. 요시다 토모야와의 짧은 몇 번의 만남에 깊은 의미를 부여하고 싶지는 않지만, 애써 피하려는 마음도 지워버린다. 운명이라면 끌려가는 것보다 따라가는 편이 훨씬 수월할 것이므로.

해금은 이날도 일찍 잠자리에 든다.

미유는 지갑을 챙겨 바에 간다. 요시다 토모야와의 약속이 있기 때문이다. 오늘은 무조건 라임 마티니 두 잔이다. 그리고 그가 마실 두 잔의 버번 콕 값을 지불할 생각이다. 한 잔은 빚, 한 잔은 이자.

희망만큼 인간의 삶에 활력을 주는 것도 없지만, 반대로 희망만큼 인간을 애태우고 괴롭히는 것도 없다. 그런 희망, 미유에게는 아직 보류 중이다.

미유가 바의 문을 열자 정면 스탠드 테이블에 앉아 있던 요시다 토모야가 문 열리는 소리에 뒤로 돌아본다. 그의 눈빛이 빠르게 날아와 출입구에 서 있는 미유의 동공을 거쳐 바로 심장을 찌른다.

찔려도 아프기는커녕 따뜻하다. 보류시켜둔 미유의 희망이 주책없이 머리를 쳐든다. 아, 어쩌란 말인가.

2시 20분, 멋들어진 콘트라베이스 대신 늙은 코끼리의 울음을 섬에 남겨놓고 여객선은 도쿄를 향해 떠난다.

해금은 서서히 멀어지는 섬을 회포에 젖은 눈길로 바라보다가 피곤하다며 선실로 먼저 내려간다. 미유는 저 혼자 아쉬운 작별을 고한다. 언제가 될지 모르는 다음을 기약하면서. 그때 부두로 해금을 배웅하러 왔다가 흩어지는 사람들 사이에서 요시다 토모야를 발견한다. 발견했다기보다는 그를 얼핏 본 것 같은 느낌이다. 설마, 아닐 테지. 다시 한 번 자세히 보려고 찾는데, 그의 모습이 사라지고 없다. 그러나 미유는 분명 그 남자일 거라는 확신이 든다.

우연이 세 번 겹치면 필연이라는 근거 없는 말도 있지 않던가. 필연을 어떤 의미로 받아들여야 좋을지 미유는 퍼뜩 떠오르지 않는다. 처음 배의 가교를 건너다 그를 만난 이후 바에서 한 번, 그리고 또 한 번 도로에서 우연히 만났다. 아무리 그래 본들 이번은 세 번째의 우연이 아니다. 미유는 어제 콘티넨털 탱고의 음악이 흐르던 바에서 오늘 할머니와 섬을 떠난다고 요시다 토모야에게 말했었다. 감추지 않고 서운한 표정을 드러내던 그의 얼굴이 떠오른다. 설령 얼핏 본 남자가 진짜 그였어도 여기는 우연이 낄 자리가 없다.

우연은 거기, 어제까지다.

여전히 이산화유황 냄새를 풀풀 날리며 화산가스를 방출하는 오야마 화산의 자태는 고압적이다. 그 아래로 화산재와 용암의 열기로 말라죽은 회백색의 나무들은 유령처럼 서 있고, 용암으로 매몰된 초등학교의 앙상한 잔해가 속절없는 세월을 숨김없이 보여준다.

아렴풋하게나마 보이던 섬은 사라지고 망망대해 끝 수평선과 구름들이 닿아 있다. 구름이 반드시 하늘에서만 생겨나는 것이 아니라 바다로부터 몽글몽글 피어오르기도 하나 보다. 그 풍경이 시야를 가득 채울 때쯤 미유도 선실 안으로 들어간다.

3. 쇠뜨기

기미가요마루에 승선한 후 하룻밤을 보내고 이튿날 새벽녘에 누군가가 〈해녀항일가〉를 나지막하게 부르기 시작했다. 그러자 이내 노랫가락이 하나에서 둘이 되고 다시 몇몇이 보태져서 선실 안을 매워갔다. 구월은 눈을 떴다. 한잠도 자지 못한 그녀였다. 출가물질을 하느라 일본 땅을 여러 번 밟아는 봤지만, 살아보겠다고 가족 모두가 나선 길이니 그 마음이 어찌 잠을 받아들일 수 있었겠는가. 남편도 밤새 뒤척이는가 싶더니 한 식경 전에 담배를 피우겠노라고 갑판으로 나갔다. 그녀는 품 안에서 자고 있는 기영과 그 곁에 쪼그리고 누운 해금을 확인하고 일어나 앉아 머리를 매만졌다. 그러고는 구월도 잘 아는 노랫가락을 입속으로 따라 불렀다.

우리는 제주도의 가엾은 해녀들

비참한 살림살이 세상이 안다
추운 날 더운 날 비가 오는 날에도
저 바다의 물결 위에 시달리던 이내 몸

아침 일찍 집을 떠나 황혼 되면 돌아와
어린아이 젖 주면서 저녁밥을 짓는다
하루 종일 하였으나 버는 것은 기막혀
살자 하니 근심으로 잠도 안 오네

이른 봄 고향산천 부모형제 이별코
온 가족 생명줄을 등에다 지고
파도 세고 물결 센 저 바다를 건너서
기울산 대마도로 돈벌이 가요

　구월보다 한 해 먼저 태어난 우도 출신 강관순은 혁우동맹이
라는 제주 비밀결사조직의 핵심 인물이었다. 그는 제주에서 언
론 활동을 하면서 독립군에게 군자금을 지원하고 잠녀들의 항일
운동을 확산시키는 데 큰 역할을 했다. 또한 우도로 다시 들어가
야학에서 해녀들을 가르치며 민족의식을 고취시키는 일에도 힘
썼다. 해녀항쟁 당시에 주역들을 이끌던 그는 치안유지법 위반
이라는 죄목을 쓰고 체포되어 목포 감옥에서 대구 감옥으로 이
감되어 형을 치렀다. 거기서 잠녀들의 부당한 처우와 고통을 담

은 가사를 지었고, 간수의 눈을 피해 형무소 밖으로 유출된 노래 가사는 일본의 〈도쿄행진곡〉 리듬에 붙여졌다. 그러한 우여곡절로 탄생된 〈해녀항일가〉는 잠녀들의 한과 눈물겨운 일상을 고스란히 담고 있기에 힘들 때면 잠녀들의 입에서 한숨 대신 저절로 곡조를 타고 흘러나왔다.

우리 민족은 예부터 가무를 좋아했다. 고된 노동 속에서는 노동요를 불렀으며, 농악패들은 이 고을 저 고을을 떠돌며 어깨춤을 부추겼다. 심지어 저승길 가는 망자에게 상엿소리로 명복을 빌어주었고, 영혼이 극락왕생하라고 노래와 율동으로 무덤 땅을 다지며 회다지소리로 마지막 작별을 고했다. 기쁘면 기쁜 대로 슬프고 힘들면 또 거기에 맞춰 노래로 시름을 달랠 줄 아는 민족이었다.

험난하기 이를 데 없는 물질을 하러 가면서도 해녀들은 뱃노래를 부르며 그녀들의 고달픔을 노랫가락으로 하소연했고, 또 가족들의 안녕을 위해서라면 한 몸 내던질 각오를 다지기도 했다.

해금이라고 잠을 쉬 청할 수 있었던 것은 아니었다. 아무리 부모와 함께 하였다 하나, 언제 고향으로 돌아올지 모르는 먼 길에 대한 기대와 두려움이 어린 마음에도 출렁이고 있었다. 눈을 감은 채 해금은 잔잔히 들려오는 해녀들의 노래에 귀를 기울이면서 속으로 그것을 따라 불렀다.

제주를 떠나 오사카에 도착한 해금의 가족은 다시 지루한 열차편으로 도쿄까지 이동하였다. 그들의 모습은 영락없는 짐 덩어리였다. 무게가 나가는 고리짝과 곡식은 박상지가 둘러메고, 구월은 머리에 이고 든 보따리에다 기영을 업었으며, 해금도 제 힘이 허락하는 만큼을 메고 들었다. 가늠할 수 없는 일본에서의 생활인지라 최대한 돈을 아껴야 했다. 전차 대신 튼튼한 두 다리를 버팀목 삼아 역에서부터 부두 근처 신바시까지 잠깐씩 다리를 쉬어가며 반나절 이상을 걸었다. 해금의 가족은 거기서 가장 저렴한 여관을 얻어 나흘을 기다렸다. 일본이라고 나은 것도 없었다. 그들도 못 먹고 못 입기는 별반 차이가 없어 보였다. 지치고 두려운 마음들을 추슬러 해금의 가족은 그들을 데리러 온 박상지의 매형을 따라 증기선으로 36시간이나 걸리는 도쿄 남쪽 미야케지마라는 섬으로 옮겨갔다.

메이지시대였던 1903년, 돈을 벌기 위하여 제주도의 뱃사공이었던 김녕리 사람 김병선이 몇 명의 해녀들을 데리고 가장 먼저 나왔던 곳이 바로 미야케지마였다. 그 이후 꾸준한 출가물질로 쇼와시대인 1932년에는 츠보타무라의 미이케우라에 터를 잡은 제주 출신이 240명에 달했다. 그들 모두가 그대로 주저앉아 정착한 것은 아니었다. 더러는 섬의 정주자와 결혼해서 이웃으로 옮겨갔거나, 여러 이유로 오사카나 시즈오카, 미에, 지바 등지로 흩어져 갔다. 해금의 가족이 도착했을 무렵에도 여전히 많은 사람들이 남아서 제주도의 어느 자그마한 촌락을 그대로 옮겨놓은 듯이 살고 있었다. 집의 형태만 일본식이었다.

오래전에 구월이 어머니를 따라 출가물질을 나갔던 보소 반도의 와다우라는 도쿄에서 기차를 이용하면 그리 멀지 않은 곳이었으나, 미야케지마는 뱃길이 만만치 않은 멀고먼 섬이었다. 게다가 지난해인 1940년 7월에 발생한 대분화로 사람이 12명이나 죽었다고 하니 뱃길만이 아니라 인생길도 녹녹하지 않을 것 같았다.

해금의 가족이 굳이 심적인 불안과 이동의 수고를 마다 않고 거기까지 간 이유는, 그 섬에 먼저 가서 자리를 잡고 있는 임례의 가족 때문이었다. 임례는 해금의 가족보다 넉 달을 앞서가서 터를 닦아놓았다.

오쿠보 항에 기항한 증기선은 부두까지 들어가지 못하고 하시케라는 작은 배를 이용하여 승객들을 섬으로 날랐다. 해금의 가족은 제주 출신들이 모여 살고 있는 츠보타의 미이케우라까지 가기 위해 다시 작은 어선으로 갈아탔다. 더 이상 지칠 여력도 없는 여정이었다. 미이케우라에 도착한 해금의 가족은 임례의 가족이 나와 반겨주어서만이 아니라, 같은 제주 방언을 쓰고 같은 행색을 한 제주 사람들을 보니 왈칵 눈물이 솟고 고향에 돌아온 것마냥 기쁘고 안심되었다.

미이케우라는 지대가 낮고 서리태 같은 검은 현무암의 해변이 곡선으로 넓게 펼쳐져 있으며, 해변과 마을 사이에 소나무가 방풍림을 이룬 아담한 어촌이었다. 각박한 세월에서 살짝 비켜나앉은 듯한 분위기를 풍겼다.

제주에서 건너온 해녀들이 주축을 이룬 조선인 촌락 사람들은 제주에서 챙겨온 종자들로 공동의 남새밭을 가꾸었고, 거기서 거둔 푸성귀들과 바다에서 나는 것들로 생활했다. 해녀들은 함께 바다로 나가 우뭇가사리를 캐서 말리고 파는 일도 공동으로 했다.

"여기는 온통 검멀레 천지네. 보기가 참 좋구나. 내가 태어난 소섬에도 검멀레가 있는데…… 아이고, 내가 이러고 있을 때가 아니지. 받아둔 씨앗들을 더 늦기 전에 얼른 심어야겠구나."

구월은 오는 동안의 고생을 단박에 잊은 듯 그 마을이 첫눈에 들었다. 그녀는 정을 붙이기 위해 어떤 칭찬도 마다하지 않았을 것이다. 정을 붙이지 못하면 사는 내내 고생이고 고통일 게 뻔했다. 임례의 가족이 살고 있는 방 세 개짜리 가옥 중에 우선 임시로 방 하나를 얻은 해금의 가족은 고단한 몸과 짐을 풀었다.

배를 타고 고기를 잡지 않으면 남자들이 할 일은 그다지 없었다. 볕에 잘 말린 우뭇가사리를 모아 무게를 재고 배에 실어 나르는 일이라도 없었다면 체면이 말이 아니었을 것이다. 박상지는 매형과 함께 제주와 일본 사이를 오가며 인솔자의 일을 찾아 떠났고, 가을 끝 무렵에 섬으로 돌아와 한 철을 지낸 뒤, 봄이 오기 전에 다시 해녀들을 모집하기 위해 제주도로 건너갔다.

구월의 물질은 여기서도 단연 돋보였다. 그녀는 열심히 일했고, 그만큼 수확이 좋아서 벌이도 짭짤했다. 얼른 돈을 벌고 모아서 반듯하게 살아보고 싶었다. 기영을 제대로 교육시키고 싶었으며, 늦긴 해도 해금이 원한다면 그녀에게도 교육의 혜택을 주고 싶었다.

해금은 하루 종일 물질 나간 구월을 기다리며 기영과 함께 해변에서 검고 윤나는 동글동글한 돌을 줍거나 땔감으로 쓸 나뭇가지를 주웠다. 더러는 저 또래의 아이들이 삼삼오오 모여 어른들이 하는 말을 주워섬기는 자리에 끼어 귀를 기울이곤 했다. 아이들은 고향땅에서 전해져 오는 소식과 전운이 감도는 일본의 현실에 대한 어쭙잖은 견해들을 주고받았다.

오후 늦게 돌아오는 해녀들은 모두가 하나같이 제주에서 물질할 때 입던 무명으로 만든 소중기를 그대로 입었으며, 똑같은 모양으로 수건을 머리에 두른 위에 물안경을 걸치고 나타났다. 다른 것이 있다면 부표로 쓰는 테왁의 소재와 모양인데, 여기서는 박 속을 파내고 잘 말려서 만든 테왁을 쓰지 않고 나무로 만든 북 모양의 일본식 테왁인 탐포를 사용했다. 거기에 달린 망사리도 억새의 속껍질로 촘촘히 짜 만드는 대신 나일론으로 헐렁하게 짠 그물망이었다. 전복이나 소라보다는 우뭇가사리나 다시마 등 해조류를 주로 채취하다 보니 그것이 더 실용적이었다.

그래도 지금까지 써오던 제주 전통의 테왁이 역시 좋았다. 박으로 만든 테왁은 해녀들마다 크기가 달랐다. 크기에 따라 부력도 달라졌기 때문에 해녀들은 자신의 몸집과 힘에 맞춰 테왁을 만들었는데, 일률적인 일본식 탐포는 익숙해지기까지 여간 불편하지 않았다.

겨울이 가까운 어느 하루, 남편이 돌아올 날을 기다리며 구월은 소중기를 손보고 있었다. 구월의 손놀림에 감탄하면서 해금이 말했다.

"어머니, 저도 내년부터는 물질을 배울래요. 소중기 하나 만들어주세요."

"서두를 것 없다. 나중에 배워도 늦지 않아."

"그래도 하나 만들어주세요. 물질은 나중에 배운다 해도 동무들과 같이 놀 때 입을게요."

"그냥 놀면 될 일이지, 날씨도 추워지는데 뭣하러 소중기를 입고 놀아?"

"아이참, 다른 애들도 입고 있단 말이에요. 하나 만들어주세요, 네?"

여간해서는 고집을 부리지 않는 해금이었다. 진득한 해금이 한번 고집을 부렸다 하면 끝끝내 말릴 수가 없었다. 도리 없이 구월은 제주도를 떠나올 때 끊어 온 무명을 펼쳤다. 그녀는 해금의 치수를 눈어림 손대중으로 재어가며 자르고 꿰매더니 작은 소중기를 하루 만에 뚝딱 만들었다. 어깨끈에는 아끼던 색실로 어여쁜 꽃 몇 송이를 피워주었다.

모녀는 제주도와 일본을 오가며 해녀 인솔하던 일을 마무리하고 11월 말 경에 돌아온 박상지에게서 심상찮은 소식을 전해 들었다. 머지않아 일본이 미국을 상대로 전쟁을 일으킬 것이라는 소문이었다. 어렵사리 일본으로 건너와 돈을 벌어 고향땅으

돌아가자고 다짐한 해금의 가족들은 불안하기 짝이 없었다.

　일본은 조선 땅에서 다양한 구실을 들어 징용이다 징병이다 뭐다 하여 남자들을 끌고 갔다. 그리고 그것으로도 모자라 1939년 1월 말에 중국 상해에 설치된 종군위안부를 시작으로 특별 간호사, 여공, 여자 애국 봉사, 여자 정신대라는 명목으로 조선의 처녀들을 속여 전쟁터로 끌고 갔다. 일본 군부에 의해 자행된 조선인 사냥법은 점점 남녀노소를 가리지 않는 잔혹 행위로 치를 떨게 했다. 백두산 호랑이보다 더 무서운 것이 일본 순사였고, 일본 순사보다 더 악랄한 것은 변절한 친일 순사였다. 사람들 입에서 말세라는 말은 밤새 안녕하냐는 인사보다 더 자주 듣는 말이었다. 한숨의 농도는 짙어만 갔다.

　몸이 일본에 있다고 뭐가 다르겠는가. 살고 죽는 일은 하늘에 달렸다 하지만 반드시 그렇지만도 않은 것 같았다. 무수한 목숨들이 일본 군부가 쥔 칼자루에 달려 있는 것이 분명해 보였다.

　1941년 12월 7일, 마침내 소문은 현실이 되어 하와이 진주만은 쑥대밭이 되었다. 일본은 동맹국인 독일의 뒤를 따라 태평양 전쟁을 야기함으로써 막강한 군사력을 세계만방에 과시했다.

　당일 오전 7시 50분, 일본은 6척의 항공모함과 약 350대의 전투기로 하와이 진주만을 기습 공격하여 미국의 뒤통수를 쳤다. 미국은 일본의 공격을 감지하고 있었지만, 공격 대상이 필리핀일 것이라고 예상했지 하와이가 될 수도 있다는 의심은 털끝만큼도 없었다. 기습 작전 성공을 알리는 '도라 도라 도라'란 암호가 일본 군부 지휘부에 타전되면서 태평양전쟁의 서막을 열었다.

일본군의 무차별 폭격에 미군은 속수무책이었다. 승승장구한 일본군은 파죽지세로 영국의 점령지 중국 남부를 비롯하여 미군의 요새였던 필리핀도 빼앗았다.

승전이 가져다준 오만은 잔악한 전쟁의 원동력이 되어 인도차이나의 여러 국가들과 남태평양을 피로 물들이며 '앞으로 앞으로'만 외칠 뿐 무모함의 끝을 몰랐다. 일본군으로부터 상당한 위협을 느낀 연합군은 6개월 만에 태평양 전체가 일본의 손아귀에 들어갈 위기를 맞았다. 1942년 3월 필리핀을 떠나면서 졸지에 패잔병 신세로 전락한 더글러스 맥아더 장군은 '나는 돌아올 것이다'라는 유명한 맹세를 남겼다.

애초 전쟁의 목적은 미국의 석유금수조치와 미국 내 일본 자산동결에 대한 대안으로 동남아시아의 풍부한 지하자원을 확보하는 것이었다. 그러기 위해서는 유럽의 식민지들을 강탈해야 했다. 중국 대륙에서 거둔 성과에 자만심이 홍대하게 부풀어 오른 일본은 자신들의 군사력을 과대평가하는 과오를 범했다. 그 결과 잠자는 사자의 코털을 뽑은 격이 되고 말았다.

같은 해 4월 18일, 미국은 둘리틀 중령의 지휘하에 16대의 폭격기 B-25로 도쿄와 그 밖의 주요 4개 도시를 폭격하면서 반격에 돌입했다. 일본도 미군의 기습적인 공격에 속수무책이기는 마찬가지였다.

일본 국민은 자기들의 국토를 불가침의 것으로 만든 가미카제를 믿었다. 1281년 원나라가 일본을 침공했을 때, 우연히 몰아친 태풍으로 몽골의 함대가 침몰된 뒤부터 일본 사람들은 신의 바람을 뜻하는 가미카제를 숭배해왔다. 그러나 미군의 공격은 그들의 오랜 신념이었던 가미카제에 대한 확신을 물거품으로 만들었다. 재공격에 대한 불안에 휩싸인 일본은 쫓기듯이 방어선 확대를 위한 계획에 착수하였다. 이윽고 미국의 최전방 기지인 미드웨이로 출동 결정을 내렸다. 6월 4일부터 7일까지 3일에 걸친 전투는 일본에게 결정적 패배를 가져다주는 전투가 되었다.

일본이 짐작하지 못한 일은 또 있었다. 미국 육군항공대의 설계도에 따라 전투력이 더 강화된 폭격기 B-29 제1호기가 완성을 눈앞에 두고 있었고, 9월 21일에 첫 비행을 성공시켰다는 사실이었다.

미드웨이해전에서 뼈에 사무치는 패배를 안았음에도 일본은 솔로몬제도의 과달카날과 주변의 섬들로 병력을 이동시켰다. 그들의 이동 경로를 파악한 미군의 공격에 맞서 일본군은 치열한 전투를 벌였다. 그러나 열세에 몰린 일본은 군대를 철수시켜야만 했다. 약 6개월에 걸친 싸움에서 일본은 2만 4천 명의 전사자를 내는 치명타를 입었다.

과달카날전투에서 대패한 이후 일본의 전세는 급격히 기울기 시작했고, 남은 것이라고는 오기밖에 없었다. 오기는 애국도 충성도 아닌 그저 어리석고 어처구니없는 자멸의 다른 이름일 뿐이었다.

일본 정부와 군부가 이러할진대 일본 국민들은 전세를 철저히 숨기는 통솔권자들에 의해 저희들이 농락당하는 것도 모르고 있었다.

1943년, 전쟁이 온 세상을 거덜 낼 것 같아도 봄은 왔다.

열세 살 해금은 구월에게서 처음으로 물질 수업을 받았다. 구월이 만들어준 소중기를 입고 동무들과 어울려 바다 가장자리에서 물질 흉내를 냈다. 어른들이 하는 것을 멀찍이서 보고 저 혼자 터득하여 웬만큼은 할 수 있다고 자부했지만, 정작 구월의 가르침을 받고 보니 결코 호락호락한 일이 아님을 새삼 깨달았다.

해금은 물도 많이 먹었다. 누가 그랬는가, 바닷물이 짜다고. 그 물을 먹어본 사람이라면 바닷물은 짠 것이 아니라 쓴 것임을 알게 되리라.

호오이! 숨비소리였다. 구월은 물 밖으로 나오면서 호오이, 소리와 함께 내뱉는 호흡을 보여주며 어떻게 하면 숨비소리를 내게 되는지를 가르쳤다.

"혀를 윗니와 아랫니 사이에 두고 숨을 가만히 내쉬면 이 소리가 나오게 되지."

해금은 구월을 따라 해봤지만 시이익, 바람 빠지는 소리만 거푸 날 뿐 여간해서 되지 않자 애만 탔다.

"어머니, 너무 어려워요."

"깊은 곳에서 물질을 하다 보면 자연스럽게 익히게 될 거야.

그러니 너무 조급하게 생각지는 마라."

"어머니도 처음엔 저처럼 그랬나요?"

"암, 그랬지. 그러다가 언제부턴가 저절로 숨비소리가 났어. 그 뒤로는 점점 더 깊은 물속으로 들어가는 것도 자신이 붙게 되었지."

숨을 지나치게 들이마시면 폐에 압박을 가해서 안 되고, 반대로 적으면 오래 버틸 수 없으므로 안 된다고 했다. 도대체 적당한 호흡의 양이란 얼마며, 그 호흡으로 얼마만큼의 깊이까지 잠수할 수 있는지 알 수 없었다. 끊임없는 연습과 반복으로 스스로 익히는 수밖에 없다는 것이 구월의 결론이었다.

구월은 수업의 마지막에 해금에게 쐐기를 박듯 말했다.

"바다가 아무리 험악하고 모질게 굴어도 절대로 원망하지도 말고 탓하지도 말아라. 바다는 말이다, 우리 잠녀들의 목숨 줄을 쥐고 있으니까. 우리네 인생이 바다에 달렸다는 걸 잊으면 안 된다."

미야케지마는 본토의 타 지역처럼 우라우케에게 고용되어 인솔자의 통솔 아래 물질을 하지 않고 조합 단위로 일했다. 조선인이라고 멸시당하고, 해녀라는 직업이 더럽고 천박하다고 업신여김당하는, 그런 억울하고 서러운 일은 극히 드물었다. 물론 타 지역에 비해 제주에서 건너온 해녀들이 수적으로 월등히 많다는 것을 무시할 수는 없었을 것이다. 험한 바다 일을 도맡아 하는데 누구라서 그녀들을 무시하겠는가. 이 섬은 도쿄에 비해 여름에는 덜 덥고 겨울에는 따뜻한 편이라 태풍만 잘 피하면 자연히 물질하는 시간이 길었고 조합의 입장에서도 유리했다.

들려오는 타 지역의 소식들은 듣는 이의 가슴을 짠하게 만들었다. 조선인 해녀는 조합에 가입을 시켜주지 않는 곳도 많았으므로 일본인들과 마찰을 겪는 일이 허다했다. 일본말이 서투르다 보니 무식하다고 괄시를 당하는 일 역시 비일비재했다.

구월은 한 달에 한 번 해금을 데리고 츠보타무라로 밀가루며 설탕 등의 식료품과 비누 같은 일용품을 사러 나갔다. 그곳에는 식료품과 생필품의 판매와 구매를 담당하는 이용조합이 있었다. 전쟁 중이라 물자는 품귀현상을 빚어 구매할 수 있는 종류며 양이 극히 적었지만, 적으면 적은 대로 얻을 수 있다는 것이 천만다행이었다. 그곳에서 만나는 일본인들은 대놓고 조선인들을 비하하거나 차별을 두지는 않았다. 단지 일본에서 돈 벌고 살려면 일본말이 서툴러서는 안 된다는 지청구를 이따금 늘어놓는 것이 전부였다.

섬사람들 말마따나 언어가 서툴다면 큰 약점이 되어 불이익을 당할 수도 있었다. 고향에서도 조선 사람이 우리글을 몰라 당했던 숱한 수모를 생각하면 일본에서 조선인의 예우는 두말할 필요도 없었다. 구월은 해금이라도 일본말에 능통하기를 바랐다. 오래전부터 여러 번 해금을 학교에 보내고 싶어 했던 구월이지만, 그 교육이라는 것은 어디까지나 조선에서 조선 사람으로 당당하게 살아가기 위한 수단으로서의 교육이었다. 그렇지만 학교에라도 보내지 않으면 어디에서고 제대로 된 일본어를 배우기는 어려웠다. 미이케우라의 조선인 촌락은 허구한 날 제주 방언이 넘실대는 일본 속의 제주나 마찬가지였다.

해금의 가족이 미야케지마에 처음 도착했던 1941년, 츠보타 무라에 막 건축된 소학교가 있었다. 구월은 일본말이라도 정확하게 배우라고 해금을 그 학교에 넣었다. 해금의 가족과 임례의 가족을 대표하여 해금은 정식 일본어 교육을 받기 시작했다. 그리하여 열세 살 해금은 츠보타 소학교의 1학년 학생이 되어 히라가나와 가타카나를 쓰고 읽는 법부터 배웠다.

임례는 모두 네 자녀를 두었는데, 스물둘의 맏딸과 해금보다 3년 위인 막내딸은 어미를 따라 물질을 했다. 맏딸과 막내딸 사이에 있는 두 아들은 오사카에 있는 군수공장에서 일하고 있었다. 그들도 일본인들 속에서 되는 대로 배운 일본말인지라 쓰고 읽는 일은 굉장히 서툴렀다.

물질이 타고난 팔자라면 피하려야 피할 수도 없는 일이니 미리부터 서둘 것은 없었다. 구월은 뒤따라 나오는 해금을 되돌려 세웠고, 한 글자라도 더 익히라고 등을 떠밀었다. 어미를 돕지 못해 유감이지만 글을 배우고 익히는 것이 해금에게는 크나큰 낙이었다.

박상지와 임례의 남편이 인솔자의 임무를 마치고 섬에 도착해야 할 날이 지나고 달이 지났지만, 그들에게선 아무런 연락이 없었다. 그러다가 해금이 소학교에 입학한 이듬해 1월 16일, 이육사가 베이징 주재 일본 총영사관 감옥에서 40세의 생애를 마치고 순국한 바로 그날에 임례의 남편만 돌아왔다. 돌아온 그에겐 팔이 하나 없었다.

"해금아 잘 들어라. 우리는 곧 보소 반도로 옮겨갈 거란다."
"거기가 어딘데요?"
비장함이 절절히 묻어 있는 구월의 목소리에 해금은 온 몸이 저렸다. 보소 반도가 어디에 있느냐고 묻는 것 외에 해금은 아무런 질문도 하고 싶지 않았다. 들어서 충격이 될 대답밖에 돌아오지 않을 것 같았다.
"아버지가 지금 나가사키라는 곳에서 일하고 있다는구나. 여기는 본토에서 너무 떨어져 있어서 아버지 소식 듣기가 쉽지 않잖니. 이 어미가 시집오기 전에 외할머니를 따라 보소 반도에 있는 와다우라라는 곳에서 물질을 했던 적이 있단다. 지금 거기에도 고향에서 물질 온 사람들이 꽤 있다고 하니 당분간은 옮겨가 있도록 하자. 아무래도 그곳은 도쿄가 가까워 여기보다야 소식이 더 빠르지 않겠니?"
"고모네 식구들은요?"
"우리만 갈 거야."
"꼭 거기로 가야 하나요? 여기서 아버지를 기다리면 안 되나요?"
해금은 기어들어가는 소리로 돌아올 대답이 뻔한 질문을 했고, 구월은 깊은 한숨만 내쉬었다.
해금은 순간 외로움을 느꼈다. 3년의 시간 동안 고모의 가족들과 한 식구처럼 살면서 보낸 날들은 즐거웠고 포근했다. 해금보다 세 살 위인 사촌 경자는 성격이 싹싹하고 얼굴도 예뻤지만 막내 티를 내느라 철없는 짓을 곧잘 하였다. 해금과는 사촌 동기라기보다 친구처럼 막역하게 지냈다. 게다가 비록 기초적인 것이기는 하나 소학교에서 배우는 지식들은 언제나 해금을 즐겁게 만들었다. 구월을 따라 섬을 떠나면 그 모든 것을 내려놓아야 했다. 식민지 백성으로 태어나 일본 땅에서 살고는 있지만, 한창 꿈 많은 소녀로 성장하는 해금에게 불행이라는 단어는 저만치에 있었다. 이렇게 가까이 있는 줄은 몰랐다.

"아버지는 왜 섬에 오지 않고 나가사키라는 곳에서 일을 해요?"

"일본 관리들이 억지로 잡아다가 시키는 일이라 거역할 수가 없다는구나. 조선 사람이면 누구라도 도리 없는 일이지."

출가물질을 끝낸 10월 초순, 해녀들과 함께 일본에서 제주로 들어갔던 인솔 책임자 박상지는 무슨 미운털이 박혔는지 제주에서 살 때에도 껄끄럽게 대하던 일본 순사에게 찍혀 강제징용 대상이 되었다. 그 일본 순사는 예전에 박상지가 동아통항조합의 임원으로 일했던 것을 알고 있었다. 아마도 그것을 빌미로 눈엣가시처럼 여긴 것이 아닌가 싶었다. 박상지보다 조금 늦게 제주에 도착하여 그 소식을 전해 들은 임례의 남편은 무슨 수를 써서라도 처남을 빼내려고 했다. 하지만 힘으로 할 수 있는 일이 아니었다. 결국 징용자들은 한배로 나가사키까지 끌려가 미쓰비시 산하 조선소나 군수공장 등지로 나뉘졌다.

조국의 운명에서 떨어져 나올 수 없는 한반도의 양민들은 끝없이 전쟁을 확산시키는 일본의 광기에 자동적으로 수탈과 동원의 대상이 되었다. 전쟁터로, 전쟁 물자를 만드는 공장으로, 탄광으로 가족들과 생이별을 하며 끌려갔다. 어디 사람뿐인가. 제사상에 오르던 조상의 놋그릇이 공출당한 것은 이미 오래전이고, 시골 밥상에 오르던 숟가락 젓가락도 빼앗아갔으니 조선 땅에 남아날 것이 과연 있을까 의문스럽기까지 했다.

임례의 남편은 박상지를 찾아 나가사키로 갔고, 어렵사리 수소문한 끝에 처남이 병기 공장에 있다는 것을 알아냈다. 일단은 돌아갔다가 후일을 도모해야겠다는 생각에 발길을 오사카로 돌렸다. 두 아들을 만나기 위함이었다. 그들의 안전 대책을 세우는 것이 급선무였다. 팔팔한 나이의 두 아들이 혹여 전쟁터로 끌려가는 일이 없기를 바랐다. 그러나 배편을 이용하여 오사카로 가던 그는 도중에 미군의 폭격을 만났다.

미군의 B-29에서 투하된 폭탄이 선박을 명중했더라면 배에 탄 사람들은 그 자리에서 몽땅 물고기 밥이 되었으리라. 폭탄이 선박으로부터 살짝 벗어나 떨어지는 바람에 배는 침몰하였지만 구사일생으로 살아남은 사람도 꽤 있었다. 임례의 남편은 아수라장 속에서 팔을 하나 잃었다. 한 달여의 수술과 치료가 끝나자마자 섬으로 돌아온 그에게는 팔 하나뿐만이 아니라 넋도 반쯤은 나가고 없었다. 나간 넋이 돌아오는 데도 여러 달이 걸렸다.

와다우라의 종잡을 수 없는 바다는 예나 다름없었다.

파도가 잔잔한 날보다는 패악을 부리는 날이 더 많은 것도 그대로였다. 돈 벌러 오는 제주의 해녀들 중에서도 실력이 뛰어난 상군 정도는 되어야 와다우라의 거친 파도에도 물질이 가능했다. 거기에다가 상품인 전복을 따야 돈벌이가 되었다. 그렇지 않다면 미역이나 우뭇가사리를 캐는 바다밭으로 배당을 받을 수밖에 없었다.

구월은 미야케지마에서 물질해 모은 돈을 당분간은 헐고 싶지 않았다. 바닷가 근처 해녀들이 옷을 갈아입고 쉬던 아마고야라는 허름한 탈의장에 우선 간단한 살림 도구를 풀었다. 3월 중순의 날씨는 아침저녁으로 쌀쌀하기는 했지만 견디기 어려울 정도는 아니었다. 그렇다고 자식들을 데리고 이런 노숙과 다름없는 생활을 계속할 수는 없는 노릇이라 구월은 일자리가 생기는 대로 당장 싼 방 하나를 얻을 계획이었다.

제주에서는 상복 입은 사람을 꿈에서 보면 그날은 전복을 많이 캘 길몽이라 했다. 구월의 꿈속에 처음으로 나타난 시어머니는 상복을 입고는 있었지만 얼굴에 드리워진 수심이 끝 간 데 없이 깊고 슬퍼 보였다. 새벽녘에 잠이 깬 구월은 간밤의 꿈을 되짚으며 그게 길몽인지 반대로 나쁜 징조인지 얼른 감을 잡을 수 없었다. 무엇보다도 다카하시라는 사람을 찾는 것이 우선이었으므로 길몽인지 흉몽인지는 그다음에 점치기로 했다.

구월은 기영을 탈의장에 두고 해금을 앞장세워 전복이 많이 나는 바다밭의 소유주인 다카하시의 집을 찾아갔다. 다카하시는 키가 작고 깡마른 60대 초반의 우라우케였다. 그는 관록이 붙은 인솔 책임자인 해금의 고모부와 10년 가까이 고용계약을 맺어온 사람이었다.

구월은 해금에게 통역을 시켜 자신들의 처지를 설명했다. 해금의 통역은 겨우 일 년도 다 못 채운 소학교 1학년 실력이었다. 어려운 단어까지 써가며 통역을 할 수는 없었지만, 해금은 자신들의 목숨이 달려 있는 중차대한 임무임을 알았기에 최선을 다해서 또박또박 구월의 뜻을 전했다.

먼저 해금의 고모부가 처한 불행을 고하고, 그 연유로 함께 올 수는 없었으나 그의 소개로 찾아왔다, 오래전에 그녀 자신도 어미와 함께 와다우라로 물질을 왔던 경험이 있다, 얼마 전까지는 미야케지마에서 물질을 했었다, 인솔자 밑에 소속되어 있지는 않지만, 우라우케와 직접 계약하여 물질을 할 수 있게 선처를 해달라는 것이 요점이었다.

거기에다 구월이 하지 않은 말을 해금은 하나 덧붙였다.

"우리 어머니는 상군 해녀인데요, 상군들 중에서도 물질을 제일 잘해서 사람들이 천재 해녀라고 해요."

해금이 제대로 통역을 했는지 어땠는지 다카하시가 한참을 골똘히 생각하는 동안 구월과 해금은 애간장이 다 녹을 것 같았다. 마침내 입을 연 다카하시는 해금에게 물었다. 어차피 구월을 대신하여 입이 되어주고 있는 것은 해금이었다.

"지금 어디서 먹고 자나?"

"저기요, 바닷가에 있는 작은 창고에서 지내고 있어요."

해금은 구월에게는 통역을 하지 않고 손짓으로 창고가 있는 위치를 가리키며 대답했다. 해금의 손짓에 대충 무슨 대화가 오가는지 구월도 이해하는 눈치였다.

"좋아, 그럼 이렇게 하지. 어차피 인솔자에게 배당되는 몫도 있는데 혼자 단독으로 물질을 하면 미움을 살 거야. 그래서는 피차 좋을 게 없지. 우리 집에 빈방이 하나 있으니 거기에 들어와서 살아. 남들 눈에는 세 들어 사는 것처럼 하고 말이지. 특별히 봐준다는 이미지를 일부러 만들 필요는 없으니까. 며칠 뒤면 새로 계약한 인솔자가 해녀들을 데리고 오는데, 보기에도 그게 나을 것 같군."

해금은 다카하시의 빠른 일본말을 자신이 이해한 만큼 성심을 다해 구월에게 통역했다.

"셈은 어떻게 하면 좋을지 물어봐라."

구월은 얼른 통역하라고 해금을 재촉했고 해금도 그것이 무척 궁금했다. 눈치 빠른 다카하시는 묻기도 전에 대답하였다.

"인솔자에게는 내가 알아서 적당히 말해둘 테니까 걱정하지 마. 그 대신, 인솔자에게 줄 몫 3할을 방값으로 내면 돼. 그리고 다른 해녀들과 마찬가지로 수익금은 정해진 계산법대로 하는 조건이야."

결과적으로는 인솔자의 몫으로 3할이라는 비싼 수수료를 지불하는 격이 되었다. 셈속을 따져보면 다카하시가 해금의 식구를 특별히 봐준 것은 아무것도 없었다. 어찌 됐든 쉽게 일자리를 얻었을 뿐만 아니라 방을 구하러 다니는 번거로움도 덜 수 있었으므로 구월은 어젯밤 꿈이 길몽이었다며 기뻐했다. 해금도 덩달아 기뻤다. 자기도 미역이나 우뭇가사리를 캐는 것은 자신이 있으니 어미를 돕겠다고 팔을 걷었다.

다카하시의 집에 있다는 빈 방이란, 마당 한편에 창고를 개조하여 만든 방이었다. 다다미 네 장을 깔아 만든 방은 세 사람에게는 좁은 느낌이 들었다. 그래도 간단한 살림을 하기에 큰 불편은 없었다. 다다미가 깔려 있지 않은 구석 자리에 편편한 돌을 놓고 그 위에는 화로가 얹혀 있었다.

구월은 인솔자가 오는 즉시 물질할 준비를 끝냈다. 부지런히 물질해서 돈을 더 모으면 나가사키에 다녀올 계획도 세웠다. 와다우라에는 미야케지마처럼 제주에서 건너와 눌러앉은 해녀들도 있었기 때문에 구월은 그녀들을 찾아가 참고가 될 만한 것들을 귀동냥하고 다니기도 했다.

그러나 돈을 많이 벌어 나가사키로 박상지를 찾아가기로 했던 부푼 기대도 잠시, 태평양전쟁을 일으킨 일본은 연전연패를 거듭하면서도 천만인 항전 태세와 전 국민 옥쇄 작전 등을 부르짖었다. 자국민은 물론 황국신민으로 옭아맨 대한의 백성 모두를 전쟁의 참화 속으로 끌어들이려 하였다.

일본 군부는 전국 어업회에 감태를 캐라는 명령을 내렸다. 칼륨을 다량으로 포함한 해조류, 특히 감태는 군사 자원으로 더없이 중요하였다. 감태는 다시마과의 해조류로 일본 중부의 태평양 연안에 많이 자생하고 있지만 식용으로는 거의 쓰이지 않고 비료용으로 채취해왔다. 감태는 다시마, 대황, 모자반 등과 함께 화학 원료가 되는 칼륨을 다량으로 함유하고 있다. 천대받던 감태가 전쟁 때문에 졸지에 귀중한 자원 취급을 받게 된 셈이다. 일본 상공부는 주요 정부 기관 및 어민 연합회, 칼륨염 대책협의회 등과 협력하여 전국의 어민들을 총동원해서 감태를 채취하라고 박차를 가했다.

인솔자는 약속한 날짜보다 열흘 늦게 도착했다. 전쟁 통에 때를 맞추기가 여간 어려운 게 아니라고 했다. 위험을 무릅쓰고 출가물질 나온 제주의 해녀들은 돈을 벌기 위해 왔다가 일본 군부의 방침에 따라 강제적으로 감태를 캐야만 했다. 거기에 대한 대가로 해녀들은 휴지조각 같은 돈 몇 푼에 나머지는 배급으로 받았다. 여간 분통 터지는 일이 아닐 수 없었다.

우라우케인 다카하시도 국가의 명령을 거역할 수는 없었기에 심기가 여간 불편한 것이 아니었다. 일정한 기간을 정해 전복과 소라를 따고 나머지 대부분은 감태를 의무적으로 캐서 국가에 바쳤다. 그에게 주어지는 대가도 해녀들과 크게 다르지 않았다.

당시의 일본은 돈으로 물건을 살 수 있는 시대가 아니었다. 물자 부족으로 물가는 하루가 다르게 고공 행진을 계속하였다. 정작 사고자 하는 물건은 없고 값만 천정부지로 뛰어올라 있는 희한한 세상이었다. 배급받은 것만으로 끼니를 해결한다는 것은 크나큰 고통이었다. 갈수록 배급 양이 줄었고 어떤 날은 밀가루와 콩깻묵이 전부인 날도 있었다.

배를 타고 바다로 나간 해녀들은 깊은 물속으로 들어가 그녀들의 키만큼 자란 감태를 한가득 캐서 물 위로 올렸다. 감태를 배에 싣고는 또다시 숨을 고른 뒤 물밑으로 내려가기를 수없이 반복했으며, 어떤 날은 열 시간이 넘도록 바다에서 일했다. 감태를 캐는 일은 전복을 따거나 우뭇가사리를 캐는 것보다 힘들었다. 고된 노동으로 점철된 날들이었지만 그나마 일거리가 있음을 다행이라고 생각을 바꾸게 되었다. 어쨌든 약간의 돈과 배급을 받을 수 있었기 때문이었다. 하루 한 끼도 제대로 못 먹고 굶주리는 사람이 천지에 늘려 있었다.

기영의 얼굴에 버짐이 피기 시작했다.

구월은 일본에 건너온 목적을 되새겼다. 해금과 기영은 하루가 다르게 피죽도 못 얻어먹은 아이들처럼 말라갔다. 이대로 두고 볼 수만은 없었다. 구월은 저 죽을 짓이 될지도 모르는 위험을 감수하기로 결심했다.

감태를 캐는 기간에는 전복이나 소라를 잡을 수 없도록 엄격한 규정을 만들었고, 날카로운 감시하에 해녀들은 물질을 했다. 작은 전복 하나를 몰래 캐서 얼른 한입에 틀어넣던 해녀가 감시원에게 들켜 죽지 않을 만큼만 두들겨 맞고 일자리도 빼앗긴 채 내쫓겼다. 바닷속에는 전복이 띄엄띄엄 눈에 들어왔다. 그 귀한 전복 앞에서 장님이 되어야 하는 현실이 야속했다. 험한 소문을 들어 알고 있는 구월이지만 찬밥 더운밥을 가릴 처지가 아니었다.

구월은 마츠가와 선장과 한 조가 되어 배를 타고 나갔다. 구월이 캔 감태를 받아 올려 망에 챙겨넣는 일을 맡은 성마르고 깐깐해 보이는 선장은 생김새와는 달리 비교적 무던하고 순한 성격 같았다. 두어 달 같이 일을 해본 결과 구월은 그렇게 판단을 내렸고, 그 판단을 믿기로 했다. 구월은 전복을 땄다.

감태를 한 아름 캐어 물 위로 올라온 구월은 마츠가와 선장에게 그것들을 넘겨주면서 그의 손에 전복 하나를 후딱 건넸다. 선장은 덜컥, 가슴이 내려앉는 것 같았다. 주변을 둘러보니 그들을 눈여겨보는 사람은 없는 듯하였다. 하나 정도는 어떻게 감시를 피할 수 있을 것도 같았다. 선장은 다른 사람들에게 들키기 전에 잽싸게 옷 속으로 전복을 숨겼다. 해녀들에게는 불시에 몸수색을 할 정도로 감시가 심하였으나 일본인에게는 그렇게까지 까다롭게 굴지 않았다. 몰래 숨겨서 나가는 일은 얼마든지 가능했고, 더러 그렇게 숨겨 나가는 사람도 있었다.

감시를 피해 전복을 하나씩 건넨 것이 네댓 번 되었을 때쯤 반응이 왔다. 오전의 물질을 마치고 점심을 먹기 위해 구월은 배 위로 올라왔다. 도시락을 두 개나 싸온 마츠가와 선장은 그중 하나를 구월에게 내밀었다.

"식량 배급도 부실할 텐데…… 앞으로는 도시락은 내가 싸올 테니까 아주머니는 그냥 와요. 아이들한테 조금이라도 더 먹여야 하지 않겠소."

구월은 선장의 말을 절반도 못 알아들었지만 뜻은 완전히 이해했다. 사뭇 고마울 따름이었다. 도시락 뚜껑을 열어본 구월의 눈에 뿌연 안개가 끼었다. 이팝나무 꽃을 따다 담뿍 담았는가, 하얀 쌀밥에 눈이 멀 것 같았다. 희디흰 들판 여기저기에 색색의 큼지막한 강낭콩들이 숨바꼭질하는 아이들처럼 몸을 웅크리고 있었다. 네모난 도시락 한쪽 귀퉁이에는 매실장아찌가 박혀 있고 조림한 진보랏빛 가지조림이 엉겨 있었다. 선장의 도시락을 슬쩍 훔쳐본 구월은 놀랐다. 거기에는 깻묵이 섞인 밥에 매실장아찌 하나가 전부였다. 짐작컨대, 선장이 자신의 도시락과 구월의 것을 바꿔치기한 것이 분명했다.

수치심 따위는 이미 파도에 쓸려가고 없었다. 흔들리는 배 위에서 선장에게 등을 돌리고 앉은 구월은 그녀가 가져온 콩깻묵이 절반 넘게 차지하는 도시락을 무슨 정신으로 비웠는지 모르게 후다닥 먹어치웠다. 비워낸 도시락 통에 선장이 준 도시락의 밥과 반찬을 모양 하나 흐트러지지 않게 옮겨 담았다. 자식들 입에 들어갈 것을 상상만 해도 구월은 행복했다.

선장은 구월이 건네주는 귀한 전복을 식량이나 필요한 물품으로 교환하는 데에 요긴하게 썼다. 물자가 귀하다고는 해도 모두 뒷거래를 통해 최소한의 생활을 꾸려가는 시대였다. 현지 사정에 어둡고 언어의 장벽에 애로를 느끼는 해녀들에게는 언감생심이었다. 전복은 오래전부터 고급 해산물에 속했다. 하물며 정부가 나서서 채취 금지를 시키니 시장에서는 구경조차 못하는 귀한 것이 되어버렸다. 그러니 전복이 얼마나 특별한 대접을 받는지는 선장의 안살림을 보면 충분히 알 만했다. 선장은 조선된장에 비해 훨씬 싱거운 일본된장을 가끔씩 가져왔고, 오이절임이나 콩자반, 가지절임 등의 밑반찬도 심심찮게 주었다. 구월은 자기 방식대로 선장과 뒷거래를 한 셈이었다.

1942년 4월 18일, 일본인들에게 팽배해 있던 가미카제의 신념이 와르르 무너뜨려졌다. 미군에 의한 최초의 도쿄 공습이 있었던 그날 이후 전국적인 공습은 간간이 진행되었다. 1944년 7월에 사이판과 마리아나 군도를 제압한 미군은 본격적인 일본 본토 공습을 위한 기지를 신속히 건설했다.

태평양전쟁의 패색이 짙어진 일본에게 남은 것이라고는 오기와 발악뿐이었다. 마침내 일본 군부는 희대의 자살 특공대인 가미카제 특공전략을 선택했다. 국가에 의해 강요된 애국과 희생으로 무수한 소년병들이 전쟁터로 향했다. 자의든 타의든 상관없이 군복을 입게 된 그들은 간단한 비행 기술을 익히고 바로 전투에 투입되었다. 말이 전투였지 출격만 있고 귀환은 없는 계획된 자살 행위였다.

일본열도 전역에 집단 광기의 난무가 펼쳐졌다. 인간병기가되어 자살 공격을 떠나는 가미카제 폭격기인 하야부사의 어린 조종사들이 곳곳에서 행진하였다. 길 양쪽으로 쫙 늘어선 일본 여고생들은 벚꽃 가지를 흔들며 벚꽃보다 더 활짝 핀 웃음꽃으로 소년병들을 환송해주었다. 열악한 전세를 아는지 모르는지 일본의 승전을 기원하는 무리들도 많았다. 결사항전, 천우신조, 만세돌격전, 국가에 대한 무조건의 애국과 충성. 황군의 군사라는 틀 속에서 강조된 정신력 무장만이 전쟁을 이기는 길이라고 믿었다. 이 얼마나 추상적이고 허무맹랑한 신념이란 말인가. 일본 근대화의 성공은 너무도 빨랐다. 거기에 도취된 일본은 오만방자해졌고 맹목적인 전술로 일관하면서 강대국을 상대로 무모한 도전을 했던 것이다. 깨달음이 없는 기술은 도태되기 마련임을 몰랐다.

폭탄 하나 싣고 편도의 연료만 채운 가미카제의 출현에 미국은 상당히 당황했다.

1944년 10월 25일, 필리핀 레이테 만에 정박 중이던 미 항공모함 미드웨이는 상공에 홀연히 나타난 일본 전투기 한 대를 발견했다. 그것은 일본 201항공대 소속의 A6 제로기로 최초의 가미카제 특공대였으며 자살 폭격의 첫 신호탄이었다.

항공모함을 향해 그대로 돌진하는 일본 전투기에 경악한 미군은 뒤늦게 그것이 다름 아닌 자살 공격임을 깨달았다. 그러나 그 한 번의 공격으로 미군은 100여 명의 사상자를 냈다. 5일 뒤에는 항공모함 프랭클린이 가미카제의 공격으로 대파하였다. 비로소 미군은 가미카제 특공대의 위력을 실감했고, 전력을 다해 막아보았지만 역부족이었다. 종전까지 일본 군부는 5천여 명의 조종사를 똑같은 방법으로 불귀객을 만들었으며, 미군 함정은 총

34척이 격침되었고 약 3천 명의 목숨이 희생되었다.

가미카제 특공대의 조종사들 중에는 애국과 전혀 상관없이 어쩔 수 없는 선택으로 소중한 생명을 버려야 했던 이들도 많았다. 벚꽃 가지에서 떨어져 흩날리던 꽃잎처럼 하찮게 버려야 하는 목숨에 대해 의문이 왜 없었겠는가. 조국을 위한다는 마음도 있긴 했지만, 달리 무엇을 어떻게 해야 할지 몰라 지원한 경우도 허다했다. 지원을 하지 않아도 언젠가는 어떤 형태로든 죽어야 하는 것, 차라리 국가를 위해 멋지게 죽는 편이 나을 것 같았다. 궁지로 내몰린 그들에게 궁지가 곧 저 죽을 자리임을 알면서도 그렇게 사지로 떠났다.

돌격은 했지만 중간에 엔진 고장이 나서 되돌아오거나, 목표물을 발견하기 전에 미군 전투기에게 먼저 발각되어 임무를 완수하지 못하고 귀환하는 경우도 있었다. 어떤 조종사는 돌격을 나가면서 나라를 위해 죽음을 택하겠다는 비장한 각오로 눈물을 흘렸지만, 본의 아니게 귀환하면서는 죽음 직전까지 갔다 왔다는 공포로 이를 떨며 울었다. 개죽음을 당하는 것보다 개처럼 살아도 목숨 부지하는 것이 천만다행이라고 생각했다.

전 국민을 희생시키는 한이 있어도 일본은 전쟁을 종식시킬 의지가 전혀 없었다. 자신들이 괴멸의 길로 가고 있다는 것을 몰랐다. 전쟁을 끝낼 엄청난 계획이 미국에서 준비되고 있다는 사실은 더더욱 알 리 없었다.

11월 24일 무사시노에 있는 나카지마 비행기 공장을 겨냥한 미군의 첫 전략폭격이 감행되었다. 이 공습이 있고 난 후 1945년 1월 27일은 도쿄 유라쿠초와 긴자 지구가 표적이 되었다. 그 폭격으로 유라쿠초 역은 민간인의 시체로 넘쳐났다.

3월 9일 밤, 미군 편대가 수도권 상공을 비행했다. 22시 30분에 라디오방송을 중단하고 경계경보가 발령되었지만 폭격기들이 보소 반도의 바다 쪽으로 퇴거해갔기 때문에 바로 경계경보는 해제되었다.

반면 보소 반도 아래쪽에 있는 와다우라의 구월은 해금과 기영을 데리고 이웃들에 섞여 방공호로 몸을 숨겼다. 사람들은 밤하늘을 가로지르는 미군의 폭격기 소리에 사시나무 떨듯 전율했고, 자정이 넘도록 별다른 공습이 없자 놀라 오그라든 가슴을 쓸어내렸다.

그 시간 도쿄의 군과 시민 모두는 방심하고 있었다. 그것이 결국 큰 재앙이 되어 돌아왔다. 미군은 그 틈을 노렸던 것이다. 군수 사업의 생산 거점이 되고 있는 중소기업뿐만 아니라 이유 불문하고 작은 규모의 공장이 섞여 있는 변두리의 목조 건축물과 시민 생활권까지 가리지 않는 무차별 공격이었다. 3개의 미항공단이 투입된 도쿄대공습은 그렇게 시작되었다.

자정을 막 넘긴 시간, 후카가와 지구에 고성능 소이탄을 탑재한 B−29폭격기 325기의 첫 폭탄이 투하되었고 연이어 쬬토 지구에도 공격이 개시되었다. 이후 아사쿠사와 미나토 구에도 미군의 폭격이 개시되어 한밤중 도쿄 일대는 삽시간에 아수라의 생지옥이 되었다. 그야말로 아비규환이었다. 저고도 야간 소이탄 공격의 위력은 실로 가공했다. 일순간 도쿄는 불바다가 되었다. 생명들이 무너지는 건물에 깔려 죽고 불에 타죽고 연기에 질식해 죽었다. 사각팔방으로 처절한 절규가 넘쳤지만 누가 누구를 도와줄 처지가 아니었다.

일본을 석기시대로 되돌려놓겠다고 말한 르메이 장군이 지휘한 소이탄 대공습은 스미다 강물도 끓게 만들었다.

화재의 연기는 고도 1만 5천 미터 성층권까지 도달했다. 엎친데 덮친 격으로 초속 25미터 이상으로 북서쪽에서 불어오는 강한 계절풍 때문에 더 큰 피해를 초래하였다. 그 결과 도쿄 면적의 3분의 1 이상이 소실되었다. 강풍의 영향은 공격 초반부터 일본에게 악재로 작용했다. 첫 폭탄이 투하되고 8분이나 지나서 공습경보가 발령되었는데, 경계용 레이더의 안테나가 바람에 흔들리는 통에 적을 포착하지도 파악하지도 못했기 때문이었다.

후속 편대는 급속히 번지는 불길과 강풍으로 조종이 곤란하게 되자, 예정 지역이 아닌 아라카와 주변과 그 외측인 에도가와 등지로 소이탄 공격을 펼쳐나갔다. 이 때문에 화재의 범위는 더욱 넓어졌고 피해는 걷잡을 수 없이 커졌다.

인명 피해 또한 막심하여 경시청에서 조사 발표한 사망자는 약 8만 4천 명에 달했다. 부상자는 약 5만 명이었으며 화재로 직접적인 피해를 입은 사람은 100만이 넘었다. 불탄 가옥만도 27만 채였다. 그러나 민간단체나 신문사의 조사에 의하면 경시청에서 발표한 사망자에는 행방불명된 사람은 포함된 것이 아니므로 사망·행방불명자는 도합 10만 명이 훨씬 넘는다고 하였다.

미군은 여기에서 그치지 않고 이틀 뒤에 나고야대공습을 감행했다. 군수공장이 집중된 나고야는 도합 63회의 공습을 받아 8천 6백 명 이상이 목숨을 잃었다. 교토는 약 20회, 오사카는 33회를, 고베는 무려 128회의 공습으로 전 국토가 초토화되었다. 사망자와 부상자의 수를 헤아리기가 어려웠다. 그 속에는 건너오거나 끌려온 조선의 양민들도 상당수 있었다.

적을 향한 복수의 향연은 차마 눈뜨고 볼 수 없을 만큼 참혹했다.

하늘에서 비 오듯 쏟아지는 가미카제 특공대에 질겁한 미군에게 제 목숨 하찮게 던져버리는 가미카제는 복수의 근거가 되기에 충분했다. 한편으로는 이가 갈리게 지긋지긋한 전쟁을 계속 끌고 가는 일본을 지도에서 영원히 삭제시키고 싶었는지도 모른다. 이유야 어떻든 전쟁을 야기한 당사자들은 여전히 건재하였고, 전쟁의 참화를 입은 땅에는 주검들이 그 이유를 모른 채 천지에 널브러져 있었다. 원혼을 달랠 길 없는 곡성만이 메아리가 되어 매캐한 연기와 엉켜 떠돌았다.

미군은 그들의 부활절에 오키나와 상륙에 성공하였다. 오키나와를 사수하기 위해 동원된 가미카제는 1,500대에 이르렀지만 결과는 미국의 승리였다.

도쿄대공습 이후 제집 드나들듯 일본 본토로 날아오는 미군의 무차별 폭격 때문에 허구한 날 공습경보가 울려댔다. 까닭에 혼비백산한 사람들은 만사를 제쳐놓고 방공호로 대피하는 일이 잦았다. 인명은 재천이라며 더 이상 방공호로 숨어들지 않겠다던 사람들 중에는 폭격에 희생되어 구천으로 떠나는 자도 있었다.

구월은 물질을 나갔다가 경보 사이렌이 울리면 얼른 배를 타고 돌아와 방공호로 숨어들었다. 아침마다 바다로 나가기 전에는 해금과 기영에게 늘 같은 당부를 했다.

"사이렌이 울리면 그 즉시 방공호로 달려가야 한다, 알았지? 이 어미도 곧바로 방공호로 갈 테니까 거기서 만나자꾸나."

사이렌이 울려대고, B-29가 날아다니고, 우왕좌왕하는 무리를 헤치고 방공호로 뛰어갔다가 다시 집으로 돌아오는 일이 해금의 일상이 되었다. 그 와중에 와다우라의 바닷길 뒤로 한 무더기 유채꽃이 만발하였다. 해금은 제주에서 보낸 여러 봄날을 떠올렸다. 들판 곳곳에서 예사로이 흐드러지던 유채꽃을 머릿속에 담뿍 그려도 보았고, 우도에서 지냈던 짧은 행복을 곱씹으며 답답한 마음을 달래도 보았다. 그러나 무료한 시간의 체증은 좀처럼 가라앉지 않았다. 지옥이 따로 없었다. 3년을 보냈던 미야케지마는 차라리 천국이었다.

열다섯 살 해금은 할 일이 없었다. 동생을 혼자 두고 어머니를 따라 물질 갈 수도 없었을뿐더러, 어머니는 딸이 위험한 물질을 하는 것에 한사코 반대했다. 집이래야 단칸방 하나이고, 단칸살림에 일이랄 게 없으니 하루해가 너무도 긴 것이 날마다 원망스러웠다. 언제 발령될지 모르는 경보에 귀를 기울이며 기영과 좁은 방에 있거나 분위기를 봐서 잠시 밖으로 나가 산책하는 것이 고작이었다. 그나마 기영에게 자신이 소학교에서 배운 1학년 과정을 가르치는 시간만이 해금의 유일한 낙이었다.

"누나, 진도가 너무 느려. 오늘은 두 장을 더 공부하자, 응?"

"내가 이 학년까지 공부했더라면 그럴 수 있지만, 겨우 일 학년만 마쳐서 가르쳐줄 게 별로 없어. 그러니까 아껴서 조금씩 하자, 응?"

"그럼 한 장만 더, 응?"

"아이참, 안 된다니까 그러네. 그럼 이제부터 받아쓰기를 하자."

이런 식으로 둘은 거의 매일 비슷한 대화를 주고받았다. 기영은 학습 능력이 뛰어난 편이라 해금이 천천히 가르치는 것에 불만을 품었다.

기영에게도 얼마나 지루했던 날들이었겠는가. 또래들과 마음껏 뛰어놀며 온 동네를 휘젓고 다녀도 시원찮을 나이였다. 그런데 시도 때도 없이 울려대는 공습경보의 노이로제로 먹었다 한들 피도 살도 되지 못해 깡말라 있었다.

6월 10일 오전 7시 45분, 심상치 않게 와다우라 상공을 가로질러간 B-29 편대 100기가 치바 현 일대를 공격했다. 미친 듯이 울어대는 공습경보 사이렌에 밥을 입으로 넣다 말고 동네 사람들은 황급히 방공호로 모여들었다. 장마의 눅눅함과 일찌감치 찾아온 더위로 아침부터 땀 냄새와 음식물 냄새, 생선 비린내가 진동하는 방공호 속에서 지나가는 폭격기이기를 간절히 빌었다.

공습이 잦아지면서 물질을 쉬는 날이 많아졌고, 바다로 나갔다 해도 공치는 날이 수두룩하였다. 이러다가 굶어죽기 십상이라며 애를 태우던 구월은 이날따라 새벽부터 마츠가와 선장을 찾아갔다. 그런 구월이 한참 동안 방공호에 나타나지를 않았다.

"누나, 어머니가 왜 이렇게 늦을까?"

해금에게 거머리처럼 찰싹 붙은 기영이 물었다. 해금도 초조했다. 공습경보가 울리면 기영의 손을 잡고 무조건 방공호를 향해 뛰었고 잠시 기다리다 보면 구월이 나타났었다. 그것은 해 떨어지기 전의 일이었고, 대개는 야간에 경보가 발령되었으므로 그때는 세 사람이 함께 행동했었다.

인근 마을 어디쯤에서 폭탄 터지는 소리가 아득하게 들려왔다. 하나 둘이 아니었다. 최근 들어 좀 더 위압적인 기세로 퍼붓는 것 같았다. 몸에 딱 달라붙은 기영을 떼어내며 해금이 말했다.

"기영아, 넌 꼼짝 말고 여기 있어야 돼. 알았지? 누나는 밖에 나가서 어머니를 한번 찾아봐야겠어."

"싫어, 나도 같이 갈래."

해금의 손을 꽉 잡고 기영이 고집을 부렸다. 있어라, 나도 간다, 누나 말 들어라, 그래도 싫다, 나중에 어머니께 혼이 날 것이다, 그래도 좋으니 따라간다, 하면서 실랑이하였다. 때마침 구월이 방공호로 들어왔다. 그러나 반은 넋 잃은 사람이 되어 마츠가와 선장의 손에 질질 끌려오다시피 했다. 구월은 해금과 기영을 발견하자 둘을 한꺼번에 와락 껴안았다. 그녀는 꿀 먹은 벙어리가 되어 두 자식의 뺨이 짓눌리고 숨이 막힐 정도로 껴안은 팔을 오랫동안 풀지 못했다. 세 사람 사이를 흐르는 땀이 누구의 것인지 알 수가 없었다. 다만 구월의 얼굴에서 흐르는 것이 땀이 아니라 눈물이라는 것을 해금은 알아차렸다.

예삿일이 아니었다. 아무리 어렵고 고달파도 눈물을 보인 적이 없던 구월이었다. 해금이 기억하는 구월의 눈물이란 오래전 할머니의 초상을 치르면서 대성통곡한 것이 전부였다. 그랬던 어머니가 눈물을 보인 걸로 보아 뭔가 엄청난 일을 겪었으리라 짐작되었다. 무슨 곡절이 있었는지는 모르지만 해금의 눈에서도 저절로 눈물이 흘렀다.

마츠가와 선장을 졸라 가까운 바다로 나갔던 구월은 그들보다 먼저 나와 멀찌감치 떨어진 곳에서 감태를 캐는 다른 조를 보았다. 안면이 있는 제주 출신의 젊은 해녀였다. 고작 20분 정도 물질을 했을까, 공습경보 사이렌 소리를 듣고 선장은 서둘러 구월의 허리에 묶여 있는 밧줄로 신호를 보냈다. 그 의미를 아는 구월도 지체 없이 물위로 올라왔다.

배에 올라탄 구월은 다른 조를 보았으나 물질하던 젊은 해녀가 보이지 않았다. 다만 젊은 해녀와 같은 배를 탄 선장 혼자 뭐라고 고래고래 소리치며 밧줄을 힘겹게 잡아당기고만 있었다.

"해녀가 올라오지 않는다고 하는군요."

구월은 마츠가와 선장이 하는 일본말은 이해했다. 그녀는 곧바로 허리의 밧줄을 풀고 낫을 허리춤에 차더니 선장이 만류할 사이도 없이 바다로 뛰어들었다. 돌아오라는 선장의 외침을 무시하고 구월은 다른 조의 배가 있는 쪽으로 힘껏 헤엄쳐가서 잠수를 했다.

너울대는 감태 사이로 하얀 덩어리가 따라 너울대고 있었다. 구월은 덜컥 겁이 났지만 혹시라도 숨이 붙어 있을지도 모른다는 생각에 젊은 해녀에게로 다가갔다. 그녀는 바위틈에 물려 있던 버려진 그물에 젊은 해녀의 다리가 휘감겨 있는 것을 발견했다. 구월은 허리춤에서 낫을 빼내 허겁지겁 그물을 끊었다. 그녀는 허파가 터질 것 같은 고통을 참으며 해녀를 안고 물위로 올라왔다.

그 모습을 본 다른 배의 선장은 기겁을 하며 해녀와 연결되어 있던 밧줄을 단칼에 자르고는 걸음아 날 살려라, 배를 몰고 뭍으로 달아났다. 구월도 제정신이 아니었다. 한 손으로는 해녀의 목을 끌어안고 한 손은 마츠가와 선장에게 흔들며 살려달라고, 제발 살려달라고 목이 터져라 조선말로 소리쳤다.

다가온 선장은 구월만 배 위로 올렸다. 해녀는 이미 죽었다고 했다. 선장은 구월의 굳어버린 팔을 겨우 풀어내고 시신은 배에 싣지 않았다.

젊은 해녀는 바다를 칠성판 삼아 저승으로 가리라. 누가 노를 저어주려나. 저 혼자 가는 길이 서럽지는 않을까.

하얀 새 한 마리가 제 깃털을 죄다 뽑아 아침 하늘에 흩뿌렸는
가. 구름이 꼭 그랬다.

한 달도 지나지 않은 7월 6일의 야심한 밤에 다시 미군의 폭격
기가 날아들고 사이렌은 찢어지는 소리로 울어댔지만, 구월은
더 이상 아무것도 무섭지가 않았다.

더 무서운 일이 벌어지려고 하는 것을 예감했던 것일까.

미국은 히로시마를 날려버렸다.

1945년 8월 6일, 미국은 비장의 카드를 꺼내들었다. 그 결과
어마어마한 파괴력을 지닌 원자폭탄이 일본 혼슈 남단의 히로시
마에 떨어졌다.

1943년 9월 무솔리니 정권의 몰락 후 이탈리아가 공식적으로
항복했고, 1945년 5월에는 독일까지 항복함으로써 유럽에서의
제2차세계대전은 사실상 종결되었다. 그럼에도 불구하고 일본
은 필리핀 전투에서 연합군을 상대로 절대적으로 불리한 교전을
벌이면서도 항복할 기미를 전혀 보이지 않았다. 이에 미군은 일
본 본토로 진격하기 위해 오가사와라 제도의 작은 화산섬인 이
오지마를 손에 넣었다. 일본 본토에 대한 공중폭격을 효과적으
로 수행할 교두보를 확보한 셈이었다.

일본은 포츠담선언을 묵살했다.

7월 26일, 일본에게 무조건 항복할 것과 포츠담선언을 수락하
라는 최후의 통첩을 보냈지만, 일본은 눈여겨볼 가치가 없다며

단박에 거절하였다.

　일본의 어긋난 의지와 맞서 싸운다는 것은 양국에 크나큰 손실만 줄 뿐이었다. 미국은 일본의 허무한 희망을 단번에 뽑아버릴 색다른 방법을 모색하기 시작했다. 그리하여 해리 S. 트루먼 미국 대통령은 희생을 최소화하면서 일본을 굴복시킬 수 있는 방법으로는 원자폭탄 투하밖에 없다는 결정을 내렸다.

　드디어 폴 티베츠 대령의 지휘하에 B-29 에놀라 게이호가 사이판의 남쪽에 있는 티니안 섬의 발진 기지를 출발하였다. 거기에 장착되어 있던 암호명 '리틀 보이'라는 격발형 우라늄 원자폭탄이 히로시마 상공 580미터에서 터졌다. 오전 8시 16분이었다. 반경 2킬로미터 이내의 건물은 모두 파괴되었으며 도시의 60퍼센트가 잿더미로 변했다.

　투하의 결과로 약 7만 8천 명이 사망, 1만 명이 실종되었으며 7만 명 이상이 부상을 당했다고 당국은 발표했지만, 정확한 집계 자체가 불가능했다.

　트루먼 대통령이 최소화하고 싶었던 희생의 목적어는 오로지 미군의 생명을 지칭했나 보다. 원자폭탄이 떨어진 땅덩어리에서 무고하게 살아가던 사람의 목숨은 깡그리 배제당하고 말았다. 이 세상에 에멜무지로 살아가는 사람은 없다. 그러나 그들은 순식간에 너무도 애통하고 하찮게 죽음을 맞았다. 최소화라는 말이 참으로 무색했다.

　또 다른 무색함이 있었으니, 일본 정부가 그때까지도 원자폭탄의 위력을 제대로 깨닫지 못했다는 것이었다. 일대의 비극이 아닐 수 없었다.

잠이 깼을 때, 구월은 물질하고 나온 사람처럼 전신이 흠뻑 젖어 있었다. 열대야의 더위 때문이 아니었다. 오히려 그녀는 소름이 돋을 정도로 추위를 느꼈다. 그녀의 목구멍에 걸린 끔찍한 악몽은 숨조차 쉴 수 없는 고통을 주었다. 자리끼를 한 모금 마셨지만 그대로 토해냈다.

임자, 물 한 모금만 줘. 목이 타. 온 몸이 타. 제발 물 한 모금만……

꿈에서 박상지는 피눈물을 흘리며 그렇게 애원했다. 온몸을 떨면서 구월은 박상지에게 물 한 바가지를 건넸는데, 박상지의 입으로 들어간 물이 구멍 난 턱으로 다 빠져나오는 것이었다.

히로시마에 원폭이 투하되고 사흘 뒤, 나가사키에 떨어진 재앙은 일본열도를 전율시켰다. 두 번째로 투하된 것은 플루토늄 원자폭탄이었다. 나가사키의 우라카미 지구를 중심으로 거대한 폭풍과 함께 열선과 방사선이 퍼져나가 시가지의 45퍼센트는 순식간에 로드롤러로 깔아뭉갠 듯 잔해조차 구별하기 어려웠다.

오전 11시 2분.

나가사키의 모든 시계가 멈췄다. 7만 명이 훨씬 넘는 사망자와 흉측하게 화상을 입고 신음하는 7만 명 이상의 부상자가 여기저기 나뒹굴었다. 타다 만 검은 몸에서 생살이 구워지는 냄새와 함께 연기가 피어올랐다. 검게 탄 입에서 겨우 흘러나오는 신음에도 뿌연 기체가 묻어 있었다. 어떤 남자는 반쯤 녹은 헬멧을 거의 해골이 된 머리에 얹은 채 건물의 잔해에 기대어 움직이지 않았고, 어린 여자아이의 가슴에는 가지고 놀던 인형의 몸이 녹아 눌어붙어 있었다.

열흘 전 일본이 포츠담선언을 받아들였더라면 이 같은 재앙은 피할 수 있었다. 전쟁에 이성을 잃은 일본의 야욕은 너무도 강했고 철저하게 무모했다. 그 어리석음은 제 백성들과 조선의 수많은 양민들을 참혹한 살육의 희생양으로 만들었다.

전쟁은 종결될 것이고 가미카제는 숨기고 싶은 전설이 될 것이었다.

연일 라디오뉴스로 일본의 참상이 전해졌고, 그 소식을 들은 구월은 가만히 앉아서 다음 소식을 기다릴 수는 없었다.

"해금아, 이 어미는 나가사키에 좀 가봐야겠다."

"어머니, 그 먼 곳까지 혼자서 어떻게 간다고 그래요. 저도 같이 갈게요."

일본말이 여전히 서툴고 글은 더더군다나 읽을 줄도 모르는 구월이 혼자 낯선 데를 찾아간다는 것이 해금은 영 미덥지가 않았다. 게다가 최근 들어 몹시 핼쑥해지기까지 해서 걱정이 여간 아니었다.

얼마나 시일이 걸릴지 모르므로 기영을 혼자 남겨둘 수는 없었다. 그렇다고 참담한 시국에 세 사람이 움직일 수도 없었다. 비용도 문제지만 자식들의 고생이 몇 곱절이 될 것 같아 구월은 해금을 안심시키고 혼자서 길을 나섰다. 기차를 여러 번 갈아타 가며 나가사키까지 갈 수 있다는 가장 가까운 역에 내려 무작정 걷고 또 걸었다. 나가사키를 향해 이틀 밤낮을 걷기만 했다. 더운 줄도 몰랐고 배고픈 줄도 몰랐다. 다른 것은 아무래도 상관없었다. 남편을 찾을 수만 있다면.

구월이 나가사키에 막 당도하기 직전인 정오, 히로히토 일왕의 떨리는 목소리가 라디오 방송을 통해 흘러나왔다. '우리의 선량하고 충실한 신민이여'라는 말로 시작하여 일본은 무조건 항복을 요구하는 포츠담선언을 수락한다고 발표하였다.

이로서 제2차세계대전이 완전한 막을 내렸고, 한반도는 36년간의 일본 압제로부터 해방되고 광복하였다.

나가사키가 이런 곳이었나.

박상지는 이곳 어디에서 무엇을 하고 있었을까.

8월의 무더위에도 딱딱한 돌덩이가 되어버린 검은 몸뚱이들은 썩지 않았다. 전에 사람이었다고는 전혀 믿기지 않는 모습들이었다. 온전한 주검이 없었다. 녹아내린 유리병들과 송장이 함께 눌어붙어 나뒹구는 이곳은 분명 화탕 지옥이었으리라. 강물에 떠다니는 검붉은 살점들에 쉬를 슬고 있는 쉬파리들이 유일한 생명처럼 느껴졌다. 원색을 찾아볼 수 없는 거리는 빛깔이 죽어버린 무채색의 폐허였다.

나가사키에는 소리조차 죽어 있었다. 돌아다니는 것들은 사람이 아니라 인두겁을 뒤집어쓴 유령이리라. 구월은 그대로 주저 앉아버렸다. 그녀의 앞에 펼쳐져 있는 모든 처절한 것들을 깡그 리 지우고 싶었다. 그러나 그녀가 살아가는 동안 이 순간을 뇌리 에서 결코 지울 수 없다는 것을 알았고, 그 사실이 너무도 무서 웠다.

박상지는 진짜로 여기에 있었던 걸까. 착오가 있었던 것이 아 닐까. 내 남편이 이런 곳에 있었을 리가 없다. 그렇게 믿고 싶었 다. 그렇게 믿지 않으면 안 되었다.

죽음의 땅에서도 돌아나는 것이 있었다. 검게 녹은 불모의 대 지를 헤집고 비 온 뒤 죽순이 솟듯 새싹들이 움튼다. 뱀 대가리 처럼 생긴 연한 갈색 포자낭이 서로 키를 재며 쭉쭉 뻗어가는 모 습은 그 자체로 신비로운 자연의 경이이며, 그 어떤 모진 환경도 견뎌내는 생명의 숭고함이었다.

우악스럽도록 질긴 뿌리가 살아 있는 한, 식물은 홀씨를 퍼뜨 리며 제 깜냥대로 생존의 사명을 다할 것이다. 인간의 삶이 어찌 그와 다르겠는가.

히로시마와 나가사키에서 제일 먼저 돌아난 생명이 바로 이 쇠뜨기였다.

4. 식물의 유혹

천지가 개벽하고 생명체들이 탄생한 이후 저 혼자 살아가는 생명은 없다. 모든 것들이 더불어 진화를 하였기에 지금의 지구가 존재하는 것이다. 그 관계가 유지되었기에 지구는 더욱 아름다워졌다.

그런데 위기에 빠졌다. 인간의 진화가 너무 빠른 것이 문제가 되었다. 인간은 진화의 리듬을 깨고 공존의 소중함을 망각했다. 스피드광이 되어버린 것이다. 인간은 스스로 만물의 영장이 되었고 혼자서도 이 지구를 잘 이끌어 갈 수 있다는 착각과 오만에 빠졌다. 지금이라도 인간은 속도를 늦춰야 한다.

미유는 콘크리트와 인간만 있는 지구를 상상해본다. 죽은 땅에서는 그 무엇도 생산해내지 못한다. 인간은 땅에서 제공받던 영양분을 화학적 방식으로 바꾸어 알약 몇 개로 대체한다. 축산

업도 수산업도 사라지고 없지만 그것들에게서 얻어내던 영양분 역시 간단한 알약으로 충분히 보충된다. 주기적으로 거대한 캡슐 속에 들어가서 인공 태양광을 쬔다. 도시들의 절반은 화학 공장으로 이루어져 있고 거기에서 생산되는 물이 관을 타고 온 가정으로 공급된다.

공상과학 영화를 너무 많이 본 것 같다. 그렇기는 해도 영화의 어느 부분은 현실화되어가고 있다. 인간이 만들어가는 마뜩찮은 세상, 그것이 바로 엽기다.

미유는 켄의 정원을 그다지 좋아하지는 않지만 다양한 녹색 식물이 자라고 있는 것을 보노라면 아직은 지구에게 회생의 기회가 있다는 생각을 하게 된다.

약용식물의 군락지가 된 켄의 정원은 어디까지나 미유 아빠만의 정원이지 다른 가족과는 상관이 없다. 미유와 메구미는 장미와 튤립 그리고 수국처럼 꽃을 아름답게 피우는 화단을 꿈꾼다. 그것이 여의치 않다면, 석류나 무화과 같은 실용적인 유실수 몇 그루가 있는 정원을 원한다.

세 사람이 처음 이 집으로 옮겨 온 당시에는 일본식 정원이 꽤 운치가 있어 보기 좋았다. 그랬는데, 약학대학에서 약용식물을 연구하는 켄이 언제부턴가 하나둘씩 가져오는 이름도 생소한 식물에게 조금씩 자리를 내주더니 결국에는 지금의 정원이 되고 말았다. 엄밀히 따지면 정원이 아니라 거의 밭 수준인 뜰을 미유와 메구미는 '켄의 정원'이라고 부른다.

대문 왼쪽의 작은 마당과 주방 유리문 사이에 매화나무 한 그루가 있어 이른 봄이면 그윽한 꽃을 피운다. 꽃 떨어진 가지에 파르스름한 이파리가 돋고 어김없이 열매가 맺힌다. 익어가는 매실이 메구미와 미유를 위로한다. 5월경에는 그 매화나무 둘레로 보라색에 가까운 남빛 붓꽃과 붉은빛을 띤 자주색의 붓꽃 여러 송이가 피어 운치를 더해준다.

매화나무 밑에 붓꽃만 살고 있는 것은 아니다. 아담한 집을 얻어 살고 있는 하야테란 녀석도 있다. 오래전에 메구미가 2개월 된 강아지를 꽤 비싼 돈을 치르고 분양받아 와서 키우게 된 놈이다. 이 체구가 작은 일본 토종 시바 견은 붓꽃을 오래 두고 보지를 못하는 성미라 아무리 말리고 혼을 내도 소용없다. 사나흘을 못 넘기고 붓꽃의 목이 댕그랑 떨어지기 일쑤다. 떨어진 꽃잎을 얼마나 어떻게 짓물러댔는지 하야테의 허옇던 주둥이가 거무스름하거나 불그죽죽하고 어떤 부분은 푸르데데하게 변하는 것도 이 시즌이다. 그뿐인가, 땅으로 떨어진 덜 익은 매실을 먹고 종일 캑캑거리기도 하는 녀석이다. 수컷치고 봄을 너무 탄다.

어릴 때는 털이 눈처럼 하얗던 녀석이었는데 커가면서 등 부분이 누르스름하게 변하더니 잡종의 이미지를 살짝 풍겨 메구미를 실망시켰다. 강아지 때에 비하면 덜 예쁘지만 하는 짓은 나이가 일곱 살이 넘었어도 철이 들 줄 모르는 녀석이다. 그래도 가끔은 미유네 식구들을 웃게 만드는 엔도르핀 역할을 톡톡히 해준다.

하야테의 집을 옮겨줘야겠다고 생각만 했지 막상 옮기려 해도 마땅한 장소가 없다. 켄의 정원 중에서 담장 밑이 제일 적격인 것 같아도 그 근처에는 마황이라는 약용식물이 산발한 미친년같이 피어 있다. 거기에 하야테를 옮기면 어떤 사태가 벌어질지 미유네 식구들은 상상하기도 싫다. 하야테의 집을 기준으로 반경 2미터까지는 쑥대밭이 될 것이고 약용식물을 마구잡이로 먹은 하야테는 죽거나 아니면 돌연변이를 일으켜 헐크가 될 것이다.

한번은 켄의 정원 끝에 있는 온실로 하야테의 집을 옮기면 어떨까 하는, 말도 안 되는 주제로 메구미와 미유는 오랫동안 시시덕거린 적이 있다. 양귀비의 열매를 통째로 먹은 하야테가 아편에 중독된 모습을 상상해보라. 가관일 것이다. 그 전에 동물 학대죄나 아편 소지죄나 뭐 그런 비슷한 죄목으로 쇠고랑을 차겠지만.

넓지도 좁지도 않은 켄의 정원은 대문을 기준으로 집의 오른쪽 마당 전체를 차지하고 있다. 자연광을 받기에 최적의 장소이기 때문이다. 미유네 집의 오른쪽 담 너머는 오래전부터 공터였는데 최근에는 주인의 허가를 받아 동네 사람들이 주차장으로 사용한다. 아마도 건물이 들어서서 켄의 정원에 그림자를 드리울 일은 좀처럼 없을 것 같다.

켄은 양귀비를 재배하고 있다. 엄밀히 말해서 재배라는 표현은 그다지 어울리지 않는다. 연구소에서 허가를 받아 몇 포기를 키우는 것이 고작이다. 켄의 정원에서도 가장 안쪽에 만들어놓은 작은 온실 속에 갇혀 있기 때문에 유심히 보지 않으면 눈에 띄지 않는다. 온실의 열쇠는 켄만이 가지고 있어 미유도 양귀비가 피운 붉고 보드라운 꽃잎을 만져보기는커녕 온실 밖에서 희미한 실루엣만 감상하는 처지다.

켄이 근무하는 대학의 약학부 약용연구소에서 처음으로 양귀비를 분양받아 키우기 시작하고 얼마 지나지 않았을 때의 일이다. 법으로 금지된 식물을 키운다는 신고가 들어왔다며 경찰이 다녀간 것이다. 담장이 높지 않기로서니 정원의 맨 안쪽에 아름다움을 숨긴 채 얌전히 졸고 있는 양귀비를 누가 어떻게 발견했을까.

도둑의 짓이 아닌 것만은 확실하다. 대부분의 도둑은 정원이나 온실에 관심이 없다. 비록 땅 밑에 보물을 숨겼다는 의심이 들어도 어느 세월에 흙을 다 파보겠는가. 캄캄한 밤에 몰래 자물쇠를 부수고 온실 안으로 침입하여 양귀비를 알아봤다고 한들, 자기 입으로 경찰에 신고할 수 있을까. 그것은 가능성이 희박하다. 답은 간단하다. 이웃이란 겉으로는 살갑지만 뒤에서는 어떤 생각으로 사는 사람인지 도무지 알 수가 없다. 그래서 미유는 이웃과 마주치면 가벼운 인사 정도로 얼버무리고 엄청나게 바쁜 척 그 자리를 피한다.

양귀비에 대한 켄의 지극 정성을 하나뿐인 자식 미유에게 견주자면, 미유는 주워온 딸이라 해도 믿을 만큼 대단한 것이다. 그렇다고 그것을 불만 삼을 미유는 아니다. 양귀비 덕분에 미유의 상상력은 날로 풍부해지고 있으니까. 양귀비는 저 혼자 있을 때는 꽃이었다가 켄이 온실에 들어가 안에서 문을 잠그는 순간, 마법에 풀린 아리따운 중국 여인이 된다. 그녀는 오로지 켄만을 위해 나풀나풀 춤을 추며 그리움의 귓속말을 속삭이거나 얇고 선이 또렷한 입술에 선명한 다홍빛 웃음을 가득 문 채 살포시 입 맞춤을 하는지도 모른다.

당나라 현종의 귀비였던 절세의 미녀가 환생한들 미유가 질투 할 이유는 없지 않겠는가. 온실 밖에서 어림짐작으로 잰 양귀비 의 키도 아담한 여인네만큼 하지 않던가. 그렇다면 불만과 질투 는 미유가 아니라 켄의 아내, 메구미의 몫이다.

그런데 메구미는 남편이 양귀비에 넋을 잃건 말건 의연하다. 한 달에 한 번씩 생리통을 심하게 앓는 날이면 켄이 연구를 위해 받아둔 생아편을 조금이라도 얻어 볼 심산으로 있는 애교 없는 아양까지 떨어가며 붙들고 늘어지는 것이 고작이다.

켄은 봄마다 양귀비의 열매가 익기 전 아주 예리한 칼을 사용 해 타원형의 열매 껍질에 세로로 미세한 흠집을 낸다. 거기서 흘 러나온 담홍빛이 살짝 감도는 양귀비의 눈물을 작고 하얀 사기 그릇에 긁어모은다. 그렇게 모여진 사기그릇 속의 액은 점성을 띤 검은색으로 변하는데, 입구를 종이로 밀봉해서 온실 중에서 도 볕이 잘 드는 곳에 두어 2주 정도 말린다.

정성스레 얻어낸 생아편을 메구미와 미유에게 보여준 것이 딱 한 번이다. 그 양이 너무도 적어 엄지손가락으로 흑진주 하나를 꾹 눌러놓은 것 같았다. 1킬로그램의 아편을 얻기 위해서는 양귀비 열매가 약 이 천 개가 필요하다니 켄의 온실에서 열매 몇 개로 만드는 아편의 양을 상상하기란 어렵지 않을 것이다.

온실 밖 켄의 정원에서 가장 볼만한 것이 하나 있는데, 그것은 도라지다. 여름에서 초가을까지 도라지는 하얀색과 보라색의 꽃을 피워 모녀의 눈을 간질인다.

"어머, 밤새 봉오리가 네 개나 생겼네. 정말 귀엽게도 하지."

"어디 어디 나도 좀 봐요. 어머, 정말이네. 꼭 공깃돌같이 생겼어요."

"살짝 만져봐. 굉장히 부드럽지?"

"아이, 못 만지겠어. 엄마, 이거 아주 살짝만 건드려도 뽕, 하고 터질 것만 같아요."

"제일 큰 꽃봉오리는 내일쯤이면 활짝 열릴 것 같은데?"

"그러게요. 난 도라지꽃이 피면 왠지 좋은 일이 생길 것 같은 기분이 들어요."

"그럼 넌, 머지않아 좋은 일이 생길 것 같은 날이 몇 달은 계속되겠구나."

모녀는 꽃망울 앞에서 나이를 잊고 어린 소녀들처럼 수다를 떤다.

학교 연구실로 가지 않는 날이면 켄은 식사 시간과 생리적 노폐물을 처리하는 일을 제외하고 정원에서 살다시피 한다. 큰 키에 약간 검은 피부와 이지적인 눈매는 친부 한태주를 닮았으나 성격은 완전히 딴판이다. 그렇다고 해금을 닮았다고 말할 수도 없다. 어렸을 때 켄은 밝고 명랑하였으며 무엇이든 열심히 했고 친구들과 어울려 놀기를 좋아했다. 그 성격을 고스란히 간직했더라면 한태주를 빼닮았다고 해도 틀린 말은 아니었을 것이다. 딴판으로 변한 성격은 불행하게도 한 사건을 계기로 극심한 심경 변화를 일으켰기 때문이리라.

주변에서는 켄이 무뚝뚝하고 대인관계가 원만하지 못하며 냉정하다고 폄하하는 사람이 제법 있다. 그러나 직업상 냉철한 사람이라는 표현이 더 정확할 것이다. 일에 있어서는 누구보다도 완벽을 추구하는 사람이다. 대인관계가 원만하지 않아서가 아니라 켄은 원래 일과 관계되는 경우를 제외하면 모든 인간관계에 무관심하다. 그의 교우 관계나 친지들과의 관계를 봐도 그렇다. 부모님을 빼고 집으로 켄을 찾아오는 사람이 단 한 명도 없다. 그 점에 있어서 미유는 오타쿠라는 표현을 쓰기도 하지만, 그는 전혀 개의치 않는다. 왜냐하면 켄 자신도 그렇다고 생각하니까.

켄은 가족에게조차 정을 내비치는 일에 익숙하지가 않다. 그나마 가족들은 켄이 내성적인 성격이고 그의 말과 행동이 더러 본심과는 거리가 멀다는 것을 안다. 특히 아내 메구미의 전적인 이해는 언제나 켄에게 큰 힘이 되어준다. 그는 마음으로나마 아내에게 늘 감사하고 있다.

그러나 사회는 다르다. 한 개인의 성격을 이해해줄 만큼 아량이 넓지 않다. 그에게는 대학 강단보다 연구실이 훨씬 편하고 어울린다. 출세욕을 덜어낸 결과다. 지금은 교수라기보다는 아예 붙박이 연구원이나 다름없다.

최근 몇 주 동안 미유의 얼굴에 깊은 그늘이 드리워져 있다. 켄은 그 이유를 알고 싶지만 무슨 말부터 어떻게 시작하면 좋을지, 까딱 잘못해서 긁어 부스럼만 만드는 건 아닐까, 라는 생각에 고민만 하고 있다. 스쿠버다이빙을 계속하는 것을 켄이 반대한다 하여 얼굴에 수심을 드러낼 미유는 아니기 때문이다. 켄이 아무리 반대를 해도 한번 결심한 것을 꺾은 적이 없는 딸이다. 무조건 고집을 부리지 않는다는 것은 켄도 잘 안다. 딸은 합당하고 자신감이 서는 일에만 고집을 부린다. 그가 반대하는 이유는 둘뿐이다. 하나는 미유의 안전, 그리고 다른 하나는 바다가 싫은 거다.

켄은 정원을 서성거리며 거의 눈에 띄지도 않는 잡초를 오랫동안 솎아내는가 하면 괜히 주방 유리문 쪽으로 가서는 그 너머로 커피를 내리고 있는 미유를 힐끗힐끗 보기도 하고, 그다지 좋아하지도 않는 하야테의 머리를 쓰다듬어주는 등, 평소의 그답지 않게 행동하고 있다. 아버지의 체면이 말이 아니다.

켄은 자신의 소심하고 우유부단한 성격이 못마땅하고 짜증스러울 때가 있는데 바로 이런 때다. 사랑하는 딸에게 사랑하는 마음 하나 제대로 전달 못하는 사람이 결혼은 어떻게 했나 모르겠다. 유학 시절 메구미의 적극적인 구혼이 없었더라면 분명 늙어 죽을 때까지 독신으로 연구실 한구석에서 현미경에 눈을 박고 있었을 거다.

　주방 식탁에 앉아 에스프레소를 내려 마시고 있는데 미유의 휴대폰이 울어댄다. 받고 싶지 않다. 그렇지만 받게 될 것이다.
　누가 이기나 두고 보겠다는 심보가 아니고서야 이렇게까지 그악스럽게 전화를 끊지 않는 사람은 단 한 사람뿐이다. 스쿠버다이빙 동호회 간부다. 이제 막 가을이 시작되었지만, 혼슈에서의 다이빙은 좀 무리일 것 같아 다음 주말에 오키나와까지 원정을 간다고 한다. 합류할 의사가 있는지 묻는 전화다.
　"히로타는 형 결혼식이 있어서 아마도 빠질 것 같더군."
　히로타와 미유가 결별한 사실을 잘 아는 동호회 간부는 묻지도 않는 미유에게 히로타 지로의 소식을 전한다. 눈치코치도 없는 인간 같으니라고. 가타부타 대답이 없는 미유에게 동호회 간부는 동참을 권한다.
　"마츠가와의 기분이 어떻다는 건 잘 알지만, 이럴 때일수록 기분 전환도 할 겸 같이 다녀오는 게 좋을 것 같은데, 어때?"
　미유의 기분이 어떻다는 것을 정말 알고나 하는 소리일까. 동호회 간부는 모를 것이다. 아니다, 그는 죽어도 모른다.
　미유는 더위가 기승을 부리기 시작할 무렵에 히로타 지로와 헤어진 후, 기분이고 생활이고 공부고 할 것 없이 모든 시스템이 다운된 상태다. 두어 달째다. 사랑하는 사람과 헤어졌다는 이유보다 그가 첫사랑이었다는 것이 미유를 괴롭힌다. 그리고 헤어지게 된 이유가 두고두고 그녀를 힘들게 한다.

미유는 히로타 지로가 첫사랑이 아니고 두 번째 만남이었다면 이만큼 아프지는 않았을 거라고 생각한다. 왠지 첫사랑의 이별은 진한 아쉬움을 남겨야 할 것 같은데, 미유에게는 진한 아쉬움보다는 다친 자존심의 자국이 진하게 남아 있다.

"히로타가 안 가면, 나도 안 가요. 만약 히로타가 간다면, 나는 안 가요."

미유는 천천히 그리고 힘을 꼭꼭 주어 '나도'와 '나는'에 강한 악센트를 주어 말하면서 이 불편한 전화를 얼른 끊고 싶다고 생각한다. 미유의 말이 좀 헷갈리지만 간부는 그럴듯한 위로나 짧게 한마디 해주고 전화를 끊기로 마음먹는다.

"그러니까 그게…… 결론은 안 가겠다는 거군. 다이빙은 시기상조일 거라 생각은 했어. 너무 힘들어 하지 마. 두 사람이 헤어진 건 진짜 의외야. 환상의 커플이었잖아. 사람의 인연은 운명이지 뭐. 그 녀석도 나쁜 놈은 아니잖아. 마츠가와도……"

간부는 아직 더 하고 싶은 말이 남았지만 말을 삼킬 수밖에 없다. 그의 기준으로 짧은 한마디란 최소한 10분짜리다. 적당하다 싶을 때 끊어줘야 한다.

"그럼 안녕히 잘 다녀오세요."

미유는 간부의 말을 싹둑 자르고 휴대폰을 냉동실에 처넣으며 혼잣말을 한다.

"얼어 죽을!"

간부는 자기가 말마디나 하는 사람으로 알고 있다. 그러나 천만에다. 말 한마디로 천 냥 빚을 갚는 사람이 있는가 하면 간부처럼 되로 주고 말로 받는 사람도 있는 거다. 말은 많은데 쓸 말이 없는 것이 늘 문제인 사람이다. 위로랍시고 알량한 소리로 남의 속을 긁는 것이 취미가 아니라면 그냥 묵묵히 있어주는 것이 타인에 대한 예의라는 것을 그 동호회 간부는 모른다.

히로타 지로는 스쿠버다이빙 동호회에서 탈퇴하지 않을 거다. 그의 자존심이 허락하지 않는다. 더욱 당당하게 잘 해나갈 것이다. 하지만 미유는 그럴 자신이 없다. 담담한 척 억지로 미소를 짓는 일은 체질상 어울리지도 않는다. 그러니 미유가 떠나야 한다.

"와, 너무했는걸. 야박하게 혼자서 커피 마시는 거야? 섭섭하군. 아빠도 좀 부르지 그랬어?"

아픈 속을 동호회 간부에게 다시 살짝 긁혀 쓰라리려 하는데 미유의 그 속을 알 리 없는 켄은 꽤나 요란스럽게 말을 건다. 미유는 목소리에 힘을 잔뜩 넣고 억지로 분위기를 동동 띄우려는 켄의 노력이 오히려 안쓰럽게 느껴진다.

"아빠, 왜 그래요? 썰렁해요. 그냥 평소대로 해요. 어색해."

켄은 미유 맞은편 식탁 의자에 앉아 헛기침을 한 번 하고 나서 말을 잇는다.

"네가 요즘 기운이 너무 없어 보여서 말야, 어디 아픈 건 아닌지 걱정도 되고."

"아프긴 해요."

핼쑥해진 딸의 모습에 켄의 명치가 찌릿하다. 늘 쾌활하고 낙천적이던 미유의 맥 빠진 모습하며 아프다는 말은 그를 충분히 당황스럽게 만들고도 남는다.

"어디가 아파? 얼마나 아픈데? 언제부터 아팠어? 병원은 가봤니? 왜 이제 말하는 거야?"

켄의 호들갑이 좀 과하다. 말없이 고개만 숙이는 미유를 보자 분명 심각한 병에 걸린 거라고 지레짐작한다. 그동안 말 못하고 미유 혼자 끙끙 앓고 있었다고 생각하니 켄의 마음이 미어진다.

"아빠, 아프긴 하지만 병원에 가야 하는 병은 아녜요."

"아프면 병원엘 가야지 무슨 소리야. 일단 어디가 제일 아픈지 말해봐. 그러고 나서 나랑 같이 병원 가자."

미유는 대화가 엉뚱한 방향으로 굴러가는 걸 원치 않는다. 그보다 켄에게 자신의 문제를 나누어주고 싶은 마음은 더 없다. 하지만 켄이 이렇게 나오면 미유에게는 달리 도리가 없다. 그의 고집도 만만치는 않기 때문이다.

"아빠, 진짜 알고 싶어?"

"당연하지. 어서 말해봐."

미유는 혼자서 생각하고 정리할 시간이 조금 더 필요한데 상황이 이렇게 빨리 돌아가는 것이 못내 불안하기도 하고, 어차피 한 번은 통과해야 할 의식 같기도 해서 차라리 지금이 기회인지도 모른다는 생각이 든다. 이른 감이 있지만 문제를 수면 위로 밀어올리는 것도 나쁠 것 같지는 않다. 의외로 좋은 답을 찾을 수도 있지 않겠는가.

메구미가 미술관에서 돌아오려면 한 시간은 더 지나야 한다. 단지 어디서부터 말을 시작하면 좋을지 갈피를 얼른 잡지 못하고 머뭇거린다.

켄의 침 넘어가는 소리가 들릴 정도로 정적이 꽤 오래가는가 싶더니 드디어 미유가 심호흡을 하고 양손을 가슴 위에 포개 얹으며 말문을 연다.

"아빠, 내가 아픈 곳은 가슴이에요. 여기가 왜 아프냐 하면 말이죠, 히로타 지로 때문이에요. 히로타 지로라고 알죠? 스쿠버 다이빙 동호회에서 만났던."

잠시 생각을 하던 켄은 그 이름을 기억하고는 고개를 끄덕인다.

"우리, 헤어졌어요. 그런데 지로의 잘못이라고 할 수는 없어요. 그렇다고 내가 잘못했다는 뜻은 아니에요. 아빠는 내가 아무것도 모른다고 생각하고 있을 거예요. 하지만 난 다 알아요. 아빠의 친아버지가 돌아가신 할아버지가 아니라 얼굴도 본 적이 없는 한국 사람이라는 거."

미유는 차분하게 말하고 나서 켄을 쳐다본다. 그의 눈빛이 심하게 흔들린다.

"호적을 떠나서 아빠는 한국 사람인 셈이죠. 그리고 엄마는 일본인이고요. 지금까지 아빠가 하프라고 생각해왔기 때문에 나는 당연히 쿼터인 줄 알았어요. 그런데…… 내가 하프였던 거예요.

내가 언제부터 알고 있었는지가 궁금한가요? 그렇게 오래전은 아니에요. 올봄, 그러니까 개학하고 나서 얼마 지나지 않았을 때죠. 아빠가 할머니와 심하게 말다툼한 거 기억하세요? 아마도 아빠는 내가 없는 줄 알았겠지만, 그날은 몸이 좀 피곤해서 수업이 끝나자마자 집으로 곧장 왔어요. 그런데 주방에서 큰 소리가 나서 돌아온 내색도 못하고 이층 내 방으로 조용히 올라가다가 그만 우연히 듣게 되었어요. 어쨌든 몰래 들은 것과 마찬가지니까 그건 정말 죄송해요. 계단에 앉아서 다 들었거든요. 그리고 그날부터 내가 독감보다 더 지독한 감기로 사흘 동안 학교도 못 가고 침대에 누워 있었잖아요. 아빠는 그때도 몰랐던 거예요. 내가 왜 아팠는지."

켄의 고개가 꺾인다.

미유는 주전자에서 보리차 두 잔을 따라 와서 켄 앞에 한 잔을 놓고 하나는 자기가 마신다.

"아빠, 난 화가 났어요. 아빠가 거짓말을 한 건 아니지만, 왜 나에게 진실을 알려주지 않는지 화가 났어요. 아빠는 할머니를 늘 멀리하려고만 했죠. 어렸을 때부터 그게 이상했어요. 그때는 아빠가 원망스럽고 할머니가 불쌍해서 일부러 아빠를 피하기도 했어요. 그렇지만 지금은 아니에요. 왜 그랬는지 이제는 조금 알 것 같아요. 쭉 생각을 해왔거든요. 아빠가 왜 그랬을까, 속사정은 몰라도 왜 알려주지 않는가는 어느 정도 이해할 것 같아요. 일부러 숨긴 건 아니라고 생각해요. 아빠도 누구와 공유하고 싶지 않은 아빠만의 세계가 있고, 아빠 혼자 풀어야 할 문제가 있는 거잖아요."

켄은 천천히 고개를 끄덕이면서 목에 잔뜩 힘을 준다. 안 그러면 머리가 너무 무거워 그대로 바닥으로 곤두박질칠 것 같다.

"내가 하프라는 사실을 안 순간부터 그로 인해 생기는 문제는 나의 문제지 아빠와는 상관이 없어요. 그 부분은 전혀 걱정하지 마세요. 지금 내가 아픈 건 아까도 말했지만 지로 때문이에요. 지로 때문이라고 하는 것보다는 인간의 편견 때문이라고 하는 것이 더 정확하겠군요. 지로와 헤어지게 된 것은 말이죠, 내가 쿼터가 아니라 하프이고, 그의 논리대로 치자면 일본에서 태어나 일본에서 살고 일본어를 쓰고 한국말을 전혀 몰라도, 아빠가 한국인인 이상 나의 뿌리는 한국인이래요. 지로도 많이 힘들어했어요. 그 집안이 좀 그렇거든요. 정치나 법조계에 친인척이 쫙 깔렸잖아요. 그리고 소위 말하는 극우, 극우보다 더 극우인 집안이에요. 우리가 헤어지는 건 당연한 일이었어요. 시간이 조금 더 지나면 모든 게 좋아질 거라 믿어요. 그러니까 걱정하지 마세요, 아빠 딸은 괜찮아요. 나, 씩씩한 거 알죠?"

말을 마친 미유는 미소를 짓는다. 자조인지 만족인지 분간하기 애매한 미소다. 말을 길게 하고 났더니 입은 마르지만 오히려 속은 조금 후련해진다. 역시 말하기를 잘 했다는 생각이 든다.

켄의 입안은 쓰고 마르다 못해 쩍쩍 갈라져서 피가 날 것 같다.

"미안하다. 내가 너무 무심한 사람이었구나."

그의 목소리가 잠겨 있다. 켄과 미유는 바짝 마른 입을 보리차로 야금야금 축일 뿐 한동안 말이 없다. 침묵이 조금 무겁게 느껴지는 순간 그것을 먼저 깬 사람은 켄이다. 그의 목소리가 약간 떨린다.

"우리 딸, 이제 보니 많이 컸구나."

"그걸 이제 알았단 말예요? 정말 섭섭한데요."

"미유, 아빠가 전부터 생각해오던 건데, 이런 말을 지금 하는 것이 좀 어떨는지 모르겠다만 너, 프랑스에서 공부하고 싶은 생각은 없니?"

켄의 말마따나 이 자리에서 갑자기 떠올린 아이디어는 절대 아니다. 불문학을 전공하는 딸에게 유학의 기회를 주고 싶다고 생각하던 터다.

미유는 켄의 제의가 의외이긴 하지만, 한편으로는 그녀도 한두 번 생각을 해본 문제라 뜸을 들이지 않고 바로 대답한다.

"그것도 괜찮을 것 같아요."

켄은 식물들과 같이 있을 때가 더없이 편안하다. 식물은 켄을 필요로 하고 켄도 식물이 필요하기는 마찬가지다. 인간과 식물이라는 종이 다른 두 생물이 서로의 필요충분조건을 성립시켜가며 공생할 수 있다는 것은 얼마나 신선한가. 처음에 그가 식물을 만났을 때만 해도 오로지 교수라는 직업과 연구라는 과제를 위한 소재일 뿐이었다. 말하자면 생업을 위해서 식물이 필요했고 그것을 이용했다.

그러다가 어느 순간 갑자기 식물에 대한 생각이 바뀌었다. 식물은 켄에게 한없는 신뢰를 보낸다는 사실을 깨달았던 것이다. 그 깨달음이 있고 나서 켄과 식물은 주체와 객체가 없는 평등의 관계를 맺을 수 있었다.

식물의 신뢰는 유혹의 형태로 다가온다.

모든 생명체의 중요 관심사는 자기 종을 보다 많이 끊임없이 세상에 퍼뜨리는 것이다. 식물 역시 마찬가지다. 수많은 시행착오와 진화를 거치면서 식물이 종족 번식이라는 본능을 성취하기 위해 최종적으로 선택한 것은 동물이다. 동물의 욕망을 자극하여 목적을 획득하는 방식으로 자신들의 유전자를 퍼뜨린다.

향기와 달콤함 그리고 화려한 자태로 나비와 벌을 유혹하던 식물은 인간의 욕망을 자극하면 이용도가 더 높다는 것을 발견했다. 그 결과 식물들의 지능적인 진화가 시작되었다. 종족 번식뿐만 아니라 보존이라는 더 어려운 과제를 수행하기에 인간만큼 적합한 종이 어디 있겠는가.

인간은 식물을 관상용과 식용으로 분류해서 재배하기 시작했고, 더 나아가 약용으로서의 가치를 알아냈으며 식물을 이용해 황홀해지는 방법까지 알아냈다. 인간을 선택한 식물은 무궁한 삶을 약속받은 거나 다름없었다. 인간은 꿀벌이 하던 일을 스스로 자처하고 나섰으니까.

대신 식물은 연금술사가 되어 인간의 욕망을 채워주는 일에 최선을 다한다. 매혹적인 향기와 화려한 색채로 인간의 눈과 코를 즐겁게 해주고 인간의 식욕을 돋워주며 의복을 만드는 데 기여를 한다거나 어떤 종류의 병을 낫게 해준다. 종이가 되어 인간의 문명에 공헌한 것도 빼놓을 수 없는 식물의 업적이다. 최근에는 심리적 치료에 효과를 주는 아로마테라피를 통한 식물의 활약은 참으로 눈부시다.

서로의 욕망을 채워주고 서로에게 길들여지는 것이 지속적인 공존의 방법임을 인간보다 식물이 먼저 깨달았다. 대부분의 사람들은 일방적 주도권을 인간이 쥐고 있는 것으로 착각하지만, 생존을 위해 선택된 진화를 해나가는 식물에게 인간은 수단에 지나지 않을지도 모른다. 그렇다고 식물이 인간을 폄하하는 것은 절대 아니다. 식물은 그런 속된 마음을 품을 줄 모른다. 오히려 깊은 신뢰와 충정을 다할 뿐, 결코 배신은 하지 않는다.

켄은 치밀한 생존 전략을 성공시킨 식물에게 한없는 찬사를 보낸다.

켄의 정원은 해가 바뀌어도 눈에 띌 만한 변화가 없다. 다양한 약용식물은 꿀벌이나 나비의 대역을 맡은 켄과의 동거에 흡족해한다. 이따금 찾아오는 벌과 나비들이 있지만 그들은 손님일 뿐이다. 켄에게 사랑을 받는 식물은 손님을 유혹할 마음이 없다. 켄이 온실로 들어가 문을 잠근 채 그 속에서 고혹적인 양귀비와 시간을 보내는 일이 자주 있고 조금은 더 각별하게 대하는 것 같아도 그다지 신경 쓰이는 일은 아니다. 양귀비도 자기 방식대로 인간을 길들이지 않았는가. 그 대가로 숨어서 지내야 하는 운명이지만, 종족 번식과 보존이라는 두 마리의 토끼를 잡았으니 아마도 불만은 없을 거다.

식물의 유혹은 지치는 법이 없다.

반면에 켄은 지쳐 보인다. 근래에 부쩍 어깨가 처지고 늙은 것 같다. 제아무리 켄이 사랑하는 식물이라도 미유의 공백을 대신 메워줄 수는 없기 때문이리라.

미유는 3학년을 마치고 학교에 휴학계를 제출한 뒤 프랑스로 갔다. 거기서 최소한 석사 학위를 취득하고, 켄과 메구미의 적극적인 지지에 힘입어 박사과정까지 이수해볼 생각은 하였으나, 일 년의 어학연수를 마치고 귀국을 결심한다.

목표가 분명하지 않은 유학은 긴 외유로 끝날 가능성이 높다. 미유는 유학이라는 선택이 인생의 목표가 아니라 단편적인 목적을 위한 수단임을 깨달았다. 그 깨달음은 몽마르트르 언덕을 산책하던 중에 벽을 통과하는 프랑스 국민 작가, 마르셀 에메의 조각을 보면서 얻은 것이다. 벽 밖으로 빠져나오려다 상체와 왼쪽 다리 하나만 나오고 그대로 벽에 갇혀버린 남자, 마르셀 에메의 단편소설 〈벽을 드나드는 남자〉의 주인공은 절제되지 못한 욕망에 스스로 파멸을 불렀다. 벽에서 빠져나오려다가 그대로 벽속에 갇혀버린 남자의 얼굴을 물끄러미 쳐다보는데 갑자기 어찔한 현기증이 느껴졌다. 벽의 조각상에 드리워진 인간의 욕망이 부른 섬뜩한 비극은 묵직한 돌덩이가 되어 미유의 마음을 지질러놓았다. 물론 소설 속 주인공의 욕망과 미유의 욕망에는 닮은 구석이 없다. 그러나 그 순간 미유가 본 것은 바로 '불행'이었다. 미유는 행복해지고 싶었다.

히로타 지로에게보다는 그의 집안에 대한 반감이 컸다. 극우파의 우월감에 맞서 싸우기 위해 일단 높은 학력과 명예를 얻고 싶었다. 그래야 힘을 얻는다고 생각했다.

만약 얻었다고 치자, 그것이 미유에게 무엇을 줄 것인가. 그녀가 얻고자 한 것들은 일종의 복수심이 포함된 유치한 과시욕이며 부질없는 욕망일 뿐이다. 아무래도 행복과는 거리가 먼 것 같다. 미유가 진정으로 원하는 것은 그런 것이 아니다.

욕망은 목표가 되어서도 안 되지만 목적이 되어서도 안 된다. 미유의 목표는 무엇이던가. 왜 프랑스에 왔던가. 어려서부터 품어온 프랑스에 대한 순진한 동경과 문학에 대한 순수한 동경의 결합체라는 이유로 불문학을 선택하였다. 눈앞에 있는 길을 두고 멀리 돌아가는 어리석은 실수를 저지르고 싶지 않다. 궤도 수정이 필요하다.

미유는 글을 쓰고 싶다. 반드시 순수문학이 아니어도 좋다. 번역도 좋을 것이고 잡지사 기자가 되어 글을 쓰는 것도 나쁘지 않다. 당장은 어렵지만 일본으로 돌아가서 우선 학교를 졸업하자. 작가가 되기 위한 수업도 착실히 받고 경험도 쌓으리라. 욕망이 아닌 꿈. 그 길로 가고 싶다는 강력한 바람이 미유를 일본행 비행기에 올려놓는다.

대학을 졸업한 미유는 메구미의 사촌이 경영하는 꽤 유명한 잡지사에 들어간다. 일명 낙하산이라고 해야 하나. 거기서 맡은 일은 월간 여성지에 실을 프랑스 관련 기사를 스크랩하고 번역하는 일이다. 여성지에 어울릴 만한 내용을 찾느라 다양한 종류의 프랑스 잡지와 신문을 뒤적이며 하루의 전부를 보내는 날도 많다.

와인, 패션, 음식, 향수, 여행, 영화, 축제 그리고 프랑스식 불륜 등 여자들의 흥미를 유발하고 말초신경을 자극할 만한 것은 무궁무진하다. 불문학 전공을 적절히 살린 꽤 괜찮은 일거리다. 급료도 좋은 편이다. 세상살이며 인간관계의 경험이 부족한 미유에게 다양한 상식과 지식을 얻게 해준다는 점에서 잡지사의 일은 적격이다.

미유는 취직을 하고 두어 달 뒤에 요코하마 집에서 도쿄의 원룸 맨션으로 옮긴다. 실제적인 독립이 시작된 거다. 요코하마에서 도쿄까지 매일 전철로 출퇴근하는 불편함과 피로를 줄이고 싶기도 하지만, 독립하여 자력으로 살아보겠다는 희망 사항을 빨리 현실화하고 싶었던 마음이 더 크다.

피곤할 때도 있지만 모든 일의 진행이 순조롭다. 단조롭다는 표현이 더 정확할 것 같다. 미유에게 접근을 시도하는 남자들도 있다. 간혹 적극적인 추파를 던지는 경우도 있다. 미유도 그런 상황들이 싫지는 않지만 거기에 말려들고 싶지는 않다. 여럿이 어울리는 일은 있어도 누군가와 단독으로 만나는 것은 피한다.

껄끄럽다.

사랑이 좋은 줄은 알지만 사랑에 빠지고 싶지 않다는 말을 하면 대부분의 타박쟁이들은 궤변이라고 미유를 닦아세운다. 그들과는 달리 고교 시절부터 절친한 나츠미는 미유를 십분 이해한다. 아주 가끔은 사랑의 필요성을 늘어놓으며 충고용 잔소리를 늘어놓기는 하지만 말이다.

나츠미는 초보 심리상담사다. 심리학을 전공하고 현재는 도쿄 시부야에 있는 심리상담소에서 근무한다. 특히 실연한 사람들을 상대하고 있다. 상담이라기보다는 거의 실연한 청소년들의 하소연을 하품을 참으며 들어주는 것이 주 업무라고 보면 된다. 그 사연들을 낱낱이 미유에게 고자질하는 나츠미도 고등학교 다닐 때부터 연애 박사에 실연 박사다. 최근에 또 남자와 헤어졌다고 한다. 그녀는 실연의 상처를 오래 지니는 성격이 아니다.

"너도 상담사가 필요하지 않니?"

미유가 묻는 말에 나츠미가 심드렁하게 답한다.

"내가 연애와 실연을 반복하는 건 말이지, 어디까지나 상담하러 오는 사람들의 마음을 더 잘 이해하기 위해서야. 말하자면 업무상 필요한 거라고나 할까……"

"업무? 고교생이나 중학생들의 뻔한 사연을 들어주는 거? 대학에 들어가거나 사회생활을 시작하면 그보다 더 좋은 사람을 만날 기회가 있다. 그러니 아픔을 이겨내고 지금은 학교 공부에 충실하라고 충고하는 거?"

"미유, 넌 아직 사랑을 몰라. 한 번의 사랑으로 사랑을 전부 알았다고 할 수는 없잖아. 아무리 불같은 사랑이었다 해도 말야."

이쯤 되면 나츠미가 코에 주름을 만들며 진지하게 나온다. 사랑학에 있어서는 나츠미를 앞지를 수 없다는 것을 미유는 인정하지만, 한 번 정도는 억지를 쓴다.

"하지만 이론은 너 못지않게 안다고."

"한 사람과의 사랑은 하나의 사랑일 뿐이야. 사랑이 다 똑같다고 생각해? 아냐, 세 사람을 사랑하면 사랑은 세 개고 열 사람이면 사랑도 열 개의 사랑이 있는 거야. 넌 하나의 사랑밖에 모르잖니."

미유는 대꾸도 못하고 움츠러들 수밖에 없다. 여기에서 사랑타령도 끝을 내야 한다. 소리 내어 입짓을 했다가는 밤을 새우며 왈강달강할지도 모른다.

"난 미유가 완전히 자유로웠으면 좋겠어. 넌 히로타를 깨끗이 잊었다고는 하지만 아직 완전히 자유로워진 건 아니라고 생각해. 진짜 좋은 사람 만나서 다른 사랑도 있다는 걸 알았으면 해."

미유는 나츠미의 진정 어린 충고에 숙연해진다.

2007년의 여름은 무지 길다. 몇 장 남지 않은 달력을 보면 분명 가을이지만 여름은 늙은 고집쟁이처럼 한번 꿰찬 자리를 내주지 않을 기세다. 미유는 신주쿠의 코리아타운에 있는 한국어학원을 나와 큰 도로 건너편, 나츠미와 만나기로 약속한 분식집으로 간다.

미유는 왜 진작 이 생각을 못했는지 스스로도 의아하다. 100퍼센트 일본인 나츠미는 한국 드라마에 푹 빠져서 몇 개월 전부터 한국어를 배운다고 설레발을 치는데 말이다. 정작 50퍼센트 한국인인 미유는 일본어와 불어에는 능숙하면서 당연히 알아야 할 절반의 모국어를 자신 없는 영어보다도 더 모르다니, 부끄럽다.

한국어를 배우는 일본인이 의외로 많다는 것에도 미유는 놀란다. 학원 복도에서 한국말로 휴대전화를 하던 사람이 한국인일 거라 생각했는데 일본인이라니, 부럽다.

정원 여덟 명의 교실에서 배우는 한국어는 배워갈수록 어렵다. 한글을 만든 세종대왕의 업적은 그야말로 과학적이고 위대한 것이지만, 미유에게 한국어는 여전히 난해하기만 하다.

"한국어, 어떻게 생각해?"

"무지무지 재밌어."

미유의 질문에 나츠미의 짤막한 대답이다.

"어렵지 않아?"

"어렵긴 해. 그렇긴 해도 드라마에서 배운 단어가 나오면 얼마나 신나는지 몰라. 미유 너도 드라마를 좀 보지 그래?"

"드라마를 보면 도움이 되겠지만, 잡지사 일하랴 주말에는 집에 가서 귀여운 딸 노릇하랴, 배운 거 복습할 시간도 빠듯해."

미유가 볼멘소리를 하자 나츠미는 미유의 손등을 살짝 때리며 말한다.

"그래도 넌 한국계 하프잖아. 시간이 지나면 나보다 더 잘 할지도 몰라. 발음이 나랑은 확실히 다르더라, 얘. 부러워 죽겠어."

미유는 나츠미의 위로가 마음에 든다. 정말 그렇게 되기라도 하면 좋겠다.

"그럴까? 뭐…… 그럴 수도 있겠다."

"근데 있지, 한국어는 좀 특이하단 생각이 들어. 특히 색깔이 그래. 하나의 색깔을 얼마나 많은 단어로 표현할 수 있는지 너무 신기하다니까. 예를 들면, 푸르다는 표현도 엄청나게 다양하거든. 푸르스름하다, 푸르죽죽하다, 푸르퉁퉁하다, 푸르데데하다, 푸르디푸르다, 아마 이 외에도 더 있을 거야. 어때, 정말 신기하고 재밌지?"

한국어의 표현들보다는 한국어에 열성적인 나츠미가 미유에겐 더 신기하고 재밌다. 역시 나츠미는 좋은 친구다.

"난, 아이고, 라는 표현이 재밌던걸. 아플 때도 아이고, 슬퍼도 아이고, 좋아죽겠다고 할 때도 아이고. 그리고 뭐가 더 있나……"

미유는 머릿속을 뒤집어 말을 찾기 시작한다. 그런데 짧은 실력으로는 무리다.

"알아갈수록 풍부한 언어라는 생각이 들어. 좀 더 일찍 알았더라면 심리학을 하지 말고 한국어를 전공했을 텐데, 그게 아쉬워."

"넌 정말 한국에서 태어났어야 했어."

"한국 남자랑 결혼할까도 생각 중이야. 참, 나 얼마 전에 사귄

남자가 있었는데, 그 얘긴 아직 안 했지?"

"어떤 사람?"

"정말 짜증 나는 사람. 그 남자도 배용준과 장동건을 알더라고. 근데 한류 스타 얘기를 꺼내지도 못하게 하는 거야. 짜증 난다면서. 자기가 더 짜증 나는 것도 모르고. 내가 한국어 학원에 다닌다고 했더니 글쎄, 쓸데없는 데 시간을 낭비하는군, 그러지 않겠니. 세 번 만나고 헤어졌어."

"그럼 이번엔 실연의 상처는 없었겠구나. 다행이다 얘."

미유는 정말 다행이라 생각한다. 아직 말은 안 했지만 나츠미도 가벼운 연애가 아니라 진짜 좋은 사람 만나서 오래오래 사랑하고 사이좋게 지냈으면 좋겠다는 것이 미유의 마음이다.

"미유, 좋은 생각이 떠올랐어. 우리 좀 더 배워서 한국말로 얘기하기. 어때?"

"음, 그것도 괜찮은 생각이야."

미유는 흔쾌히 응한다. 물론 실력을 쌓은 후에야 가능하지만 말이다.

"그리고 하나 더, 다음엔 휴가를 맞춰서 같이 한국으로 놀러 가자, 응?"

그것도 괜찮은 생각 같아서 미유는 고개를 끄덕인다.

나츠미에게 일어난 신바람은 좀처럼 수그러들지 않는다. 그녀는 오늘 배운 한국어를 잘 알아듣지도 못하는 미유에게 주워섬기기 시작한다.

나츠미의 복습을 들어주며 아무 생각 없이 떡볶이 하나를 입 안에 넣고 우물거리다가 미유는 웩하고 씹던 떡볶이를 냅킨에 뱉어낸다. 세상에나, 입안에 불이 붙었나 보다. 눈물에 콧물까지 염치불구하고 나올 수 있는 것은 다 나온다. 어쩌면 귀에서는 연기가 나오고 있을 것만 같다. 미유는 오른쪽 벽면에 붙은 거울을 의도적으로 외면한다. 안 봐도 자신의 꼬락서니가 짐작이 되기 때문이다.

하지만 대각선 건너편 테이블에 앉아 미유를 딱하게 여기는 네 개의 눈과 마주치자 바로 고개를 돌려버린다. 거울 속에는 매력적이던 미유의 얼굴은 온데간데없다. 벌건 얼굴에 마스카라가 눈 밑으로 살짝 번져 있고 콧물이 찔끔 나온 볼썽사나운 여자가 쳐다보고 있다.

너 누구니. 그렇게 묻고 싶다. 이 분식집 떡볶이는 도대체 왜 이렇게 매운 걸까. 나츠미가 메뉴판에서 '불타는 떡볶이'를 시킨 것을 미유는 모른다.

중독성이 강한 양념, 고추. 역시 식물이다. 그렇지만 미유를 유혹하는 데는 실패다. 식물도 욕망이 없는 인간에게는 아마 관심이 없을 것이다.

5. 사랑 그 후

   떨리는 목소리로 무조건 항복을 선언한 일왕은 이듬해 1946년 1월 1일, '천황인간선언'을 했다.

   일본의 왕을 천황이라 하여 신격화하고 일본 국민은 다른 민족보다 우월하다는 가공의 관념에 사로잡혔던 일본에게 또 하나의 충격이 아닐 수 없었다. 일본의 왕은 인간이 아니라 반인반신이었다. 메이지유신으로 근대화와 제국주의가 합작하여 새로운 형태의 정치가 등장하고 이토 히로부미(伊藤博文)는 천황을 법 위에 존재하는 신으로 만들었다.

   그러나 진짜 신은 자신의 영역을 침범하거나 인간의 영역을 벗어나는 사람에 대하여 지긋한 인내심을 발휘하지 않는다. 가차 없이 응징하는 신이다.

   전쟁으로 인한 무고한 인명의 살상은 예정된 수순이었는지도 모른다.

나가사키를 다녀온 구월의 침묵은 가늠할 수 없이 무거웠고, 끝을 알 수 없이 길었다. 침묵으로 봉인된 구월의 짐이 아무리 무거워도 해금은 나눠 들어줄 수 없었고, 아무리 길어도 잘라줄 수 없는 것이 못내 안타까울 뿐이었다.

시운을 잘못 탄 탓에 가족을 떠났다가 소식 한 자 전하지 못하는 불행한 사람이 주변에 천지로 널려 있었다. 그렇더라도 해금은 아버지가 남은 가족들 앞에 거짓말같이 나타나주기를 바다에 나가 용왕님과 영등신인 영등할망에게 빌고 빌었다. 구월의 침묵은 아무것도 기대해서는 안 된다는 암시 같아서 나가사키에 아버지를 찾으러 갔던 일을 캐물을 수가 없었다. 그저 눈물이 주책없이 흐르지 못하도록 가슴만 꼬집었다.

묵묵히 바다로 나간 해금은 어른들 몫만큼이나 우뭇가사리를 캐고 더러 전복을 따면서 참담한 시간이 고이지 않고 흐르기만을 바랐다.

자고 나면 세월이 변했고 아침과 저녁의 세상도 달랐다. 그 와중에 변하지 않는 것은 해녀에 대한 일반인들의 관념이었다. 더럽고 천한 일을 한다는 멸시와 무시는 그대로였다. 같은 해녀이면서도 일본인 해녀는 제주에서 온 조선 해녀를 깔보았다. 늘 마찰이 있었고 분쟁은 끊이지 않았으며 일본인들이 뒤에서 부추기는 통에 교포들끼리도 낫을 들고 왕왕 싸웠다.

사람살이가 제아무리 지지고 볶여 몸살을 앓아도 구월은 매섭게 일만 했다. 전쟁이 끝났으니 감태를 의무적으로 캐야 하는 일도 없었다. 전복 조업이 다시 시작되었다. 보통의 해녀들이 8관을 잡으면 구월은 타고난 잠녀답게 뛰어난 물질 솜씨에다가 억척스러움까지 보태져서 15관을 잡았다. 구월은 돈을 움켜쥐기만 할 뿐 풀지를 않았다. 전쟁 전부터 함께 조를 이뤘던 마츠가와 선장의 배를 타고 더 깊은 바다로 나가 전복을 따는 것이 예사였으니, 목숨 귀한 줄 모른다고 혀를 차는 해녀들도 있었다. 선장도 구월이 걱정이었으나 그녀를 단 한 번도 이긴 적이 없었다.

그나마 마츠가와 선장의 아들 후쿠오가 있어 천만다행이었다. 선장의 둘째 아들은 징병에 끌려가 열아홉의 펄펄 끓는 피를 남태평양 이국땅에 뿌리고 전사하였으며, 셋째 아들은 어려서 징병 대상이 아니었다. 후쿠오는 장남으로 어릴 때 열병을 치르고 난 뒤 듣지도 말하지도 못하는 청각장애인이 되었으므로 자동적으로 징병에서 제외되었다. 후쿠오는 열일곱 살이 되던 해부터 잠수부의 일을 시작하여 6년째 이력을 쌓는 중이었다. 비록 장애를 가졌지만 예민한 감각으로 실력을 꽤 인정받는 잠수부였다. 얼마 전부터는 선장의 배를 타고 나가 구월과 함께 물질을 하게 되었으니 선장의 걱정이 조금은 줄어든 셈이었다.

구월의 천성이 그리 모질지 못하고 원래가 낙천적인 성격이라 반드시 예전의 그녀로 돌아오리라고 해금은 믿고 있었다. 어느 날, 거의 일 년 만에 말문을 연 구월은 도쿄로 가자고 해금과 기영을 앞장세웠다. 그녀는 원래의 구월로 돌아갈 준비를 하였다.

종전 후, 와다우라에는 재일조선인연맹(조련)의 발걸음이 찾았다. 그들은 지난해 도쿄에 국어강습소가 마련되었고, 그 뒤 대한민국 정부의 무관심으로 조선민주주의인민공화국의 지원을 받아 조선학교로 설립되었다는 소식을 전했다. 일본 땅에서 우리말로 공부하는 최초의 민족학교가 생겨난 것이다.

일본이 패망한 그해 10월에 결성된 조련은 일본 경찰보다도 야쿠자보다도 더 무서웠다. 그들은 일본인들과 해녀들 사이에 일어나는 크고 작은 분쟁을 해결해주는가 하면 해녀들과 재일조선인들의 생활권을 위해서도 발 벗고 나섰다.

그즈음 한반도에서 불붙은 신탁통치 문제는 일본에까지 건너와서 동포들 사이에 반목을 키웠다. 반공 청년을 중심으로 조련에서 이탈한 무리는 조선건국촉진청년동맹(건청)을 결성하였다. 일본에 거주하는 우리 민족끼리도 이념이 다르다는 이유로 편을 짜 가르고 좌우가 대립하는가 하면, 돌이킬 수 없는 갈등의 골을 서로 파댔다.

해가 바뀌어도 크고 작은 충돌로 점철된 동포들 간의 분쟁은 끊이지 않았고, 7월에는 가와사키에서 건청과 조련이 격돌하는 사건까지 발생하였다.

1946년 10월 3일, 1월에 결성된 신조선건설동맹(건동)과 건청이 합동으로 재일본 조선거류민단(민단)을 발족하여 귀국 사업을 후원하고 민생 문제를 지원하기 위해 일본 정부 및 GHQ(연합군최고사령부)와 협상하였다. 그러나 결과는 참담했다. 대한민국 정부를 포함하여 그 누구도 조국으로 돌아가지 못한 채 일본 땅에

잔류하게 된 사람들을 염려하지 않았다.

오른쪽이든 왼쪽이든, 파랑건 빨강건 구월에게는 다 똑같았다. 그녀는 돈을 벌어야 하는 목적이 생겼고, 그 목적을 달성할 생각만 했다. 열 살 난 기영을 교원 세 명으로 시작된 도쿄 에다가와에 있는 조선 제2초급학교에 넣었다. 조선학교 선생의 추천으로 조련 간부의 집에 작은 방을 하나 얻어 숙식을 제공받기로 하였다.

전쟁과 공습으로 폐허나 다름없던 도쿄는 재건을 위한 쇳소리와 기합 소리로 부흥을 꾀하고 있었다. 그러나 전쟁 후의 일본은 굶주림이라는 또 하나의 전쟁을 치러야 했다. 벼농사도 반타작이었고 모든 물자는 암거래를 통해 이루어진다고 해도 과언이 아니었다. 영양실조로 픽픽 쓰러지는 사람이 속출하니 천만 명 아사설까지 나돌 정도였다.

그랬거나 말거나 구월은 주머니를 열고 기영과 해금에게 구제품 중에서 가장 깨끗하고 말짱한 옷을 구해 입혔다. 그뿐만이 아니었다. 귀한 버터와 설탕, 가루우유까지 암거래로 구해다가 조련 간부의 안사람에게 건네며 기영을 부탁하는 것을 본 해금은 놀랐다. 일본말이 서툰 구월이 암거래 시장을 장사치만큼 꿰뚫고 있다는 것은 분명 와다우라에 자주 들락거리던 조련의 사람들에게서 뭔가 중요한 정보를 얻어 들었다는 뜻일 터였다.

도쿄에 기영을 남겨두고 와다우라로 돌아온 구월은 딸에게 당부했다.

"해금아, 너는 한 달에 한 번씩 도쿄에 가서 동생을 살펴주고 오너라."

"저 혼자서요?"

이리하여 해금은 구월을 따라 한 달에 보름 정도 물질을 하고 이틀이나 사흘은 도쿄를 다녀오는 생활을 하게 되었다. 도쿄에 가서 제일 먼저 간부의 아내에게 하숙비를 지불했고, 기영의 옷가지를 빨거나 챙기는 일과 좁은 방 안에서 해줄 수 있는 몇 안 되는 정리를 삽시간에 해치웠다. 달리 할 일이 없었던 해금은 도쿄의 거리를 돌아다니거나 구월의 당부대로 기영을 데리고 외식을 하는 일이 고작이었지만, 그것 나름대로 흥미로운 일이었다.

1947년 4월 1일 일본은 학교교육법 시행에 따라 6·3·3학제를 발족하였다. 그에 따라 조선학교도 새로운 제도를 도입해 시행하기로 했다. 새로운 제도란 구월에게 더 많은 돈을 벌어야 한다는 의미였고, 해금도 길어진 기간만큼 도쿄를 오가는 날들이 많아지는 셈이었다.

해금은 기영을 따라 학교 구경 가는 것이 무엇보다 즐거웠다. 몇 명 되지는 않지만 어린 여학생들이 교복으로 치마저고리를 입은 모습이 부러웠다. 처음 일본에 건너왔을 당시 해금은 조선학교의 여학생들처럼 구월이 지어준 치마저고리를 입었지만, 소학교에 다니면서부터 일본 소녀들과 별반 다르지 않은 차림새로 바뀌었다. 어린 여학생들의 치마저고리를 보고 있노라면 몸속 깊숙한 곳에서부터 아릿하게 저미며 올라오는 아픔이, 아픔이라기보다는 짠한 그리움이 혀뿌리에 감겨드는 느낌이 들었다. 치마를 팔락거리며 고무줄놀이를 하는 소녀들은 상쾌하고 신선했다. 책을 읽는 학생들의 낭창한 목소리는 듣기 좋았다. 도쿄에 있는 사흘 동안 해금은 기영에게서 한글의 자모음을 배웠다.

그 와중에 해금을 설레게 하는 일이 생겼다. 학생들에게 우리말과 역사를 가르치는 임시 교원인 한태주를 알게 되었다. 먼발치에서도 그를 알아볼 수 있었다. 스산한 가을바람에 몸을 옹송그리면서도 봄날 아지랑이가 피어오르는 듯한 착각에 살포시 현기증이 일었다. 구름 한 점 없는 맑은 날 잔잔한 파도에 찰싹 엎드려 함께 일렁이던 눈부신 햇살이 눈을 파고드는 것 같아 저절로 미간이 좁혀졌다.

열여덟 살 해금에게 살그머니 찾아든 설렘이라는 것은 참으로 낯설어서 이해하기 어려웠다. 명절이 다가오기 전에 느끼는 기다림과도 사뭇 다르고 물질을 시작해 처음으로 전복을 땄을 때의 기쁨과도 비교되지 않았다. 기영과 시내 구경 나갔다가 큰맘 먹고 사먹은 눈깔사탕이나 꿀떡이 입안에서 살살 녹던 것보다 더 부드럽고 달착지근했다. 이 감정은 도대체 뭐며, 어디서 생겨난 것일까.

한태주는 훤칠한 키에 아이들이 포도알처럼 주렁주렁 매달려도 끄떡없을 것 같은 건장한 어깨와 약간 검은 피부를 가졌다. 그의 첫인상은 교원이라기보다는 운동선수 같았다. 매사에 대범한 편이라는 소리를 듣는 해금이지만, 언감생심 그에게 대놓고 눈길을 줄 수가 없었다. 교실 창문 너머에서 몰래몰래 뜯어본 그의 얼굴은 보면 볼수록 운동선수의 이미지는 사라지고 학구파적인 분위기가 물씬 풍겼다.

학구파의 이미지로 변모한 데에는 다름 아닌 이지적인 눈매를 살짝 가린 검은 뿔테 안경이 큰 몫을 차지했다. 해금은 그 안경이 특히 좋았다. 가끔 흘러내린 안경을 올리려고 코를 찡그리는 모습은 해맑은 소년 같았다. 코를 찡그려도 올라가지 않는 안경을 백묵이 잔뜩 묻은 오른손으로 쓰윽 올리는 모습은 그녀의 꿈에도 나타났다. 검은 뿔테 안경다리에 묻은 백묵 가루를 해금이 가장 아끼는 하얀 무명 손수건으로 닦아주고 싶었다.

해금보다 5년 먼저 태어난 한태주는 함경남도 함흥의 지주 출신이었고, 몇 해 전만 해도 경성제국대학 의학부를 2년째 다니고 있었다. 집안의 재력으로 수상한 시절을 용케 피해갔지만 전쟁 막바지에 혈안이 된 일본의 징병은 불가항력이었다. 연줄을 동원하여 유학이라는 명분으로 일본에 건너와 게이오대학 의학부 예과 2학년에 편입했으나 전쟁터에 끌려가지 않으려고 거의 숨어살다시피 하였다.

오래지 않아 전쟁은 끝나고, 고향으로 돌아오라는 집안 어른들의 서신에도 불구하고 동포들끼리 편을 갈라 적대시하는 상황을 못 본 척하고 귀국할 수는 없었다. 도쿄에 남은 한태주는 조선학교에 임시 교원으로 근무하면서 조련의 일원으로 활동했다. 또한 일본에서의 의학 공부는 조국에서 하던 것보다 더 전문화

되어 있었고 체계적이었으므로 공부를 계속하고 싶은 마음도 있었다.

 일본에서 살고 있는 조선인과 대만인을 대상으로 한 '외국인 등록령'이 적용되었다. 종전 후에도 일본 정부는 재일조선인 등의 국적은 일본 적이라는 입장이었으므로 일본 국내법상 그들은 외국인이 아니었다. 그랬는데, 당분간 이들을 외국인으로 본다는 말도 안 되는 모순된 논리로 법령을 제정하였다. 그 규정에는 강제퇴거까지 포함되어 있어 일본은 자국민을 국외로 추방하는 법을 만든 셈이었다.

 연합군 점령기에 일본은 재일교포를 일본 국민으로 묶어 자신들의 통제권을 유지시키는 수단으로 이용하면서도 참정권과 기본권 등은 보장하지 않았다. 결과적으로 재일교포는 완전한 일본 국민으로서의 대우를 받지 못하고 항상 불리한 입장에 놓여 있었다. 외국인 대우가 유리한 경우에는 일본인으로 처우하고, 자국민에 대한 대우가 좋을 때는 외국인으로 몰아가는 일본의 법적 대응은 그야말로 고무줄 방식이었다. 일본의 노골적인 차별과 냉대로 인하여 재일교포로 살아온 터전은 점점 험악한 벼랑으로 내몰리는 양상이 되었지만, 조국은 그들을 도와줄 여력이 없었다.

 한반도의 북쪽에서는 친일을 했던 역적들을 처단한다고 피비린내를 풍겼다.

남쪽에서도 날이면 날마다 피비린내가 진동하는 좌익 탄압이 있었다. 1947년 7월 27일의 인민대회 이후, 이승만이 명예 회장으로 있는 '대한민주청년동맹(대청)'과 위원장 선우기성의 '서북청년단(서청)', 이범석 단장의 '조선민족청년단(족청)' 등의 우익 단체에 의해 좌익이라는 낙인이 찍힌 생목숨들이 일제강점기 때보다 더 잔인하게 사라져갔다. 나라 안은 우왕좌왕 갈팡질팡 줄서기로 정신이 없었다. 이념이 뭔지도 모르는 선량한 사람들이 좌익으로 내몰려 억울하게 죽어나갔으니 당연한 일이었다. 몽둥이와 쇠스랑 같은 농기구에 심지어 자전거 와이어 등으로 가차 없이 찍어내리는데 어디 성한 목숨이 있었겠는가. 이념이 다르면 천인공노할 죄가 되는 시대였다. 오히려 친일을 했던 사람들은 기고만장으로 세력과 재력을 키워나가고 있었다.

이듬해 4월 3일, 제주에서 일어난 대대적인 항쟁운동은 대한민국 정부에 의해 그 성격은 완전히 무시되고 폭동과 반란으로만 규명되었다. 비록 정부의 발표대로 공산당에 의해 자행된 폭동으로 시작하였다 하나, 그 과정에서 미군정과 이승만 정권에 의해 양민을 무차별적으로 학살한 것에 대한 해명은 너무도 빈약했다. 제주 전체 인구의 10퍼센트에 가까운 3만 명 이상의 희생자를 냈고, 그 희생자의 80퍼센트 이상이 사건과 무고한 사람이었다는 것을 어찌 설명할 것인가.

고깃배를 타고 며칠 만에 돌아왔다가 느닷없이 빨갱이로 몰려 도망자의 신세로 전락한 남자들은 일본으로의 밀항 외에는 선택의 여지가 없었다. 가진 것 없이 가족들의 얼굴도 못 보고 생이 별하여 몰래 숨어든 일본에서는 갖은 멸시와 고통이 기다리고 있었다. 어디 고깃배를 타던 사람만 그랬겠는가. 야반도주하여 물설고 낯선 일본 땅으로 숨어들었건만 그들은 민단을 찾아갈 수 없었다. 거기서도 그들은 꿈에서조차 연관이 없는 빨갱이로 몰렸다. 결국 찾아든 곳이 조련이었다.

지지리도 복 없이 태어난 팔자를 탓해야 할까. 아니면 불행한 나라에 태어난 백성이라 나라와 함께 겪어야 하는 업이라고 해야 할까. 국으로 가만히 있기에는 억장이 무너졌다. 혓바늘이 온몸에 돋았고 그대로 굳어갔다.

5·10총선거가 실시되었고, 8월 15일에는 남한 단독으로 대한민국 정부가 수립되었으며 초대 대통령으로 이승만이 취임하였다. 정세의 격변 속에서 조국으로부터 관심조차 받지 못하는 재일본 동포도 덩달아 둘로 완전히 찢어졌다. 재일본 조선거류민단에서 재일본 대한민국거류민단으로 개칭한 민단만이 대한민국 정부로부터 유일한 공인 단체로 인정을 받았다. 졸지에 떨거지 신세가 된 조련을 껴안은 것은 북조선이었다.

제주에 불어닥친 회오리 피바람을 피해 일본으로 밀항해 온 사람들 속에는 구월의 조카도 있었다. 우도에 살고 있던 큰오라비의 쌍둥이 아들 중에 첫째는 제 아비를 도와 배를 탔고, 둘째 윤수는 일찌감치 글을 깨치고 제주읍으로 나가 대서방에서 잔심부름을 해왔다. 주인은 탁월한 필적을 재주로 지닌 윤수를 예뻐

했다. 그렇게 제 밥벌이를 하다가 주인집에 사위로 들어앉았으니 다들 출세했다고 축하했었다. 서로 간에 소식이 없어도 그럭저럭 잘 살겠거니 했다.

그랬던 윤수가 상거지 꼬락서니로 구월을 찾아왔다.

"고모, 기별 없이 불쑥 찾아와서 정말 면목이 없어요."

"기별이고 뭐고, 도대체 이 먼 길을 어떻게 왔니? 게다가 네 꼴이 이게 뭐냐?"

구월은 참으로 오랜만에 보는 조카였건만 반가움보다는 불길함이 앞섰다. 아니나 다를까 윤수의 입을 통해 듣는 고향 땅의 소식은 무섭고도 처참했다.

"손아래 처남이 남로당 당원과 몇 차례 만났다는 이유로 처형되었어요. 그 뒤로 장인어른도 토벌대에 끌려가서 고문을 당했고 집안은 완전 쑥대밭이 되었죠. 저도 그 가족이라는 이유로 토벌대에 끌려갔어요. 여기저기서 끌려온 사람이 트럭에 빼곡히 실려 있더군요. 어차피 토벌대에 끌려가면 백 프로 죽은 목숨인 거예요. 도망치다 총 맞으면 죽는 거고 하늘이 도우면 사는 거죠. 백 프로 죽는 것보다 오십 프로에 목숨을 걸고 도망쳤어요."

"지은 죄도 없는데 끌고 가서 생목숨을 죽인단 말이냐?"

구월은 머릿속이 하얘져서 윤수의 말이 도무지 믿기지 않았다.

"사람 목숨이 짐승들보다 못해요. 짐승도 그렇게는 죽이지 않잖아요. 수십 명이 한꺼번에 총살당하고 한 구덩이에 매장되었어요. 매장이라도 되면 나은 거예요. 애고 노인이고 할 것 없이 떼죽음을 당하고 그대로 방치된 시신이 헤아릴 수 없이 많았어요. 산속에 숨었다가 밤만 되면 옮겨 다녔답니다. 무장대가 다녀가면 마을 사람들 한둘이 죽었고, 토벌대가 지나가면 열 명이 죽어나가는 식이었어요. 낮에 산속에 숨어 있으면 연기밖에 안 보였어요. 멀쩡한 마을이 없을 정도로 불타버렸더군요. 몰래 집에 갔다가 처가 식구들이 모두 죽은 걸 봤어요. 제 아내도 그중에 있었죠. 배 속에 여섯 달 된 핏덩이가 있었는데…… 해방이 되어서 좋은 세상 올 줄 알았어요. 하지만 그런 세상은 오지 않습니다. 세상은 미쳐가고 있어요. 아뇨, 완전히 미쳤어요."

참았던 공포와 분노가 일순간 터진 것일까. 윤수는 꺼이꺼이 울던 울음을 와락 토해내고야 말았다. 처음부터 방구석에서 조용히 듣고만 있던 해금의 흐느낌도 커져갔다.

미쳐버린 세상. 그랬다. 구월에게는 예전부터 세상이 미쳐 있었다.

구월은 일단 윤수를 기영의 하숙집에 부탁했다. 뒷일은 차차 생각하기로 했다.

한태주는 생의 막다른 골목까지 내몰린 사람들의 뼛속까지 억울한 사연을 들어주었고, 그들이 살아갈 길을 찾아주기 위해 동분서주했다. 그는 기영을 통해 윤수의 사연을 전해 들었다. 한태주는 어떻게 구했는지 윤수에게 새로운 신분증을 가져다주었다. 그 신분증을 가지고 윤수는 부두 하역인부로 일할 수 있었다.

얼마 지나지 않아 윤수는 꿈을 가지기 시작했다. 그는 일본 땅에 퍼져 있는 아메리칸드림에 매료되었다. 윤수는 쥐꼬리만 한 급료를 고스란히 모으고 구월에게서 얻은 밑천에 온몸을 의지하여 미국으로 향했다. 기회의 땅, 성공의 기회를 공평하게 주는 드넓은 나라로. 거기서는 일본인이든 중국인이든 한국인과 하나 다를 바 없을 터였다. 미국이라는 나라는 부지런히 일하면 행복을 보장받을 수 있는 나라라고 했다. 그런 나라에서는 같은 동포들끼리 총칼을 겨누는 일도 없을 터였다.

반드시 성공하리라 다짐하면서 윤수는 불어터져 피나는 입술을 더 세게 깨물었다.

해가 바뀌었어도 와다우라와 도쿄를 오가는 해금의 생활은 그대로였다. 해금은 언제까지고 그런 생활이 지속되기를 바랐다. 벅찬 가슴은 그것이 행복이라고 가르쳐주었다. 해금이 달뜬 마음으로 도쿄를 다녀온 어느 날, 구월이 딸을 불러 앉혔다.

"기영이도 이제 다 컸다. 저 혼자서도 학교생활 잘 할 것 같으니까, 우리는 이제 미야케지마로 가자꾸나."

구월은 제의가 아니라 명령을 내렸다. 해금은 귀를 의심했다.

"갑자기 그 섬에는 왜 가시려고요?"

"네가 도쿄에 가 있는 동안 고모가 오사카 다녀오는 길에 잠시 들렀단다. 아무래도 타지에 와서 피붙이끼리 모여 살면 더 좋잖니. 게다가 조련이다 민단이다 허구한 날 싸움질이라 마음도 산만해서 싫다."

"그래도 여기서는 전복이라도 많이 캘 수 있지만, 거긴 전복이

별로 없잖아요."

"난 말이다, 왜 그런지 이곳은 도통 정이 안 들어. 미야케지마
는 고향 같은 느낌이라도 드는데 말이다. 그리고 여기 인심보다
는 거기가 훨씬 낫잖니."

해금은 이해가 되지 않았다. 돈만 된다면 용왕의 발바닥에 붙
은 전복이라도 따올 것 같은 구월이 돈벌이가 여기보다 시원찮
은 미야케지마로 굳이 가겠다는 이유치고는 너무 궁색했으니 말
이다.

해금 역시 바다는 거칠고 사람들도 옹색한 와다우라보다는 미
야케지마가 훨씬 좋았지만, 지금은 도쿄가 가까운 이곳을 떠나
고 싶지는 않았다. 그렇다고 구월을 설득시킬 지푸라기만 한 구
실도 없었다. 해금은 도쿄를 다녀와 풀지도 않은 낡아빠진 옷가
방만 뚫어져라 쳐다봤다. 구월의 침묵과 한숨에 속만 타들어갔
고 옷가방에는 구멍이 날 것 같았다. 다행스럽게도 해금의 애간
장이 다 녹기 전에 구월은 속마음을 드러냈다.

"고모 꿈에 말이다, 네 아버지가 섬으로 고모를 찾아왔더란다.
내 식구들 어디로 보냈느냐고 고모를 원망했다는구나. 우리 식
구 오순도순 모여 잘 살아보려고 돌아왔다면서 빨리 식구들 찾
아오라고 고래고래 소리를 쳤다지 뭐냐."

"아버지가요? 큰 소리 한 번 낸 적이 없었는데……"

"그렇지, 네 아버지는 그런 사람이란다. 고모도 자기 동생이
그렇게 화를 내는 모습을 본 적이 없었는데, 난생처음 꿈에서 봤

다는구나. 내가 나가사키에 갔을 때, 거기엔 아무것도 없더라. 온통 시커멓고 움직이는 것이라곤 바람하고 냄새뿐이었어. 아직도 내 코끝에 그 냄새가 남아 있단다. 거기는 다른 세상이었어. 네 아버지는 거기에 없었어. 그런 곳에 있을 리가 없지. 큰길에 있는 책방 집 막내아들도 전쟁에 끌려가 죽은 줄 알았는데 엊그제 살아왔다더라."

망설이던 구월은 내친김에 말을 전부 쏟아냈다. 전쟁에 나갔다가 죽은 줄 알았던 남편과 자식이 팔 하나, 다리 하나, 눈 하나를 잃어서도 살아 돌아오는 경우가 종종 있었다. 사지가 다 잘리고 눈까지 멀어도 목숨이 붙어 있다면 제자리를 찾아 돌아오는 마당에 나가사키의 피폭자가 돌아오지 말라는 법도 없었다. 구월의 말을 듣고 보니 해금은 아버지가 고모부처럼 어디선가 치료를 받고 요양을 한 뒤에 불쑥 나타날지도 모른다는 생각이 들었다.

"아버지가 돌아오실까요?"

"미야케지마에 가서 기다려보자꾸나. 다음 달에 가도록 준비를 하자."

아버지가 돌아와만 준다면, 그렇게만 된다면 더 바랄 것이 없었다. 그 조건으로 해금의 팔 하나를 내주어도 전혀 아플 것 같지 않았다. 그러나 가슴에 있는 팔 하나를 떼어내는 심정은 또 다른 것이었다. 눈에 뵈지도 않는 팔이건만 너무 아팠다. 해금의 가슴 속에는 또 하나의 해금이 살고 있었다. 한태주라는 남자를 먼발치에서만 보고도 발그레 얼굴을 붉히고 심장이 콩닥거리는 해금이 자라 있었다. 하늘이 샛노래지고 벙어리 냉가슴 앓듯 해금은 어머니가 눈치채지 못하게 시름시름 속병을 앓았다.

기영의 학교와 하숙집이 있는 도쿄의 에다가와에서는 한때 심각한 소란이 있었다. 지난해 12월 초에 발생했던 집단 강도사건으로 한국인 주범을 검거하는 과정에서 일본 경찰과 조련의 마찰이 생겼고, 그 일대는 살벌한 기운이 감돌았다. 기영이 하숙하고 있는 조련 간부의 집도 수색의 대상이 되어 하루가 멀다하고 경찰들이 들이닥치곤 하였다. 이 사건은 해를 넘기고 결국 4월 19일에 주범과 폭행사건에 연류된 관계자 총15명을 체포함으로서 일단락되었다. 그 결과 9명은 공무집행방해죄와 상해죄로 기소되어 유죄판결을 받았고, 사건의 발단이 된 집단 강도사건의 주범에게는 징역 4년의 판결이 내려졌다.

미야케지마로 떠나기 전에 해금과 구월은 기영의 하숙집을 찾았다. 에다가와가 다시 조용한 일상으로 돌아온 바로 뒤였다. 몇 안 되는 가재도구는 이웃해 살던 해녀들에게 모두 나눠주고 긴한 물건 몇 가지와 옷 보통이에 돈다발만 챙겨 왔으니 크게 짐이랄 것은 없었지만, 기영의 하숙방에 부리고 보니 세 식구가 눕기에는 방이 무척 비좁았다. 조련 간부의 아들이자 친구이기도 한 김홍희의 방으로 건너가서 자겠다는 기영을 구월은 한사코 말렸다. 오랜만에 보는 귀한 자식과 한시도 떨어지고 싶지 않았다. 이런 날이 또 없을 것 같다는 느낌이 들었다. 구월의 예감이 항상 적중한 것은 아니었지만, 왠지 그랬다.

기영의 하숙집에서 지낸 사흘째 저녁, 조련 간부의 집에서 생각지도 못한 일이 벌어지는 바람에 해금은 심장이 터지는 줄 알았다. 찜통에서 막 건져낸 듯 얼굴은 발갛게 익어 화끈거렸으며 머릿속은 하얘져서 천둥인지 지둥인지 모르겠고, 꾸어다 놓은 보릿자루처럼 밥상머리에 앉아 숟가락을 들어서 밥을 먹었던가, 혹시 젓가락으로 국을 먹지 않았던가, 생각나는 것이 아무것도 없었다. 분명 신이 장난을 치는 것이리라. 어디 꿈엔들 상상이나 했겠는가.

한태주가 왔다. 조련 간부의 초청으로 저녁 식사에 동석하기 위함이었다. 기영과 홍희는 선생님이 집에 왔다고 흥분하여 평소보다 재잘거림도 많았건만 해금은 자신의 속내가 행여 들킬세라 고드름을 잡고 매달린 기분이었다.

간부의 아내를 도와 밥상을 치우고 설거지까지 나서서 해치우려고 부엌으로 들어간 해금에게 간부의 아내는 일본 과자와 차를 내주며 방으로 들여보내려 했다. 해금은 거의 울 뻔했다. 간부의 아내에게 이 핑계 저 핑계 대어가며 한태주가 떡하니 앉아 있는 방으로 들어가는 일은 모면했지만, 잘 했다는 생각은 들지 않았다.

내일이면 섬으로 떠날 텐데, 그렇게 되면 두 번 다시 보지 못할 사람인 것을. 잘은 몰라도 이런 감정을 순정이라고 하는 것일까. 왜 그렇게 바보같이 굴었을까, 밀려드는 후회로 애꿎은 입술만 잘근잘근 물려 피가 맺히는 줄도 몰랐다.

노래 가사에 나오는 짝사랑이라는 것이 바로 이런 것이었나 보다. 혼자 태우는 마음은 애달팠다. 한태주에게 해금의 존재는 길을 가다가 마주치는 여자들과 다를 바 없을지도 몰랐다. 저토록 잘난 사람이 무엇이 아쉬워 해금에게 눈길을 주겠는가 생각하니 자신이 한심스럽기도 했다.

제법 늦은 시간이라 골목을 왕래하는 사람이 적었다.

"이 책, 읽어볼래요?"

고개를 숙인 채 걷던 해금은 아득한 곳에서 들려오는 듯한 소리에 걸음을 멈추고 고개를 들었다. 저만치 앞서 걷던 한태주가 돌아선 채 가방에서 작은 책을 한 권 꺼내 내밀고 있었다. 저녁 식사를 끝내고 돌아가는 한태주를 기영과 홍희 그리고 해금이 산책 삼아 큰길까지 배웅을 하던 길이었다. 마지막으로 한 번만 더 눈 속 깊이 가슴 속 깊이 한태주를 담고 싶었기에 부끄러움을 무릅쓰고 사내 녀석들을 따라 나온 해금이었다.

속절없는 만남이라 마음을 다잡고 단념하는 중이었는데, 한태주는 해금의 마음 속에 일렁이던 잔물결을 금세 파도로 만들어 버렸다. 슬픔과 기쁨이 널뛰기를 하는 가슴은 도무지 진정되지 않았다. 어둑한 하늘이 고마웠다. 기영과 홍희는 저들끼리 조잘거리며 앞서거니 뒤서거니 해금과의 거리를 제법 벌려놓았다. 한태주는 꼼짝도 않고 서 있는 해금에게로 다가와서 말했다.

"기영이한테 들었어요. 해금 씨는 한글과 일본 글을 다 읽을 줄 안다고."

해금은 지금까지 그냥 해금이었다. 그런데 그가 해금 씨라고 불렀다. 갑자기 해금은 성숙해진 기분이 들었다. 그녀의 귀에 작은 날것이 잉잉거리며 들어와 간질이는 것 같았다. 한 걸음 더 해금에게 다가오며 한태주가 말했다.

"한번 읽어봐요."

그와의 거리가 너무 가깝다 싶어 해금는 반사적으로 반걸음 뒤로 물러나면서 들릴락 말락 작은 소리로 말했다.

"읽을 줄만 알아요. 아직은 어려운 단어도 많고……"

말은 그렇게 했어도 해금은 한태주가 내미는 책을 얇디얇은 유리그릇이라도 되는 양 두 손으로 조심스럽게 받았다. 손이 살짝 떨린 것이 마음에 걸렸다.

"다음에 사전을 구해다줄게요. 그럼 도움이 많이 될 테니까."

다음이라니, 해금에게 다음이라는 기회가 또 있다는 말인가. 그 기회는 누가 만드는 것일까. 내일이면 모녀가 미야케지마로 가는 배를 탈 것이라고 저녁 먹으면서 조련 간부가 구월을 대신하여 말했었다. 그러니 그도 분명 들었을 것이다.

그런 한태주가 다음을 기약했다. 이제부터 모든 기회는 그가 만드는 것이었고, 그가 만드는 기회는 무조건 따르고 싶었다. 할 수만 있다면 해금의 운명까지도 그에게 일임하고 싶었다. 입이 딱 달라붙어버린 해금은 살며시 고개 숙여 한태주에게 감사했다. 그때, 골목 끄트머리에서 기영이 큰 소리로 한태주를 불렀다.

"선생님, 거기서 뭐 하세요? 저어기 전차가 오고 있어요."

그 순간 해금은 난생처음 기영이 얄미웠다.

미야케지마는 겉으로 봐서는 아무런 변화가 없었다. 오야마 화산에서 뿜어져나오는 가스도 그대로였고 임례의 가족들도 그대로였다. 미이케우라의 조선인 촌락에 사는 해녀들의 수는 전쟁이 끝나 고향으로 돌아간 사람들이 있어 제법 줄기는 했지만, 그대로 눌러앉은 나머지 사람들의 일상도 변함이 없기는 마찬가지였다.

구월과 해금은 우뭇가사리를 주로 캤다. 해녀들은 다 함께 바다로 나갔고 채취한 우뭇가사리를 또 함께 말려서 조합에 넘겼다. 간혹 운 좋게 전복이나 소라를 따서 부수입을 올리기도 했다.

구월과 해금이 섬에 오고 얼마 지나지 않아 마츠가와 선장이 아내와 장남 후쿠오를 데리고 섬으로 이주해 왔는데, 그들은 아코 지역에 터를 잡았다. 막내아들은 학업 때문에 고향인 사이타마에 있는 친척에게 맡겼다고 했다. 선장의 아내는 섬에서 살게 된 것이 못내 불만스러워 보였지만, 후쿠오는 꽤나 흡족했는지 소리를 내지 못하는 입으로 히죽거리며 다녔다.

해금은 우뭇가사리를 캐서 말리는 일을 제외하면 거의 방 안에서 두문불출하며 한태주가 준 책을 읽었다.

그녀는 한 글자 한 글자 아주 조금씩 아껴가며 읽었고, 기영에게서 얻은 공책에 이해 못 한 단어들을 옮겨 적으며 읽기를 세 번이나 반복했다. 젊은 나이에 도쿄에서 생을 마감했다는 이상이라는 작가가 쓴 《날개》라는 소설은 처음 읽을 때는 꽤 난해했지만, 거듭 읽어갈수록 내용뿐만 아니라 주인공을 이해할 수 있었다.

그렇다고 그녀가 물질에 소홀했거나 일을 덜 했느냐 하면 그렇지도 않았다. 오히려 일을 더 열성적으로 했다. 그 어미에 그 딸이라는 소리를 들을 정도로 할당된 몫을 훨씬 웃도는 양을 바다에서 건져올렸다.

공동으로 하는 작업 외에도 마츠가와 선장의 배를 타고 나간 구월은 후쿠오와 함께 깊은 바다 물질도 마다하지 않았다. 그녀는 전복과 소라를 따거나 더러는 문어도 잡았고, 후쿠오는 통발과 작살로 바닷가재를 잡았다. 차츰차츰 구월의 돈다발이 두꺼워졌다. 남편이 돌아오면 식구끼리 도란거리며 살 집도 얼른 마련하고 싶었다. 기영이 원한다면 대학까지 뒷바라지를 할 것이며, 때가 되면 해금을 반듯한 집안으로 시집보내고 싶었다. 기약 없는 기다림이란 가슴이 바짝 졸게 타들어가는 일이지만, 돌아와주기만 한다면야 심장을 송두리째 도려내는 아픔이라도 달게 받을 수 있을 것 같았다.

섬으로 온 지 거의 석 달 만에 구월은 해금을 도쿄로 보냈다. 모녀가 섬으로 오기 전에 기영의 하숙비 석 달치를 미리 치렀으니 가서 또 그만큼을 내고, 기영이 어떻게 지내나 보고 오라 했다. 한태주가 기회를 만드는 방법은 바로 구월과 기영을 매개체로 삼은 것이 분명하다고 해금은 생각했고, 그 기회는 석 달마다

올 것을 믿어 의심치 않았다.

7월 10일, 거의 30도에 육박한 날씨는 본격적인 더위가 시작될 조짐을 보였다. 맑은 일요일의 우에노 동물원은 인산인해를 이루었다. 때문에 해금은 기영을 놓칠세라 서로의 땀이 찬 손을 꼭 붙잡고 사람들을 요리조리 피하며 걸었다. 동물을 구경하러 왔다기보다는 사람 구경 온 형국이었다. 무엇을 구경하든지 하등 중요하지 않은 해금은 날아갈 듯 즐겁기만 했다. 해금이 입은 반소매의 물빛 조제트원피스가 시원스럽게 보였다. 예쁘다고는 할 수 없어도 기품이 있었다.

"나한테 바짝 안 붙었다가는 서로 잃어버릴지도 몰라요."

한태주는 말을 끝냄과 동시에 해금의 팔을 낚아채듯 잡아 자기 쪽으로 더 바짝 당겼다. 그 바람에 해금과 기영은 그의 품속으로 뛰어드는 꼴이 되었다. 한태주의 얼굴에는 미소가 한가득 피어올랐다.

"이렇게 딱 붙으라니까요."

"선생님, 우리 누나만 안 잃어버리면 돼요. 저는 상관 마시고요. 더워 죽겠는데 따닥따닥 붙어다니면 더 덥잖아요."

기영은 누이의 손에서 자신의 손을 빼고 바지에 땀을 닦으며 씩 웃었다. 문득 해금은 석 달 만에 보는 기영이 제법 소년티를 벗었다는 생각이 들었다. 동생에게 속내를 들킨 것 같아 부끄러웠지만, 어쩌랴 싶었다. 한태주와 이토록 가까이서 함께 시간을 보낼 수 있을 거라고는 상상도 못했던 일이었다. 해금은 행복했다.

　한태주가 잡았던 해금의 팔에 그의 지문이 고스란히 남아 있을 것이었다. 그 지문이 살을 파고들어가 해금의 심장에 무수한 타원형의 무늬를 새기기 시작했다. 살아 있는 동안 지워지지 않을 문신처럼. 그렇지 않고서야 이렇게 심장이 쿵쾅거릴 이유가 없었다. 그는 해금의 운명을 좌지우지할 수 있는 유일한 사람이었다. 해금은 그런 엄청난 힘을 한태주에게 주었다. 정작 한태주 본인은 모르겠지만, 상관없었다.

　해금은 태어나서 처음으로 사자라는 동물을 보았다. 최근에 우에노 동물원에 들어온 사자 네 마리가 공개되었는데 그들에게 각각 스메리, 라츠키, 나이루, 아리수라는 이름이 붙여졌다. 해금은 아리수라는 이름이 제일 마음에 들었다. 그 이유는 다른 이름들과 달리 아리수라는 발음과 똑같은 우리말이 있다고 했다. 아주 크다는 의미의 '아리'와 물 '수' 자를 합쳐서 아주 먼 옛날에 한강을 그렇게 불렀다고 한태주가 가르쳐주었다.

　벤치 하나를 겨우 차지하게 되자 한태주가 소프트 아이스크림 세 개를 사왔다. 해금은 아이스크림이라는 것을 난생처음 먹었다. 고깔 모양에 나선형 무늬의 아이스크림이 혀끝에 전하는 촉감은 차가우면서도 달콤하고 부드러워 갓 목욕을 시킨 갓난아기의 속살 같았다. 누군가가 해금에게 행복이 어떤 느낌이냐고 물으면 서슴없이 소프트 아이스크림 같다고 말할 수 있을 것 같았다. 먹기가 너무 아까워서 아껴 먹는 동안 반이나 녹아 흘렀다.

행복은 상대적이고 지속성이 짧다고 해도 해금의 행복은 혀끝에서 영원할 것이었다. 해금에게 한태주는 소프트 아이스크림이었다. 도쿄에서 보낸 닷새라는 시간은 지나치게 짧았다.

섬으로 돌아오기 전날에 해금은 한태주에게서 사전 한 권과 지난해에 출간된 일본 소설책을 한 권 받았다. 그는 우리 글로 된 마땅한 책을 구하기가 쉽지 않았다며 대신 자신이 재밌게 읽었다는 다자이 오사무의 《인간실격》이라는 책을 건넸다. 제목부터가 어려웠지만, 그가 준 책은 그 무엇이 되었든 수백 수천 번을 읽어서라도 해금은 이해하리라 결심했다.

대한민국은 국외로 이주한 동포를 대상으로 '재외국민등록'을 개시하였다. 일본에서 활동하는 민단은 이 등록에 태만한 사람은 대한민국 국민으로서의 자격을 상실하는 것이므로 무국적으로 남기를 희망하는 사람 이외에는 전부 등록할 것을 종용하였다. 등록을 하지 않은 사람은 자동적으로 조선민주주의인민공화국의 국적을 선택한 것으로 간주되었다.

여기에 반발한 시모노세키의 조련 150명이 민단을 비난하는 집회를 열었다. 8월 19일의 집회에 한태주도 참가하였다. 그는 조국이 해외동포를 위하여 아무런 힘도 되어주지 못할뿐더러 관심조차 비치지 않으면서 그들의 이데올로기에 복종하라는 것은 어불성설이라고 여겼다.

집회 그 자체는 특별한 문제 없이 끝났으나, 경비로 차출된 조련의 구성원과 민단의 구성원이 노상에서 맞부딪히면서 일촉즉

발의 사태가 벌어지고 말았다. 결국 난투극으로 이어졌고 민단 측 사람이 가지고 있던 일본도에 의해 조련의 구성원이 부상을 당했다. 여기에 보복하기 위해 다음 날 새벽 2시 30분경, 조련 구성원 약 200명이 집결하여 시모노세키 민단 지부 및 구성원의 자택 등을 습격하였다. 그 과정에서 금품 약탈, 폭행 등의 비행을 저지른 조련 구성원들이 있었고 날이 밝기도 전에 시내는 걷잡을 수 없는 대혼란에 빠졌다.

시모노세키 경찰은 국가 지방경찰에 지원을 요청하였다. 국가 지방경찰은 지자체 경찰을 포함하여 현 내의 전 경찰에 비상소집을 발령함은 물론 경찰학교의 학생까지 동원하여 사건 진압에 나섰다. 익일에는 합동경비본부를 설치함과 동시에 도주자를 색출하기 위한 검문소를 시내 여러 곳에 세웠다.

결국 최종적으로 208명이 검거되었고 그중에 75명이 기소되었다. 이 과정에서 싸움을 중재하려 했던 한태주는 가벼운 부상을 입었다. 그는 검문을 피해 도쿄를 거쳐 사태가 진정될 때까지 당분간 미야케지마에 피신해 있기로 결정했다.

실례를 무릅쓰고 그가 섬에 왔다.

심하지는 않아도 여기저기 타박상을 입은 자국과 긁힌 흔적이 남아 있는 한태주가 핼쑥해진 모습으로 나타났다. 그간의 고생을 여실히 느낄 수 있었던 해금은 제 가슴이 마구 얻어맞고 쥐어뜯기는 것 같았다.

임례와 해금은 방을 옮겼다. 임례가 구월의 방으로 옮겨가고 해금은 임례의 막내딸 경자의 방으로 옮겨갔다. 임례의 큰딸은 이태 전 스물여섯의 나이에 오사카에서 작은 가게를 하는 제주 출신의 남자에게 시집을 가고 없었다. 그리하여 한태주는 팔 하나를 잃은 뒤로는 모든 일에서 의욕을 잃고 술로 허송세월하며 살아가는 임례의 남편과 한방을 쓰게 되었다.

한태주는 두 달가량을 섬에서 지냈다. 해금은 한태주에게 어울리지 않는 이브였다. 그녀에게는 향기로운 금단의 열매도 없을뿐더러 오롯이 바다 냄새만 날 뿐이었다. 그 사실을 잘 알고 있는 해금이지만 한 번쯤은 무모해지고 싶었다. 그러나 스물두 살 난 사촌 언니 경자가 마음에 걸렸다. 한태주가 온 첫날부터 경자는 스스럼없이 그에게 섬을 안내한답시고 물질도 쉬어가며 허구한 날 따라붙었다.

경자가 임례를 닮았더라면 아마도 해금과 친자매라고 해도 될 만큼 인물의 틈은 없었을 것이다. 왜냐하면 임례와 박상지는 터울이 많이 졌음에도 한눈에 친남매임을 알아볼 수 있을 정도로 닮았고, 해금은 박상지를 빼닮았기 때문이다. 하지만 경자는 제 아버지를 닮아 곱상하게 생겼다.

그렇다고 해금이 못생긴 것은 절대 아니었다. 보는 사람에 따라 다양한 느낌을 줄 수 있는 개성적인 인상이라고 하는 편이 옳을 것이다. 몸은 좀 말랐으나 타고난 뼈대가 튼튼했고, 이목구비가 굵직해서 시원스럽게 생겼다고 하는 사람이 있는가 하면, 남자로 태어났으면 분명 큰 재목이 되었을 것이라는 둥, 말수 적고 찬찬한 성격으로 보아 맏며느릿감이라 하는 사람도 있고, 일을 해내는 솜씨를 봐서 여장부 감이라고도 했다. 해금은 지금껏 자신의 외모에 대해 심사숙고해본 적이 없었지만 이번만은 경자의 예쁘장한 얼굴이 돋보인다는 것을 깨달았다. 남에게 착착 부닐기 잘하는 성격도 부러웠다.

"저만한 집안에 학식에 인물까지 좋으니 어느 집 규수가 시집갈지 부럽구면. 경자 저년 인물 반반한 것으론 어림 반 푼어치도 없겠지? 나라도 좀 나서 볼까?"

한태주를 사윗감으로 탐을 내는 임례에게 구월은 야무지게 오금을 박았다.

"혼사는 인륜대사라는데 양반 자제분에게 설마 지금까지 정혼자가 없겠어요? 언감생심 우리와는 차원이 다른 사람이고 오르지 못할 나무가 아니겠어요?"

구월인들 어디 탐이 나지 않겠는가. 연분이 닿으면 오죽 좋으랴. 딸 가진 부모는 다 똑같은 마음이었다. 그러나 그녀는 한태주가 해금에게 자상하게 대해주는 것이 고맙지만은 않았다. 혹여 해금이 저 혼자 상처받기라도 할까 걱정이었다.

손아래 올케의 말이 틀리지는 않지만 임례는 왠지 비위가 살짝 틀어졌다. 후덕하던 그녀가 타향살이에 마음이 많이 찌들었는지도 몰랐다.

"어련하겠어. 그래도 남녀 사이는 누가 알겠어? 게다가 양반

상놈 없어진 세상에 신분이 무슨 대수야, 지들 좋으면 됐지. 그 옛날 지체 따지던 시절에도 춘향이와 이몽룡이 있었잖아. 에고, 오늘은 고기라도 몇 근 사다가 구워야겠다."

말로써 진 적이 없는 임례답게 그녀의 입에서 나오는 말마다 청산유수였다.

"고기는 왜요?"

"거미도 줄을 쳐야 벌레를 잡지 않겠어. 홍두깨에 꽃이 피지 말라는 법 없잖아. 난 이 지긋지긋한 물질을 딸들에게 시키고 싶은 생각 없어. 그나마 큰딸은 장사꾼에게 시집가서 다행이지만, 경자 저것도 물 근처로는 시집을 안 보내고 싶어."

그 마음도 구월의 것과 똑같았다. 그러나 구월은 해금이 원하는 일이라면 그다지 간섭하고 싶지 않았다. 어려서부터 심지가 곧고 사려 깊은 해금이었다. 그래서인지 아들보다 해금이 더 믿음직스러웠다.

임례의 말을 듣고 보니 그것도 일리 있는 소리 같았다. 시누이의 말마따나 요즘 세상에 지위 고하가 어디 있으며 일의 귀천이 소홀해진 마당에 저희들 좋으면 그만인지도 몰랐다. 그렇다면 돌아가는 모양새를 봐서 해금에게 기회를 주는 편이 나을지도 모른다는 생각이 들었다.

기영을 학교에 입학시킨 뒤로 해금이 도쿄를 오가면서 한태주를 수차례 만났던 것을 구월은 알고 있었다. 태풍이나 궂은 날씨로 물질을 하지 못하는 날에는 그에게서 받아 온 책들을 날밤을 세워 읽고 또 읽는 것을 봐온지라 다시금 생각을 해보니 무관심하게 내버려둘 일이 아니었다. 둘 사이를 이을 만한 작은 꼬투리라도 있다면 거기에 희미한 불씨나마 붙여주고 부채질이라도 해줘야 하는 것이 어미 된 자의 도리가 아니겠는가. 문제는 임례가 시작하기 전에 얼른 단념시키는 것이었다. 그에 앞서 경자를 단념시키는 것이 더 급선무였다. 갑자기 구월의 마음이 바빠졌다.

인간의 삶에 편재하는 다양한 감정들 중의 하나인 질투라는 것은 과연 악(惡)일까. 지난 사회에서는 윤리적 규범으로 질투는 통제의 대상이었다. 칠거지악이 그 대표적인 예라고 할 수 있겠다. 가부장적이고 남성 중심의 사회에서 일방적인 윤리 판단 기준을 여성에게만 적용시킨 규약이 오랜 세월 동안 전통으로 자리 잡았기 때문에 질투는 악일 수밖에 없었다.

질투는 사랑의 한 표현이다. 그 기운이 지나쳐 시기심으로 변절되면 파멸에까지 이를 수 있는 비극을 초래할 수도 있지만, 질투 그 자체는 왕성한 생명력으로 사랑을 지속시키는 에너지가 된다.

해금은 경자와 한태주가 나란히 집으로 돌아오는 모습을 보면서 까닭 모를 슬픔을 느꼈다. 자신의 슬픔을 곰곰이 해부해보니 그것도 일종의 질투라는 것을 깨달았지만, 그녀가 할 수 있는 일은 아무것도 없었다. 모른 척하고 못난 척하면서 자신을 한없이 낮추어 뒤로 빠지는 것이 차라리 마음 편했다. 물질에만 열중했다. 그래도 잠 못 드는 밤이 많아졌고 조금씩 수척해져갔다.

임례는 경자가 물질을 아예 접고 한태주에게만 집중해 있는 것을 수수방관했다. 반면 구월은 딸을 위해 자신이 딱히 해줄 일을 찾지 못하여 애간장만 조금씩 녹이고 있었다.

"해금아, 너 한 선생님에 대해서 얼마나 알고 있니?"

하루는 부엌에서 설거지를 나눠 하던 경자가 해금에게 물었다. 뜬금없는 질문에 해금은 동그랗게 눈을 뜨고 대답을 못하자 경자가 재차 물었다.

"넌 도쿄에 왔다 갔다 하면서 한 선생님을 자주 봐왔고 얘기도 해봤을 거 아냐? 그러니까 한 선생님이 마음에 둔 여자가 있는지 없는지, 좋아하는 음식은 뭔지, 좋아하는 색깔은 어떤 건지, 그 정도는 알 거 아냐?"

최근에 경자는 더 예뻐 보였다. 잘 웃는 것은 여전했지만 입을 가리고 웃게 되었으며 집안일에 바지런을 떨기도 했다. 몸가짐이 조심스러워진 것도 달라진 점이었다. 사랑에 빠지면 사람이 저렇게 변하는 것일까 하고 해금은 생각했다. 그렇다면 자신은 느끼지 못해도 누군가는 눈치챌 만큼 해금도 변해 있는 건 아닐까. 무엇이 얼마나 변해 있을까. 아마도 어머니는 딸의 변화를 읽었을 것 같았다. 그렇지만 물어볼 수는 없었다.

"난 몰라. 언니가 직접 물어보지 그래?"

"얘는, 부끄럽게 내가 그런 걸 어떻게 물어보니?"

얼굴까지 발그레해진 경자가 부끄럼을 타는 것도 변한 것 중의 하나였다.

"언니, 한 선생님 좋아해?"

"뭐…… 좋아할까 말까 생각 중이야."

"왜?"

"혹시 한 선생님한테 좋아하는 사람이 있다면, 헛물켜는 꼴이 잖니."

진실을 말하는 데 요란스러울 필요는 없다. 해금은 담담하게 말했다.

"그럼 좋아하지 마."

이번에는 경자가 동그래진 눈으로 해금을 뚫을 듯이 쳐다봤다. 해금의 말을 곱씹을 뿐, 대꾸할 말이 얼른 생각나지 않아 경자는 하던 설거지를 끝내려고 돌아서서 요란스럽게 설거지를 해 댔다. 그 곁에서 해금도 그릇 닦는 일을 계속했다. 둘 사이를 흐르는 침묵이 꽤 묵직할 것 같더니 이내 경자는 물 묻은 손을 치마에 닦으며 물었다.

"너, 한 선생님을 좋아하는구나. 그럼 그이도 널 좋아한다던?"

"그건 몰라."

경자는 기가 막혔다. 해금이 주제넘게 굴고 있다는 생각이 들었다. 경자의 목소리에 제법 뾰족한 가시가 돋았다.

"좋아, 그럼 내가 직접 물어볼게. 그런데, 만에 하나 한 선생님이 날 좋아한다면 어쩔래? 그래도 내가 좋아하면 안 되는 거니?"

해금은 사촌지간에 이런 대화를 주고받는 현실이 답답하고 슬플 따름이었다. 시간이 후딱 지나가기를 바랐다. 시간에게 맡기면

어지간한 것은 빈틈없이 해결해준다는 걸 알았고, 또한 믿었다.

"혹시, 좋아하는 사람이 있으세요?"

경자는 용기를 내서 한태주에게 물었고, 그 물음 이후로 경자는 앵돌아져서 말도 붙이기 어려워졌다. 분위기가 싸늘해진 것은 말할 것도 없고, 임례조차 쌀쌀맞게 구는지라 구월과 해금은 물론이고 객으로 얹혀 지내는 한태주까지 불편했다.

찬물도 위아래가 있는 법, 오르지 못할 나무 쳐다보지 말자던 사람이 딴 꿍꿍이속이 있었으면서 시침 떼고 있었다, 믿는 도끼에 발등 찍힌 꼴이 되었다, 하면서 임례는 구월을 훑닦듯 몰아세웠다.

그뿐만이 아니었다. 그동안 시루에 물 퍼붓는 걸 뻔히 보면서 속으로 자기를 얼마나 비웃었느냐, 닭 쫓던 개 지붕 쳐다보는 꼴이 재미있었냐, 하면서 시시때때로 트집을 잡았다. 이번 일로 동기간에 담 쌓고 벽 치게 생겼다고 구월을 힐난하며 임례답지 않게 모과나무 심사를 있는 대로 부렸다.

당분간은 서로 심기가 불편하겠지만 구월은 손위 시누가 원통해하는 마음을 십분 이해했다. 털털한 성격의 임례는 꽁하니 오랫동안 속에 담아놓을 사람은 아니었으므로 구월은 쓴소리 짠소리를 들어도 대꾸 한마디 하지 않았다.

그렇기는 해도 구월은 의기양양함을 감추기에 서툴러 한태주를 백년손님 대하듯 하였다. 후쿠오에게서 얻은 바닷가재를 씨암탉 대신 먹기 좋게 찌기도 하고 국도 끓여서 상 위에 올렸으며, 전복죽에 전복무침에 귀한 도미회까지 올려놓았다. 도쿄로 돌아가면 의학 공부에 전념할 한태주였다. 그 어려운 공부를 해나가려면 무엇보다 체력이 우선이었고, 같이 있을 때 하나라도 더 챙겨주고 싶어 구월은 매일같이 쌈짓돈을 헐었다.

"마음에 둔 사람이 있습니다."

한태주는 열흘 전 경자의 질문에 그렇게 답했다.

그때까지만 해도 경자는 약간의 희망에 달떠 있었다. 그러나 계속되는 한태주의 말에 경자는 거울을 보지 않아도 자신이 얼마나 창백해졌는지 알 수 있을 만큼 심한 모욕감을 느꼈다.

"해금 씨를 좋아하고 있는데, 아직 그녀의 마음을 알 수가 없군요. 이런 부탁이 좀 쑥스럽긴 하지만…… 경자 씨가 좀 도와주십시오."

경자의 속내를 알고 늦기 전에 단념시키려고 한 말이었는지, 전혀 눈치코치 없이 한 말이었는지는 한태주만이 알 일이었다. 아마도 전자가 아닌가 싶다. 그동안 지나친 경자의 호의를 거북하게 느끼고 있었던 한태주였다. 비록 경자의 입장에서는 상처가 될 수도 있겠지만 남녀 간의 문제는 확실하게 선을 긋지 않으면 안 된다는 신념이 강했고, 그런 상처에는 시간이 좋은 약이라고 생각해온 그였다.

어쨌든 결말은 났으니 일의 진행도 빨라졌다. 구월은 도쿄로 돌아가는 한태주에게 해금을 딸려보냈다. 명색은 기영의 뒷바라지지만 거기에 한태주의 뒷바라지까지 포함되어 있다는 것을 알

만한 사람은 다 알았다.

조련 간부의 하숙집을 나온 기영과 해금이 에다가와 조선학교 근처에 방을 하나 얻어 자취를 시작한 지도 석 달이 지났다. 해금은 일주일에 한 번 전철을 타고 미타토 구에 있는 한태주의 하숙집으로 갔다. 한태주가 극구 말려도 구석에 숨겨둔 옷가지를 모조리 찾아서 빨래하고 방을 말끔히 정리했다. 한태주의 부모로부터 인편으로 어렵사리 보내오던 돈줄이 서서히 막히고 있었으므로 그는 조선학교의 임시 교원 외에도 우편국에서 시간제 일을 하였다.

한태주는 게이오대학 의학부에 다시 편입 서류를 넣었다. 다행히 지난 편입학 시험 결과를 인정해주었으므로 한시름 놓을 수 있었다. 해금은 반거들충이가 되고 싶지는 않았다. 혼자 있을 때는 기영의 교과서로 부지런히 독학을 하였다.

주말마다 기영의 공부를 봐준다는 명목으로 한태주는 해금 남매의 자취방을 찾아왔고, 셋이서 산책을 하거나 단란한 시간을 보내다가 해금이 싸주는 반찬거리들과 함께 막차를 탔다. 한태주는 얇게 포를 뜬 생선에 밀가루를 바르고 계란을 입혀서 지진 저냐를 무척 좋아했으므로 해금은 자신들의 생활비를 줄여서라도 주말마다 저냐를 부쳐 돌아가는 한태주의 찬합에 넣었다.

밤새 초록 비가 내렸는지 눈에 보이는 세상천지가 초록으로 물들기 시작하는 봄이 왔다. 1950년의 봄은 해금이 세상에 태어나 맞은 봄 중에서 가장 찬란했다. 해금은 반지레 윤이 나는 행복을 겉으로 드러내고 싶지는 않았다. 시샘을 받을까 두려웠다.

험한 세상에 태어나 행복을 추구하며 살아간다는 것은 지나친 사치처럼 여겨졌는데, 스스로 찾아온 행복이니 이 얼마나 감지덕지인가. 그러니 내놓고 좋아할 일이 아니었다.

우리네 인생이라는 것은 복잡한 관계와 욕구와 희망으로 이루어져 있지만, 해금은 자신의 팔을 뻗어 닿는 것 외에는 욕심을 내지 않았다. 다만 자신의 팔 안에 감싸이는 것만은 무슨 일이 있어도 지키고 싶을 뿐이었다. 그것도 일종의 욕심이라고 한다면 할 말이 없지만, 그것마저 없다면 밋밋한 인생이란 생각이 들었다.

한태주와 같이 있는 곳은 그 어디든 파라다이스였다. 좁아터진 부엌도 파라다이스였다. 물 한 대접을 찾아 비좁은 부엌으로 들어온 한태주는 기영의 눈을 피해 살며시 해금의 손을 잡아주곤 했다. 알면서 짓궂게 구는 건지 정말 몰라서인지 기영은 부엌으로 들어간 한태주를 불러댔다.

"기영이 저 녀석 눈치코치 없는 것은 알아줘야 한다니까. 눈치 없는 것은 남매가 똑같구먼."

한태주는 해금을 잡은 손에 힘을 주었다. 해금의 심장이 오두방정을 떨거나 말거나 한태주는 잡은 손을 좀처럼 놓지 않다가 기영의 인기척이 들리면 슬그머니 딴전을 부렸다.

"얼른 물 한 대접 줘봐요."

"차를 대접해야 하는데, 이렇게 물만 마시게 해서 어쩌지요?"

"물도 그릇에 담기면 음식이라 했어요. 거참, 꿀을 탔나, 물 맛 한번 달달하고 시원하구나."

한태주는 너스레를 떨었다. 해금은 한태주에게 그녀가 할 수 있는 극진한 대접은 하나도 **빼놓지** 않고 다 하고 싶었지만 준비된 차가 없었다. 전국적으로 차농사가 흉작이라 가격도 많이 올랐거니와 가뜩이나 귀해져서 구하기가 여간 힘든 게 아니었다.

4월은 아타미에 대화재가 나고 가나가와 현에 미군 수송기가 추락하여 35명이 사망하는 사건 사고가 잇달아 일어나는 바람에 일본열도가 시끌벅적했다. 그렇거나 말거나 두 사람의 사랑은 조용히 무르익어갔다. 기영은 숙제가 많다며 자취방에 남는 날이 많아졌으므로 해금과 한태주 단둘이서 산책을 즐겼다. 역시 셋보다는 둘이 훨씬 오붓하고 좋았다.

천변의 벚꽃은 거의 다 졌지만 야들야들한 초록 이파리들이 앞다투어 세상 구경 나오는 시절이었다. 밤공기는 상큼했고 하늘을 장식한 별들도 무얼 그리 뽐내고 싶은지 저들끼리 다투었다. 그야말로 춘소(春宵) 일각(一刻)은 치천금(値千金)이라는 감탄이 절로 나올 법한 봄밤이었다.

"금년부터 공부를 다시 시작했으니 지금처럼 시간을 내기가 쉽지는 않을 거요. 하지만 내 마음에 해금을 고스란히 담아뒀으니 너무 섭섭해하지 말아요."

해금은 한태주의 말을 토씨 하나 **빼놓지** 않고 가슴에 꼭꼭 눌러 담았다. 섭섭한 것 하나 없었다. 그의 가슴에 그녀가 담겨 있다지 않는가. 그것도 고스란히. 언제부턴가 한태주는 해금을 부를 때 '씨' 자를 빼고 해금이라 불렀다. 서운하기는커녕 오히려 그 한 자가 빠지자 더욱 친근해졌고 뿌듯했다. 그리고 한태주는 해금에게 말을 낮추는 법이 없었다.

"제 걱정일랑 마시고 공부에만 전념하세요."

"한 학기 끝나면 고향에 좀 다녀올 생각인데, 같이 갑시다."

해금이 한태주의 말을 이해하기도 전에 그는 다시 말을 이었다.

"서신으로 하기엔 좀 어려운 의논 거리가 있어서요. 그리고 또 집안 어른들께 해금을 소개시켜야 하지 않겠어요?"

해금은 귀가 먹먹한 것인지 정신이 멍멍한 것인지 도무지 종잡을 수 없었다. 그녀는 한태주에게 와락 안겨들었다. 어디서 어떻게 그런 용기가 치솟았는지 두고두고 모를 일이었다. 해금의 등을 토닥이며 한태주는 허허 웃기만 했다.

정녕 이것이 행복이었다. 그러나 해금은 벅찬 가슴을 다 진정시키기도 전에 자신의 행복이 쩍 소리를 내며 갈라지는 것을 보아야만 했다.

청천 하늘에서 날벼락이 떨어졌다.

나라가 36년 만에 일본으로부터 광복하여 선열들이 뿌린 피에 보답코자 부지런을 떨어도 모자랄 판국에, 남과 북으로 찢어져 5년 동안 서로 죽자고 달려들더니 결국 초여름 정적을 깨고 전쟁이 터지고 말았다.

칠년대한에 비 안 오는 날이 없었고, 구 년 장마에 볕 안 드는 날이 없었다, 했거늘 어찌 된 놈의 나라에는 파란 멎는 날이 없는가.

일본에서는 조선전쟁이 일어났다는 호외를 마구 뿌려댔고 동포들 사이에 깊은 고랑을 파며 지나가는 맵짠 바람은 그칠 줄을 몰랐다. 동포 사회를 술렁이던 불길한 기운이 허구의 해프닝이었다면 얼마나 좋았으랴. 그러나 고국 땅에서 날아드는 소식은 참담한 비보밖에 없었다.

7월이 되자 민단은 재일청년학도를 중심으로 644명의 학도의용군을 조직하여 조국 전선으로의 파견을 결정했다. 한태주도 한반도의 불행을 모른 체할 수 없었다. GHQ에 의해 해산된 조련의 동지들을 수소문하여 만난 후, 그는 전쟁터로 향할 결심을 했다.

해금의 눈앞이 먹장 갈아 부은 듯 캄캄해졌다. 대문 밖이 저승이라는데 전쟁터로 떠나면 생사를 그 누구라서 장담하겠는가. 전쟁 통에 나가사키로 징용 갔던 아버지도 여태껏 생사를 모르고 있는데 이제 한태주마저 사지나 다름없는 곳으로 떠난다니 억장이 무너지고 영혼과 육신이 으깨지는 것 같았다. 그렇더라도 내색은 하지 않으리라 다짐했지만, 주책없는 눈물을 참기란 깊은 바다에서 물질하며 숨을 참는 것보다 어려웠다.

전쟁터로 떠나면 언제 돌아올지 모르므로 한태주는 그의 하숙집에서 해금 남매의 자취방으로 짐을 몽땅 옮겨왔다. 급박한 상황인지라 떠날 날을 하루 앞두고도 한태주는 해금과 함께할 짬

이 없었다.

"동지들만 만나보고 곧바로 올 테니 너무 마음 태우지 말고 기다려요."

해금은 한태주에게 뭐라고 말을 하고 싶었다. 가장 하고 싶었던 말이 있었다. 그러나 소리가 되어 나오지 못한 말은 목울대에 걸려 있다가 끄덕이는 고갯짓에 바닥으로 툭 떨어져 그녀의 발 아래서 자글자글 밟혔다. 차라리 아무 말도 하지 않은 것이 잘된 일인지도 몰랐다. 말이 소리가 되어 나오는 순간 자질구레하고 시시하게 변질될 수도 있기 때문이었다.

시간은 속절없이 흘러 석양의 잔광조차 시들어버렸지만, 한태주는 돌아오지 않았다.

해금은 다시 밤을 기다렸다. 한태주가 집을 나간 뒤로 계속 하늘만 쳐다봤다. 머릿속을 텅 비우고 싶었다. 만약 제멋대로 떠오르는 상념들을 그대로 뒀다가는 한태주가 돌아오기도 전에 해금은 새까맣게 타다 못해 흔적도 없이 사라질 것 같았다. 하늘이 어떻게 변해가는지, 밤은 어떤 모습으로 오는지 꼭 지켜보고야 말겠다고 다짐까지 했다. 그러나 텅 비우려고 했던 머릿속은 한태주와 함께했던 추억의 마당이었고, 하늘을 향해 있던 눈은 한태주의 모습만을 그려냈다.

정신을 차리고 보니 밤은 어느샌가 곁에 와 있었다. 언제 온 것일까. 어떻게 왔을까. 쭉 지켜보고 있었는데 밤은 불쑥 다가와서 해금을 희롱했다. 어둠을 조금이라도 걷어낼 수 있다면 팔이 부러지는 한이 있어도 휘휘 내젓고 싶었다.

"주머니 사정이 여의치 못해 이것밖에 준비 못했지만, 우선 이 거라도 내 마음이라 생각하고 받아줘요."

해금은 온몸이 저려 한태주가 내민 금반지를 차마 받을 수 없었다. 저렇게 귀한 것을 어떻게 염치없이 덥석 받을 수 있겠는가. 한태주는 돌부처가 되어버린 해금의 왼손을 끌어당겨 약지에 금반지를 살며시 끼웠다. 맞춤한 반지처럼 손가락에 꼭 맞았다.

그는 바쁜 와중에도 해금을 위해 정표를 준비했다. 왜 미처 이 생각을 못하고 넋 잃은 사람인 양 하염없이 하늘만 쳐다봤던가. 해금은 자신의 어리석음이 몸서리치게 싫었다.

기영은 조련 간부의 집에서 홍희와 함께 시험공부를 하고 거기서 하룻밤 신세를 질 것이라며 일찌감치 나가고 없었다. 누이와 한태주를 위한 배려였다. 셋이 상을 차려놓고 둘러앉으면 꽉 차는 방이건만 둘이 마주 앉아 있으니 오롯한 신혼방 같았다. 여름이지만 해금은 더운 줄 몰랐다. 오히려 온몸에 얼음물을 뒤집어쓴 것처럼 추웠다. 참깨 들깨를 볶아 고소함으로 방 안을 채우고도 남았을 시간에 그 자리를 채우고 있는 것은 천근만근 무거운 한숨이었고 그마저도 제대로 쉴 수가 없었다.

"반드시 돌아올 거요. 내 약속하지요. 지금은 나라 사정이 위태로워 혼자 귀국할 수밖에 없는 처지지만, 다음에는 반드시 함께 갑시다. 도쿄도 어수선하니까 차라리 기영이는 홍희 집에 다시 하숙을 시키고 해금은 섬에 가서 어머니 곁에 있어요. 신부 수업 잘 받고요. 만약 그새를 못 참고 딴 생각 품으면 혼날 줄 알아요."

한태주는 해금의 마음을 뒤덮은 슬픔을 한 꺼풀이라도 걷어내 주고 싶었다. 그래서 일부러 인상을 쓰며 짓궂게 말하고는 호탕하게 웃었지만, 그 웃음소리는 열린 창문 밖으로 공허하게 날아가버렸다. 아무리 호방한 한태주라 해도 마음을 가득 채운 아릿한 슬픔을 숨길 수는 없었다.

섶을 지고 불속으로 뛰어들어가려는 연인을 대신하여 해금은 자신을 먼저 태우고 싶었다. 무엇으로 그녀를 태울 수 있으려나.

하염없이 반지만 쳐다보던 해금은 얌전히 일어나 이부자리를 깔았다. 그녀는 한태주에게 줄 아무런 정표도 마련하지 않았지만, 백년해로 언약한 사람에게 줄 소중한 것이 딱 하나 있음을 깨달았다.

그것으로 그녀를 남김없이 태울 것이었다.

해금과 한태주는 서로에게 깊이 스며들었다. 보이지 않는 회로를 타고 두 사람의 유전자가 뒤섞이는 동안 해금은 아무 생각도 하지 않았다. 사위는 쥐죽은 듯 고요하여 방 안을 떠도는 그들의 불규칙한 숨소리만이 정적을 방해했지만, 그 소리도 해금은 들리지 않았다. 그녀는 이미 한태주로 가득 채워졌으며, 또한 티끌 하나 남지 않게 태우고 또 태웠다. 그 어떤 미세한 입자도 끼어들 틈이 없었다.

충만은 곧 소각이었고, 소각은 새로운 시작이었다.

다만 그들에게 주어진 밤이 너무도 짧은 것이 아팠다.

6. 이별 그 후

　미유가 연애를 한다.

　그녀가 히로타 지로를 만난 것은 대학 2학년 첫 강의가 시작되고 얼마 지나지 않아서다. 지난해 봄, 미유는 도쿄의 한 사립대학 불문과에 입학했는데 그 학과는 캠퍼스가 둘로 나뉘져 있다. 처음 2년은 요코하마에서 가까운 캠퍼스에서 공부를 하고 3, 4학년은 도쿄 중심지에 위치한 캠퍼스로 옮겨 수업을 한다.

　다이내믹한 것을 찾던 미유는 얌전한 교내 서클 활동은 마다하고 취미로 스쿠버다이빙을 선택하였다. 켄의 강력한 반대에 부딪혀 한동안 옥신각신하며 갈등을 빚기도 했지만 미유의 뜻이 굽혀지지는 않았다.

　미유가 스쿠버다이빙을 선택하게 된 동기는 오랜 세월을 해녀로 살아온 할머니의 영향이 전혀 없었다고는 못하지만, 어릴 때부터 바닷속에 대한 유달리 강했던 호기심도 무시할 수 없는 거다. 당신이 지상의 식물에게 매료된 것처럼 미유는 수중 세계에 매력을 느끼는 것이다. 그러니 우리는 딸의 선택을 존중하고 옆에서 지켜보자. 그렇게 메구미가 끈질기게 설득한 결과, 켄은 한시적인 취미 활동이려니 생각하고 묵과하기로 했다. 결국 미유는 어부지리로 승낙을 얻어낸 셈이다.

켄이 끝끝내 반대로 일관한다 해도 고집을 꺾을 미유는 아니지만, 이왕이면 부모의 동의와 응원을 받고 싶었다. 어쨌든 결과는 성공이다.

2학년 시작과 함께 학교 외부의 대학 연합 스쿠버다이빙 클럽에 가입한 후, 첫 오리엔테이션에 참석한 미유는 차례가 오자 자리에서 일어나 자기소개를 한다. 어젯밤까지만 해도 멋들어지게 자기소개를 하겠노라고 부지런히 연습했건만, 그녀에게 쏟아지는 시선들에 그만 혀가 굳고 머릿속은 하얘진다. 미유는 어느 학교 다니는 누구라고만 밝히고는 그대로 자리에 앉아버린다.

미유를 칭칭 감고 있던 긴장과 흥분은 시간이 지나자 느슨해진다. 클럽의 분위기에 녹아들 수 있을 것 같다고 생각하는 순간 어떤 시선 하나가 느껴진다. 제법 강하다. 미유는 그녀를 겨냥하고 있는 방향으로 고개를 획 돌린다.

남학생 하나가 미유에게 조준한 시선을 거두지 않는다. 노골적인 시선에 약간 불쾌해진 미유는 언짢은 마음을 얼굴에 나타내는데, 오히려 그는 빙그레 미소를 짓는다. 미유는 직감적으로 그가 히로타 지로라는 것을 단박에 알아차린다.

모임이 시작되기 전, 화장실에서 클럽의 여학생 서너 명이 수다를 떨었다. 화장실 변기에 앉아 있던 미유는 밖에서 들려오는 소리를 다 들었다. 수다의 주제와 내용은 오로지 히로타 지로가 전부였다. 미유는 도대체 어떤 남자이기에 여자들이 입술에 립스틱 대신 히로타 지로라는 이름을 바르고 있는지 궁금했지만, 화장실을 나올 때에는 이미 그녀와는 전혀 상관없는 일이 되어 있었다.

그 히로타 지로가 미유를 잡아당기고 있다.

미유는 한눈에 지로에게 꽂혀버릴 위기를 느낀다. 화살이 날아오는 대신 과녁이 화살을 향해 끌려가는 경우가 있다면 말이다. 화장실에서 화장을 고치며 수다를 떨던 클럽 여학생들의 목소리가 일시에 윙윙거리며 귓가에서 왈가닥달가닥 수선을 떤다.

미유는 그리스 영웅들의 조각상을 몽땅 그에게서 보는 듯한 황홀경에 빠지고 만다. 짧은 곱슬머리는 강한 의지력이 느껴지고 날카로운 눈매는 이지적이며 약간 뭉툭하면서도 우뚝한 코는 뚝심이 좋아 보인다. 고른 치아를 살짝 내보이며 웃는 입매에 넘어가지 않을 여자가 있다면 그녀는 분명 목석이리라.

어디 외모뿐인가. 와세다대학교 정치학과 학생이라는 간판은 예리한 지성을 대변하기에 부족함이 없고, 위풍당당한 집안의 인맥을 따져보면 법조계와 정계 그리고 열 손가락 안에 드는 대기업에 깔린 친인척과 연줄은 거대한 백상아리가 물어뜯어도 끄떡없을 만큼 튼튼하다.

굳이 단점을 찾는다면, 약간 작은 편에 속하는 키 정도가 아닐까 싶다. 평균 신장을 두고 약간 작은 편이라고 한다면 말이다. 그 부분은 지로의 생존을 위하여 스스로가 낸 흠집일 것이라고 미유는 생각한다.

인간의 완벽함은 신이 허락하는 조건이 아니다. 신의 시기심은 응징의 구실이 되기에 충분하다. 그러므로 지로는 신의 노여움을 살짝 비켜갈 줄 아는 지혜까지 겸비한 사람인 거다.

그런 지로가 미유를 선택한다. 미유는 선택하는 쪽이고 싶지만, 선택되어지는 것도 나름대로 짜릿한 쾌감을 준다는 걸 깨닫고 내심 흐뭇하다. 그렇다고 미유가 헤벌쭉 웃음을 흘리며 나를 찍어줘서 감사하다고 납죽 손이라도 내밀 사람은 절대 아니다. 헤벌쭉해질 뻔했던 마음을 정리할 필요가 있어 미유는 앞에 놓인 《다이버 입문 요강》이라는 책을 뒤적거린다. 물론 글자가 눈에 들어올 리 만무하다.

저 남자에게 의뭉스러운 속셈이 있지는 않나, 의심을 해봐야 한다. 왜 하필 나를 찍었을까. 나의 착각인가. 혹시 내 얼굴에 뭐가 묻은 것은 아닐까. 아니다, 회의 전에 거울로 확인했으니까 얼굴에 뭐가 묻었을 리 없다. 내가 그렇게 매력적인가. 아니면 이 클럽에는 그렇게 인물이 없단 말인가. 혹시 내가 만만하게 보이는 걸까.

짧은 시간 동안 미유의 머릿속에는 별별 생각과 의구심이 전속력으로 휙휙 지나간다.

미유는 고개를 들고 **뻣뻣**하지도 않은 목을 푸는 척하면서 재**빠르게** 주변을 휘둘러본다. 제법 예쁘장하고 늘씬한 인물들이 몇 명 보인다. 특히 성형수술을 한 티가 좀 나지만 멋을 부린 센스로 보아 미유에게 결코 뒤지지 않을 여학생 하나가 눈에 들어온다. 그 여학생의 시선은 지로에게 완전히 박혀 있다. 열기가 느껴진다.

여학생은 지로에게 박아둔 시선에서 일부를 살짝 덜어내 지로의 시선 끝에 닿아 있는 미유를 곁눈으로 째려본다. 그녀가 쏘아대는 차갑고 뾰족한 레이저광선이 미유를 얼얼하게 만든다. 눈빛도 성형이 되는 걸까. 한쪽은 뜨겁고 한쪽은 차가울 수도 있다니, 놀랍다. 여학생의 너무도 강렬한 눈빛에 미유는 온몸이 따끔거리는데 지로는 아무렇지 않단 말인가. 만약, 미유라면 홀라당 타버렸을지도 모른다. 혹시 지로가 여학생을 깡그리 무시하는 거라면, 그렇다면 그녀가 약간 안됐다는 생각이 든다.

조금 아깝긴 하지만 삼각관계라면 사양하겠어. 체질에 맞지 않거든. 쓸데없는 생각은 여기서 끝내는 거다. 미유는 머릿속에서 지로를 막 퇴출시키려는데 아뿔싸, 그가 다가온다.

이런 제기랄, 바지 대신 치마를 입지 않은 게 후회될 줄이야.

사랑이라니!

미유의 첫사랑이 팡파르를 울린다. 좀 늦은 편이다. 단짝 나츠미는 고교 시절부터 지금까지 벌써 넷을 갈아치우고 다섯 번째

사랑에 빠져 있다.

행복도 기술이 필요하다. 행복을 얼마만큼 지속시킬 수 있는가는 기술력을 얼마나 연마했느냐에 따라 결정될 수 있다. 그리고 기술의 가장 중요한 키워드는 사랑이다. 미유는 자신이 정의한 행복과 사랑의 함수관계에 만족하면서 마라톤경주에 돌입할 준비를 완료한다.

미유는 어설픈 풋사랑에 관심이 없다. 사랑에 관한한 장거리와 마라톤은 있어도 단거리는 결코 수용하지 않겠다는 것이 그녀의 신념이다. 사랑만이 그런 것이 아니라 우정에도 적용되는 신념이다. 나츠미와의 관계처럼.

"너랑 사귀고 싶어."

지로가 단도직입적으로 꺼낸 말에 미유는 약간 도도하게 대꾸한다.

"내가 거절한다면요?"

"그럴 것 같지는 않은데."

"꽤 일방적인 편이군요. 혹시 여자를 사귀는 게 취미는 아니겠죠?"

"누구와 사귀고 싶다고 말하는 건 이번이 두 번째야."

"내가 어떤 사람인지도 모르잖아요."

"당연히 모르지. 이름은 마츠가와 미유, 대학생이고 스쿠버다이빙에 관심이 많다. 그 정도? 나머지는 사귀면서 알아가는 거 아닌가?"

"주변에 괜찮은 사람도 많고 인기도 있는 것 같은데, 왜 하필 나죠?"

"많으면 뭐 해, 내가 사귀고 싶은 사람은 넌데. 첫인상이 좋았어. 난 그게 아주 중요하거든."

"나는 단거리경주에 관심 없어요. 마라톤이라면 모를까."

"비유가 맘에 들어. 그렇다면 너도 마라톤 선수가 되어야 하잖아. 자신 있어?"

"난 자신 없는 일, 저질러놓고 보는 사람은 아니에요."

"이제 목소리에서 힘 좀 빼지 그래? 안 어울려. 일부러 그러는 거 티 나거든."

지로가 날린 핵주먹에 미유는 정통으로 한 대 퍽 얻어맞고 나가떨어진다.

이리하여 공식 커플이 된 미유와 지로는 따가운 눈총을 여기저기 맞으며 비교적 수월하게 첫 단추를 채운다. 두 사람은 각자의 인생에 서로를 포함시키기로 무언의 약속을 한다. 둘 사이에 교집합을 얼마나 만들어가느냐는 차후의 문제다.

사람들의 만남은 서로에게 공통점이 있는지 없는지를 탐색하면서 시작된다. 일단 공통분모가 만들어지면 그 만남에 걸맞은 관계의 성질이 부여된다. 동료가 되거나 선후배가 되고, 또 친구가 될 것인지 애인이 될 것인지 나아가 부부가 될 것인지를 결정한다.

미유는 지로의 또 다른 면을 발견한다. 화장실에서 엿들었던 것은 단지 지로의 프로필에 지나지 않는, 어찌 보면 조잡한 조합에 불과하다. 지로에 대한 인간성의 평가가 제대로 되었을 리 없다.

여학생들이 도마 위에 올려놓은 지로는 오만하고 까다롭고 바람기가 많을 거라는 편견에서 자유롭지 못하다. 그리고 그 편견들은 대개가 엉터리다.

지로는 의외로 따뜻한 자질의 소유자다. 드러내지 않을 뿐이다. 보통은 말이 없는 편이지만, 했다 하면 직설적이고 단도직입적인 말에 상대를 난감하게 만드는 경향이 있기는 하다. 그 점이 자칫 거만함으로 오해를 받는 것이리라. 반면 그가 집안의 바람대로 훗날에 정치인의 길을 걷는다면, 바로 그 점이 지로에게 장점으로 작용할 거라는 게 미유의 생각이다. 지로에게는 한없이 너그러워지는 미유다. 어쨌든 그녀는 사랑에 눈이 멀어가는 중이니까.

지상에 내리는 비가 무색이라고 생각하는가. 아니다, 비는 모든 색을 다 가졌다. 그래서 투명하다. 켄이 키우는 도라지만 봐도 흰 꽃이 있고 보라색으로 피어나는 꽃이 있다. 대지로 스며든 비에서 흰색만 빨아낸 도라지는 흰 꽃을 피우고 보라색 꽃은 보라색만 흡수한다.

미유는 핑크빛으로 물들고 있는 중이다. 유독 분홍색 단물만 쪽쪽 빨아 마시고 있기 때문이다. 제일 먼저 핑크빛으로 물든 부분은 미유의 심장이다. 영어의 핑크는 패랭이꽃을 의미하고 그 꽃말은 순결한 사랑을 뜻한다.

스쿠버다이빙의 이론과 수심 5미터의 수영장에서 세 차례의 수중 기술까지 배운 후, 미유는 지로와 함께 스포츠 쇼핑몰에서 몸에 맞는 잠수복과 오리발, 물안경 등을 사고 필요한 물품 몇 가지를 추가함으로써 기본 장비의 준비를 끝낸다.

완전 초짜인 미유와 프로에 가까운 지로의 해양 실습이 같은 날에 이루어지는 때도 있지만, 다이빙 포인트가 달라서 같이 입수하는 일은 거의 없다. 그런 경우를 제외하면 지로는 미유의 다이빙 투어에 빠지지 않고 참관하여 주의를 준다.

"잘 기억해 둬. 수심 오 미터에서 감압을 하도록. 저번처럼 잊어버리지 말고. 호흡은 천천히 깊게 할 것. 그래야지 공기 소모를 줄일 수 있으니까. 그리고 불필요한 활동은 되도록 하지 마. 긴장할 필요가 전혀 없다는 뜻이야. 긴장하면 불필요한 움직임이 많아지거든. 그냥 즐기는 거야, 알았지?"

"알았어. 근데 나 정말 궁금한 게 하나 있어. 질문하기가 좀 뭣하지만."

"뭐든지 물어봐."

지로의 표정은 유치원 선생님의 것과 거의 비슷하다. 미유는 약간 난처한 질문 같아서 잠시 망설이다가 묻는다.

"있잖아…… 다이빙 도중에 소변이 마려우면 어떻게 해?"

질문하고 나니 왠지 더 머쓱해진다. 가지런한 윗니를 절반 정도 드러내고 웃을 때의 지로는 멋진 아폴로다.

"그냥 싸."

"그냥 싸?"

"응, 그냥 싸는 수밖에 없잖아. 아니면 죽어라고 참든지."

"그런 적 있었어?"

"없었어. 하지만 싸는 사람도 꽤 있으니까 부끄러워할 것까진 없지."

미유는 그런 난감한 경우가 생기지 않기를 마음속으로 기도한다. 모르는 것이 없는 지로의 자세한 설명이 이어진다.

"우리 육체가 물속에 잠기면 이뇨증상이라는 반응이 나타나. 그걸 의학적으로 말해서 침수이뇨증상이라고 하지. 말하자면 오줌이 마려운 건 당연한 현상이야. 온천탕에 있으면 왠지 더 자주 소변이 마렵다는 생각이 들잖아. 물속에서는 압력의 전도현상으로 중력의 효과가 없어지기 때문에 평소에는 다리 쪽으로 몰려 있던 피가 몸통 쪽으로 회수되거든. 그러니까 심장이 몸속에 과다한 혈액이 있다고 판단하고 화학물질을 내보내서 오줌 생산량을 증가시키는 거야. 게다가 다이버는 감압병을 예방하기 위해서라도 수분을 많이 섭취해야 하니까 오줌 양이 많아지는 건 자연스런 일이지."

"침수이뇨증상이 생기는 게 자연스럽고 당연하다면 지로는 어떻게 한 번도 그런 경험이 없는 거야?"

미유의 질문에 지로는 정신력과 노력의 결과라고 제법 으스대며 말한다.

"어떻게 하면 지로처럼 할 수 있는지 가르쳐줘."

"알고 보면 간단해. 이론 공부할 때 한 번쯤은 들었을걸? 다이빙하기 직전에는 억지로라도 오줌을 눠서 방광을 비우라고. 그래도 마려울 경우가 있어. 그러면 이건 가짜다, 지금 내 방광은 텅 비어 있다, 누군가가 나를 훼방 놓으려고 한다, 어림없지, 라고 생각해. 그러면 대개 이뇨 충동은 사라지지. 그리고 하나 더 알려줄게. 난 다이빙 일주일 전부터는 카페인은 무조건 사절이야. 알코올, 커피, 콜라, 녹차도 물론, 그리고 초콜릿도 사양이야."

그 정도야 뭐, 알고 보니 별것도 아니라고 미유는 생각한다.

지로는 주의 사항을 체크한 뒤 미유의 장비를 점검하고 잠수복의 지퍼까지 꼼꼼하게 재확인한다. 마지막으로 미유의 마우스피스에 살짝 입술 도장을 찍는 것으로 행운의 표시를 남긴다. 동료들은 그가 하는 행동에 무관심한 척하지만, 볼 사람은 다 본다. 미유와 지로는 내로라하는 커플들을 제치고 단연 환상의 커플이 되어 동료들에게 끊임없는 이야깃거리를 생산해준다.

지로의 입술이 닿았던 마우스피스를 입에 넣을 때마다 미유는 첫 키스의 느낌이 고스란히 되살아나는 바람에 핑크빛 심장이 조금 더 발그레해진다.

지유가오카 역에서 요코하마행 전철을 기다리던 어느 늦은 저녁, 그날따라 승강장에는 승객이 이상하리만치 적었다. 할리우드 영화 포스터가 눈에 들어왔다. 거의 나신에 가까운 남녀 배우가 서로 얽힌 채 키스하는 장면이었다. 선정적인 포스터가 있는 인적이 드문 장소는 연인들에게 더없이 좋은 기회를 제공한다.

그 기회가 미유와 지로를 지나칠 리 없었다. 감시 카메라 따위는 중요하지 않았다. 게다가 건너편 벤치에 혼자 앉은 승객은 고개를 끄떡이며 졸고 있었다.

미유는 시간이 너무 무겁고 길다고 생각하는데 전철이 곧 도착한다는 안내 방송이 흘러나왔다. 다행이라고 해야 할지 아쉽다고 해야 할지 묘한 기분이 들었다. 그 순간, 정말이지 눈 깜짝할 사이에 상록수의 싱그러운 냄새가 미유의 얼굴을 확, 덮쳤다. 그것이 첫 키스였다.

설탕에 절인 자몽처럼 새콤달콤한 키스였다.

학교 수업이 일찍 끝나고 주말이 시작되는 금요일 오후면 두 사람은 주로 지유가오카에서 만나 시간을 보낸다. 거기는 미유의 집과 지로가 다니는 학교의 중간쯤에 해당하는 지점이다. 그곳 부유한 주택가에는 지로의 집이 있다.

그들이 가장 즐겨 찾는 약속 장소는 프랑스 케이크 전문점이다. 미유는 언제나 그 집의 명물인 세라비와 시럽을 넣지 않은 카페라테를, 지로는 타르트초콜릿과 아이스라테를 주문한다. 지로는 초콜릿을 굉장히 좋아한다. 그런 지로가 다이빙을 할 때 이뇨 충동을 억제하기 위해서 일주일 동안 초콜릿을 입에 대지 않는다는 것은 대단한 의지이며 정신력임을 미유는 인정한다.

도쿄와 요코하마를 오가며 부지런히 즐긴 데이트의 결과, 젊음을 대표하는 장소는 연애 초기에 두루 다 섭렵하였다. 이제는 달콤한 케이크 한 조각과 쌉싸래한 라테가 두 사람을 더욱 차지게 엮어준다.

연인들에게는 지난 일을 들춰볼 시간이 없다. 오늘의 사랑만으로도 벅차기 때문이다. 일 년이 어떻게 지났는지 뒤돌아볼 겨를도 없이 다시 신학기를 맞은 미유는 3학년이 되어 도쿄의 캠퍼스로 통학을 한다. 통학 시간이 많이 걸려서 학교 근처로 옮겨 나가고 싶다는 뜻을 비쳤지만 켄과 메구미는 극구 반대다. 아마도 졸업 전에 독립하기는 틀린 것 같다.

미유는 할머니가 한국인이고 돌아가신 할아버지와 엄마 쪽은 모두 일본인이므로 자신은 분명한 쿼터라고 알고 있었다. 그 논리로 치자면 켄은 하프다. 그런데 아니란다. 어딘가에서 심하게 꼬여버렸다는 뜻이다.

피로가 쌓였는지 봄을 타는지, 어쨌든 컨디션이 나빠 학교에서 일찍 집으로 돌아온 미유는 우연찮게 아빠와 할머니가 다투는 소리를 듣는다. 할머니는 2년 전 미야케지마에서 발생한 대분화로 피난을 나왔다가 그대로 요코하마에 머물고 있다. 무던한 할머니와 말없는 아빠가 다투다니. 다툰다는 표현보다 아빠가 일방적으로 할머니를 코너로 몰아세운다는 표현이 더 정확하다. 자기 방으로 살금살금 올라가던 미유는 고양이 걸음을 멈추고 계단 중간에 앉아 그들의 이야기를 다 듣고 만다. 귀에 들려오는 내용이 심상치 않아서다. 상당히 충격적이다.

켄은 얼굴도 모르는 친부와 자신을 낳고 길러준 해금을 철저히 매도한다. 그는 지금껏 살아오면서 받은 고통을 해금의 탓으로 돌리고, 자신은 일본인도 한국인도 아니라며 새된 소리로 해금에게 대못을 박는다. 꿈에서조차 상상해보지 못한 켄이 저기에 있다. 미유는 말할 수 없는 배신감을 느낀다.

겉보기에는 켄의 승리 같지만 미유는 아빠가 철저히 패배한 싸움이라고 생각한다. 미유는 살며시 일어나 후들거리는 다리를 겨우 끌고 자기 방 침대 속으로 숨는다. 도대체 미유가 들은 것들이 뭐란 말인가. 머리를 큰 해머로 맞은 것 같이 띵하고 자꾸만 눈물이 난다. 심장이 살을 찢고 밖으로 나오려 한다. 엄청 아프다.

지난 여름방학 때는 스쿠버다이빙 클럽 회원들과 가고시마를, 그리고 겨울방학에는 필리핀 투어를 다녀왔다. 미유와 지로는 바다생물에 한껏 매료되어 수중 세계를 염탐하고 다녔다. 적절한 조건이 주어지면 늙지도 죽지도 않는다는 해파리며 다양한 색상의 엔젤 피쉬를 비롯하여 앵무고기, 아네모네 피쉬와 자이언트 트레발리 등을 만나고 다녔다. 다양한 치어 떼와 큰 무리를 지어 다니는 잭 피쉬 등의 열대어를 따라다니는가 하면 어렵사리 만난 바다거북과 악수를 했고, 산호 숲을 누비고 다니면서 상어들과는 숨바꼭질했다. 바다는 거대한 정원이었다.

리조트 호텔 야외에서 쏟아지는 별빛 아래 칵테일을 마시는 미유와 지로에게 동료들은 신혼여행 왔냐며 놀렸지만, 절대 싫지 않았다. 이대로 세상의 종말이 온다고 해도 순순히 받아들일 수 있을 것 같다고 미유는 생각했다. 행복을 주는 신에게 감사했다.

　그랬는데, 어디에서 뚝뚝 떨어지는 심술이란 말인가. 아빠의 심술일까. 아니면 할머니의 심술인가. 오만불손하기 짝이 없는 켄에 대한 친부의 노여움일까. 행복과 불행은 같은 문으로 들고 난다고 하더니만, 행복을 줬으니 이제 불행을 받을 차례란 말인가. 신에게 감사하지 말 걸 그랬나. 엄마는 이 사실을 알고 있을까. 의문투성이인데 답이 없다.

　"요즘 왜 그래? 기가 다 빠진 사람 같아."

　"그러게……"

　"혹시 생리적인 이유?"

　"그런가? …… 아마도."

　지로가 묻는 말에 미유의 대답이 흐지부지하다.

　"생리증후군이군."

　지로는 아주 간단하게 결론을 내린다. 그는 미유의 변화에 그다지 민감한 편이 아니다. 아무리 그래도 좀 둔하다는 생각이 든다. 생리증후군을 연달아 두어 달씩이나 앓는 사람도 있을까.

　혹시 미유도 모르는 사이에 사랑의 온도가 몇 도쯤 떨어진 것은 아닐까 하는 의심을 해보지만, 설마 그럴라고. 반대로 무관심을 가장한 사려 깊은 배려인지도 모른다고 생각해보지만, 과연 그럴까. 아무래도 후자는 아닌 것 같다.

미유는 지극히 개인적이고 본질적인 문제를 타인과 나누는 일에 서툴다. 그것도 스스로 완전히 이해하지 못한 문제일 때는 더더욱 그렇다. 그래도 지로의 둔감함이 조금은 의외다. 사랑이 정말 식어가는 걸까.

이미 드러난 요지부동의 진실은 과정이 아니라 결과다. 언성을 높이던 켄과 해금은 또 얼마나 힘들었을까. 그 두 사람을 저울에 올려놓고 책임의 굴레를 씌우는 일은 미유의 권한 밖에 있다. 그들에게 면죄부를 줄 수 있는 사람은 미유가 아니다. 그러나 두 사람으로 인해 미유는 심한 혼란에 빠져 있다. 오로지 미유만이 풀어내야 할 숙제다.

봄이 내내 우울하다. 회색 비가 내렸나 보다. 미유가 빨아들이던 핑크빛 꽃물이 우중충해진다.

시간은 치유의 특효약을 주기도 한다. 시간은 미유의 충격을 조금씩 흡수해간다.

장마가 잠시 소강상태에 들어가 있을 때, 할머니는 오사카를 시작으로 여행을 하고 오겠다며 짐을 싼다. 일단 오사카부터 들렀다가 할머니의 시댁이자 양할아버지의 묘가 있는 사이타마를 거쳐 옛날에 잠시 물질했던 적이 있는 보소 반도의 와다우라를 다녀올 계획이라고 한다. 거기에는 할머니처럼 오래전에 제주에서 건너와 물질하다가 그대로 눌러앉은 고향 사람들이 몇 있는데, 오랜만에 그들을 만나서 회포를 풀 거라고 한다. 긴 여정이 될 것 같다.

미유는 많은 것이 궁금하고 또 묻고 싶은 것도 많다. 제주에서 미야케지마까지 이주하게 된 사연과 미유가 닮았다는 증조외할머니에 대해서, 그리고 고향이 북조선인 친할아버지에 대해서도 알고 싶다. '마츠가와'라는 성을 덮어쓰지 않았다면 미유는 어떤 성을 물려받았을까도 몹시 궁금한데, 할머니는 갑자기 시간이 촉박한 사람처럼 떠난다. 미유는 다음을 기약할 수밖에 없다.

한꺼번에 많은 것을 소화하기는 힘들지만, 자신의 근원을 제대로 찾아 정체성에 분명한 성분표시를 해야 할 것 같다. 자존은 저절로 생기는 것이 아니다. 오래전부터 미유는 자신의 혈관 속에 한국인의 피가 4분의 1정도 흐른다는 것에 아무런 거부감이 없었다. 그것은 미유가 사랑하는 할머니의 피니까. 눈에 보이지도 않는 4분의 1이 2분의 1로 바뀐 것뿐이다. 겉으로는 변한 것이 아무것도 없다. 더 이상 고민할 것도 방황할 필요도 없다.

미유는 스스로 위로를 하고 그 위로가 꽤 효과적이기를 바란다. 그렇지만 뭐라고 분명하게 말하기 어려운 개운치 못한 얼룩들이 가슴속에 남아 있다. 아무래도 4분의 1과 2분의 1의 차이를 뛰어넘기에는 조금 더 시간에게 기댈 수밖에 없을 것 같다.

켄을 생각하면 미유의 속이 더부룩해진다. 소화불량이 좀 오래간다는 느낌이 든다. 켄은 일본 사회에서 한국인으로 살아가는 것이 얼마나 어려운지를 진작 알았을 것이다. 그래서 숨겼으리라. 출신이 부끄러워서가 아니라, 딸에게 험한 세상 살게 하고 싶지 않은 부모의 마음이었을 것이다. 미유는 그렇게 이해하고 싶다.

긴긴 장마의 계절에 해금만 떠나간 것은 아니다. 미유 속에 똬리를 틀고 있던 우중충한 상념도 떠나갔다. 깔끔하게 사라진 것은 아니지만 잔인한 봄날의 고통은 이제 희미한 흔적만 남았다.

비슷한 시기에 지로는 시부야의 맨션으로 들어가 산다. 금융계에서 일하는 그의 큰형이 미국으로 장기 출장을 떠나면서 비워둔 것이다. 그의 형이 타던 스포츠카까지 덤으로 물려받는 바람에 굉장히 들떠 있다.

미유는 자신을 괴롭히던 정체성의 문제를 지로에게 털어놓아야 할 때가 되었다고 판단한다. 그런데 가장 적당한 기회라는 조건을 맞추기가 쉽지는 않다. 그러다가 우연히, 정말 우연하게 기회라는 녀석은 나타난다. 우연히 나타나준 것은 고마운데 그것이 과연 가장 적당한 기회라고 할 수 있는지는 장담할 수 없다.

대한민국이 4승 1무 1패로 대회 4위를 차지한 2002년 한일 월드컵은 축구의 '축'자도 몰랐던 미유까지 열광의 도가니로 떠밀었다. 미유는 지로를 따라 얼굴에 페인팅을 하고는 응원하는 무리에 끼어 이리 밀리고 저리 밀리느라 새로 산 하얀 스니커즈가 검정색이 되는 줄도 몰랐다.

일본이 먼저 16강에 안착하고 그 뒤 바로 한국도 16강에 무난히 입성하던 날, 할머니가 오사카로 떠나기 전이었으므로 함께 집에서 텔레비전 중계를 보며 기쁨으로 환호했다. 8강의 관문을 통과하기 위해 한일 양국에서 16개국 대표 팀들의 열전이 펼쳐졌다. 대한민국이라는 4음절을 외치며 붉은 유니폼으로 물들인 응원 현장은 일찍이 어느 나라에서도 볼 수 없는, 말로 표현할 수 없는 유대감 그것이었다. 뭐라고 딱히 표현하기 어려운 감정 하나가 미유의 혈관 속으로 찌릿하게 퍼져나가더니 눈시울까지 적셔놓았다.

4강의 신화를 만든다는 기대에 부응하지 못한 일본팀은 8강에 들지 못하고 아쉽게 경기를 마감하지만, 이탈리아를 꺾고 스페인을 물리친 뒤 4강에 오른 한국팀은 일본열도에 찬물을 끼얹는다.

미유는 시부야의 맨션에서 지로와 나란히 소파에 앉아 캔 맥주를 마시며 텔레비전을 보다가 한국이 4강에 들어갔다는 소식에 환호성을 내지른다. 거기에 대한 지로의 조건반사가 너무 빠르다. 미간을 찌푸린 그의 목소리가 살짝 갈라진다.

"우리가 아니고 한국이야."

"알아. 개최국 둘 중에 하나라도 잘 하면 좋은 거 아냐?"

"한국이면 말이 다르지"

아예 정색을 하고 말하는 지로에게 미유도 차츰 불쾌한 마음이 든다.

"한국이면 안 된다는 거야?"

"십육 강도 감지덕지해야 할 판에 사 강이라니, 말이 돼? 개최국이라 유리한 점도 작용했고 또 심판을 매수했을 게 분명해."

미유는 화가 머리 꼭대기까지 뻗치지만 꾹 참는다.

"아무래도 개최국이니까 유리한 점이 전혀 없다고는 못하겠지만, 그건 일본도 마찬가지잖아. 그리고 심판을 매수해서 4강까지 간다는 건 말도 안 돼. 기술과 실력이 없으면 안 되는 일이잖아."

"기술이나 실력은 일본이 한 수 위야. 거기에 비하면 한국은 운이 좋은 거고. 일본은 아시아 최강이야. 그리고 세계 문명의 초일류를 이끄는 나라 중에 하나고. 한국은 우리의 식민지였던 나라야. 참 성가신 나라지. 우리가 너무 키워준 게 화근이라고 생각해."

지로의 자만심이 팽창하고 있다. 미유는 자신의 귀가 의심스럽다. 지금까지 알고 있던 지로는 어디에 있을까. 어찌 저런 발언을 서슴없이 할 수 있을까. 미유의 할머니가 한국인이라는 것을 아는 지로의 반응치고는 너무 저돌적이다. 순간 미유는 궁금해진다. 자신의 실체를 알면 그가 어떻게 나올지, 꼬집어보고 싶다.

"나, 지로에게 고백할 게 있어."

"고백? 무슨 고백?"

미유가 등을 꼿꼿이 세우고 진지하게 말하자 그도 얼떨결에 자세를 바로잡아 앉으며 묻는다. 지로가 무척 궁금하다는 눈빛을 보낸다. 미유는 잠시 뜸을 들이다가 심호흡을 하고 나서 말을 잇는다.

"나, 우리 할머니만 한국인인 줄 알았어. 그런데 아빠도 한국인이야. 그러니까 나는 쿼터가 아니라 하프야."

지로는 미유의 말뜻을 얼른 이해하지 못한 얼굴을 하다가 갑자기 피식 웃더니 캔에 절반이나 남아 있는 맥주를 단숨에 비운다. 그러고는 손아귀에 힘을 주어 빈 캔을 우그러뜨린다. 미유는 그가 입을 열기를 기다린다. 그녀를 쳐다보는 지로의 눈 속으로 얼핏 사늘한 슬픔이 스쳐 지나가는 것 같다. 미유의 착각일까.

"미유, 고백하는 주체의 정체성에서 진정성이 빠져버리면 그건 고백이 아니라 변명이 되어버린다는 사실, 알아? 네가 나에게 늘 진실했다고 생각했는데, 아니었나?"

한참 만에 그의 입술 사이로 흘러나온 말은 꽤나 딱딱한 질감을 가지고 있다. 미유는 천천히, 그리고 또박또박 정을 박으며 대답한다.

"오해는 하지 마. 난 언제나 진실했어. 내가 하프라는 걸 안 건 올 봄이었으니까. 나도 그 사실을 받아들이기가 힘들었어. 그렇지만 이제는 당당하게 받아들이기로 했어. 내가 고백이라고 말한 건, 그동안 혼자서 고민했기 때문이야. 모든 걸 함께 나누기로 했던 약속을 저버렸으니까, 그런 의미에서 고백인 거지. 변명하는 것도 고해성사하는 것도 아니란 말이야."

일본 극우 민족주의자들의 뿌리는 19세기 말 정한론을 주장했던 사이고 다카모리로부터 출발하여 메이지유신 세력과 군국주의, 제국주의 세력으로 더욱 기반을 다졌다. 일본의 자유당과 민주당이 1955년에 보수 합동으로 탄생시킨 현재의 자민당은 일본 우익의 본산지이자 세력 기반의 역할을 탄탄히 해오고 있다.

그들에게 있어 1931년부터 시작된 15년 전쟁은 아시아 해방

전쟁이며, 1945년의 패전과 항복은 인류 문명을 지키기 위한 천황의 성스러운 결단이었다고 왜곡할 뿐만 아니라, 역사 교과서에서 일본이 지나치게 가해자인 것처럼 묘사되어 있다고 주장한다. 엄연한 역사적 사실에 인위적인 칼질도 마다하지 않는 그들의 그릇된 인식은 너무도 불합리하며 억지스럽다.

일본은 재일교포 3, 4세에게까지도 선거권을 부여하지 않고 있다. 극우 정치인들의 파워는 여전히 강하다. 조선학교 학생들에 대한 테러나 위안부에 대한 망언은 물론이고, 독도를 일본 땅이라고 주장하고 있다. 그들의 비뚤어진 역사의식은 군국주의와 제국주의의 망령이 낳은 또 다른 이름의 전쟁이 아니고 무엇이겠는가. 그런 극우의 중심에 히로타 지로의 집안이 있다는 것은 참으로 씁쓸한 일이 아닐 수 없다.

미유는 그동안 까마득하게 잊고 지냈던 가네모토 히데오가 떠오른다. 본명이 김우진이었던 그는 고교 2학년 때의 급우다. 우진은 준수한 외모에 성적도 상위권에 속하지만 말이 없고 왠지 접근하기가 쉽지 않은 학생이었다. 그렇다고 외톨이로 지낸 것은 아니지만 가깝게 지내는 친구도 없는 듯했다. 그에 대해서 미유가 아는 것은 1학년 때부터 그를 흠모하는 여학생들이 여럿 있다는 것 정도였다.

체육 수업을 교실에서 진행하기로 한 어느 비오는 날, 얼굴이 심하게 네모로 각이 져서 시카쿠(四角)로 불리던 체육 교사는 학생들에게 '공개하고 싶은 비밀'이라는 주제를 던져주며 원하는 사람에 한해서 교단으로 나와 이야기하는 시간을 만들었다.

처음에는 머뭇거리며 눈치만 보던 학생들은 반장이 엉덩이에 아직도 몽고반점이 있다는 비밀도 아닌 비밀을 공개한 뒤부터 슬금슬금 앞으로 나가 시답잖은 비밀들을 털어놓기 시작했다. 부모가 이혼을 했다는 것에서 누구를 짝사랑한다는 이야기며 들창코가 콤플렉스이기 때문에 고등학교를 졸업하면 바로 성형수술을 할 거라는 그야말로 농담 같은 비밀이 교실을 굴러다녔다.

거의 다 끝났나 싶었는데 히데오가 교단 앞으로 성큼성큼 나갔다. 한동안 침묵이 흘렀고 시카쿠 선생은 어려우면 들어가도 좋다고 했다. 그러자 히데오는 헛기침을 한 번 하고 나더니 입을 열렸다.

"내 이름은 김우진입니다. 가네모토 히데오는 일본 이름일 뿐입니다. 나는 재일교포, 그러니까 재일한국인입니다. 일본에 사는 수많은 재일한국인은 두 개의 이름을 가지고 살 수밖에 없습니다. 두 개의 이름 중에 본명은 숨겨야 하는 경우가 많습니다. 본명으로 살기 위해서는 많은 것을 포기해야 하기 때문입니다. 차별이라는 불이익을 당하면서 살고 싶지 않은 것입니다. 나는 거기에 대항하고 싶습니다. 이제 나는 본명을 쓰기로 결심했습니다. 앞으로 나를 가네모토 히데오가 아닌 김우진으로 불러주십시오."

우진은 꾸벅 인사를 하고 제자리로 돌아갔고, 교실 안은 그대로 얼어버렸다.

박수를 친 사람은 시카쿠 선생이었다. 미유도 얼결에 천천히 박수를 쳤고 몇몇 학생도 따라서 박수를 쳤지만 소리는 작았다.

그 뒤, 우진은 진짜 외톨이가 되었다. 어느 학급 어느 교실에도 있기 마련인 문제아들이 우진을 노골적으로 멸시하며 따돌리기 시작했다. 어떤 날은 우진의 얼굴에 싸운 흔적이 심한 날도 있었고 팔에 깁스붕대를 하고 등교한 적도 있었다. 반면에 제일 골칫거리 문제아는 1주일을 결석한 뒤 가슴에 붕대를 감고 나타났다. 우진에게 호의적이던 급우들도 문제아들의 눈치를 살피는 것이 귀찮아져서 아예 그의 존재를 지우려고 애썼다. 그리고 아무도 그를 김우진이라 부르지 않았다. 그는 여전히 가네모토 히데오였다.

원래부터 말이 없던 우진은 왕따의 충격으로 실어증에 걸리지나 않았는지 염려스러울 정도로 한층 더 말이 없어졌다. 여름방학을 며칠 앞둔 날, 미유와 우진은 방과 후 청소 당번으로 한 조가 되어 유리창을 닦았다. 우진의 눈치를 살피다가 미유가 먼저 조심스럽게 말을 걸었다.

"나는 재일한국인은 아니지만 그래도 할머니가 한국인이야."

"쿼터란 말이군."

우진은 건성건성 유리창을 닦으며 시큰둥하나마 대꾸를 해 줬다.

"난 도무지 이해가 안 돼. 재일한국인으로 사는 게 뭐가 어떻다고 차별과 불이익을 당한다는 거야?"

"흥, 당해보지 않은 사람은 말해도 몰라."

"당한 사람만큼은 모르겠지. 하지만 어느 정도 이해할 수는 있어."

"어느 정도? 웃기지 마. 네가 하프만 되었어도 말이 조금은 통했을지 모르겠군. 하지만 넌 죽었다 깨어나도 모를걸. 자, 그럼 마무리를 부탁할게. 난 좀 바빠서."

우진은 피식 웃으며 유리창을 닦던 걸레를 미유에게 던져주고는 곧바로 교실을 나갔다. 여름방학이 끝나고 김우진은 더 이상 학교에 오지 않았다. 그가 전학을 갔다는 담임선생의 짤막한 소식이 전부였다.

미유는 지로에게서 만나자는 연락을 받는다. 그녀의 고백에 잠시 시간을 달라고 하더니, 3주 만이다. 왜 그만큼의 시간이 필요했는지는 잘 모르지만 지로의 입장에서는 충격적인 사건일 수도 있다. 보이지 않는 회선을 타고 건너오는 지로의 목소리가 밝게 느껴진다. 포니테일 스타일로 묶은 머리와 흰 바탕에 하늘빛 체크무늬의 원피스를 입고 남색 샌들로 한껏 멋을 낸 미유가 깃털처럼 나풀나풀 날아간다. 약속 장소인 지유가오카의 프랑스 케이크 전문점으로.

미유에게 쏟아지는 지로의 지극한 사랑은 주변에 정평이 나 있다. 그가 직선적이고 냉정한 편이기는 하지만 미유를 충분히 이해하고 포용할 아량이 있는 사람이다. 집안의 영향을 받긴 하겠지만 그런 문제로 미유의 사랑이 상처받는 일은 없을 것이다. 미유의 믿음이 철석같다.

케이크 전문점이 이날따라 꽤 한산하다. 좀처럼 없던 일이다. 오랜만에 만나는 연인을 위한 배려인지도 모른다는 미유의 생각이 참 깜찍하다. 그러나 지로는 참 발칙하게도 미유의 생각을 휴지통에 쑤셔 넣는다.

그는 1년 3개월 만에 미유에게 이별을 고한다.

사랑에 비등점이 있다면, 빙점도 있는 법이다. 그래도 이건 아니다. 미스터리 영화에나 나올 법한 사악한 장난 같다. 미유와 지로의 사랑은 내리막의 과정을 깡그리 생략하고 그냥 비등점에서 일시에 증발하였거나, 미유가 꿈속을 헤매는 사이 빙점을 향해 수직으로 곤두박질쳐서 그 즉시 얼어버렸나 보다. 이런 경우, 결과만 놓고 보자면 비등점과 빙점은 동의어다.

인간의 감각과 감정은 속이기 쉽다. 그렇지만 미유의 경우는 어떨까. 미유는 난생처음 연기력을 테스트 받는 기분이다. 지독히 캄캄하고 무서운 터널을 어떻게 통과할 것인가.

차라리 머리카락을 쥐어뜯으며 미친년처럼 발광하는 것이 더 나을까. 그것만은 절제할 일이다. 만약 그랬다가는 연기가 아니라 본심이라는 것이 금방 들통 날 거다. 그러므로 그런 짓을 해서는 안 된다. 어떤 말, 어떤 표정, 어떤 행동을 해야 할지 막막하다.

아무 말도 할 수 없고 아무것도 생각나지 않을 때, 그런 때는 그냥 조용히 자리를 떠야 한다. 그 자리는 아무것도 할 수 없는 자리이기 때문이다.

미유는 상대방보다 자신을 속이는 일이 훨씬 더 어렵다는 것을 막 알았다. 아름다움이 지나치면 슬픔이 되듯, 사랑이 지나치면 지독한 외로움이 된다는 것도 미유는 곧 알게 될 것이다. 실연의 고통을 이겨낼 항체가 미유에게는 아직 없다.

그저 인내하고 체념하는 수밖에 없다고 무수히 되뇌어보지만 알싸한 가슴은 저 혼자 돌아서서 웅크리고 또 웅크린다. 한없이 작아지는 느낌이다.

고대 그리스의 한 철학자가 말했다. 사람의 마음을 혼란시키는 것은 사건 자체가 아니라 사건에 대한 그들의 판단이라고.

사랑에는 국경이 없다는 말은 진리가 아니다.

연애하는 상대가 하프라는 것은 극우를 지향하는 자들의 신념에 흠집을 내는 핸디캡이다. 미유를 고집하면 지로는 그 집안에서 영구 퇴출감이다. 지로는 미유와 미래 둘 중에 하나를 선택해야 했다. 결국 그의 미래가 보장된 셈이다.

미유는 이 상처가 생각보다 꽤 오래갈 것 같은 예감에 진저리를 친다. 잔인하다. 사랑에 또는 미유에게 싫증나서 헤어지는 거라고 거짓말하는 편이 더 신사적이다.

고교 시절 급우였던 김우진은 어디서 무엇을 하고 있을까.

지난날 미유가 쿼터여서 말이 통하지 않았다면, 하프가 된 지금은 무슨 말이라도 해줄 수 있지 않을까.

디아스포라는 정착을 꿈꾸는 영원한 이방인이다. 그들의 삶에는 늘 결핍이라는 물이끼가 습진처럼 끼어 있다. 아무리 먹고살 만해도 그들의 가슴은 허기지고, 두꺼운 옷을 껴입고 있어도 늘 춥다. 어디에도 속하지 못한 채 경계인으로 살아가는 삶을 설명한들 알 수 있을까. 아마도 우진은 그런 말을 하고 싶었는지도 모른다.

이별의 아픔도 종류가 여러 가지라는 사실을 미유는 알게 되었다. 자꾸 벌어지기만 하는 상처에도 처방은 있겠지. 언젠가는 아물 날이 있겠지.

지로와 헤어져 돌아오는 내내 미유는 주문을 왼다.

시간아, 흘러라. 시간은 상처 입은 사람에게 마법을 건다.

시간아, 흘러라. 시간은 상처에서 고름을 빨아들이고 새살을 돋게 해준다.

7. 귀국선

지는 해가 더 커 보이는 것은 무슨 까닭일까.

갈마바람에 밀려든 파도가 바위들에 부딪히자 메밀꽃이 일었다.

미이케우라의 검은 해변으로 나가 앉은 해금은 서쪽 하늘을 하염없이 쳐다보았다. 해가 토해낸 입김은 하늘과 구름을 온통 붉디붉게 물들였다. 해금의 눈앞이 부예졌고 흐르는 눈물은 붉었다.

가을 해는 우물에 두레박 떨어지듯 금세 바다 저편으로 자취를 감췄다. 검붉은 노을은 차마 해를 따라 야멸치게 떠나지 못하고 해금을 달랬다. 달랜다고 위로받을 마음이야 아니겠지만 어스레한 하늘은 해금의 눈물을 감춰주었다.

한태주가 전쟁터로 떠나던 전날도 이렇게 하늘만 쳐다보면서 밤이 어떻게 오는지를 꼭 지켜보고 말겠노라 했던 기억이 났다.

그러나 밤은 지켜보는 사람을 조롱하듯 언제나 눈에 띄지 않게 살그머니 왔다. 둘러보면 벌써 밤이었다.

날이 어두워지자 옆에서 고무공을 가지고 놀던 건일이 쪼르르 달려와 해금의 품에 폭 안겨들었다. 저 혼자 쓰기에도 빠듯할 텐데, 기영은 해금이 보내는 돈에서 얼마씩을 모아 조카에게 장난감들을 사서 보내곤 했다.

아무리 손가락질당하는 부박한 삶이라 해도 귀한 핏줄 하나 품고 있으면 그 어떤 질책과 수모도 하찮게 느껴졌다. 해금은 아들이 목숨 두 개를 합친 것보다 소중했다. 하나는 해금의 것이요, 다른 하나는 한태주의 것이었다. 자식은 나뭇고갱이 같은 존재다. 자식을 키우다 보면 구곡간장이 다 녹아내릴 일이 한둘이 아닐 터. 어미 된 자에게 넘어야 할 태산은 산이 아니고, 구절양장 험난한 가시밭길이라도 마다하지 않으리라, 그렇게 해금은 다짐했다.

한국인의 자식으로, 그것도 미혼모의 몸에서 태어나 호적도 갖지 못한 아들에게 가장 필요한 것은 성(姓)이었다. 아들이 일본에서 당당하게 살아갈 수만 있다면 일본인의 성을 입고 산들 무슨 상관이 있겠는가. 알맹이가 고스란히 한국인이란 사실은 지구를 까뒤집는 일이 생겨도 변하지 않을 테니.

조금 전에 떨어졌던 해가 다시 떠오르면 아코 지역에 사는 마츠가와 선장의 장남이자 청각장애인 후쿠오와 혼례를 올린다. 해금은 사랑하는 사람 모두를 떠나보낸 뒤, 혼자서 기영의 뒷바라지와 어린 건일을 키우느라 몸에서 물이 마를 날이 없었다. 그녀의 사정을 가장 잘 아는 선장과 후쿠오의 집요한 설득으로 마침내 해금은 살고 있던 미이케우라에서 아코로 옮겨갈 결심을 하였다.

임례의 막내딸 경자는 지난해에 큰오빠의 소개로 오사카에서 목재소를 운영하여 재산을 모은 나이든 재일교포에게로 시집갔다. 해금의 혼례를 치른 뒤 고모 내외도 바로 오사카로 떠날 것이다. 구월이 죽자 더 이상 물질을 못하겠다고 손을 놓아버린 임례는 자식들이 전부 오사카에서 터를 잡고 살기 때문에 거기로 가서 여생을 보내겠다고 했다.

그리운 것이 너무 많았다. 어릴 적 살던 집 마당에 서 있던 동백나무의 그림자까지도 그리웠다. 그러나 그런 그리움과는 비교도 안 될 만큼 큰 그리움이 있었다. 어머니와 아버지 그리고 한태주가 있었다. 다시는 보지 못할 사람들이었다.

끄집어 내놓을 수도 떠나보낼 수도 없는 그리움이기에 가슴속에 차곡차곡 재우는 수밖에 없었다. 언젠가는 곰삭아서 지금만하지는 않겠지, 그렇게 생각했다. 이 시간 이후 다시는 눈물 보이는 일이 없으리라, 해금은 마음을 추슬렀다. 그리고 왼손가락에서 윤기를 잃은 금반지를 빼내어 한참을 들여다봤다.

해금이 배 속에 생명을 잉태한 까막과부 신세가 되어 섬에 왔을 때, 구월은 하늘이 노랗고 가슴에 큼지막한 바위 하나가 얹힌

듯 무엇을 어찌해야 좋을지 몰랐다. 고국 땅에서 벌어진 동족상 잔의 피비린내가 공기를 타고 동포들에게까지 전해져왔다. 전쟁 터로 떠난 한태주가 언제 돌아온다는 기약은 고사하고 생사조차 알 길이 없으니 장차 태어날 아이가 유복자가 될지 사생아가 될 지도 모르는 판국이었다. 아이만 그러한가. 한태주가 나타나지 않으면 졸지에 미혼모로 전락하여 일본인뿐만 아니라 같은 동포 사회에서도 지탄받을 해금의 인생은 또 얼마나 퍽퍽할지, 상상 도 하기 싫었다.

그렇다고 입방아를 피해 다시 도쿄로 보낼 수도 없는 노릇이 라 기껏 시누이 임례의 분별력에 의지하는 수밖에 없었다. 아니 나 다를까, 미주알고주알 밑두리콧두리 캐고 말고 할 것도 없이 발 없는 말은 작은 어촌 마을을 몇 번이고 돌고 돌아 코흘리개까 지 쉬쉬하며 다 아는 비밀이 되었다.

임례는 해금이 처한 상황이 하마터면 막내딸 경자의 것이 되 었을 수도 있었겠다 싶어 마음을 쓸어내렸다. 한편으로는 제 혈 육의 처지가 너무도 딱하여 가슴이 미어지게 아팠다. 그렇다고 달리 해줄 것도 없었다.

해금의 배가 조금씩 불러갈수록 구월과 임례의 한숨도 늘어갔 다. 이러쿵저러쿵 수군거리던 아낙들의 입은 임례의 부릅뜬 눈 과 임기응변으로 함구되었다. 해금의 손에 끼워진 금반지는 누 가 봐도 혼례의 증표로 손색이 없었기 때문이었다. 그리고 임례 뿐만 아니라 구월도 물질이 뛰어난 상군 중의 상군이었다. 누구라서 길게 흠구덕을 할 수 있었겠는가.

해금은 아들을 낳았고 임례의 남편은 아이의 이름을 건일이라 지어주었다. 이목구비는 해금과 한태주를 반반씩 닮은 것 같았으나 아이의 가무잡잡한 피부며 팔다리가 긴 것을 보면 영락없는 한태주였다. 이웃 아낙들도 한마디씩 거들며 아이의 명과 행운을 빌었다.

지루하게 끌던 휴전 협상이 마침내 이루어졌다.

소련의 스탈린이 죽고 몇 개월 뒤인 1953년 7월 27일, 대한민국과 북조선 인민공화국은 휴전협정을 체결하였다. 155마일의 휴전선을 사이에 두고 남과 북이 갈라졌다. 종전협정도 아니고 평화협정도 아닌 휴전협정은 또 무슨 말인가. 휴전이라 함은 언제든지 또 전쟁이 터질 수 있다는 소리였다. 무슨 미련이 남아서 전쟁을 쉬어가면서 한단 말인가. 이쪽이든 저쪽이든 높은 자리에 앉은 양반들은 국민이고 인민이고 간에 그들의 피맺힌 절규에는 아랑곳없는 것일까. 당장은 전쟁의 포화가 멈추었다고는 하나 동포들의 의구심과 불안감을 떨쳐낼 수는 없었다.

1953년은 태풍과 폭우가 잦았다. 6월 말경 라디오 뉴스에서는 폭우로 규슈 지방에서 758명이 사망하였다고 전했고, 약 20일 뒤인 7월 18일은 와카야마 현에도 홍수 피해로 사망자와 행방불명자를 합쳐 1,046명이라고 전했다. 또 8월에는 교토 지방 남쪽으로도 집중호우로 105명의 사망자를 냈는데, 이때부터 일본 아사히신문에 의해 일본에서는 최초로 '집중호우'라는 말을 사용하게 되었다.

봄부터 입맛이 없고 잦은 소화불량으로 식사량을 대폭 줄인 구월은 결국 기력이 쇠잔해져 자리에 눕는 날이 많아졌다. 해금의 걱정이 이만저만이 아니었다.

"어머니, 도쿄로 나가서 병원에 가 봐요."

"괜찮다. 그냥 몸살이야. 좀 누웠다 일어나면 돼."

시르죽는 목소리로 구월은 대수롭지 않다는 듯 손을 내저었다.

"어머니가 지금 어떤 모습인지나 아세요? 피죽도 못 먹고 죽은 사람도 지금 어머니보다는 나을 거예요."

"해금아, 만약에 말이다, 이 어미가, 만약에……"

구월은 말을 만들어내지 못하고 계속 머뭇거렸다. 그러자 해금은 속상하고 불안한 마음에 말을 재촉했다.

"말씀해 보세요."

"만약에, 이 어미가 죽거들랑 절대 땅에 묻지 마라. 그대로 바다로 보내다오."

"죽다니요? 어머니가 왜 죽어요, 그런 말 하지도 마세요. 조금 전에도 그냥 몸살이라고 했잖아요. 금방 일어서실 테니까 두 번 다시 그런 말 마세요."

해금은 울컥, 올라오는 눈물을 꾹 눌러야만 했다. 자신이 약한 모습을 보인다면 어머니도 그나마 지탱해오던 맥을 놓아버릴 것만 같았다. 누워서 천장만 바라보던 구월은 난데없이 박상지를 입에 올렸다.

"해금아, 네 아버지가 가끔씩 꿈에 오는구나."

"아버지가요?"

"딱 한 번이라도 좋으니 꿈에서라도 봤으면 할 때는 전혀 나타나질 않더니만."

"어떤 꿈이었나요?"

해금은 마음이 조마조마하고 목이 말랐다.

"네 아버지가 말이다, 참 이상하더라. 어떤 날은 멀쩡한 사람이 뜨겁다고 펄쩍펄쩍 뛰기도 하고, 또 어떤 날은 이제 그만 가야 된다고 하면서도 제자리걸음만 하더라. 그런데, 발이 없었어."

구월과 해금은 거의 동시에 한숨을 쉬었다. 또 태풍이 오려는지 빛을 가리려고 창틀 위에 못질해서 걸어둔 천 조각이 거풀거렸다. 후텁지근한 바람이었다. 두 돌을 지난 건일은 어미와 할미가 하늘이 무너지도록, 땅이 꺼지도록 한숨을 쉬어대도 세상모르고 곤한 잠에 빠져 있었다.

"앙상한 몰골로 와서는 배가 고프다고 하더라. 그 말이 지금도 아프구나."

해금을 등지고 모로 누우며 구월이 말했다. 아마도 눈물을 보이고 싶지 않기 때문이었으리라. 해금은 아무런 대꾸도 못하고 제 벗은 발등만 문질렀다. 한참 만에 구월이 다시 입을 열었다.

"고모가 그러더라. 이제 그만 기다리라고. 그만 놓아주라고. 굿을 해서 뭐 하겠니, 제사라도 극진히 올려야 할까 보다. 태를 묻은 고향을 떠나 낯선 땅에서 고생만 한 사람, 묻어줄 뼈 한 조각 수습치 못한 죄를 어쩔꼬."

구월은 울먹이고 있었다. 해금은 심장이 오그라들어 여전히 입을 꾹 다물고 있었다. 속절없이 나오려는 한숨을 참으려니 명치가 뻐근했다. 바닥을 치고 통곡을 해도 시원찮을 판에 뭐가 두려워 모녀는 서로에게 눈물을 감추는 것일까. 방 안을 떠다니는 공기가 눅눅했다.

"부탁하마."

"네, 어머니."

목울대를 겨우 빠져나온 듯 구월의 말이 떨렸고, 대답하는 해금의 목이 메었다.

"그날이지 싶다. 나가사키가 쑥대밭이 된 날 말이다."

해금은 머릿속으로 날짜를 짚었다. 8월 9일은 엿새 뒤였다.

"고모와 의논해서 제가 준비할게요."

"팔 년 동안 제삿밥 한 끼 못 얻어먹고 얼마나 배가 고팠을까."

"걱정 마세요, 제가 알아서 잘 할게요."

"미안해서 너무 미안해서, 나 죽으면 애들 아버지를 어떻게 볼지……"

구월은 잦아드는 소리로 혼잣말을 했다. 해금은 돌아누운 어머니의 한숨 소리가 들릴락 말락 하면서도 한없이 길어서 오장육부를 입 밖으로 왈딱 다 게워내는 것이 아닐까 겁이 났다.

나가사키에 원폭이 투하되고부터 지금까지 소식 없는 박상지는 이미 이 세상 사람이 아닐 것이라고 입 밖으로 말을 내지는 않았지만, 모두의 짐작은 하나같았다. 그러나 구월은 봄까지도 남편을 기다리고 있었다.

그 모습이 하도 딱해 보여 임례가 한소리 했었다.

"올케야, 이제 그만 기다려라. 올 사람이었으면 벌써 왔다. 몸이 녹아 오그라들었어도, 피부가 다 벗겨졌어도, 목숨이 붙어 있다면 왔을 사람이야. 이제 제사라도 지내주자. 오사카에 조선 무당이 하나 있는데 굿을 잘한다더라. 내가 알아볼 테니 그리 알고 있어."

"왜 그러세요, 형님? 형님이 전에 그랬잖아요. 내가 애들 데리고 와다우라에 있을 때, 해금 아버지가 형님 꿈에 나타나서 그랬다면서요. 섬으로 형님을 찾아와서는 내 식구들 어디로 보냈느냐고 원망하더라고 했잖아요. 우리 식구 오순도순 모여 잘 살려고 왔으니까 빨리 찾아오라고 했다면서요. 그런데 지금 기다리지 말라고요? 그런 말일랑 하지 마세요."

구월은 울고불고 몸부림치고 싶을 만큼 임례가 야속했다.

"자네한테 미안하네. 백번 미안하네. 내가 꿈 얘기를 하면서 못한 말이 있구면. 동생이 꿈에 나타나기는 했지만 그건 사람의 몰골이 아니었어. 꿈에서 누님이라고 부르니까 그냥 동생인 줄 알았지, 생시라면 내 기절초풍했거나 멀찌감치 도망갔을 게야. 살 몇 점 겨우 붙어 있는 해골에 넝마를 걸치고 나타났으니 오죽했겠나. 이런 얘기를 차마 자네에게 할 수가 없었어. 그러니 이제 그만 놓아주자고."

그 꿈이 고스란히 되살아나기라도 한듯 임례는 진저리를 쳤었다.

박상지의 제사를 지내던 날, 목놓아 울고는 기진맥진했던 구월은 그다음 날부터 기운을 차리기 시작했다. 언제 몸져누웠나 싶게 훌훌 털고 일어나더니 오히려 예전의 물질 솜씨를 능가했다. 그녀는 해녀들의 평균 수확량에 두 배는 됨직한 우뭇가사리를 캤다. 임례가 농반진반으로 최고 상잠수의 자리를 내놓겠다며 으름장을 놓을 정도였다.

도쿄 유명 일식당 등에서 인기가 높아가는 바람에 비싼 값에 팔리기 시작한 토사카노리(일명 갈래곰보)라는 해초가 미야케지마 일대에 다량으로 자랐다. 닭 볏처럼 생긴 토사카노리는 가을 중순부터 시작하여 봄이 오기까지가 제철이었다. 10미터 이상의 차갑고 깊은 물속에서 자라는 이 해초를 채취하는 일은 구월과 임례 등 상잠수가 아니면 선뜻 나서서 할 수 있는 일은 아니었다.

늦더위가 물러가고 조석으로 공기가 선선하게 느껴지는 시월상달 하순, 물질도 네댓 시간으로 단축되었다. 따사로운 가을볕에 가마우지 떼가 바위에서 깃털을 말리고 하늘에는 새털구름이 서쪽에서 천천히 다가오는 날, 구월은 후쿠오와 함께 마츠가와 선장의 배로 세 개의 바위섬 산본다케가 우뚝 솟은 곳까지 나갔다.

물속이 그다지 맑지는 않았다. 구월과 후쿠오는 서너 시간 부지런히 해초를 뜯어 올리고는 배 위로 올라와 가볍게 주린 배를 달랬다.

"이 정도면 양은 대충 채운 것 같으니 오늘은 그만 돌아갑시다."

"조금만 더 하고요."

구월은 몸져누웠던 동안을 만회하고 싶었다.

"무리했다가 또 병이 나면 어쩌려고."

"요까짓 물질로 병이 나면 이미 오래전에 죽었겠네요. 지금은 아주 건강하니까 걱정 마세요. 나는 조금 더 캐올릴 테니 후쿠오는 배에서 쉬고 있어요."

구월의 일본어 실력이 나아졌다고는 하나, 듣는 것은 별 어려움이 없었지만 말은 여전히 서툰 편이었다. 함께 일하면서 서로의 성격이나 버릇을 파악한 때문인지 선장은 구월의 말을 잘 알아들었다.

잠시 휴식을 취한 후 다시 바닷속으로 들어간 구월은 토사카노리를 캐는 대로 부표에 매달려 있는 망태 속에 담았다. 그녀는 15미터 깊이까지 잠수를 했고 거의 2분 동안 숨을 참았다. 타고난 천재 해녀였다. 수면 위로 올라와 잠깐 부표에 몸을 의지하여 고통스럽게 참았던 숨을 숨비소리로 길게 뱉어낸 뒤, 또다시 물속으로 들어가기를 수차례 반복했다.

배 위에서 그 모습을 지켜보던 선장은 매번 감탄했다. 대단한 해녀라고 생각했다. 그는 해녀들이나 잠수부들과 수없이 공동 작업을 해봤지만 여태까지 구월보다 뛰어난 사람을 만난 적이 없었다.

후쿠오도 매번 감탄을 했고 부러워했다. 그는 장애 때문에 구월의 숨비소리를 들을 수는 없었지만, 일본 잠수부들이 사용하는 산소 공급 장비도 없이 15미터 아래의 물속으로 겁 없이 내려가는 것하며, 2분 이상이나 숨을 참는 것은 후쿠오에겐 도달하기 어려운 잠수의 경지였다. 남자 잠수부로서 일본 전체를 통틀어 열 손가락 안에 드는 실력을 인정받았던 후쿠오였으나, 그런 그도 구월을 따라잡기에는 역부족이었다.

선장은 미야케지마에서 가장 가까운 섬인 미쿠라지마 쪽에서 한 무리의 돌고래가 다가오는 것을 발견했다. 돌고래들은 해녀들에게 직접적인 해코지는 하지 않지만, 가끔 까불기도 하여 해녀의 정신을 혼란케 하는 경우도 있고, 또 돌고래 뒤를 상어가 따르기도 해서 늘 조심을 해야 했다. 망태를 가득 채운 구월이 물 위로 올라왔다. 갈고랑이로 망태를 끌어당기던 선장이 돌고래 떼를 가리키며 말했다.

"저것들이 이쪽으로 오는 것 같으니까, 일은 여기서 끝내고 돌아갑시다."

선장의 말이 선측 늑골에 부딪혀 산산조각 나버렸는가. 그래서 구월의 귓전까지 닿지 못한 것일까. 멀거니 돌고래 무리의 유영에 넋을 놓고 보는 구월을 향해 선장은 있는 힘껏 고함쳤다.

"어서 배에 오르시오."

선장의 재촉에도 아랑곳없이 구월은 가까이 다가오는 돌고래들을 쳐다보다가 그들을 향해 헤엄쳐갔다. 순식간의 일이었다. 해초를 캐던 낫이 구월의 손에서 떨어져 바닷속으로 깊이 가라

앉았다. 바다에서 낫도 호미도 비창도 없는 구월의 빈손은 처음이었다. 돌고래들이 물속으로 사라지자 그녀도 잠수를 했다. 선장은 구월이 돌고래에게 홀렸음이 분명하다고 여겼다. 후쿠오가 물속으로 뛰어들었다. 따사롭던 가을볕을 언제 걷어갔는지 모르게 입때껏 잠잠하던 바다가 일렁이기 시작했다. 새털구름도 온데간데없이 하늘은 점점 청회색으로 변하기 시작했다. 선장의 코끝에 비바람 냄새가 걸려들었다.

그녀에게 바다는 더 이상 밭이 아니었다. 캐고 뜯고 따고 주울 것도 없어진 바다는 용궁이었다. 그녀는 구월이 아니었다. 어느 정도 가까워졌는가 싶었는데 돌고래들은 몸을 틀어 돌아가려 했다. 그녀는 필사로 헤엄쳐갔다.

후쿠오는 구월을 찾을 수가 없었다.

돌고래를 따라 갔던 구월은 닷새 뒤에 돌아왔다.

구월이 사라지고 난 뒤로 새벽마다 해변으로 나가 치성을 드리던 해금과 임례는 싸늘한 주검이 되어 나타난 그녀를 발견했다. 그녀는 믿기지 않을 만큼 몸 어디에도 상한 곳 없이 누군가가 고이 옮겨놓은 것처럼 미이케우라의 검은 모래 위에 반듯하게 누워 있었다. 깊은 잠에 빠진 듯 눈을 감고 있었고 달콤한 꿈이라도 꾸는 듯 입에는 미소가 물려 있었지만, 두 번 다시 풀리지 않았다.

해금은 어머니가 아버지를 놓아주기로 결심하던 그날, 만약이라는 가정을 하면서 했던 말을 기억했다. 기억했다기보다는 잊은 적이 없었다. 해금은 어머니의 시신을 수습한 뒤 기영과 도쿄로 가서 화장을 했고, 마츠가와 선장의 배를 빌려 어머니가 마지막 물질을 했던 바다에 유골을 뿌렸다.

이듬해 구월의 제사를 지내기 위해 섬으로 온 기영은 일주일을 머물렀다. 조선고급학교에 진학한 기영은 어머니를 잃은 일년 사이에 더 어른스러워졌다. 어린 조카 건일을 생각하는 품이 마치 친자식에게 하듯 하였고 저도 아직 뒷바라지가 필요한 처지이면서도 누이 걱정을 먼저 했다.

"누나가 얼른 좋은 사람 만나야 내가 한시름 놓겠는데, 언제 그런 일이 생길지 용왕님도 모르신대?"

"또 그러네, 뻔히 알면서. 그런 생각 할 시간 있으면 네 공부에나 신경 써."

기영이 짐짓 능청을 부리며 하는 말에 해금은 살짝 눈을 흘기며 퉁을 놓았다.

"살았는지 죽었는지도 모르는 한 선생님만 기다리다 아까운 시간 다 보내려고?"

"온다고 했으니 오겠지. 못 오면 그럴 사정이 생긴 것일 테고."

"속 편한 소리. 누나 생각만 하지 말고 건일이 장래도 생각해야지."

기영은 정색하고 대들듯 말했다. 여간해서 없는 일이었다. 그 기세에 해금은 움찔했다.

"왜 그러니? 오늘따라 너답지 않구나."

"한 선생님은 돌아오지 않을 거야. 아니, 오고 싶어도 못 돌아온다고."

기영은 숫제 화를 냈다. 해금은 따져 묻지 않았다. 해금이 들어서 좋지 못한 어떤 소문이나 소식을 동생이 들었음이 분명했다. 소문이든 소식이든 희소식이 아닌 것만은 확실했다.

말간 가을 하늘에 큼직하니 잘 여물었던 보름달이 이울고 반만 뜬 달이 처연했다.

기영은 친구 홍희에게서 한태주의 소식을 들었다. 홍희의 아버지인 조련 간부는 휴전협정 후에 북조선을 다녀왔는데, 거기서 한태주를 찾기 위해 여러 곳으로 수소문하였다. 그러던 차에 그와 함께 전쟁에 참전했던 전우를 만났고, 그에게서 한태주가 전사했다는 이야기를 들었다.

멀리 일본 땅에서 아들이 태어나 건일이라는 이름을 받고 건강하게 자라고 있다는 사실도 모른 채 구천을 헤매고 있을 한태주라니. 그를 생각하면 해금의 마음은 천 갈래 만 갈래 찢어졌다. 살점과 뼈를 무쇠 절굿공이로 찧어 흔적도 없이 사라지고 싶었다. 차라리 저 하늘의 달처럼 소리 없이 작아져서 영영 자취를 감추고 싶었다. 죽어야 볼 수 있는 사람이라면 그렇게라도 하고 싶었다.

일생을 두고 못 잊을 사람이었다. 살아 있기만 하다면, 생전에 다시 보지 못한다 해도 어느 하늘 아래 살아 있기만 하다면야 무언들 못 참겠는가. 그런데 한태주는 이 세상 사람이 아니었다. 그는 해금이 험한 세상 모진 풍파를 헤치고 살아가야 할 이유 하나만 달랑 던져주고는 저 혼자 서둘러 가버렸다.

모두가 험하게 떠났다. 박상지는 원폭으로 시신조차 수습할 수 없었고, 구월은 바다에서 넋을 빼앗겼으며, 한태주마저 한국 전쟁으로 귀한 목숨을 소각해버렸다.

그들만이 아니었다. 해금의 주변에는 가난하고 슬픈 삶과 처절한 죽음이 너무도 흔했다. 시대가 그랬고 전쟁이 그랬고 인생이 그랬다.

쇠털같이 많은 사람들이 민들레 홀씨마냥 풀풀 날아서 고단한 육신 내려 앉힌 곳. 그곳은 곧 삶의 터전이 되었다. 모든 것이 새로 시작되었다. 고통까지도. 고국산천을 떠나온 사람들의 운명은 질척했다. 대부분의 사람들에게는 가난이라는 저주의 대명사가 덕지덕지 붙었고, 버짐이 피고 윤기 없는 피부는 허옇게 각질이 일었으며, 발뒤꿈치는 가뭄 난 논밭처럼 쩍쩍 갈라지고 터졌다.

귀한 목숨 천한 목숨이 따로 없는데, 어이없이 죽어버린 목숨이 숱했다. 잘 먹고 잘 살아보겠다고 정든 땅을 떠나온 사람이나, 징용이다 징병이다 끌려온 사람이나 삶의 방식에 큰 차이는 없었다. 결국은 이국땅에 육신을 묻고 고혼이 되어 다시 풀풀 날아갔다.

삶과 죽음은 무엇일까. 존재의 있고 없는 차이일까. 그렇지는 않을 것이었다. 해금은 눈을 감았다. 달이 사라졌다. 그렇다고 하늘에 달이 사라질 리는 없었다. 죽는다는 것도 그런 것일까. 내 눈에 보이지 않을 뿐, 그들은 모두 어딘가로 이동해 간 것이 아닐까 하고 해금은 생각했다. 그들이 해금을 보고 있을 것만 같았다.

작은 불꽃같이 일어난 그리움이 삽시간에 해금을 통째로 태우기 시작했다. 몸속에 있는 모든 장기가 찢어질 듯 따가웠다. 너무 아프면 눈물도 나지 않는 것일까. 가슴을 부여잡고 꺼이꺼이 울고 싶은데 소리도 눈물도 나오지 않았다.

멀리 방파제로 부딪치는 파도가 하얗게 물꽃을 피웠다. 포근했던 봄날에 한태주와 나란히 도쿄의 강변을 산책할 때, 길가에 무리 지어 피어나던 이팝나무의 하얀 꽃처럼 거품을 피우는 파도가 해금을 대신하여 울었다.

"건일아, 이 엄마…… 내일 시집간단다."

해금은 고무공을 가지고 놀다가 그녀의 품에 안겨 잠든 아들의 머리를 쓰다듬으며 쓸쓸히 말했다.

건일은 마츠가와 켄이라는 합법적인 일본 이름을 얻었다.

국적이 달라졌지만 부모 자식 관계에 털끝 하나 변한 것은 없었다. 국적이란 종이 한 장에 불과했다. 해금은 아들이 일본에서 제대로 된 교육을 받고 사회로 나가서도 당당하게 살아갈 수 있다면 이보다 더한 일도 할 수 있을 것 같았다.

후쿠오는 켄에게 자상한 아버지가 되었다. 언어 소통에만 문제가 있을 뿐 후쿠오는 마음을 통하게 하는 방법을 알았다. 또한 손재주가 뛰어나 남자아이들이 좋아할 만한 장난감을 즉석에서 만들곤 했다.

선장이야 원래부터 웅숭깊고 무던한 사람이라 마음을 표현하는 일이 드물었지만, 그 역시 켄을 어여삐 여기는 눈치였다. 시어머니는 와다우라에서 살 때부터 구월과 해금을 못마땅하게 대했다. 선장이 구월을 챙겨준 것은 사실이었지만, 다른 마음을 품고 있어서 그랬던 것은 아니었다. 그것은 연민의 정 같은 것이었다. 그러나 선장의 부인은 남편이 구월을 흠모한다고 철석같이 믿었다. 그러니 시어머니 눈에 켄이 곱게 보일 리 없었다. 해금이 구월의 딸이라는 사실 하나로 까탈을 부려도 시원찮을 판이었다. 그뿐인가, 아무리 아들이 장애를 겪기로서니 사회로부터 지탄받는 미혼모를 받아들여 산다는 것이 영 내키지 않았다.

기왕지사 이루어진 혼인이니 이웃 앞에서는 친절한 시어머니인 척했지만, 집안일은 시시종종 트집을 잡으며 사시장철 잔소리를 늘어놓았다. 일본에서 10여 년을 살았어도 늘 동포들 속에서 조선의 풍습을 가까이했던 해금에게 일본인의 생활 방식은 생경했다. 모르는 것이 많았던 만큼 종종 실수를 해서 시어머니의 부아를 돋웠다. 오달지게 일을 해내도 시어머니의 마음에 차지 않았다.

시어머니는 켄의 서투른 말이나 행동거지 하나하나를 밉둥으로 보았다. 그녀가 대놓고 타박을 하지 않은 것만으로도 해금은 감사했다. 시어머니는 켄이 밉살스러워도 싫은 내색을 못했다. 후쿠오가 켄을 늘 끼고 살다시피 했기 때문이거니와, 그런 모습이 아니꼽살스러워도 후쿠오 앞에서만큼은 몰강스러운 시어머니는 기를 펴지 못했다. 그럴 만한 이유가 따로 있었다.

오래전 사이타마에서 살 때, 시어머니가 걸렸던 장티푸스가 어린 아들 후쿠오에게 전염되었다. 자신은 별 탈 없이 이겨냈지만 열악한 환경과 무지로 후쿠오는 장애를 안게 되었다. 시어머니는 아들의 불행이 자기 탓이라 생각했다. 평생 아들의 비위를 맞추려 노력했고 후쿠오를 위하는 일이라면 뭐든지 다 했다. 아들에게 비싼 특수교육을 시킨 덕분에 후쿠오는 글을 배웠고 어려운 한자도 쓸 수 있었다.

고부간의 갈등이야 해금이 충분히 받아들일 수 있는 문제였다. 귀머거리로 삼 년, 벙어리로 삼 년이 아니라 십 년이라도 참을 수 있을 것 같았다. 그녀에게 살아가야 할 이유가 있었으니 그 어떤 시련도 두렵지 않았다.

정작 문제는 해금과 후쿠오 사이에 있었다.

후쿠오는 와다우라에서 살 때부터 해금을 좋아했다. 하관이 빨고 눈이 작은 얼굴에 몸도 왜소한 후쿠오는 자기와는 정반대로 체격이 단단하며 얼굴 이목구비도 시원스럽게 생긴 해금을 쳐다보는 것만으로도 기분이 좋았다.

해금에게 남자가 생겼다는 사실을 알았을 때, 후쿠오는 짝사랑의 실연을 달래느라 구월과 함께 부친의 배로 바다에 나가 죽자 하고 물질만 했다. 일에 미치는 것 외에 그가 할 수 있는 것은 가끔 술을 마시는 것밖에 없었다. 고개를 쳐들고 가슴을 옥죄며 타오르던 질투심은 오래가지 않고 꺼졌다. 해금이 변해가고 있었다. 여간해서는 얼굴에 표정을 드러내지 않던 해금이 점점 환해졌다. 그 모습이 보기 좋았다. 후쿠오는 해금이 행복하기를 진심으로 바랐다. 그랬는데, 섬을 떠났던 해금이 임신을 한 채 돌아왔을 때, 후쿠오는 절벽 아래로 떨어지는 심정이었다.

후쿠오는 언제부턴가 표정 없는 얼굴로 되돌아간 해금이 안타까웠다. 그에게는 그녀를 변화시킬 힘이 없다는 것을 깨달았다. 해금을 미소 짓고 수줍어하며 웃게 만들었던 그 시절은 인생에 단 한 번 오는 짧은 봄날이었다.

후쿠오는 술을 즐기기는 해도 자주 마시지는 않았고 취하도록 마시는 경우도 드물었다. 해금과 혼인을 하고 난 이듬해부터는 술을 마시는 날이 늘었다. 어떤 때는 폭음을 해서 해금에게 업혀 들어오는 날도 있었다.

그들은 여느 부부처럼 싸움을 하지 않았다. 싸움이라는 것이 반드시 소리를 내가며 다투는 것은 아니지만, 입씨름이 빠진 싸움은 시작하기도 전에 맥이 빠졌다. 기껏해야 후쿠오가 폭음을 하고 해금에게 업혀서 몇 차례 괴성을 지르는 일이 전부였다. 그래도 함께 물질할 때는 호흡이 잘 맞아 겉보기에는 금슬 좋은 부부였다. 해금과 후쿠오 사이에 자식이 들어서지 않는 것은 후쿠오에게 문제가 있기 때문이라고 사람들은 수군거렸다. 해금에게는 이미 아들이 있으니 문제에서 제외되었다.

　도쿄 기타 구에 있는 조선중고급학교 부지에 2년제로 조선대학교가 설립되었다. 기영이 제1기생으로 문학부에 입학했을 때, 해금은 뿌듯했다. 어느새 해가 바뀌어 졸업반이 되는가 싶었는데 기영은 머지않아 대학이 4년제로 전환한다는 소식을 편지에 적었다. 누이를 고생시키지 않겠다며 취업 전선으로 뛰어들 결심을 했다는 소식과 함께였다. 해금은 기영을 끈질기게 설득하여 결국 학업을 계속하겠다는 약속을 받아냈다.

　기영을 대학까지 교육시키고자 했던 것이 구월의 간절한 바람이었고, 구월이 떠난 후로는 그녀로부터 해금이 물려받은 바람이었다. 해금은 더 자주 더 열심히 바다로 나가 물질을 했다. 돈을 많이 벌 수 있다면 삭신이 절반은 내려앉는다 해도 까짓것 상관없었다.

　늘 그렇듯 해마다 일본열도를 지나는 태풍은 많았지만, 1957년 여름은 더 사납고 빈번하게 찾아왔다. 긴 장마에 폭우도 많았다. 나가사키 현의 이사하야 시에 하루 강우량이 1,109밀리미터를 기록하는 집중호우가 내렸다. 라디오뉴스에서 나가사키라는 소리를 듣는 순간 해금의 심장에 굵은 바늘이 꽂히는 것 같았다. 그녀는 라디오를 꺼버렸다.

　미야케지마는 21호 태풍으로 몸살을 앓았다. 가옥 88채가 사라졌다. 태풍으로 인한 화재가 여기저기 발생했고, 강한 풍랑에 조난당한 배가 수두룩했다. 그중에 마츠가와 선장이 탄 배도 있었다. 후쿠오가 결혼하자 작은 배는 아들에게 물려주고 선장은 조금 더 큰 임차 어선을 탔다.

선장은 돌아왔지만 허리를 크게 다쳐 다른 사람의 도움 없이는 운신할 수 없는 처지가 되었다. 시어머니는 그 원망을 고스란히 해금에게 돌렸다. 그녀에게로 날아드는 시어머니의 매서운 눈초리는 겉살 속살 할 것 없이 마구 할퀴었고 닦달은 날로 심해졌다. 무엇 하나라도 마음에 들어 하는 것이 없었다. 시어머니가 며느리에게 박아놓은 미운털은 뿌리를 더 깊이 내리고 굵어져갔다.

해금의 마음 한구석이 늘 허수했고, 구월이 사무치게 그리운 날은 하얗게 밤을 새웠다. 임례까지 오사카로 아주 떠나고 없으니 쓸쓸함이 더 진했다. 반지르르 기름이 도는 둥근달조차 서글퍼 보였지만, 해금은 머리를 세게 흔들어 슬픔을 떨쳐냈다.

아들은 건강하게 잘 자랐고, 기영은 대학 생활을 잘 하고 있으니 이보다 더 값진 위안이 어디에 있겠는가. 무엇과도 견줄 수 없는 행복이라 여기니 해금에게는 견디지 못할 고통 따위는 없었다.

1959년 4월 10일, 24세의 아키히토 왕세자가 2년 연하의 쇼다 미치코를 왕세자비로 맞이하여 일본열도에 거대한 센세이션을 불러일으켰다. 그녀는 1500년 전통을 깨고 탄생한 평민 출신의 왕세자비였다. 후일담으로 쇼다 미치코는 일본 왕실에 적응하지 못해 일 년 동안 실어증에 걸리기도 했다.

일본은 한국전쟁 특수를 노려 성장세를 이룩한 뒤 약간 주춤하던 경제를 다시 순탄한 궤도 위에 올려놓았다. 또한 1964년 하계 올림픽을 도쿄에서 개최하게 되어 축제의 분위기에 휩싸였다. 그러나 초가을 이세 만에 들이닥친 제15호 태풍 베라는 삽시간에 축제의 분위기를 망쳐놓았다. 베라는 사망자 4,697명에 400명이 넘는 행방불명자와 수만 명에 달하는 부상자를 발생시키고 엄청난 재산적 피해를 내고서야 유유히 사라졌다.

한편 동포들 간에는 심각한 반목과 갈등을 빚고 있었다. 일본 정부는 조선을 식민지화했던 36년 동안 일본으로 건너와 살다가 광복한 뒤에도 떠나지 않고 남아 있던 조선인들을 목구멍에 걸린 이물질로 여기기 시작했다. 국제적인 이목을 생각하여 드러내놓고 괄시할 수도 없었으니 처치 곤란한 문제로 골머리를 앓았다. 마음 같아서는 모두를 추방해버리고 싶지만 명분이 없었다.

1949년에 요시다 시게루 일본 수상이 맥아더에게 보낸 서한에서 재일조선인들을 한꺼번에 한국으로 강제 송환할 권리를 일본 정부에게 달라고 요청하였다. 그 요청이 제대로 받아들여지지 않았으나 포기하지 않고 지속적으로 강제송환 방법을 모색했다. 마침내 일본은 1951년 9월 8일에 맺은 샌프란시스코강화조약이 이듬해 4월 28일에 발효되자 곧바로 일본 재류 조선인과 대만인을 상대로 일본 국적을 잃게 된다는 일방적인 선언을 했다. 선언과 관련하여 조선인과 대만인에게는 발언권조차 주지 않았다.

이 조약은 전쟁 피해국이었던 한국과 중국 및 아시아 여러 국가는 배제시킨 채, 오로지 미국과 일본의 평화를 위한 협약이었다. 여기에 대한민국 측은 맹렬히 항의하였으나 아무런 효과가 없었다. 일본에 거주하게 된 조선인은 특수한 상황에서 외국인이 된 경우이므로 그들에게 특별한 권리가 주어져야 한다는 주장을 전개했지만 통할 리 없었다.

외국인으로 낙인이 찍힌 재일조선인에게는 주요 사회복지를 향유할 권리를 일절 주지 않았다. 의료계를 포함한 모든 전문직은 물론이고 관료를 위시하여 말단 지자체의 도로청소 직원에 이르기까지 그 어떤 공무에도 종사할 수 없게 만들었다. 가혹한 복지정책과 사회제도로 그들을 벼랑 끝까지 내몰았다.

저희들 땅에서 조선인을 몰아내는 대청소에 미국을 표면으로 끌어들이고 싶었지만, 그 계획이 여의치 않자 일본 정부는 일본 적십자와 조총련을 이용하기로 결정하였다.

한반도를 가르는 보이지 않는 선, 미국과 소련의 합작품인 그 불길한 38선 하나가 일본에 사는 동포들 사이에도 금을 그었다. 최대의 공동체 조직인 재일조선인연맹(조련)은 재일조선인의 권리와 복지를 주장하는 광범위한 사회운동 단체로 발족하였으나 이념의 불균형으로 말미암아 내부의 균열이 생겼다. 조직을 이탈한 사람들이 재일조선거류민단(민단)을 결성하였다.

조련을 예의 주시하던 연합국 점령군은 제주도에서 발생한 4·3사건을 계기로 조련을 공산주의를 선동하는 불순한 세력으로 몰아 1949년에 강제해산시켰지만, 1955년 5월 한덕수를 의장으로 '재일조선인총연합회'(조총련)가 새로운 조직으로 탄생하였다.

대한민국은 정치 문제뿐만 아니라 빈곤과 실업 문제만으로도 어려운 상황이었기에 재일조선인의 집단 귀국은 골칫거리일 수밖에 없었다. 당시 한국은 필리핀보다도 못사는 나라였다. 농촌 지역의 빈곤을 타파하기 위하여 해외이주촉진을 장려하고 그 계획을 세우고 있던 터라 재일조선인 귀국자를 받아들일 수도 없었다. 오히려 국내의 실업자를 라틴아메리카에 수출할 생각을 하고 있었다.

반면에 북한은 한국보다 공업화의 진행이 더 빨랐고 개발계획이 한창이었다. 까닭에 인력이 필요하기도 했지만 국제사회에 긍정적인 인식을 줄 수 있는 정치적 프로파간다가 절실했다. 그런 약점을 간과할 일본이 아니었다.

일본 정부는 조선인 강제송환을 위해 일본적십자에게 국제적십자 위원회를 움직이게 만들 시나리오를 준비시켰다. 조총련을 이용하여 재일조선인들의 귀국을 선동하는 데 끌어들였으며, 언론을 동원하여 일본인들 사이에 재일조선인은 폭력적이고 위험한 존재라는 야비한 억측의 유언비어를 퍼뜨렸다. 일본 정부는 자신들의 실체를 숨긴 채 그들이 할 수 있는 간접적인 방법은 총동원한 셈이었다.

발 빠르게도 1955년 9월부터 일본 정부는 일본적십자를 내세워 국제적십자 위원회에 재일조선인 문제를 제기했고, 뒤로는 귀국자를 북한으로 날라줄 선박 회사를 극비리에 찾고 있었다.

국제적십자 위원회는 일본이 내놓은 자료나 호들갑스러운 조사 결과 등을 전적으로 신뢰하지는 않았지만, 용의주도하고 집요한 일본 쪽으로 차츰 기울 수밖에 없었다.

미국은 뒤로 빠지면서 침묵으로 일관하는 척하였다. 하지만 공공연히 재일조선인에 대한 이미지를 부정적으로 퍼뜨리는 데 앞장섬으로써 결과적으로는 일본을 도왔다. 일본인들이 자국에서 조선인을 쫓아내고 싶어 하는 여론에 대해 주일 미국 대사 맥아더 2세는 주일 오스트레일리아 대사에게 보낸 서신에서 다음과 같이 적었다.

'일본에 남아 있는 조선인은 수준이 낮고 수많은 공산주의자 및 범죄자가 포함되어 있다. 지금껏 일본 정부가 아무런 귀환 계획도 실시하지 않는 것은 매우 비현실적인 일이다.'

1959년 2월 13일, 일본 내각은 재일조선인의 북한 귀환 문제는 기본적 인권에 기초한 거주지 선택의 자유라는 국제적 통념에 따라 처리한다는 각서를 작성하였다. 최소한의 인권과 자유까지도 빼앗으려는 자들은 양손에 채찍과 당근을 들고 동포 사회를 농락하였다. 나아가 세계를 속이려 들었다.

드디어 일본의 끈질긴 노력 끝에 캘커타협정을 통해 북한적십자와 일본적십자 간의 재일조선인 귀국에 관한 협정을 정식으로 조인하였다. 인도주의를 표방한 완벽하게 날조된 일본의 자작극은 마침내 성공했다.

국제적십자의 7원칙 중에서 인도, 공평, 중립, 독립의 네 가지

원칙은 철저히 무시당했다. 평화나 자유라는 것은 그 반대를 추구하는 사람들이 그들의 이익과 편리를 위하여 남용하기 쉬운 슬로건에 지나지 않았다. 재일조선인들의 인권은 휴지조각처럼 유린당했던 것이다.

이승만 정권은 재일조선인의 북송에 대하여 어떤 대안도 대책도 없었다. 오로지 결사반대로 일관했을 뿐이었다. 2억 환이라는 거금을 들여 북송 저지 공작원을 일본으로 밀입국시키는가 하면, 민단을 통한 대대적인 북송 반대 투쟁을 전개했다.

그동안 대한민국은 재일조선인의 교육투자에는 일절 무관심했고, 그들의 복지를 위해서도 국가적인 차원에서 당당하고 강경하게 대처하지 못했다. 북한과의 정치적인 대립에는 자금을 아끼지 않고 투자하였으니 총칼만 안 들었다 뿐, 여전히 전쟁을 치르는 중이었다.

그러다 1959년 12월 14일, 일본의 치밀한 프로젝트와 북한의 프로파간다전략의 첫 테이프가 니가타에서 끊어졌다.

해금은 기영으로부터 장문의 편지를 받은 뒤 여러 날을 고민하다가 도쿄로 갔다. 12월의 도쿄는 미야케지마보다 약간 더 쌀쌀한 정도로 그렇게 춥지는 않았지만, 해금의 마음은 살얼음판에 맨발로 선 느낌이었다.

"편지로 대충 짐작은 했지만, 네 입으로 직접 듣고 싶어."

"나, 아무래도 북조선으로 가야겠어."

기영은 단호하게 말했다. 해금은 침착하려 애썼지만 목소리가 가늘게 떨리는 것은 어쩌지 못했다.

"내가 섬에 살고 있으니 돌아가는 정세를 잘은 모른다만, 북조선으로 가는 것은 아직 때가 이르지 않나 싶어."

"여기서는 미래가 없어. 있다 한들 너무 보잘것없어서 억울해."

기영은 졸업반이라 취직자리를 알아보고 있었고, 번번이 고배를 마셨다. 일본 사회는 완강하게 닫혀 있었고 민족적 마이너리티의 상처는 깊어만 갔다.

"북조선인들 가보지 않고서야 미래가 있을지 없을지 알 수 없는 노릇이잖니?"

해금은 기영을 단념시키려는 것이 아니었다. 서두르지 말고 상황을 더 지켜보면서 깊이 숙고한 끝에 결정하자는 것이었다.

"북조선에 가서 공부도 더 하고, 거기서 인정도 받고 출세도 하고 싶어. 한민족끼리라 누가 누구를 차별하거나 멸시하는 일도 없을 거야."

기영은 간절했다. 해금은 동생에게 힘이 되어주지 못하는 자신이 초라하게 느껴졌다. 그렇다고 선뜻 보낼 수도 없는 노릇이었다. 해금은 기영의 손을 꼭 잡으며 부탁했다.

"이 누나를 봐서 조금만 더 생각해. 그래도 꼭 가야겠다면 그땐 말리지 않을게."

"누나, 미안해. 이미 신청자 명단에 이름을 올렸어."

해금은 맥이 빠졌다. 깊은 한숨만 나올 뿐, 뭐라 말해야 좋을지 몰랐다.

"북조선에 가서 만약에 그들이 약속한 세상이 아니라면 바로 돌아올게. 그러니까 아무 걱정 마. 누나는 그저 건강하게 켄이랑 잘 살고 있으면 돼. 내가 기반을 잡으면 누나도 부를 거야."

이미 결심을 세운 기영에게 해금은 당부의 말 외에는 할 말이 없었다.

"어떤 일이 있어도 이 약속은 하고 가. 거기도 살기가 쉽지 않다면, 더 생각할 것도 없이 돌아온다고. 아무 때라도 상관없어, 누나가 섬에서 기다리고 있을 테니까. 섬에서 절대 떠나지 않고 있을 테니까, 알았지? 그리고 무조건 건강해야 돼, 알았지? 편지도 자주 해야 돼, 알았지?"

당부하고 또 확인하는 해금의 말에 기영은 고개만 끄덕였다.

기영의 경우처럼 대학 공부까지 하고도 비집고 들어갈 틈을 일본 사회는 허락하지 않았다. 힘없고 가난한 조선인을 오도 가도 못하는 궁지로 몰아넣고는 일본이 만들어준 비상구는 바로 귀국선이었다.

정치적 아웃사이더는 자기 나라에 살면서도 이방인 취급을 받았다. 이승만 정권은 정치적 반대자를 지나치게 억압한 결과 수많은 재일조선인들이 사실상 정치적 망명자가 되어버렸다. 제주 4·3사건으로 졸지에 도망자가 되어 일본으로 밀항해 들어온 양민들 또한 그러했다. 고향땅으로 돌아갈 수도 없고, 일본 땅에서 살아갈 길도 막막한 그들이 어쩔 수 없이 선택한 것은 바로 귀국선이었다. 아이러니가 아닐 수 없었다.

북한은 귀국자들에게 약속의 땅이었다. 살 집을 주고 직장도 주며 원하면 얼마든지 무상교육의 혜택도 받을 수 있는 낙원이라고 선전했다. 공산주의 이론에 입각하여 정의롭고 합리적인 사회공동체를 만들어 유토피아를 실현시키겠다는 저들의 사상은 충분히 매력적이었다.

남매에게 허락된 시간은 고작 닷새였다.

해금과 기영은 먼 여행을 위한 준비로 시내를 분주히 돌아다녔다. 기약 없는 이별을 앞에 두고 남매는 한정된 시간을 마음껏 즐겼다. 지난해에 완공된 도쿄타워는 볼 때마다 어지럼증을 느꼈고 음식점에서 처음으로 돈가스를 시켜먹었다.

북조선의 겨울은 도쿄와 비교할 수 없을 만큼 춥다는 것 정도는 아는지라 백화점에 가서 두꺼운 모직코트와 모자를 샀고 가죽구두도 장만했다. 어지간한 집 한 달 생활비에 맞먹는 금액이 하루 만에 쓰였다. 기영의 만류에도 불구하고 해금은 저축해둔 돈을 아낌없이 썼다.

조련 간부에서 조총련 간부로 바뀐 홍희 아버지가 최근에 들여놓은 텔레비전이라는 것도 구경했다. 역도산의 레슬링 중계가 한창이었다. 해금은 라디오로만 듣던 레슬링 중계를 켄에게도 보여주고 싶었다. 켄은 역도산에 홀딱 반해 있었다.

남매는 뜬눈으로 마지막 밤을 보냈다. 추억이 그토록 많았다니 새삼 놀라웠다.

시간은 냉정했다.

제1차 귀국자들은 열차편으로 12월 10일에 도쿄를 출발하였다. 니가타에 내린 그들은 일본적십자가 마련한 합숙소에 묵으면서 형식적인 심사를 받았다. 일본 전국에서 모인 사람이 천여 명에 달했다. 기대와 두려움으로 밤잠을 설치던 그들은 결국 선두 주자가 되어 니가타 항에서 북조선으로 떠났다. 그날이 바로 1959년 12월 14일이었다.

12월 17일 밤, 제2차 귀국자를 실은 임시 열차가 도쿄 시나가와 역에서 출발을 기다렸다. 기차는 밤새 달려 다음 날 아침 니가타에 정착할 예정이었다.

시나가와 역에서 출발하는 사람은 모두 362명이었다. 2차 귀국선 명단에 오른 사람도 900명이 넘었다. 거기에는 박기영도 포함되어 있었다. 니가타에 도착하면 전국에서 모인 사람들과 사흘간 합숙을 한다. 마지막 심사를 거쳐 21일에는 니가타 항 부두에 정박해 있을 두 척의 소련 대형 객선인 크릴리온호와 토볼스크호에 나눠 승선하게 되어 있었다.

소련 객선의 하얀 뱃전에는 적십자 마크와 함께 '일본에서 귀국한 동포들을 열렬히 환영'이라고 쓴 커다란 플래카드가 걸려 있었다.

떠나는 사람과 작별하러 나온 사람, 구경 온 사람까지 섞여 시나가와 역사는 초만원이었다. 희망에 찬 사람들의 달뜬 소리, 이별을 서러워하는 울음소리, 먹을거리를 파는 장사치들의 우렁찬

소리와 동행자의 이름을 외쳐 부르는 소리가 뒤섞여 왁자지껄하였다. 누가 어디서 나눠주었는지 북조선의 국기를 손에 들고 흔드는 사람들도 있었다.

기영은 자신의 외투 속에 누이가 넣어주는 적지 않은 노잣돈을 기어이 되돌려주었다. 어머니가 기영을 위해 모아온 돈의 일부가 아직 남아 있었고 해금이 물질하여 번 돈까지 합치니 부피가 제법 두툼했다. 그러나 기영은 극구 사양했고 대신 동포를 위해 좋은 일에 써달라며 해금의 낡은 손가방 속으로 도로 넣었다. 공부하는 중에 틈틈이 시간을 쪼개 일해서 번 돈이면 충분하다고 했다. 북조선에 가면 일본 돈은 필요 없고 또 귀국자들을 위해 모든 것이 구비되어 있을 테니 건강한 몸 하나가 밑천이라며 씩 웃었다.

해금은 기영을 있는 힘껏 부둥켜안았다. 부푼 희망을 안고 떠나는 동생에게 웃는 얼굴을 보여주려고 했지만, 소리 없이 흐르는 눈물은 도무지 참을 수가 없었다.

아무래도 이별은 익숙해질 수 있는 것이 아니었다. 그 어떤 이별도 각각으로 존재하기에 무수히 많은 이별을 경험해도 익숙해지는 것이 아닌가 보다고 해금은 생각했다.

해금은 니가타까지 동행하고 싶었지만 기영은 기어이 말렸다. 누이를 고생시키고 싶지 않은 것도 이유였지만, 미래에 대한 희망과 기대를 품고 떠나는 길이라 해도 왜 불안과 의혹이 없겠는가. 그 마음을 누이에게 들키고 싶지 않았다. 기영은 해금에게 자신의 불안과 의혹이 옮겨 붙는 것을 원치 않았다. 평생 한 점 혈육인 누이와 가까이 살면서 서로 지켜봐주고 도와주면서 살갑게 살고 싶었지만, 젊은 혈기를 가차 없이 짓뭉개버리고 누망마저 하찮게 꺾어버리는 일본 사회에 깨알만 한 애정도 없었다.

떠나리라. 가서 꼭 성공해서 누이를 기쁘게 하리라. 기영의 눈시울이 붉어졌다.

"누나, 잘 있어. 그리고 우리, 오래오래 살자."

기영이 남긴 마지막 말이었다.

환호성과 눈물이 범벅된 니가타 항에서 북조선 청진항으로 떠나는 귀국선에 몸을 실은 사람은 1959년 12월부터 1960년 말까지 약 일 년 동안 5만 1,978명이었다.

1984년 마지막 만경봉호에 실려 떠난 귀국자까지 합쳐서 총 9만 3,340명이 북송되었다. 그들 대부분의 고향은 남쪽이지만 내몰리듯 고국이라는 이름의 땅, 북조선으로 갈 수밖에 없었다.

NHK뉴스에서 대한민국의 이산가족 찾기 캠페인이 시작되었다는 소식을 전했다. 한국의 KBS방송국에서 '이산가족을 찾습니다'라는 프로그램으로 1983년 6월 30일 밤 첫 방송을 내보낸 이후 엄청난 신청자가 몰렸다고 했다. 눈물 없이는 볼 수 없는 혈육 상봉의 장면들이 화면을 채웠다. 해금은 텔레비전을 껐다. 말라버렸거니 했는데 또 어디서 샘솟는지 눈물이 질금 떨어졌다.

해금의 시간은 두 가지였다. 하나는 흐르는 시간이고 다른 하나는 고이는 시간이었다. 예를 들면 이랬다. 켄은 흐르는 시간 속에 존재하고 기영은 고이는 시간 안에 존재했다. 그것도 24년 이라는 시간 동안 고여 있었다.

기다림과 그리움이 하나의 뜻이 되어 똘똘 뭉쳐져 있었다.

기영이 떠난 이듬해 보내온 첫 편지에는 건강하게 잘 지내고 있고 그곳 생활에 적응하기 위해 노력 중이라는 안부가 적혀 있었다. 그 이후로 서신은 점점 뜸해졌다. 내용도 한층 더 짧아지더니 언젠가부터 완전히 끊겨 십수 년을 감감무소식이었다. 무소식이 희소식이기를 바라며 기다리기에는 너무 긴 시간이었다. 그리고 무소식이 늘 희소식이지만은 않았다는 것을 여러 번 겪은 해금이었다. 불안했다. 기영을 만난 꿈의 끝에 가위눌려 깬 것도 여러 날이었다. 기영의 삶이 녹록하지 않을 것이라는 예감이 짙었다.

6, 7년 전에 해금은 도쿄에서 식당을 개업한 기영의 친구 홍희를 찾아갔었다. 북한에 있는 홍희의 지인들에게 전갈을 넣어 기영의 소식을 알려달라는 부탁을 수차례 하였지만, 홍희도 그의 소식을 알 길이 없어 애가 탄다고 했다. 그녀가 수소문할 곳은 어디에도 없었다.

홍희는 해금에게 결코 알리고 싶지 않은, 알릴 자신이 없는 기영의 소식을 가지고 있었다. 기영은 평양에 있는 김일성대학의 법학부 경제학과에 편입하여 학업을 마쳤고, 말단이기는 하나 주요 요직의 당원이 되었다. 앞날이 촉망되는 젊은이로 힘든 노동에 지쳐가는 귀국자들 사이에서는 추앙을 받았다.

하지만 북한에서는 1960년대 말에서 70년대 초반에 걸쳐 귀국자에 대한 대대적인 숙청의 파도가 휘몰아쳤다. 숙청의 대상으로는 엘리트 지위가 상당수였다. 일본에서 민족적 마이너리티였던 그들은 결국 고국에서조차 사회적 마이너리티로 내몰렸다. 그 파도에 기영이 휘말리고 말았다.

사실을 알 리 없는 해금은 불길한 꿈을 떨치기 위해 빌고 또 빌었다. 하느님과 부처님께 빌었으며 용왕님께 빌고 돌아가신 부모님께도 빌었다.

찢어지게 가난하고, 시시때때로 남한에 간첩을 내려보내고, 사람들을 납치하고, 권력의 눈 밖에 나면 숙청당하고, 서로가 감시하는 사회라고 뉴스는 거의 날마다 북한의 실정을 떠들어댔다. 그런 소식들은 해금의 불안에 부채질을 했다.

아무렴 별일이야 없겠지. 별일이 있어서도 안 되지. 기영아, 살아만 있어다오. 출세도 부귀영화도 필요 없다. 그저 아프지 말고, 목숨만은 꼭 붙들고 있어다오. 깍지 낀 열 손가락에 피가 통하지 않을 정도로 힘이 들어갔다. 해금이 붙들 것은 기도밖에 없었다.

1962년 분화 이후 잠잠하던 화산활동이 재기되었다.

1983년 10월 3일 정오경부터 해금이 사는 아코 지역을 포함하여 섬의 남부 지역에서 작은 지진이 감지되었다. 오후 1시 58분에는 북부에 있는 미야케지마 측후소에서 화산성지진이 관측되었으며, 3시가 넘어 남서쪽 산허리에 생긴 균열로부터 분화가 시작되었다. 그로부터 20분 후에는 남북으로 길게 화구가 생겼다. 말 그대로 지옥의 아가리였다. 하데스가 불꽃놀이를 하는 것일까. 그 길쭉한 구멍에서 높이 100미터 이상 쏘아올린 시뻘건 불덩이가 사방으로 흩뜨려졌다.

세 갈래로 나눠진 균열에서 무시무시하고 거대한 용암류가 흘러넘쳤다. 엄청나게 굵고 긴 검붉은 뱀이 꿈틀거리며 산을 타고 내려가는 것 같았다. 남남서로 갈라져 흐른 용암은 부글부글 끓으며 바다 속으로 유입되었다. 남부 쪽으로 흘러간 용암류는 해안 부근에서 격렬한 수증기 폭발을 일으켰다. 서쪽 방향으로 흐른 세 번째 줄기는 악마의 상토하사가 되어 아코 지역을 덮쳤다. 지진으로 땅이 흔들렸고 여러 차례 불기둥이 치솟았다. 격렬한 폭발 뒤에도 용암이 쿨렁거리며 흘러내렸다. 섬이 미친 몸부림을 쳤다.

암괴와 화산재를 끝으로 용암의 유출은 다음 날 4일 이른 아침에 멈추었다. 하루 사이에 섬의 지형이 변했고 분화로 인한 분출물이 총 2천만 톤에 달했다.

가장 큰 피해를 본 곳은 주거지가 밀집되어 있던 아코였다. 그 지역의 7할이 소실되었으니 실로 엄청난 피해가 아닐 수 없었다. 아코소학교는 순식간에 매몰되고 말았다. 천만다행으로 주민들은 황급히 북쪽으로 대피했기 때문에 인명 피해는 없었지만, 400

채에 달하는 집들이 전소하여 잿더미가 되었거나 용암에 묻혀 형체도 찾을 수 없게 되었다. 아름드리 서 있던 후박나무와 늘푸른큰키나무들은 유령으로 변해 있었다.

제집으로 돌아온 주민들은 연기만 풀풀 나는 빈 집터와 용암에 다 삼켜지지 못한 채 일부만 삐죽이 남은 집을 보았다. 자신들이 생활해오던 흔적은 그 어디에도 없었다. 한탄하는 소리가 이어지고 또 이어졌다.

이렇게 큰 규모의 분화가 일순간에 발생할 줄은 아무도 몰랐다. 민가가 있는 쪽으로 용암이 덮칠 줄은 더더욱 예상을 못했기에 급한 대로 이것저것 챙길 겨를도 없이 우선 몸만 피신하였다. 천변지이의 날벼락에 인간은 늘 속수무책이었다.

후쿠오는 분통을 참을 길 없어 땅을 치며 꺼이꺼이 울다가 잿더미 위를 마구 뒹굴면서 괴성을 질렀다. 해금은 망연자실 서 있기만 했다. 작은 어선 한 척을 제외하고 그의 전 재산이 불에 타버렸다.

후쿠오가 돈을 모으는 방법은 좀 특이했다. 그는 신용금고나 저축은행 등을 믿지 못했다. 부부가 함께 바다로 나가 우뭇가사리와 토사카노리를 뜯거나 값비싼 바닷가재를 잡아 수입이 생기는 족족 다다미 한 장씩을 들어올려 그 밑에 펼쳐 깔았다. 해금의 걱정도 아랑곳없는 고집불통이었다. 그렇게 한 푼 두 푼 모은 돈이 두 겹을 넘어 세 겹째 쌓이는 중이었다. 엄청난 액수였다.

후쿠오는 미국 유학을 마치고 결혼해서 돌아온 아들 내외와

작년에 태어난 손녀딸 미유를 위해 작은 아파트라도 하나 장만해줄 꿈에 부풀어 있었다. 화마는 잔인하게도 그 꿈을 송두리째 앗아갔고 몸 누일 집조차 흔적도 없이 태워버렸다. 그의 영혼이 텅 빈 집터보다 더 공허해졌다. 후쿠오는 상당히 오랫동안 넋을 놓고 살았다. 어쩌다 정신이 돌아오면 이내 술로 만신창이가 되었다.

불행 중 다행이라고 해야 할까. 해금은 남편 모르게 신용금고에 저축을 해왔다. 조금씩 모은 것이 햇수가 쌓이다 보니 적지 않은 액수가 되어 있었다.

국가의 보조금과 각계의 성금으로 재건 사업이 시작되면서 섬 사람들은 다시 활기를 되찾았지만, 넋을 내보낸 후쿠오만은 여전히 실의의 나날을 보냈다. 해금은 물질을 계속할 수 없었다. 남편이 배를 끌고 나갈 수 없는 상태였고, 또 바다로 유입된 마그마와 화산재 등이 해양생태계에 큰 영향을 끼쳤다. 해저지진이나 해저분화로 바닷물의 온도가 들쭉날쭉 변하는 바람에 바다에서 살아가는 생명들은 심한 몸살을 앓았다. 1962년의 화산 폭발이 있고 난 후에 미이케우라에 살던 제주 출신의 해녀들이 하나둘씩 섬을 떠났었는데, 이번의 분화로 물질이 더욱 어렵게 되자 더 많은 해녀들이 빠져나갔다.

해금은 생각을 바꾸었다. 어차피 남편을 의지해서 할 수 있는 일은 없었으므로 그녀가 앞장서서 꾸려나갈 일을 찾아야 했다. 그런 일로는 민박집을 운영하는 것이 가장 적격이라는 결론을 내렸다.

해금은 여기저기서 들어온 돈과 저금통장을 털어서 민박집을 지었다. 그리고 한국식 음식을 만들기 시작했다. 어려서부터 보고 배운 것과 어쩌다 도쿄에 나가서 맛본 한국 식당에서의 음식 맛을 기억해둔 것이 밑거름이 되었다. 갑자기 분주해진 해금은 정신이 없었고, 후쿠오는 서서히 정신을 차려갔다.

그녀는 민박집 상호를 '아리수'라고 정했다.

8. 탄생 & 소멸

켄은 기억한다. 자신의 이름이 한때는 건일이었다는 것을.

켄이 네 살이었을 때, 어머니가 양아버지와 혼인하여 건일이라는 이름에서 '건' 자만 취해 호적에 올렸다. 그리하여 건은 일본 발음으로 켄이 되었고 마츠가와라는 성을 얻었다. 어머니는 켄과 단 둘이 있을 때면 건일이라 부르곤 했다.

그렇게 부르는 것이 싫지 않았다. 그러나 한 사건을 계기로 다시는 건일이라는 이름을 듣는 일이 없게 되었다. 그것은 어린 시절 켄의 우상이었던 전설적인 프로레슬러 리키도잔(역도산)의 충격적인 죽음으로 시작되었다.

역도산은 스모선수 시절에도 우수한 성적으로 인기가 많았지만, 프로레슬러로 전향하고 난 뒤에는 인기가 절정에 달해서 일본인들의 사랑을 한 몸에 받았다. 선수 생활을 하면서 다수의 영화에도 출연하여 연기력까지 인정을 받았으니 그의 인기가 과히 하늘을 찌를 듯했다. 안토니오 이노키와 자이언트 바바를 비롯하여 한국의 김일에 이르기까지 뛰어난 선수들을 길러냈던 역도산은 일본 프로레슬링의 최고봉으로 칭송받았다. 그런 위인이 39세의 나이로 어처구니없는 죽음을 맞던 날, 켄 속의 건일도 죽어버렸다.

1962년 8월 24일 츠보타 지역에서 진도 5.9의 지진이 동반된 분화가 시작되었다. 효단 산의 분화로 새로운 산이 하나 생겨났고 여기저기 생긴 균열에서 용암이 흘러 바다로 유입되었다. 해저에서도 현무암질의 마그마가 분출하여 굳어진 방출물이 넓게 분포되면서 해안의 지형이 큰 변형을 일으켰다. 전 주민에게 대피령이 내려졌고 2,100명이 넘는 사람들이 긴급 대피하였다.

켄의 가족은 도쿄의 임시 대피소에 머물렀다. 예전에는 선장이었으나 허리를 다친 이후로 거동이 자유롭지 못한 할아버지와 잔소리꾼 할머니는 사이타마의 고향으로 완전히 거주지를 옮기기로 결정하였다. 그 바람에 어머니는 7년을 참아낸 할머니의 강퍅한 시집살이에 종지부를 찍었다.

켄은 할아버지와 헤어지는 것은 조금 슬펐지만 할머니와의 이별은 대환영이었다. 늘 어머니를 못마땅해하며 매운 시집살이를 시키는 할머니가 이해되지 않았고 원망스러웠던 적이 많았기 때문이다. 켄은 어머니의 얼굴에 웃음꽃이 피기를 바랐다.

켄의 임시 대피소 생활은 따분했다. 한창 재미있게 보던 프로

레슬링 경기를 볼 수 없는 것이 가장 속상했다. 하나뿐이던 외삼촌이 북조선으로 떠나고 얼마 뒤, 어머니는 도쿄에서 중고 텔레비전을 사왔다. 안테나와 수상기 상태가 그다지 좋은 편이 아니라서 깨끗한 화면을 볼 수는 없었지만, 라디오로 듣던 중계를 눈으로 볼 수 있게 된 것은 무엇과도 견줄 수 없는 행운이었고 자랑거리였다. 섬 전체를 통틀어 텔레비전 있는 집이 몇 안 되었다. 양아버지가 만들어주던 장난감도 친구들 사이에서 인기가 좋았지만 켄의 집에 떡하니 놓인 텔레비전은 최고의 인기를 누렸다.

켄은 해금의 바람대로 건강하게 자랐고 성적도 우수했으며 성격 또한 밝았다. 어쩌다가 어머니와 단둘이 있을 때면 한국말로 얘기를 주고받았다. 켄은 즐거웠다. 둘만의 비밀을 공유한다는 느낌은 신선하면서도 짜릿했다. 아들과 한국말을 할 때의 어머니 얼굴에는 평소에는 절대 볼 수 없는 표정이 담겨 있었다. 켄은 그것이 행복이라는 것을 알았다.

켄은 친부가 누구인지 몰랐다. 어머니는 알려준 적이 없었다. 간혹 궁금하긴 했지만, 자신을 친아들 이상으로 극진히 보살펴주는 양아버지를 생각해서 그도 묻지 않았다. 어머니가 한국 사람이니까 아들이 한국말을 할 줄 아는 것은 당연한 일이라고 생각했다. 거기까지만 생각했다. 친부와 상관없이 자신은 일본에서 일본인들과 어울려 살아가는 것이 마땅했다.

화산활동이 완전히 멈추자 대피령이 해제되어 보름 만에 섬으로 돌아갔지만, 보름 중의 며칠은 열한 살 켄에게 잊을 수 없는 행복한 추억을 선사하였다. 그 며칠 동안 켄은 피난민이 아니라 여행객이었다. 양아버지가 조부모님을 배웅한다며 사이타마까지 가고 없는 사이에 그는 어머니와 도쿄의 명소를 돌아다녔다.

켄은 어머니와 외삼촌이 함께 구경했다는 도쿄타워 바로 아래서 목을 뒤로 한껏 꺾고 올려다보았다. 켄이 현기증을 느끼고 그자리에 주저앉아버리자 어머니는 배를 잡고 웃었다. 그러자 켄도 아예 길바닥에 발라당 드러누운 채 깔깔거렸다. 어머니가 그렇게 큰 소리로 웃는 것을 처음 보았다. 저녁은 식당에서 돈가스를 먹었다. 외삼촌과 함께했던 코스를 그대로 답습하는 어머니의 마음을 아들은 이해할 수 있었다. 켄은 얼른 자라서 어머니에게 외삼촌의 몫까지 잘해주고 싶었다.

우에노 동물원에도 갔다. 성인 입장료가 거의 100엔이라니 비싼 구경거리가 제법 많을 거라고 켄은 생각했고, 과연 그랬다. 책에서만 보아온 동물들을 실제로 보니 좋긴 좋았다. 거기에서 난생처음 아이스크림을 먹어봤다고 어머니는 마치 고백하듯 말했다. 그 말을 할 때 어머니의 얼굴에 기쁨과 슬픔이 교차하는 것을 켄은 놓치지 않았다. 안타깝게도 그는 어머니에게 아이스크림을 사줄 돈이 없었다.

섬으로 돌아오자 잠시 멈췄던 일상이 바로 원위치로 돌아갔다. 달라진 것이 있다면, 할머니가 없는 집 안은 무척 조용했고 어머니의 일상은 평화로워졌다. 모자의 대화는 자연스럽게 한국말로 이어졌다. 어차피 양아버지는 소리를 못 듣는 사람이므로 일본말이든 한국말이든 그에게는 상관이 없었다.

일본에 고무 잠수복이 최초로 들어온 것은 1960년이었다. 분화로 피난을 가 있는 동안 양아버지와 어머니는 몸에 맞는 사이즈의 고무 잠수복을 골라 제법 비싼 돈을 주고 하나씩 샀다. 그 잠수복을 물질할 때 착용하기 시작했다는 것도 달라진 것 중의 하나였는데, 시커먼 고무 잠수복을 입은 모습은 꽤 희극적이었다.

화산 폭발 후 일 년은 평화롭게 지나가는 듯했다. 그러다 1963년이 겨우 달력 한 장만을 남겨놓았을 때, '사건'이 터지고 말았다.

역도산은 아카사카에 있는 뉴 라틴쿼터라는 나이트클럽에서 야쿠자의 칼에 복부를 찔렸다. 스미요시 파의 말단 부하 무라타 가쓰시의 치졸하기 짝이 없는 공명심이 내지른 칼이었다. 어처구니없게도 그 상처가 화농성 복막염으로 이어지는 바람에 1주일 뒤인 12월 15일, 본명 김신락은 길지 않은 생을 마감하였다.

역도산이 칼에 찔려 혼수상태에 빠져 있을 때, 켄은 학교에서 학생들이 삼삼오오 모여 떠드는 소리를 들었다. 그 소리는 켄이 다가가면 줄어들었다. 그들은 켄의 어머니가 한국인이라는 것을 알고 있었다. 섬에서는 그것을 내놓고 시비 거는 어른도 아이도 없었다. 무엇보다도 켄은 성격도 좋고 효자였으며 성적은 1등을 놓치는 적이 없어서 칭찬을 달고 살았다. 그런 것들이 켄을 보호하는 바람막이가 되어 주었다는 것을 나중에야 깨달았다.

츠보타 지역에 있는 소학교나 중학교에는 재일한국인 신분의

학생들이 더러 있었지만 아코 지역에는 드물었다. 켄의 가족사는 일반 가족들에 비하면 꽤 두드러졌다. 양아버지가 장애인이라고 얕잡아보는 사람도 있었지만, 켄은 그를 단 한 번도 부끄러워하지 않았다. 오히려 감사하는 마음을 가지고 살아왔다.

켄은 다른 일에 몰두하는 척하면서 동급생들의 이야기에 귀를 기울였다.

"조센징이었대."

"거짓말이야. 이름이 모모타 미츠히로라고. 그런데 리키도잔이 어떻게 조센징일 수 있어?"

"그래, 말도 안 돼. 더러운 조센징일 리가 없지."

"우리 아버지가 진짜랬어."

"무슨 근거로 그렇게 말하는 거야?"

"리키도잔은 스모를 시작하면서 얻은 선수명이고, 모모타는 일본인한테 입양되면서 얻은 성이라고. 원래는 조센징이었어."

"정말? 지금까지 조센징이었던 걸 숨겼단 말야? 그럼 우리를 배신한 거군."

"자기도 조센징인 것이 부끄러우니까 그랬겠지."

"옛날 관동대지진이 일어났을 때 우리 일본인들을 죽이려고 조센징들이 우물에 독약도 넣었대. 너무 끔찍스럽지?"

"에이, 그건 사실이 아니래."

"어쨌든 실망이야. 조센징은 늘 말썽이야. 아예 일본에서 싹 몰아내야 돼."

"삼촌이 그러는데 나쁜 야쿠자는 다 조센징들이래."

헛소문일 거라고, 아이들이 하는 소리란 늘 그 모양이라고 폄하하고 싶었지만, 켄의 귀에 따갑게 박혀서 가슴까지 후비는 말이 있었다.

'조센징, 더러운 조센징, 조센징은 늘 말썽이야, 일본에서 싹 몰아내야 돼.'

뉴스는 여러 날을 역도산에 대하여 읊고 또 읊었다. 재일동포에게 그는 자랑스러운 한국인이었고, 일본인들에게 그는 부끄러운 조센징이었다. 역도산의 부고는 그를 사랑했던 일본인들에게 특히 우파들에게 엄청난 실망과 쓰라림을 주었다. 그러나 그 실망과 쓰라림은 켄의 것에 비하면 새발의 피였다.

어머니는 부쩍 말이 없고 수척해진 켄이 우상이었던 역도산의 죽음을 슬퍼한 나머지 의기소침해진 거라고 생각했다. 그러나 여러 날을 밥상머리에 앉아 밥알만 깨죽거리고 있는 아들이 걱정이 되어 넌지시 물었다.

"입맛이 없나 보구나. 특별히 먹고 싶은 게 있으면 말해. 엄마가 해줄 테니까."

"남들이 들으면 어쩌려고 자꾸 조센징 말을 써요?"

켄은 어머니의 말이 떨어지기 무섭게 쏘아보며 일본말로 말했다. 어머니는 어이가 없었다. 아들의 입에서 조센징이라는 말을 들은 귀를 의심했다.

"조센징이라니? 건일아, 그런 말은 쓰는 게 아니다."

"앞으로 건일이라고 부르지 마세요. 내 이름은 켄이에요. 마츠가와 켄이라고요."

켄은 젓가락을 탁, 소리 나게 내려놓고는 밖으로 쏜살같이 나가버렸다.

그 뒤로 어머니가 건일이라고 부르거나 한국말을 하려고만 하면 켄은 뒤도 안 돌아보고 자리를 피했다. 말수는 더 줄어들었다. 세 식구 전부가 언어와 청각 모두를 잃어버린 장애인처럼 지내는 날이 늘어갔다.

이대로 더 두고 볼 수가 없다고 판단했는지 어머니는 켄을 불러 앉혔다.

"중학생이면 이제 다 컸다. 네가 왜 그렇게 심통을 부리는지는 모르겠다만, 너도 나름대로 이유가 있겠지. 한번 속 시원하게 말해봐라, 뭐가 불만인지."

"엄마하고 난 달라요. 엄마는 아직도 귀화하지 않았잖아요. 국적이 한국이잖아요. 난 일본인이에요. 난 일본 사람들과 똑같이 살 거란 말예요."

켄은 일본말로 똑 부러지게 말했다. 변성기가 살짝 온 목소리였다.

"나도 조선 사람이고 네 아버지도 조선 사람이었어. 네가 일본 사람들처럼 살 수는 있으나 일본인은 아니다. 그까짓 종이 쪼가리가 피를 대신할 수는 없는 거야. 아무리 일본 이름을 가지고 산다 해도 네 피를 속일 수는 없잖니. 그리고 네 몸속에 흐르는 조선인의 피는 그 누구도 함부로 할 수 없는 순결한 피야. 무슨 일이 있어도 그것만은 잊지 마라."

켄은 어머니로부터 처음이자 마지막으로 친아버지에 대한 이야기를 들었고, 양아버지와 결혼하게 된 내막도 알게 되었다. 자신이 조선인 부모에게서 사생아나 다름없이 출생했다는 사실이 막 사춘기에 입성한 켄의 예민한 감성을 어지럽혔다. 마츠가와 후쿠오에게 구원을 받지 못했더라면 그의 인생은 참담했을지도 모른다는 상상을 했다. 일본인들의 편견과 멸시와 차별에 멍들어 외삼촌을 따라 귀국선을 탔을지도 모를 일이었다. 상상은 끔찍했다.

일본인보다 일본말을 더 잘하고 성적이 월등하여도 일본 사회에 흡수되기란 하늘에서 별 따기보다 어려웠다. 자존심이 짓밟히고 억울해도 하소연이 받아들여지지 않는 곳이 일본이었다. 이곳이 싫어서 외삼촌도 어머니와의 이별을 감내하면서까지 북조선으로 떠나지 않았던가. 그런 일이 켄에게도 되풀이되지 말라는 법은 없었다.

켄은 싫었다. 조센징이라는 수군거림이 주는 고통이 싫었고, 아무리 피나는 노력을 해도 인정받지 못하는 것은 죽기보다 싫었다. 몸속에 어머니와 똑같은 100퍼센트 조선인의 피가 흐르는 사실도 싫었다.

자신이 지금까지처럼 살 수 없다는 것을 깨달았다. 켄은 변하기로 결심했다.

아코 지역에 번듯한 항구가 건설되었고 도쿄 올림픽이 성공적으로 개최되었으며 바다 건너에서는 베트남전쟁으로 시끄러웠다. 대한민국과 일본 사이에는 '한일협정'이 조인되었다. 한일회담 타결을 둘러싸고 일본 내 민단에서는 찬반양론으로 다소 혼란을 겪었지만 대국적 견지에서 순응키로 뜻을 모았다.

물가가 오르고 그중에서 교육비가 큰 폭으로 올랐다. 도립 고등학교의 월 수업료는 6백 엔에서 8백 엔으로, 대학 등록금은 년 1만2천 엔에서 1만5천 엔으로 크게 인상되는 바람에 학부모들의 원성을 샀다. 그러나 한번 오른 물가가 내려오는 일은 절대로 없었다.

켄은 도쿄에 있는 고등학교로 진학했다. 섬에도 고등학교가 있었지만 거기에는 가고 싶지 않았다. 섬을 떠나고 싶었고, 기필코 일본 사회에서 필요로 하는 엘리트가 되어야 했다. 그래서 죽어라 공부했고 도쿄의 명문 공립 고등학교에 합격했다. 어머니는 도쿄로 유학 보낼 아들을 위해 학비며 생활비를 한 푼이라도 더 벌려고 궂은 날씨에도 물질을 했고, 공항 건설 현장에서 노동일도 마다하지 않았다. 켄은 가슴이 미어졌지만 일부러 모른 척했다.

고등학교 입학식 바로 전날, 선장이었던 할아버지가 돌아가셨다. 몇 년을 두고 오늘내일했지만 이렇게 급작스럽게 운명할 줄은 그 누구도 예상하지 못했다. 상주가 된 양아버지와 어머니는 사이타마로 갔다. 때문에 켄의 입학식에 참석하지 못한 점을 매우 애석해했는데, 켄에게는 그 편이 오히려 더 나았다.

그는 할아버지의 장례식에 불참하여 죄송스러웠지만, 첫날부터 수업에 빠지고 싶지 않았다. 그 뜻을 양아버지는 너그럽게 양해했으나 어머니는 장손의 도리가 아니므로 학교에 알리고 장례식 마지막 날에라도 참석하라 했다. 켄은 그렇게 하지 않았다.

친정 엄마 대신으로 어머니에게 살갑게 대해주던 오사카의 고모할머니가 돌아가셨을 때도, 까다로운 할머니를 모시고 사이타마에 살던 삼촌이 노총각 딱지를 떼고 장가갈 때도, 켄은 공부다 시험이다 하면서 얼굴을 내밀지 않았다. 앞만 보고 달리기에도 숨이 턱까지 차올랐다. 하기야 가족들의 이런저런 경조사를 낱낱이 다 챙기면서 어떻게 일류의 반열에 합류할 수 있겠는가.

켄은 방학 때에도 공부한다는 핑계로 도쿄에 남았기 때문에 부모는 아들을 만나러 일 년에 두어 번씩 상경했다. 아들의 하숙방에서 신세를 지는 것은 큰 방해가 된다고 양아버지는 꼭 사이타마까지 가서 숙식을 했다. 어머니는 비좁아도 아들과 한방에서 단 하룻밤이라도 같이 자고 싶어 하는 눈치였지만 못내 아쉬워하며 양아버지를 따라나섰다.

차갑게 변한 아들을 대할 때마다 어머니의 마음은 몹시 서운하고 아팠을 것이다. 켄도 자신이 소심하고 이기적이며 삭막한 사람으로 변했다는 것이 별로 달갑지는 않았다. 치맛바람을 일으키며 공부하라고 돈과 공을 들여도 꿈쩍 않는 자식들 때문에 속 썩는 부모가 좀 많은가. 어머니는 시키지 않아도 공부하겠다는 아들이 무척 대견하여 최대한 방해하지 않으려고 했다. 아들의 비위를 맞추려 애쓴다는 걸 켄이 모를 리 없었다. 그는 어머니가 안쓰러웠다.

켄이 닫아버린 문은 견고했다. 굳게 닫힌 문을 다시 연다는 것은 두렵고도 어려운 일이었다. 이미 열쇠를 잃어버린 문이었다. 차라리 외면하는 것이 훨씬 편했다.

마침내 켄은 일본 제일의 대학 졸업을 앞두고 미국 유학을 계획에 넣으면서 목표를 수정했고, 거기에 도달하기 위한 준비를 했다.

"다음 달에 출국합니다."

고등학교에 입학한다고 떠났던 섬을 7년 만에 찾아온 켄은 어머니에게 짧게 말하고는 종이에 글로 써서 양아버지에게 내밀었다. 양아버지의 작은 눈이 커졌다. 어머니는 양아버지의 아쉬움까지 합쳐서 물었다.

"그렇게나 빨리?"

"그렇게 됐어요. 저쪽 학교 사정에 따라야 하니까요."

"그렇다면 얼른 서둘러서 돈을 마련해야지. 어디 보자, 우선 통장부터 정리해야겠구나."

어머니는 경황없는 사람처럼 갑자기 일어서서 벽장문을 열다가 멈칫하고는 그 문을 도로 닫고 자리에 앉았다. 어머니는 양아버지 몰래 저축을 하고 있었는데, 그 통장을 켄이 쓰던 방 벽장

속에 감춰두었다. 그 사실은 켄도 몰랐다.

다음은 골똘히 생각에 빠져 있던 양아버지가 벌떡 일어나 안방으로 건너가더니 다다미 한 장을 들어올렸다. 그 밑에서 현금을 꺼내고는 앉은 자리에서 세어본 뒤 신문지에 정성스럽게 싸가지고 켄의 방으로 돌아왔다. 양아버지가 돈을 방바닥에 깔아 모은다는 사실은 켄도 알고 있었다. 참 딱한 양반이라는 생각이 들었다.

양아버지는 으으으 소리를 내며 켄에게 두툼한 돈다발을 내밀었다.

"괜찮아요. 저는 필요 없어요."

켄은 말을 하면서 글도 쓰자니 속도가 느려 답답했지만 늘 하던 식이어서 별로 불만은 없었다. 어머니는 양아버지가 내미는 돈다발을 거의 뺏다시피 하여 켄의 넓적다리 위에 올려놓았다.

"미국은 여기보다 학비가 더 비싸고 낯선 나라에서 살자면 돈도 많이 들 텐데, 필요 없다는 게 말이 되냐. 얼른 받아둬라. 내가 또 따로 마련해서 줄 테니까."

"거기서 장학금을 받기로 되어 있어요. 가서 일이라도 해서 생활비 정도는 직접 벌어야죠."

"말도 안 된다. 일하면서 공부는 언제 한다고. 잔말 말고 어서 받아둬. 가서 공부에만 전념해. 돈 걱정 절대 하지 말고."

어머니의 말이나 양아버지가 종이에 쓴 글이나 내용은 똑같았다. 자식 교육 문제는 늘 일심동체인 부부였다.

켄은 미국으로 떠날 때 부모에게서 받은 목돈을 끝으로 유학하는 동안 그 어떤 도움의 손을 내밀지 않았다. 미국에서 개설한 통장 번호를 알려주지 않았기 때문이기도 했지만, 무엇보다도 부모로부터 완전히 독립하기로 결심했기 때문이었다.

유학 생활 8년 동안 켄은 단 한 차례도 다녀간 적이 없었다. 일년에 두어 통의 편지와 설날의 전화 한 통이 전부였다. 턱없이 부족한 소식이나마 부모는 그것으로 걱정을 덜었고 그리움을 달랬다. 반면에 양아버지는 매달 장문의 편지를 보냈는데, 편지 말미에는 잊지 않고 어머니의 마음을 조금 실어주었다. 자식의 소식은 늘 모자랐지만, 아들의 편지가 도착하는 날과 전화를 받는 날은 세상에서 제일 행복한 부모가 되었다. 양아버지는 기쁨을 감추지 못하여 사방팔방 자랑하고 다녔다.

8년의 세월은 길었다. 그사이 까탈스럽던 할머니도 돌아가셨다. 미야케지마에는 농협 제차공장이 완성되자 차를 본격적으로 생산하여 섬의 수익을 올렸다. 산 중턱에는 농업용수를 저장할 저수지가 완성되었고, 목장 사업에도 주력하여 섬은 하루가 다르게 발전을 거듭했다. 무엇보다도 주목할 만한 변화는, 도쿄와 미야케지마를 잇는 3,700톤 규모의 여객선 스트레치아 호가 취항을 하게 된 것이다. 마침내 거의 하루를 소비했던 운항 시간이 7시간 미만으로 단축되는 쾌거를 이루었다.

조용한 날 없는 대한민국은 10·26사태로 대통령이 신임하던 부하의 총에 유명을 달리했고, 이듬해에는 5·18광주민주항쟁이 일어나 타국에서 살아가는 동포들의 가슴은 멍이 들고 졸아들었다.

대한민국이 제5공화국을 수립하던 해, 켄은 유학 생활을 마치고 미술사를 전공한 메구미와 함께 일본으로 돌아왔다. 앞에 펼쳐질 새로운 인생은 결코 자신을 저버리지 않을 거라고 그는 기대했고 굳게 믿었다.

유학 시절에 만난 메구미와 일 년여를 교제하다가 가까운 지인 몇 사람만 초대한 자리에서 조촐하게 결혼식을 올렸다. 둘 다 번거로운 것을 좋아하지 않았고, 또 유학 생활에 드는 비용을 절감하기 위해서 양가 부모님에게는 소식만 전했다. 결혼 소식을 편지와 전화로 알렸을 때, 부모님은 진심으로 축하하면서도 못내 아쉬운 마음을 감출 수 없었다.

메구미는 아담한 키에 도회적인 이미지가 물씬 풍겼다. 그녀는 이해심이 깊고 담백한 여자였다. 켄은 자신의 가장 큰 콤플렉스인 출생에 관한 이야기를 어쩌다가 조금씩 흘려놓았다. 메구미는 그의 조각난 이야기들을 짜깁기만 할 뿐, 먼저 나서서 묻는 일이 없었다. 그녀는 스스로 짜맞춘 것을 확인하는 일도 없었다.

약학부에서 생약 전공인 켄은 모교의 강사 자리를 얻었고, 메구미는 시립 미술관의 큐레이터로 근무하게 되었다.

1982년 9월 16일, 자정을 20분 정도 남겨둔 시간이었다. 분만실에서 나온 간호사가 복도를 서성거리며 안절부절못하는 켄에게 딸의 탄생을 알리며 축하했다. 예정일보다 일주일이나 앞당긴 분만이었다.

딸이란다. 켄이 믿을 수 없다는 표정을 지었는지 간호사는 다시 한 번 정확한 발음으로 딸임을 확인시켜주었다. 메구미는 아들 낳을 태몽을 꾸었다며 거의 확신했었다. 요코하마에 살고 있는 메구미의 부모님도 분명 아들일 거라고 장담했었다. 따라서 켄도 아들 쪽으로 생각을 굳히고 있었다. 그런데 딸이란다. 켄의 귀가 번쩍 뜨였다. 그는 마구 소리치며 날뛰고 싶은 마음을 겨우 억제했다.

미야케지마에 YS-11 소형여객기가 운항을 개시하였다. 일왕 내외가 방문하여 섬을 빛내주었다. 세상은 살기 편하게 빠른 변화를 거듭하고 있었고, 섬도 많은 혜택을 누렸다.

어머니와 양아버지는 한껏 멋을 부리고 도쿄 켄의 셋집을 찾아왔다. 며느리와의 첫 만남이었고, 늦은 만남이었다.

"처음 뵙겠습니다. 이렇게 와주셔서 대단히 감사합니다. 저희가 찾아뵙는 게 마땅한데, 이렇게 오시게 해서 정말 죄송합니다."

메구미는 붓기가 빠지지 않은 얼굴로 깍듯이 머리 숙여 인사와 사죄를 동시에 했다. 어머니는 메구미의 손을 꼭 잡고 말했다.

"아니다. 우리가 일찍 못 와봐서 미안하구나. 너희들이야 귀국하자마자 바로 일을 시작했으니 어디 눈코 뜰 새가 있었겠니. 고생 많았다. 어쨌든 순산해서 다행이고, 고맙다."

양아버지는 대견하다고 켄의 등을 툭툭 쳤다. 잠든 미유의 얼굴을 그윽한 눈빛으로 한참을 내려다보던 어머니의 눈꼬리에 물기가 잡히는 것을 켄은 놓치지 않았다. 메구미는 첫눈에 시어머니와 좋은 사이가 될 수 있을 거라는 예감이 들었다.

"다음번엔 저희가 미야케지마에 가도록 할게요."

메구미는 훨씬 편해진 얼굴로 말을 했고 또 양아버지에게 글을 써서 보여주었다. 양아버지는 자신을 배려해주는 며느리가 고맙고 예뻤다. 그는 입을 크게 벌리고 소리 없이 웃었다. 아래위로 치아 몇 개가 빠진 잇몸이 고스란히 드러났다.

좁은 셋집이라 잘 곳이 마땅찮았다. 전철을 몇 번 갈아타가며 사이타마까지 가려는 시부모를 기어이 붙잡은 메구미는 집 근처에 호텔을 잡았다. 이틀 뒤 섬으로 돌아가기 전에 어머니는 며느리 먹인다고 미역국을 한 솥 끓였다. 메구미가 사양함에도 불구하고 두툼한 봉투를 담요 밑으로 밀어넣으며 어머니가 말했다.

"애 키우랴, 살림하랴, 게다가 밖에 나가 일하랴, 보통 힘든 일이 아니지. 가까이 살면 손이라도 보탤 텐데…… 애기 우윳값이니 사양 말고 받아둬라."

우유 값이라고 하기엔 너무 큰돈이었다. 켄의 가족 셋이 몇 달치의 집세를 내고 양식을 사고도 남을 만큼은 되었다.

얼마나 선량하고 고마운 분들인가. 아들을 위하는 일이라면 어떤 희생도 마다하지 않는 사람들이었다. 그럼에도 켄은 새로 활짝 연 인생에 두 사람을 포함시킬 생각이 없었다. 켄이 굳게 닫아버렸던 문, 그 너머가 그들의 장소였다. 경계를 허물지 않은 채 최소한의 예의 정도만 지키며 살고 싶었다. 둘러보면 모두들 그렇게 살아가고 있었다.

혈연과 지연의 인맥을 뒤져봐도 의지할 사람이라곤 전무했다. 학연이라는 한 가닥 연줄이 있기는 하였으나, 그 연줄이라는 것도 그다지 믿을 것은 못 되었다. 결국 켄이 믿을 수 있는 것은 자신의 실력과 피나는 노력, 그리고 운이었다. 시간강사에서 전임으로 갈아타고 전임에서 부교수를 거쳐 정교수가 되기 위해 고군분투하였다.

행복과 운명을 한 손에 움켜쥔 행운의 여신, 티케는 그의 편이었다. 켄은 서서히 두각을 드러냈다. 학계로부터 실력을 인정받았고 승진도 순조로웠다.

그는 여가라는 단어를 깡그리 망각할 정도로 바빴다. 메구미는 직장 생활하랴, 육아에 가사까지 도맡아 삼중고를 치렀다. 한 번쯤 불만을 터뜨릴 만도 했는데, 그녀는 오히려 남편의 연구와 승진에 방해가 되지 않도록 전전긍긍하면서 잘 참아냈다. 주중에는 요코하마의 친정집에 미유를 맡겼고, 주말은 메구미 차지였다. 호기심 많은 미유의 저지레는 꽤 심한 편이라 메구미의 정신을 쏙 빼놓곤 했다.

켄은 메구미에게 늘 미안했고 한없이 고마웠다. 그렇지만 딱히 무엇을 어떻게 해야 하는지는 몰랐다. 오로지 빠른 성공만이 그녀에 대한 위로이며 보답이라고 생각했다.

미유가 태어난 이듬해에 양아버지는 화산 분화로 다다미 밑에 모아오던 돈을 몽땅 잃었다. 은행을 못 믿어 방바닥에 돈을 깔아 모으다니, 이 얼마나 어처구니없는 짓인가. 딱한 양반이었다. 그 사건 이후 양아버지는 술로 세월을 보냈고, 6년 뒤에는 간경화로 쓰러져 도쿄 한 종합병원에 입원하는 일을 자초했다.

히로히토 일왕이 사망하고 아키히토가 즉위하여 헤이세이(平成)연호가 시작된 그해에 미유는 초등학교에 입학했다. 양아버지의 입원을 계기로 어머니와 미유가 만나는 횟수는 늘어났다. 미유는 자주 보는 외할머니보다 몇 번 만난 기억밖에 없는 친할머니에게 더 살갑게 안겨들었다. 그럴 때마다 켄은 어머니가 혹시라도 미유에게 가족사에 대한 쓸데없는 소리를 하지 않을까 노상 초조했다.

그 정도로 켄은 어머니를 몰랐고, 어머니는 불편해하는 아들을 안타까워했다.

켄은 미유가 일본인으로 살아가길 원했다. 일본 사회의 편견과 부당함으로부터 딸이 상처받는 일 없도록 방어하고 보호해야 했다. 켄은 메구미를 만나기 전까지 출생에 얽힌 사연을 제 입으로 발설한 적이 없었다. 수면 아래로 밀어넣은 사연은 비밀이 되었다. 주변에서 재일한국인이기 때문에 당하는 서러움과 분노를 무수히 봐왔던 그였다. 눈앞에서 일어나는 부조리에 두 주먹을 불끈 쥐었지만, 못 본 채 외면해버렸다. 그런 자신을 또 얼마나 증오했던가.

켄은 피했다. 아니, 피할 수 있었다. 마츠가와라는 확실한 신분증은 그의 인생을 바꾸어준 행운의 부적이었다. 유학길에 오르고 메구미를 만나 새 인생을 설계하기 전까지의 삶은 두 번 다시 생각조차 하고 싶지 않는 끔찍한 시절이었다. 이제 그는 길고 어두운 터널을 지나온 자에게만 허락된 성을 쌓고 있었다.

켄은 철통같은 아성을 완성하기도 전에 양아버지의 병으로 어머니의 도쿄 출입이 잦아지자, 그의 요새가 조금이라도 허물어질까 두려웠다. 불안의 시간이 그리 길지 않았던 것은 천만다행이었다. 양아버지의 간경화는 빠른 차도를 보였다. 구태여 환자가 직접 병원까지 오지 않아도 될 정도로 상태가 호전되었다. 켄은 시간과 수고를 아끼지 않고 병원에서 약을 받아 소포로 섬에 보냈다. 그는 가슴을 쓸어내렸다. 어머니의 잦은 출현은 미유에게 최소한이나마 영향을 끼칠 우려가 있었다. 되도록이면 만남을 줄이는 것이 상책이었다. 그러나 복병은 미유였다.

"아빠, 할머니 만나러 미야케지마에 가요."

미유는 방학이 되면 으레 똑같은 떼를 썼고, 켄은 매번 같은 핑계를 댔다.

"아빠가 지금은 너무 바빠서 안 돼. 다음번에 가자, 응?"

"아빠가 바쁘면 엄마랑 둘이 갔다 와도 되잖아요."

"엄마도 바쁘잖아. 이담에 우리 셋이 함께 가자, 응? 아빠가 약속할게."

"맨날 약속만 하고…… 나는 가고 싶단 말이에요. 할머니도 보고 싶어요."

좀처럼 물러날 기미가 없는 미유에게 기껏 켄이 둘러대는 마지막 말은 이랬다.

"거긴 화산가스가 자주 나오기 때문에 아이들한테는 건강에 아주 나쁜 곳이야."

"화산가스가 몸에 나쁘면 할머니도 거기 있으면 안 되잖아요. 그럼 할머니랑 여기서 같이 살아요."

"할머니는 괜찮아, 어른이니까. 게다가 할머니도 아빠만큼 바빠. 그러니까 더 이상 고집 부리면 못써!"

켄이 놓는 일침으로 미유의 앙증맞은 고집은 꺾였지만, 그 순간뿐이었다. 미유는 포기하지 않고 호시탐탐 기회를 잡아 고집을 피워댔다.

양아버지는 술로 병을 얻었으니 그쯤 되면 술은 끊었으리라 믿었다. 그러나 착각이었다. 어머니 몰래 술을 입에 대고 있었다. 어머니는 분화 이후 따로 저금해둔 돈과 보상금 등을 보태어 새로 집을 지었다. 혼자 힘으로 민박집을 운영하느라 눈코 뜰 새 없이 바빴으므로 양아버지를 챙겨줄 여력이 없었다. 그가 저승의 문턱으로 한 발짝씩 다가가는 것을 아무도 몰랐다.

어머니가 혼자 꾸려나가는 민박집은 낚시꾼이며 스쿠버다이버들이나 피서객들의 왕래가 잦아지면서 그런대로 영업이 잘 되는 것 같았다. 어머니가 바쁜 것이 켄에게는 반가운 일이었다.

양아버지의 간경화가 재발되었을 때는 이미 최악의 상태라 의

사들도 더는 손을 쓸 수 없었다. 도쿄의 대학병원에 입원하자마자 양아버지는 황달로 온 몸이 노랬고 복수까지 차올랐으며 종종 혼수상태에 빠졌다. 그리고 혼수상태는 점점 길어졌다.

겉으로는 건강이 꽤 회복되어 보였으므로 양아버지가 소일 삼아 배를 타겠다고 고집을 부렸을 때, 아무도 그의 황소고집을 꺾지 못했다. 그는 배에서 술을 마셨고, 한숨 자고나서 술이 깨면 집으로 돌아왔다. 어머니가 알 턱이 없었던 것은 당연했다. 그럼에도 켄은 어머니에게 탓을 돌렸다. 양아버지에게 일말의 애정도 없었기 때문에, 그에게 늘 무관심했다고 비난했다.

어머니는 아들의 힐책을 묵묵히 받아들였다. 켄은 어머니의 침묵이 더 싫었다. 큰 소리로 야단을 치거나 못난 자식이라고 욕을 하고, 하다못해 한 대 때리기라도 해주었으면 하고 바랐다.

입원하고 한 달이 조금 지나 양아버지는 저세상으로 떠났다. 그의 유해는 고향 사이타마의 한 절에 있는 가족묘로 옮겨졌다.

켄은 어머니가 눈물을 흘렸었는지 어땠는지는 통 기억에 없다. 그는 울지 않았다. 양아버지의 죽음이 슬프기는 했지만, 눈물은 나지 않았다. 다만 어렸을 때 양아들을 위해 장난감을 만들어주고 같이 배를 타고 나가 낚시를 가르쳐주던 생각을 하자, 잠시 눈시울이 붉어지기는 했다. 그는 켄에게 아낌없이 사랑을 준 사람이었다.

메구미는 남편을 잃은 여인을 혼자 섬으로 가게 할 수 없었다. 그녀는 시어머니와 동행하겠다는 고집을 굽히지 않았다. 켄은 아내도 고집을 부릴 줄 아는 여자라는 사실이 새삼스러웠고, 당혹스러웠다. 거기에다가 미유까지 합세하여 이 기회에 기필코 섬에 가겠다고 나서자 켄의 변명은 궁색해지고 말았다.

켄이 미야케지마를 찾은 것이 언제이던가. 지난 방문 이후 23년의 시간이 흘렀다. 미국으로 유학을 떠나기에 앞서 잠시 들렀던 것이 7년 만이었으니, 30년 동안 겨우 두 번의 방문이 전부였다.

그 옛날의 이웃들은 이제 없었다. 섬의 여러 시설물들이 새로 들어섰으며, 지형이 좀 바뀐 것 같았고, 켄이 다녔던 소학교는 검은 용암에 갇혀 자취를 감추었다. 알아보는 사람도 없었고, 그의 시선을 잡아 모을 만큼 구면인 듯한 사람도 없었다. 그래도 몸을 사리듯 사람들이 모이는 곳은 피했고, 길을 걷다가도 행인이 있으면 은연중에 걸음이 빨라져 바람처럼 지나쳐갔다.

세월 따라 많은 변화를 겪은 섬이지만, 왠지 오래된 흑백사진 속의 풍경을 보는 것 같았다. 캔은 이곳에서 태어났다. 중학교까지 다녔으니 고향이라고 해도 손색이 없었다. 양아버지의 고향인 사이타마를 자신의 고향이라고 할 수는 없었다. 고등학교에 입학하기 위해 섬을 떠나던 순간부터 그에게 고향이란 무의미한 것이 되어버렸다. 아련한 추억이 왜 없겠는가. 하지만 켄은 낡아빠진 앨범을 들춰내는 짓은 하고 싶지 않았다.

앞만 보고 살아온 사람에게 돌아볼 곳이 있다는 사실은 섬뜩했다. 그곳은 그저 낯선 출발지일 뿐이었다. 그는 고향이 없는 사람이 아니라 고향을 가지지 못한 사람이었다. 켄은 비참해지는 기분을 가족들에게 들키고 싶지 않았다. 섬에 있는 일주일 동안 그는 아리수에 틀어박혀서 책을 읽었다. 그 기간 동안 어머니는 손님을 받지 않았다. 6월말은 성수기나 다름없었는데 말이다.

켄이 섬을 떠난 이래로 어머니와 아들이 함께 보내는 가장 긴 시간이었지만, 두 사람 사이에 대화는 거의 없었다. 날씨와 시간 이야기밖에 할 게 없다니, 한편으로 한심하다는 생각이 들었으나 너무도 오래 끊어져 있던 사이에서는 차라리 침묵이 편했다.

어디서 구해왔는지 뒤뜰에는 잡다한 물건들이 가득했다. 어머니의 손은 쉬는 적이 별로 없었다. 크고 작은 장독과 단지를 신주 모시듯 정성스레 닦고 또 닦아댔다. 반질반질한 항아리들 속에는 어머니가 손수 만들었다는 한국 양념들이 소복이 담겨 있을 터였다.

어머니는 퍼내 온 양념으로 요리를 했고, 그 맛은 메구미와 미유를 감탄시켰다. 켄은 어머니의 요리 솜씨는 인정하지만, 한 번도 맛있다고 말했던 기억이 없다. 그냥 고개를 살짝 끄덕이는 것이 표현의 전부였다. 어머니는 아들이 보내는 사인을 충분히 알아차렸으므로 맛을 묻는 질문 따위는 하지 않았다. 켄은 어머니가 인정머리 없는 자식이라고 먹고 있던 밥그릇을 낚아채주기를 바랐지만, 그런 일은 절대 일어나지 않았다. 딱히 이유를 댈 수는 없지만 켄은 뭔가를 토해내고 폭발하고 싶었다. 가능하다면 원점으로 되돌리고 싶었다. 아주 잠깐 회한이 밀려왔고, 애석하게도 그는 너무 멀리 떠나와버린 자신을 발견했다.

메구미와 미유는 물 만난 물고기였다. 특히 미유는 날치가 되어 종횡무진으로 쏘다녔다. 진짜 모녀가 맞나 의심스러울 정도로 두 사람에겐 닮은 구석이 없는데, 이런 때는 손발이 척척 잘 맞아 영락없는 모녀임을 입증했다.

모녀는 민박의 소형 승용차를 몰고 나가 섬을 몇 바퀴나 돌고도 싫증내는 법이 없었다. 화산이 폭발하면서 흘러나온 용암과 해안 근처에 솟은 마그마가 만들어낸 천연 풀장이 바다와 붙어 있었다. 미유는 거기서 물장구를 치며 놀았다는 둥, 밀물일 때 들어왔다가 갇혀버린 작은 물고기를 잡았지만 다시 놓아주었다는 둥, 하루의 일상이 온통 신기하고 재미난 자랑뿐이었다. 심지어 섬을 찾은 스쿠버다이버들에게 푹 빠져서는 해안가에 종일 앉아 그들의 일거일동을 관찰했다.

메구미는 메구미대로 너른 담수호인 타이로이케 주변의 원시림에 반하여 그림을 그리고 싶다는 둥, 사진을 찍어가겠다는 둥, 야단을 떨었다. 원시림이란 말에 켄의 구미가 당겼다.

이튿날, 아리수에서 따분한 시간을 보내던 켄은 아내와 딸을 따라나섰다. 연구 노트를 들고 담수호로 간 켄은 주변의 다양한 식물군에 홀딱 반했다. 제대로 시간을 얻어 탐구하고 싶을 정도로 숲은 넓고 깊었다. 곤충채집하러 왔던 어린 시절이 먼 기억 끝에 어슴푸레 매달려 있었다.

켄과 모녀는 담수호를 다녀오는 길에 아카코코를 만났다. 비록 바짝 다가가지는 못했지만, 새의 몸체를 고스란히 알아볼 수는 있었다. 회색과 짙은 갈색이 섞인 깃털과는 달리 가슴에 난 털은 온통 붉었다. 켄은 아카코코를 좋아했다. 좀처럼 모습을 드러내지는 않지만, 미야케지마에 서식하는 천연기념물인 이 새는 개똥지빠귀과로 울음소리가 독특하고 예뻤다. 미유가 아카코코의 울음소리를 흉내 내는 바람에 아주 오랜만에 켄은 큰 소리로 웃었다.

이 섬은 아열대 식물군의 북쪽 한계선에 속하는 특성상, 남방계 식물과 북방계 식물이 한데 어울려 자란다. 일본 본토의 북쪽에서 보는 식물군뿐만 아니라 야자과의 상록 교목을 볼 수 있는 곳이 바로 이곳 미야케지마다.

야생 조류의 낙원이라고 해도 과언이 아닐 정도로 많은 종류의 새들이 서식하고 있는 것이 또한 이 섬의 특징이다. 확인된 종류만도 230종에 이른다. 휘파람새, 동박새, 직박구리 그리고 꿩과 흑비둘기 등, 눈에 띄는 새뿐만 아니라 솔개와 쇠딱따구리도 있다. 늦은 밤 귀를 기울이고 있자면 소쩍새 우는 소리를 듣기도 한다. 그뿐인가, 밝은 적갈색의 야생족제비는 사람들 눈에 심심찮게 발견된다.

복식 성층화산인 오야마 정상의 분화구는 거대하고 무시무시한 구멍을 지옥입네 하고 쩍 벌린 채, 냄새나는 입김을 뿜어댔다. 분화구에서 가장 가까운 평지는 검붉은 화산탄 등으로 이루어져 있는데, 날씨가 도와준다면 거기서 후지산을 볼 수 있었다. 켄의 가족이 올라갔을 때는 맑은 날씨가 아니어서 인근의 섬들만 보일 뿐이었다. 분화구 쪽만 빼면 전체적으로 아름다운 풍광이었다.

바다참새와 가마우지 등, 다양한 물새류가 서식하는 우뚝 솟은 세 개의 바위섬 산본다케, 그 바위섬 중 하나는 수면에서 약 100미터 높이로 깎아지른 위용을 뽐냈다. 부모님이 종종 물질하던 장소이기도 했다. 쿠로시오해류의 영향을 받는 섬 주변 바다에서는 다양한 산호의 군생과 열대성 어류 및 대형 어종을 발견할 수 있다. 화산활동과 지진 등으로 한 번씩 몸살을 앓지만, 시간이 지나면 어김없이 돌아오는 생명들이 있어 바다는 늘 건강해 보이는 것이리라.

켄은 남서쪽에 위치한 이웃 섬, 미쿠라지마 쪽으로 시선을 돌렸다. 혹시나 돌고래 떼를 발견할 수 있을까 해서였지만, 바다는 잠잠했다. 섬 둘레로 돌고래의 출몰이 잦아서 돌고래 피칭이라는 이벤트성 관광업이 성행했다. 켄이 아주 어릴 때 돌아가셨다는 외할머니는 돌고래에 홀려서 돌아가셨다고도 했고, 해류의 변화에 휩쓸려 돌아가셨다고도 했지만, 아무도 정확한 사인을 몰랐다. 안다고 해서 달라질 것도 없었다. 기억조차 지우고 싶은 켄에게 기억에도 없는 외할머니의 사인은 하등 상관없는 남의 일이나 마찬가지였다.

바다는 무심했다. 그 바다를 무심히 바라보던 켄에게 생각지도 않았던 기억들이 스멀거리며 기어나와 머릿속을 간질였다. 그것들은 지우려고 할수록 더 발악했다.

어머니는 물질하다가 종종 커다란 바다거북을 만났고, 엄청난 무리의 날치 떼가 한꺼번에 수면 위로 날아오르는 장관을 봤으며, 몸집이 유달리 큰 돌고래나 망치상어라고 부르기도 하는 귀상어를 만나는 바람에 놀랐다고 했었는데. 켄은 그런 신기하고 짜릿한 이야기들을 듣고 자랐다.

켄이 소학교에 다닐 때, 양아버지는 귀상어를 그려가면서 자신의 무용담을 꺽꺽 소리 내가며 자랑하곤 했었다. 양아버지가 바닷가재를 잡으러 바다 밑바닥을 기다시피 헤엄쳐가는데 커다란 귀상어 한 마리가 바로 옆을 스쳐 지나갔다. 너무 놀라 물 밖으로 나가려는데 다시 돌아온 이 녀석이 넓적하고 커다란 대가리 밑에 숨겨진 아가리를 쩍 벌렸다. 얼떨결에 손에 들린 작살로 위협을 하여 쫓아버리기는 했지만 오줌 지릴 만큼 무서웠다는, 그렇고 그런 이야기였다. 그런데 말 못하는 양아버지의 쉭쉭 바람 빠지는 소리와 왝왝 질러대는 비명 때문에 그 당시는 더 무시무시한 경험담이 되어버렸다. 그랬던 양아버지는 이제 자신의 고향에서 영면하고 있다.

제아무리 거부하고 싶어도 옛이야기들은 추억이 되어 섬의 곳곳에 숨어 있었다. 고향이라는 곳이 달리 고향이겠는가.

분화와 화산재로 타버렸거나 말라죽었지만, 오래전에는 후박나무 숲이 참으로 볼만했다. 적갈색 새잎이 돋아나서 점차로 녹색으로 변해가던 후박나무는 잎도 잎이거니와 큼지막한 꽃은 참으로 보기 좋았다. 켄이 좋아했던 그 후박나무는 모두 유령처럼 회색 꼬챙이가 되어 산등성이 한쪽을 차지하고 있었다. 한때는 후박나무 숲이 거기에 있었다는 사실을 믿어달라고 외치는 것 같았다. 켄은 얼른 고개를 돌려버렸다.

6월말의 바다는 아직 차가운 편이었다. 그러거나 말거나 메구미와 미유는 오들오들 떨면서도 사흘을 연달아 바다로 뛰어들었다. 감기가 들지 않는 것을 보면 둘 다 건강체임이 분명했다. 가끔 오야마에서 뱉어내는 화산가스로 켄은 머리가 지끈거리는데 반해 모녀는 말짱했다.

아내와 딸에게는 섬의 모든 해안과 절벽이 검은 것이며 해수욕장까지 백사장이 아니고 검은 모래라는 점이 신기했다. 고만고만한 검은 돌들을 주워 와서는 좋아라 했다. 켄은 검은 돌들을 보다가 뜬금없이 단어 하나가 떠올랐다. 검멀레. 어머니가 켄을 건일이라고 부르던 시절, 검은 모래를 어머니의 고향에서는 검멀레라 한다고 알려주었다. 부질없는 기억들이 자꾸 떠올라 켄을 괴롭혔다. 섬은 낡아빠진 것들을 너무 많이 간직하고 있었다. 그것들은 화산에도 지진에도 태풍에도 끄떡없이 남아서 그를 괴롭혔다. 그는 얼른 섬을 떠나고 싶었다.

반대로 도시에서 나고 자란 아내와 딸에게 섬은 파라다이스였다. 그녀들은 오래도록 섬에 머무르며 추억을 만들고 싶어 했다. 섬에서 떠나기로 한 전날에도 두 사람은 어김없이 밖으로 나가고 없었다.

어머니는 너른 주방에서 이것저것 말린 것과 조린 것, 담근 것들을 바리바리 쌌다. 이튿날이면 떠날 가족을 위해 미리 준비해 두는 것이었다. 커피를 마시러 나왔던 켄은 불현듯 지금이 아니면 기회가 없을 거라는 생각이 들었다. 그의 입장에서는 한 번은 꼭 짚고 넘어가야 할 문제였다. 켄은 미유를 위해 미리 어머니에게 입단속을 시키고 싶었다. 어머니에게 상처를 줄 수도 있다는 생각을 안 해본 것은 아니지만, 어머니는 늘 강했고 켄에게는 딸이 더 소중했다.

　어머니는 아들이 갑작스럽게 생각지도 못한 대화를 시작하는 바람에 적이 당황하였다. 대화라기보다는 일방적인 경고였다고 하는 편이 더 정확했다. 말을 꺼낸 켄의 속내도 편치는 않았다.

　"할 얘기가 있습니다."

　"좀 있다 하면 안 되겠니? 이것만 끝내면 되는데."

　"그건 나중에 하면 되잖아요. 전 지금 당장 얘기해야겠어요."

　어머니는 하던 일을 멈추고 아들이 앉아 있는 식탁 맞은편으로 다가왔다.

　"무슨 얘긴데 그리 서두르는 거냐?"

　"전 말이죠, 내 딸 미유한테는 어떤 고통도, 상처도 주고 싶지 않아요. 나 하나면 족하니까요."

　"…… 알아듣게 얘기해봐라."

　"미유한테 케케묵은 이야기는 하지 마십시오."

　"내가 뭘 어쨌다고 그러냐?"

　"뭘 어째서가 아니라, 입조심하시라고 미리 말씀드리는 겁니다."

켄은 단단히 못을 박았다.

"알았다. 아무 소리 안 하마. 해도 네가 해야 할 얘기지. 네가 하지도 않는 얘기를 내가 뭐 하러 미유에게 하겠니? 그런 거라면 걱정 마라."

어머니는 서운함을 털어내고 대신 말에 가시를 박으면서 한마디 얹었다.

"그렇지만 숨긴다고 능사는 아니다. 미유도 진실을 알 권리가 있는 거야."

"그건 제가 알아서 할 문젭니다."

행운의 여신 티케가 늘 켄의 편이 되어주지는 않았다. 일어나지 말았으면 하는 일들이 하나씩 고개를 쳐들기 시작했다. 그렇다고 그 일이 반드시 불행을 몰고 온다고는 할 수 없었다. 결과는 어느 쪽도 아니었으니까.

양아버지가 돌아가신 그해를 시작으로 미유는 여름방학마다 섬에 갔다. 메구미가 따라붙는 적도 있지만, 고등학생이 되면서는 혼자서도 다녀왔다. 입단속을 시키기는 했지만, 어머니가 실수로 또는 은연중에라도 미유에게 가족사를 노출하지나 않을까, 켄은 늘 노심초사했다.

불안은 다른 곳에도 있었다. 굳건하다고 믿었던 학교에서의 그의 입지가 서서히 내리막길로 방향을 틀었다. 대학이라는 사회는 양질의 포장지에 싸인 알토란 같은 재료를 원했다. 아무리 뛰어난 내용물이라도 포장지가 그럴듯하지 않으면 폐기처분되기 십상이었다. 켄의 노력과 운에는 한계가 있었다. 연줄 좋은 후배가 그를 제쳤다. 학생들 앞에 서서 강의하는 것도 시들해졌고, 교수라는 직업에도 환멸을 느끼기 시작했다. 마음이 쓰라렸다. 메구미의 도움이 없었더라면 그의 좌절은 꽤 깊은 수렁으로 빠져버렸을 것이다.

티케가 돌아서면서 행운의 부스러기 한 줌 정도는 남겨준 것일까. 그는 요코하마 인근에 있는 약학대학의 연구실로 옮겨갈 수 있는 절호의 기회를 놓치지 않았다. 그 대신 부질없는 야망을 버렸다. 약용식물 연구원으로 자리를 옮긴 후, 켄은 식물에 푹 빠져 살았다.

켄의 가족은 도쿄의 셋집에서 요코하마의 처갓집으로 이사하였다. 처남 부부가 하와이로 이주한 뒤, 적적해하던 장인 장모는 사위가 요코하마 근처에 새 직장을 얻은 것을 계기로 함께 살자고 제안을 해왔다. 메구미는 경제적인 면을 고려하여 단박에 찬성했다. 달갑지는 않았지만 켄도 찬밥 더운밥 가릴 처지는 아니었다.

처가 생활 3년이 채 못되었을 때, 장인 장모는 처남 부부가 정착해서 잘 살고 있는 하와이로 재산을 정리하여 떠났다. 그들이 살던 요코하마의 집은 미리 유산으로 메구미에게 물려주었다. 켄은 아내의 허락을 받아 기존의 정원에 대대적인 손질을 가해 새로운 형태의 정원을 만들기 시작했다. 아내와 딸은 혀를 내두르며 그것을 '켄의 정원'이라 불렀다. 그 이름이 싫지 않았다.

행운의 여신이 등을 돌린들, 큰 욕심 부리지 않는다면 그대로 조용한 시절이 계속될 것 같았다.

미야케지마에 대분화가 일어나기 전까지는 그랬다.

9. 대분화

2000년 6월 26일 18시 30분, 집집이 저녁 식사로 분주한 시간이었다. 식탁 위에 놓인 식기들이 파르르 떨렸다. 여기저기서 지진이 감지되었는데 심상찮은 조짐이었다. 저녁 7시 반이 조금 지났을 무렵, 기상청은 긴급 화산 정보를 보내어 주민을 섬의 북부로 피난시켰다.

다음 날 아침 9시 경에 섬의 서쪽 약 1킬로미터 해상에서는 갑자기 바닷물의 색깔이 변하더니 해저 80미터 부근에서 분화가 발생했다.

그 뒤로 일주일이 지났지만 별다른 징후가 나타나지 않았다. 이대로 잠잠해지는가 싶었는데, 7월 4일부터 화산활동이 다시 활발해지기 시작하여 8일에는 오야마에서 수증기 폭발이 발생하였다. 섬의 동쪽으로 향하던 연기가 적색의 화산재가 되어 지상으로 내려앉았다. 이 폭발로 오야마 산정에는 직경 800미터의 거대한 함몰 화구가 생겨났다. 약 2,500년 만에 칼데라가 형성되었고, 또다시 수증기 폭발을 일으키며 섬에 대량의 화산재를 퍼부었다.

8월 10일 이른 아침에 함몰 화구로부터 다시 분화가 시작되어 연기가 상공 6,000미터 이상 치솟았다. 그 후로도 두어 차례 대규모의 분화가 일어났는데, 상공 15,000미터 높이까지 연기를 뿜어올렸다. 엄청난 폭발이었다. 오야마의 몸부림은 무시무시했다. 지구 맨 안쪽 핵까지 남김없이 다 토해낼 기세였다. 저렇게 뱉어내다가는 얼마 지나지 않아 섬은 바람 빠진 풍선처럼 쪼그라들 것 같았다.

분화구에서 뱉어낸 화산탄이 주택지에도 날아들었다. 다행히 비가 내려 화산탄이나 이류(泥流)가 식어서 사상자는 나오지 않았다. 그러나 비로 인해 산에 쌓여 있던 화산재와 진흙들이 민가로 흘러내렸고, 주민들의 불안은 증폭되었다.

오야마의 대분화는 세계에서 유례가 없을 정도로 대량의 화산 가스를 방출하였으며, 인근의 섬들은 말할 것도 없고 100킬로미터 이상 떨어진 섬에까지 화산재를 날려보냈다.

유독성 기체인 이산화유황의 방출이 증가하자 전 주민에게 대피령이 내려졌다. 9월 2일부터 이틀에 걸쳐 한 사람도 빠짐없이 생활의 터전을 버리고 섬을 떠났다. 피난 생활이 그리 오래가지는 않을 것이라 생각하면서 떠났지만, 그들이 되돌아오기까지는 4년 5개월이 걸렸다.

2005년 2월 1일 오후 3시에 대피령이 해제되었다.

4년 전 남편을 떠나보낸 해금은 혼자 섬에 남아 민박집을 운영하고 있었다. 남편에게 처음 간경화가 발병했을 때는 도쿄의 큰 병원에 입원하여 치료를 잘 받았다. 그 후로 줄곧 켄이 보내오는 좋은 약을 복용했기 때문에 그 약만 철석같이 믿었다. 그것은 큰 오산이었다. 남편의 병은 재발하기 쉬운 병이었다. 그 점을 간과한 해금에게 아들의 매서운 질책이 떨어졌다. 아리수를 운영하느라 바빴다는 것은 핑계였는지도 모른다.

해금은 모든 것이 다 자신의 불찰 같아서 남편의 장례식 내내 고개를 들지 못했고, 사람들 앞에서 눈물을 보이는 것도 뻔뻔스러운 짓 같았다. 속으로 삼키는 눈물은 소태껍질을 씹는 것보다 썼다.

태평양전쟁이 끝나고 재건을 꿈꾸느라 나라 안팎이 분주했던 시절, 사람살이는 여전히 가난했고 그 시대의 도덕은 너그럽지 못했다. 후쿠오는 와다우라에 살던 때부터 해금을 좋아했지만 해금에게는 후쿠오에 대한 기억이 거의 없었다. 해금에게 애정이 끼어들 틈은 없었다. 그들의 결혼은 켄의 장래를 위해 선택한 계약결혼과 크게 다르지 않았다.

처음부터 정(情)을 높다랗게 쌓아놓고 시작하는 부부는 없다. 정이라는 것은 더불어 지내는 동안 서로에게 익숙해지는 일이라고 해금은 생각했다. 그 양에 비례하여 쌓이는 것이 정이었다. 그녀는 세월의 길이와 무게만큼 후쿠오에게 익숙해졌고, 그것이 정이라 믿었다. 해금의 성격이 원래부터 싹싹하여 여성스럽다거나 다정스러운 것과는 거리가 먼 줄은 잘 알면서도, 남편은 신혼 초에 무척 서운해했고 불만을 술로 풀었다. 그래도 살아가면서 해금을 많이 이해해주었고, 장애 때문에 제대로 표현하지 못하는 자신의 마음을 눈빛만으로도 알아주는 해금에게 감사하곤 했다.

해금도 후쿠오에게 늘 감사하는 마음을 갖고 있었다. 그는 친자식도 아닌 켄을 친아버지보다 더 도타운 마음으로 아끼고 사랑해준 사람이었다.

부부가 함께 물질할 때면 손발이 척척 잘 맞아서 한때는 돈도 꽤 벌었다. 1983년의 분화로 한꺼번에 너무 많이 잃기도 했지만 말이다. 그 일로 해금은 남편을 탓한 적이 없었다. 그 돈을 어디에 쓰고 싶어 했는지 잘 알고 있었기 때문이다. 자신보다는 켄의 행복이 우선이었던 양반이 아니던가. 만약에 돈의 용도가 다른 것이었다 해도 탓해서 뭐 하겠는가. 이미 없는 것을. 해금은 여간해서는 후회를 하지 않았다. 앞으로 어떻게 할 것인지가 더 중요한 문제였다.

그렇지만 남편은 해금과 달랐다. 잃어버린 것에서 놓여지를 못하고 중병에 걸렸고, 나았는가 싶었는데 아내 몰래 술을 마셨으며, 그 결과 목숨까지 잃었다.

조금만 더 신경을 썼더라면 하는 자책이 해금을 괴롭혔다. 후회와는 거리가 멀던 해금이었다. 그런 그녀가 남편을 생각하며 깊은 후회로 한숨을 쉬었다. 이미 없는 남편, 앞으로 어떻게 할 것인지는 이제 더 이상 중요하지 않았다. 그저 목숨 있는 대로 살아갈밖에. 곁에 있어도 허수아비 같던 남편이었지만, 존재 자체가 큰 위안이 되었었나 보다. 남편이 떠난 자리가 한없이 썰렁했고 오랫동안 적적했다.

남편이 살아 있을 때도 민박집 일은 거의 혼자서 도맡아 했다. 노상 해오던 일이라 혼자 된 뒤에도 어려울 것은 없었다. 그래도 나이란 속일 수 없는 것임에 분명했다. 세월에 장사 없다는 말을 실감할 때가 더러 있었다. 웬만한 것쯤은 거뜬히 감당할 수 있다고 여겼는데, 역시 힘에 부치는 일이 하나씩 늘어갔다.

해마다 민박을 찾는 단골도 생기고 한국 음식을 내놓는 집이라는 소문 듣고 찾아오는 손님도 심심찮아서 벌이가 괜찮았다. 게다가 한국 토속 양념들과 장아찌를 만들어 도쿄에 있는 한국 식당 몇 곳에 대주었다. 주업인 민박의 수입 외에 짭짤한 수익을 올리는 재미가 쏠쏠했다.

1983년 분화 이후로 17년만의 대분화였다.

즉각 섬을 떠나라는 대피령이 내려졌다. 지난 분화 때에도 재산뿐만 아니라 집 전체를 잃었지만, 애착을 느껴 가슴 아파했던 물건은 없었다. 하지만 지금은 달랐다. 손때 묻은 것이 어디 한둘인가. 꼭 필요한 것만을 가져갈 수 있는 상황에서 무엇을 선택하고 무엇을 버려야 한단 말인가. 피난을 갔다가 곧바로 돌아온다고 가정을 해도 주변에는 미련을 끄는 것들이 너무 많았다. 그런 것들이 대단하냐면, 그렇지는 않았다. 전부 소소한 것들이었다. 소소하지만 해금의 일부였다.

장독대 위로 매일같이 화산재가 소복이 내려앉아서 해금의 마음을 짓눌렀다. 지난 늦가을부터 봄까지 정성껏 만든 간장과 된장, 고추장이 알맞게 맛이 들었고, 간장도 최근에 다시 달여 맛이 더 깊어졌거늘, 저것들을 다 어찌해야 좋을까.

뒤란에서 잘 영글고 있는 박들도 내달쯤 따서 속을 파고 말려야 하는데, 우중충한 화산재를 뒤집어쓰고 있는 꼴이 너무도 청승스러웠다. 가지며 무, 애호박을 볕 좋은 날 널따란 채반에 늘어놓고 밖에서 말리다가 분화가 시작되면서 집 안으로 죄다 옮겨놓았다. 절반밖에 마르지 못한 상태라 바람도 못 쐬고 볕도 못쐬다가 저대로 곰팡이 슬까 걱정이었다.

이것저것 따져보면 손과 마음 닿지 않은 것이 없었고, 귀하지 않은 것이 하나도 없었다. 결국은 전부 다 제자리에 고스란히 두고, 해금은 통장과 몇 가지의 금붙이 그리고 옷가지 조금을 챙겨 마지막 피난민을 나르는 배에 올랐다.

해금은 피난민 대피소를 거치지 않고 바로 요코하마로 갔다. 올봄에 대학생이 된 손녀딸과 며느리가 해금보다 먼저 도쿄 여객선 터미널에 도착해 있었다.

해금은 미유를 볼 때마다 구월을 떠올리곤 했는데, 해가 갈수록 손녀딸은 구월을 닮아갔다. 부모도 아니고 조부모도 아니고 한 단계 더 건너뛰어 외증조모를 닮는 일도 있구나 싶었다. 미유는 훤칠한 키에 피부가 희었다. 훤칠한 키는 켄을 닮아서 그렇고 흰 피부는 메구미를 닮아서 그렇다고 쳐도, 그 외에 그들이 닮은 부분은 거의 없었다. 쌍꺼풀 없이 초롱초롱한 큰 눈에 목선이 길고 아름다운 것은 물론이고, 양 끝이 살짝 올라간 입매가 늘 미소를 머금은 듯한 모습은 영락없이 구월이었다.

해금이 미유의 얼굴을 너무 빤히 들여다보았을까, 미유가 물었다.

"할머니, 내 얼굴에 뭐가 묻었어요?"

"아니, 아무것도 안 묻었어. 그냥 우리 손녀딸이 하도 예뻐서 쳐다봤지. 얼굴 닮을까 겁나니?"

"피, 나보고 예쁘다는 사람 별로 없어요. 현대 미인의 기준은 뚜렷한 쌍꺼풀과 오똑한 콧날, 크고 도톰한 입술이죠. 가슴도 빵빵해야 하고. 뭐, 옛날에 태어났다면 미인 소리 들었을는지도 모르겠지만요."

"너나없이 다 성형하는 세상에 그게 어디 미인이라고 할 수 있니? 누가 뭐래도 할미 눈에는 미유가 제일 미인이란다."

"하긴, 개성적이라는 소리는 좀 듣는 편이죠."

정말 그랬다. 해금은 피붙이 미유가 가없이 소중하고 예뻤다. 가끔 덜렁대는 것도 사랑스러웠고 수다스럽게 조잘거리는 것도 귀여웠다.

해금은 섬으로 돌아가지 못했고, 요코하마에 머무는 날들은 점점 길어졌다. 미야케지마의 대분화는 이산화유황의 방출량이 어느 때보다 극심해서 대피령이 해제될 기미가 보이지 않았다. 무뚝뚝한 켄은 해금과 일정한 거리를 유지하려고 애썼다. 그녀가 모를 리 없었다. 아들과 한 지붕 아래서 오래 기거하자니 다소 마음이 불편하고 더러는 서운하다가도, 미유의 발랄한 청춘을 가까이서 오래 지켜볼 수 있다는 것은 말할 수 없이 커다란 위안이었다.

미유에겐 최고의 날들이 시작되었다. 남자 친구가 생긴 뒤로는 틈만 나면 데이트한 이야기를 해금에게 늘어놓곤 했다. 들은 이야기를 또 들어도 즐거웠다. 다이빙 슈트를 사온 날에는 해금 앞에서 입어 보이며 자랑했다. 아울러 남자 친구의 탁월한 안목을 감탄하는 일도 빼놓지 않았다. 처음으로 실습을 나가기 전에는 흥분을 감추지 못하고 해금에게 물질할 때의 이야기를 더 듣고 싶다고 밤새 졸랐다.

미유는 해금이 만드는 음식 중에서 박국수와 닭볶음탕을 제일 좋아했다. 매운 것을 잘 못 먹는 손녀딸을 위해 해금은 새로운 닭볶음탕을 개발했다. 손수 만든 양념들에 손질 잘 한 닭과 통째로 넣은 양송이와 토란, 감자 등의 재료로 담백한 맛을 냈다. 켄과 심한 마찰이 있던 그날도 해금은 간만에 미유를 위해 준비해 둔 재료로 닭볶음탕을 만들었다.

오르막이 있으면 내리막이 있듯, 행복도 수명이 다할 때가 있다.

미유가 스쿠버다이빙을 시작한 지도 일 년이 지났다. 처음 미유가 취미 활동으로 스쿠버다이빙을 선택했을 때 켄과 여러 날

갈등을 빚었다. 집안의 분위기가 한동안 냉랭하더니 미유의 고집이 끝내 켄을 실망시키고 말았다. 메구미가 나서지 않았더라면 한랭전선은 꽤 오래 머물렀을 것이다. 한 가지를 진득하게 해 온 적이 별로 없는 미유인지라 취미 활동을 접을 때가 되었거니 켄은 생각했다. 그런데 그게 아니었다. 켄의 집념도 참 대단했다. 그는 틈만 나면 미유를 단념시키려 들었고, 미유는 그만둘 생각이 전혀 없었다. 그 난데없는 불똥이 해금에게 튀었다.

메구미는 미술관으로 출근했고 미유는 학교에 있을 시간, 켄은 연구실 내부 공사로 그날은 출근을 하지 않고 정원과 서재를 오가며 시간을 보냈다.

벚꽃도 다 떨어지고 달디단 봄날의 나른한 춘곤증을 달랠 겸 해금은 주방에서 닭볶음탕 재료를 손질하고 있었다.

"얘기 좀 해야겠습니다."

다짜고짜 이야기하겠다고 나타난 켄은 해금을 긴장시켰다. 섬에서도 이런 식으로 껄끄러운 대화를 했던 기억이 났다. 그녀는 말없이 계속 닭을 손질했다.

"해녀로 살아왔던 일이 뭐 그렇게 대단한 일이고 자랑이라고 애한테 하세요?"

켄의 목소리에 날이 서 있었다. 해금은 정말이지 어처구니가 없었지만 돌아보지 않고 말했다.

"누가 자랑을 했다고 이러는 게냐?"

"미유한테 허구한 날 물질하던 옛날이야기를 한다는 거, 제가 모르는 줄 아세요? 지나간 케케묵은 이야기는 하지 말라고 했을 텐데요."

그제야 해금은 손질하던 닭을 싱크대 안에 내려놓고 행주에 손을 닦은 뒤 돌아섰다. 켄은 해금의 뒷머리에 박았던 시선을 슬그머니 아래로 떨어뜨렸다.

"그런 이야기를 한 게 뭐가 잘못이라고 이러는지 모르겠구나."

"미유가 스쿠버다이빙을 하고 있잖아요. 그 위험한 짓을 계속하는 게 무엇 때문이겠어요."

"나 때문이라고?"

"물질이 재밌고 쉬운 일이었던가요? 어렵고 힘들지는 않았나요? 왜 좋았던 것만 말해서 환상을 심어주느냐, 그 말입니다."

해금은 가슴이 저려 눈을 질끈 감았다. 언성을 높인 것이 자못 미안했던지 켄은 소리를 낮추기는 했으나 목소리에 깔려 있는 분노를 덜어내지는 않았다.

"거의 한평생을 바다에서 사셨으니 잘 알잖아요. 바다가 얼마나 위험한지를요. 그 위험한 곳에 제 딸을 내보내고 싶지 않을 뿐입니다."

"내가 말린다고 들을 미유냐? 그리고 네 말대로 그 위험한 곳에서 한평생 물질했어도, 나는 이렇게 건강하게 살아 있다. 혼자서 하는 스쿠버다이빙도 아니고 여럿이 같이 하잖니. 게다가 요새는 장비가 좋아서 내가 물질하던 시절하고는 천지 차이더구나. 네가 그렇게 걱정할 일만은 아니라고 생각해."

"그 문제만은 아닙니다. 여러 가지가 불편하기도 하고요."

"여기 내가 있는 게 많이 불편하냐?"

켄은 해금의 물음에 대답 대신 고개를 숙였다. 해금의 목소리가 어두워졌다.

"그렇게 고통이 컸더냐?"

켄은 여전히 대답을 하지 않았다. 해금은 입 밖으로 빠져나오지 못하고 목구멍에 걸려 있는 한숨 때문에 명치가 따가웠다.

"이 어미한테 네 마음 좀 보여주는 게 그렇게 어렵니?"

단단히 결심하고 대들었던 켄이었다. 그는 마음을 다잡고 헛기침을 한 뒤, 입을 열었다. 그러나 해금과 눈을 맞출 수는 없었다. 그도 괴롭기는 마찬가지였다.

"고통이라기보다는 뭐랄까…… 그냥 화가 많이 났습니다. 제 의지와는 상관없이 일어난 일들을 제가 책임질 필요가 없잖아요. 제가 왜 무거운 짐을 짊어져야 합니까? 출신 성분 때문에 이 사회에서 배척을 당한다는 것은 상상할 수 없습니다. 그런 것 때문에 불행해진 사람들이 얼마나 많은지 알기나 하세요? 외삼촌도 여기서 못 견디고 결국은 북조선으로 갔잖아요. 지금까지 하고 싶은 대로 하면서 살아오셨죠? 저는 그럴 수 없었습니다. 눈치만 보면서 살아왔습니다. 누구처럼 뻔뻔하게 살려고도 해봤지만, 그렇게 안 되더군요."

해금은 눈에 보이지도 않는 마음이 맷돌에 갈려 없어지는 기분이었다. 그러나 분명하게 짚고 넘어갈 것이 있었다.

"네가 어떤 사람으로 살아가든 항상 떳떳하기를 바랄 뿐이었다. 네가 나를 오해하는 것은 상관없다만, 너를 낳게 해준 친아버지는 훌륭한 사람이었어. 그런데도 넌 한국인이라는 사실이 부끄러웠냐?"

"한국인이요? 제가 어떻게 한국인인가요? 한국말? 저 다 잊었습니다. 그렇다고 제가 일본인입니까? 천만에요, 일본인인 척 연기를 하면서 살뿐이죠. 그까짓 피가 뭐라도 된답니까? 제 인생을 얼마나 아십니까? 생명 하나 준 것으로 생색냈으면 됐습니다. 그 생명이 지금까지 어떻게 살아왔는지, 어떤 마음으로 살아왔는지, 알기나 합니까? 일본 땅에서 일본인들과 어깨를 나란히 하고 살려면 한국인이라는 사실은 디딤돌이 아닙니다. 걸림돌일 뿐이죠. 그것이 현실입니다."

켄은 말하는 내내 핏대를 올렸다. 해금은 예리한 칼날로 앙가슴을 난도질당한 것 같았고, 공중으로 냅다 던져진 것 같은 어지럼증을 느꼈다. 이러면 안 된다, 얼른 정신을 차리자 싶었다. 해금은 그쯤에서 청천벽력 같은 대화를 중단하지 않으면 안 될 것 같았다. 계단 쪽에서 인기척을 느낀 까닭이었다.

"무슨 말인지 다 알아들었으니, 이제 그만하자."

그날 아들의 말은 묵직한 돌이 되어 오래오래 해금을 짓눌렀다. 한편으로는 그의 상처 입은 마음을 보듬고 싶었다. 그런 기회가 좀처럼 없을 것 같아 두려웠다.

미유는 해금이 만든 닭볶음탕을 눈으로만 맛볼 뿐, 한 입도 먹지를 못하고 제 방으로 올라가서는 이불을 뒤집어썼다. 감기몸살이려니 했다. 그러다가 나중에는 열이 올랐다 내렸다 하여 몹시 힘들어했고, 좀체 병원에 가지 않겠다고 고집부려 켄과 메구미의 발을 동동 구르게 만들었다.

해금은 알고 있었다. 낮에 있었던 켄과의 격렬한 대화를 미유가 엿들었다는 것을.

그날 이후 미유는 한마디 내색도 하지 않고 저만의 시간을 가졌다. 해금처럼 베개에 머리만 닿았다 하면 그렇게 잘 자던 잠마저 잃어버린 것 같았다. 아침마다 밤새 뒤척인 기색이 역력했다. 해금은 묻지 않았다. 그냥 가만히 내버려두는 것이 최선이라 생각했다. 해금은 미유를 믿었다. 활달한 성격에 낙천적이고 또 덜렁대는 바람에 실수도 곧잘 하지만, 긍정적이고 심지가 굳은 아이니까 저 혼자서도 충분히 잘 헤쳐 나갈 것을 믿어 의심치 않았다.

2002년 6월은 한일 월드컵의 열기로 굉장히 뜨거웠다.

축구에는 전혀 관심이 없던 해금이나 미유 그리고 메구미도 집에서 모였다 하면 축구 이야기를 할 정도였다.

6월 14일, 그날은 켄의 퇴근이 많이 늦었다. 미술관에서 못다한 일을 가져온 메구미는 서재에 있었고, 거실에는 해금과 미유 둘이서 축구 경기를 보고 있었다. 한국이 십육 강에 들기 위한 마지막 경기였다. 강호 포르투갈 팀을 상대로 양쪽이 득점을 올리지 못하는 상황이었다. 일본은 십육 강에 무사히 안착했다고 몇 시간 전부터 뉴스마다 떠들어대는 소리를 지겹도록 들었다.

대한민국 방방곡곡에서 활활 타오르는 응원의 불길이 일본 요코하마에 있는 해금의 가슴까지 뜨겁게 지폈다. 가슴 저 밑바닥으로부터 올라온 뜨거운 덩어리가 목을 태웠고, 눈시울까지 뜨겁게 데웠다.

경기의 승패가 결정 났다. 후반전 중간쯤에 한국 팀의 앳된 선수가 절묘하게 수비수를 재치고 골을 넣는 순간, 미유는 펄쩍펄쩍 뛰면서 환호성을 질렀다. 해금의 뜨거워졌던 눈시울은 어느새 물기로 젖어 있었다. 미유도 마찬가지였다. 스포츠에 이런 효과를 내는 힘이 있다는 것은 참으로 놀라웠다.

미유가 내지른 소리에 놀라 메구미가 달려왔고, 현관문을 막 열고 들어오던 켄은 눈이 둥그레졌다. 상황을 파악한 켄은 떫은 감을 씹은 표정이 되었다. 사태 파악이 빠른 메구미가 얼른 분위기를 바꾸려고 약간 호들갑스럽게 말했다.

"어머니, 좋으시겠어요. 한국이 16강에 들었네요. 축하해요."

해금이 아무런 대답을 못하자 메구미는 장난기 가득한 코맹맹이 소리로 딸을 흘겨보며 말했다.

"미유, 무슨 여자가 그렇게 소리를 질러? 깜짝 놀랐잖아."

"한국 팀이 선제골을 넣었단 말예요. 엄마도 같이 봤어야 했는데. 대~한민국!"

미유는 텔레비전에서 봤던 한국 응원단을 흉내 내어 대한민국을 외치고는 짝짝 짝 짝짝, 박수를 다섯 번 쳤다. 그러고는 샐쭉

해져서 켄에게 고개만 살짝 까닥거려 인사하고는 제 방으로 올라가버렸다.

해금이 요코하마에 머무는 한, 켄의 마음은 늘 불편할 것이 뻔했다. 그녀 또한 편치 않은 심기로 날마다 아들을 대하고 싶지는 않았다. 털어내든 덜어내든 아들의 마음에 쌓인 더께들을 없애기엔 아직 때가 아닌가 보다고 생각했다. 그래도 반목의 시간은 너무 길었고, 그 길이만큼 슬펐다.

해금이라고 묵은 각질이 없겠는가. 남들보다 더했으면 더했지 덜하지는 않았다. 긴 인생 살아오면서 억울함 하나, 서러움 하나, 그리움 하나가 생길 때마다 날카로운 비늘이 되어 가슴속에 박혀들었다. 고통을 감내하는 동안 비늘들은 단단한 각질이 되었다. 원망할 것도 시비를 가릴 것도 없었다. 각질도 해금의 일부였다. 뜯어내든 잘라내든 그것은 누구도 아닌 해금이 할 일이었다. 늘 그랬듯 앞으로 어떻게 할 것인지가 중요했고, 지난 것은 지난 대로 들쑤시지 않는 것이 상책이었다.

장마가 시작된 지 여러 날 지났을 무렵, 해금은 많지 않은 짐을 쌌다. 어느새 2년 가까운 시간을 아들과 한 지붕 밑에서 지냈다는 것이 믿기지 않았다. 나이가 들면 시간이 눈앞으로 휙휙 지나는 게 보인다더니, 참말이었다.

며느리와 손녀딸의 만류가 고마웠지만 해금은 준비해둔 갖가지 핑계로 요코하마를 떠났다. 며느리는 시어머니에게 휴대폰을 선물했다. 해금이 처음으로 갖는 휴대폰이었다. 섬에서도 휴대폰 없는 사람이 거의 없었다. 해금에게는 그런 물건이 당최 무슨 필요가 있나 의심스러웠는데, 며느리의 선물을 받고 보니 꽤 요긴할 것도 같았다.

해금은 먼저 오사카로 갔다.

사촌 언니 경자를 방문했다가 붙잡혀서 석 달을 보냈다. 예뻤던 경자의 얼굴도 세월을 비켜갈 수는 없었다. 체머리를 흔들고 오래되어 닳아빠진 틀니가 잇몸에 맞지 않아 달가닥대는 것이 딱했다.

부부의 나이 차가 컸던 경자는 슬하에 아들만 둘이었다. 결혼 생활 20년을 못 채우고 남편과 사별한 그녀는 남편의 목재소를 물려받아 운영했지만, 날로 적자에 허덕이게 되었다. 제법 규모가 큰 목재소였으나 경자가 운영한 뒤로 몇 년 사이에 그 부피가 많이 줄어들었다. 어찌어찌 꾸려나가기는 했지만 눈덩이처럼 빚만 늘자 결국 목재소를 큰아들에게 넘겨주었다. 그 후 이런저런 사정이 생겨 집을 나온 경자는 여태껏 혼자 살고 있었는데, 며느리와의 갈등을 극복하지 못한 것이 이유였다. 날마다 늘어놓는 며느리의 험담과 살림살이가 예전만 못해서 고생스럽다는 푸념을 들어주느라 해금은 많은 시간을 할애했다.

"내가 목재소 금고를 쥐고 있을 때는 고분고분하던 것이, 글쎄 열쇠를 넘겨주자마자 인간이 돌변해서는 사람을 그렇게 괄시를 하지 뭐냐. 나쁜 년 같으니라고."

경자는 입언저리에 거품이 고이는 줄도 모르고 며느리의 작태를 해금에게 낱낱이 고해 받쳤다.

"생활비라고 내놓는 것도 얼마나 인색한지 몰라. 용돈도 쥐꼬리만큼 주니까 도대체 밖에 나다닐 수가 없어. 어쩌다가 내 팔자가 요 모양 요 꼴이 됐을까. 천벌 받을 것들!"

해금은 가볍게 맞장구를 쳐주거나 고개만 끄덕거리며 그녀가 하는 하소연을 죄다 들어주었다. 그렇게라도 해서 경자의 늙어 오그라든 속이 조금이나마 시원해진다면 귀가 짓무르도록 듣고 또 들어줄 수 있을 것 같았다.

해금이 짐을 꾸려 오사카를 떠나려 하자 경자는 초상집 사람처럼 울어댔고, 그녀를 달래느라 해금은 진을 뺐다. 함께 섬에 가서 사는 것이 어떻겠느냐고 묻는 해금에게 경자는 단박에 거절했다. 자기는 오사카에서 오래 살았기 때문에 좁아터진 섬에서는 답답해서 살 수 없다고 했다.

"시집 식구도 없는 곳엔 뭐 하러 갈려고 그래? 그냥 나하고 좀 더 같이 있지."

"동서가 있잖아요. 그리고 절에 가서 남편도 봐야 하고."

"그럼 사이타마에 갔다가 얼른 다시 와. 알았지?"

"알았어요. 꼭 올게요."

"그랬다가 바로 섬에 돌아가는 건 아니지? 섬에 갔다 하면 함흥차사라 도대체 얼굴을 볼 수가 있어야지. 우리가 살면 얼마나 살겠어, 이런 기회가 언제 또 있겠냐고. 그러니까 꼭 와야 돼. 알았지, 응?"

경자는 몇 번이고 당부를 했다.

"꼭 그렇게 할게요. 아무 걱정 말고 언니 건강이나 잘 챙기세요. 얼마 안 되지만 이걸로 옷이나 한 벌 사 입고 맛있는 거 사먹어요."

해금은 경자의 손에 돈 봉투를 쥐어주었다. 경자는 사양하지 않고 돈 봉투를 받아 호주머니에 넣었다. 해금은 다음 행선지를 향한 신칸센에 올라탔다.

남편과 시집 식구들이 잠든 사이타마에서 한 달 정도를 보냈다. 고향땅을 지키며 살던 시동생은 후쿠오와 터울이 많이 졌던 선장의 셋째 아들이었다. 그도 저세상으로 떠난 지 여러 해가 되었다. 그 후로는 손아래 동서가 집을 지키고 있었다. 시집의 남자들은 장수하는 사람이 없다면서 그것도 유전이라고 했다.

동서 간에 나이 차이가 많기도 하지만 함께 지낸 적이 별로 없어 처음에는 서로가 서먹했다. 그러다가 시어머니라는 공통점을 발견하고는 이내 가까워졌다. 동서도 한때는 까다롭고 매운 시어머니를 모시느라 마음고생이 꽤 심했다고 했다. 풀기 시작한 회포가 굴비 두름처럼 줄줄이 엮여나왔다.

해금은 마츠가와 집안의 가족묘가 있는 절을 찾았다. 그녀는 남편의 이름 앞에 향을 올리고 머리를 숙여 자신이 왔다고 고했고, 또 한 달 뒤에는 똑같은 방법으로 떠난다고 작별을 고했다. 남편이 가끔, 아주 가끔 생각이 나긴 했지만, 그것은 그리움에서가 아니라 공유한 삶에 대한 회상이었다. 애틋함이 빠져 있는 추억이었다.

　추억하는 것들이 반드시 그리운 것은 아니다. 추억에 애정이 담겨 있어야 그리움인 것이다. 그 그리움에 절절한 마음이 담겨 있어야 사무치는 그리움인 것이다. 남편에게 느꼈던 정은 서로에게 익숙해진 대가로 얻어낸 편안함과 친근함 그리고 연민이었다. 서로에게 친구 같은 존재였다. 그 관계가 해금은 좋았다.

　동서의 배웅을 받으며 그녀는 다시 길을 나섰다. 하루 속히 섬으로 돌아가고 싶지만 대피 해제령은 감감무소식이었다.

　와다우라의 바다는 변하지 않았다.

　요코하마를 떠나 오사카로 사이타마로 돌다가 닿은 곳이 와다우라였다. 11월의 차갑고 거칠기 이를 데 없는 파도가 애꿎은 방파제만 때렸다. 성질 급한 파도는 일찌감치 바위에 부딪혀 산산이 부서졌다.

　아주 오래전 저 바다에는 감태를 캐던 제주 해녀들의 태왁들이 둥둥 떠 있었건만, 한산한 바다는 외로워 보였다. 구월이 자식들을 위해 위험을 감수하고 몰래 전복을 캐던 그 바다라는 것이 믿기지 않았다.

　어머니.

　세상을 떠나던 때의 구월보다 해금이 훨씬 더 늙어 있었다. 속절없는 세월에 낡아버린 피부 위로 주름 골이 깊어진 해금의 기억 속에는 40대 초반에도 고왔던 어머니의 모습만 떠다녔다. 왜

이다지도 그리움은 커져만 갈까.

꽃도 낡고 돌도 낡아가는데, 왜 그리움은 낡지도 줄지도 않는 것일까.

그리운 사람이 어찌 어머니뿐이던가. 출가물질 나왔던 제주 해녀들을 고향땅으로 바래다주고 오겠다며 떠난 뒤로 두 번 다시 보지 못했던 아버지가 있었고, 한국전쟁에 참전하러 가면서 꼭 다시 돌아오마고 약속하고 떠났던 한태주가 있었으며, 하나뿐이던 동생도 사무치게 그리웠다.

박기영, 불쌍한 내 동생. 성공해서 이 누이를 부르겠다더니, 우리 오래오래 살자면서 떠나가더니, 그렇게도 허무하게 젊은 인생 마감할 줄이야 꿈엔들 알았겠는가. 차라리 울며불며 매달려서 보내지 않았다면 지금도 살아 있으려나. 그렇지는 않을 게다. 운명을 어찌 바꾼단 말인가.

운명에 순응하는 자는 태우고 가고 거역하는 자는 끌고 간다고 했다. 해금은 어차피 따라가야 하는 운명이라면 업혀가는 편이 낫다고 생각했다.

고국 땅에서 일어났던 이산가족 찾기 캠페인이 한창이던 때, 해금은 북조선으로 떠난 기영을 무슨 수를 써서라도 반드시 찾고 싶었다. 기영의 친구였던 홍희는 여전히 식당을 운영하고 있었으므로 그를 만나 의논하려고 도쿄에 갔다. 해금의 결심을 알게 된 홍희는 그때서야 저 혼자 숨기고 있던 기영의 소식을 털어놓았다. 오래전에 숙청을 당해 이 세상 사람이 아니라고 했다.

벌써 10년도 더 지난 일이라며 홍희는 죄인처럼 고개를 들지 못했다. 홍희의 눈물을 충분히 헤아린 해금은 그를 원망하지도 못한 채 말없이 일어나 휘청거리는 몸을 가누어 식당을 나왔었다. 그렇게 홍희를 만나고 왔던 것이 또 20년 가까운 시간이 흘러 있었다.

그리운 사람들은 모두 젊은 얼굴들을 하고 있었다. 늙어가는 것은 해금뿐이었다.

바다만 빼고 와다우라도 많이 변해 있었다. 살던 곳이 여기였나, 아니면 저기였나, 기억이 가물가물했다. 허구한 날 숨어들었던 방공호가 있던 자리도 찾을 수 없었다. 그 옛날 한동네에서 함께 어울려 물질했던 얼굴들이 보이지 않았다. 그도 그럴 것이 당시에는 해금이 가장 젊은 해녀였다. 그녀들이 살아 있다고 해도 해금은 알아보지 못했을 것이다.

이웃으로 지내던 일본인들 중에는 오랜 세월을 한곳에서 뿌리를 내리고 사는 사람도 더러 있었다. 태평양전쟁 막바지에 징병 갔다가 다리 하나만 잃고 구사일생으로 살아 돌아온 책방 집 막내아들도 그중의 하나였다. 구획정리로 도로를 넓히는 바람에 뒤로 물러나 앉았지만, 큰 보상금을 받아 지어올린 번듯한 이층집의 아래는 서점이었고, 상호도 그대로였다. 책방을 물려받았던 막내아들은 서점의 주인이 되어 카운터 뒤에서 졸고 있었다.

그는 해금을 몰라봤다. 당연한 것이 젊은 시절 한동네에 살았어도 그다지 대면한 적이 없었거니와, 제주에서 건너온 해녀들은 일본인들에게는 천대의 대상이었으므로 함께 어울리지를 않았다. 그래도 혹시 해녀들에 대해 아는 것이 있을까 싶어 해금은 서점 주인에게 말을 건넸으나 대화가 거의 불가능했다. 안타깝게도 그는 가는귀가 먹어 동문서답하기 일쑤였다. 그녀는 요리책을 한 권 사서 나왔다.

갑자기 피로가 온몸을 휘감았다. 젊은 시절에 여장부 소리를 듣던 해금은 어디에도 없었다.

해금은 경자와의 약속을 지키기 위해 오사카로 다시 갔다. 거기서 1년 6개월이나 지내게 될 줄은 미처 몰랐다.

오사카 생활은 무척 지루했다. 일을 손에서 놓아본 적이 없는 해금에게는 고문 같은 나날들이었다. 한정 없이 늘어난 시간에 해금의 몸피도 늘어갔다. 소화되지 않는 시간들은 소화불량과 신트림을 일으켰다. 그녀가 오사카에서 오랫동안 여장을 풀고 있었을 때, 미유는 프랑스로 어학연수를 다녀왔다. 미유가 보내주는 엽서가 아니었다면 그 따분함을 참아내지 못했으리라. 고스란히 모아둔 엽서의 두께가 상당했다. 읽고 또 읽어서 엽서의 네 귀퉁이가 나달거렸다. 똑같은 사진이나 그림이 없을 정도로 미유의 엽서는 다양했다. 짧은 내용이라도 때때마다 섬세했고 맛깔스러웠다. 미유는 해금에게 청량제 역할을 톡톡히 해냈다.

경자가 다시 큰아들네로 들어가서 살게 되기까지 해금의 수고는 컸다. 고부갈등에 지쳤던 경자의 며느리는 나름대로 고충이 있었다. 부자 남편 만나 시작된 경자의 사치는 남편이 죽고 목재소가 어려워져도 멈추지를 않았다. 큰아들에게 목재소를 넘겼을 때는 거의 망하기 일보 직전이었고, 인건비를 줄이기 위해 며느리도 직접 목재소로 나가 힘든 일을 하였다. 그 덕분에 목재소는 다시 재활을 시작하여 그나마 형편이 펴나가고 있는 중이었다.

모두가 허리띠를 졸라매고 사는데 경자는 옛날의 씀씀이를 못 잊어 날이면 날마다 며느리를 볶아댔다. 그렇게 시작된 고부간의 갈등은 그치지를 않았고, 마침내 며느리와 한집에서 더는 살지 못하겠다며 따로 방을 얻어 나간 경자였다. 해금은 피난민에게 나오는 생활 보조금을 한 푼도 안 쓰고 모아두었는데, 그 돈을 몽땅 경자의 큰아들 내외에게 맡기면서 늙은 경자를 부탁했다.

일본으로 돌아와 복학한 미유는 매일같이 휴대폰으로 성화를 해댔다. 그 성화에 못 이겨 해금은 다시 요코하마로 갔다. 못 본 사이에 미유에게 무슨 일이 생긴 것일까. 미유의 변화가 확실히 눈에 띄었다. 그녀가 성숙해졌다는 것을 해금은 한눈에 알아봤다. 어리광부리던 손녀딸은 온데간데없이 사라지고, 대신 고치를 찢고 나온 아리따운 숙녀가 다가왔다. 해금은 눈이 부셨다.

아직 대피 해제령이 내리지 않았지만, 가을이 깊어갈 즈음부터 섬으로 귀향하는 사람들이 하나 둘 늘어나고 있다는 소식이 들렸다. 해금도 서서히 돌아갈 준비를 하였다.

미유는 해금이 살아온 내력을 알고 싶어 했다. 증조모인 구월과 친할아버지 한태주 그리고 박기영에 대해도 조심스럽게 물어왔다. 그럴 때마다 해금은 숨김없이 미유의 궁금증을 풀어주었다. 해금의 이야기에 담담하게 귀 기울이는 손녀딸이 고맙고 대견했다.

켄은 해금과 미유 사이에 스스럼없이 이야기가 오고가는 것을 다 아는 눈치였지만 거기에 대하여 일언반구도 없었다. 다만 그의 어깨가 꽤 처져 있었고 왠지 피곤해 보였다. 나이 탓만은 아닌 것 같았다.

해금은 섬으로 돌아가겠다며 몇 번이고 마음만 준비하였지 짐가방은 선뜻 챙기지 못했다. 그녀는 미유와 보내는 시간이 더없이 행복했다. 차일피일 미루던 것이 결국 해가 바뀌어 2005년 2월 1일 대피령이 해제된 날로부터 한 달이 더 지나서야 돌아가게 되었다.

모든 것이 엉망이었다.

민박집으로 오르는 길목 입구에 세워두었던 간판은 어디로 사라지고 없었고, 현관문 위에 걸었던 현판은 시커먼 먼지를 몇 겹이나 뒤집어쓴 채 바닥에 떨어져 있었다. 너무나 꾀죄죄해서 그것이 현판이었다는 것을 한참 후에나 알아차렸다. 결 고운 나무판에 가타카나로 아리수라 새겨넣었던 글자는 변형되어 있었다. 그동안 지나간 태풍만도 수십 개가 되었을 것이다. 그 싹쓸바람에 넘어지고 깨어진 장독들에서 흘러나온 된장 고추장은 굳어버린 용암처럼 시커먼 돌덩이가 되었다. 뒤뜰은 누런 잡초들과 갓 올라오기 시작한 파릇한 이름 모를 방초들로 우거져 도깨비가 밤새 난장을 치다 간 덤불이라고 해도 거짓말 같지가 않았다. 한 때는 거기가 텃밭이었다는 것이 오히려 거짓말 같았다.

집 안이라고 다를 것이 없었다. 밖이나 안이나 별 차이가 없어 보였다. 4년 6개월을 비워두었으니 오죽하겠나. 언제 무엇 때문에 깨어졌는지 심란하게 틈을 내준 창문으로 날아든 것들이 집을 점령하고 있었다. 크고 작은 돌멩이는 말할 것도 없고 깨진 플라스틱 바가지에 날짐승의 것이 분명해 보이는 뼛조각도 있었다. 여러 날을 자원봉사 나온 사람들과 치우고 또 치웠지만 예전의 모습으로 돌리기에는 한참 역부족이었다.

해금이 제주에서 일본의 미야케지마로 건너온 이래 세 번째의 화산 폭발이었다. 물질할 때 해저에서 일어난 지진으로 십년감수하기도 여러 번이었다. 자연의 불가항력에 맞설 수야 없지만, 힘들고 어려울수록 더 단단해졌던 해금은 이처럼 맥이 빠지기는 처음이었다. 누군가에게 아주 잠깐 기대고 싶다는 마음도 처음이었다.

지난번 분화가 집을 통째로 홀랑 태웠어도 금방 일어섰던 해금이었다. 그런 생각을 하니 무턱대고 주저앉아 있을 수만은 없었다. 그러나 마음과는 달리 머리 회전은 둔해졌고 몸도 굼뜬 느낌이 들었다. 역시 나이란 피해갈 수 없는 장애물이었고, 쉽게 극복되어지는 것은 더더욱 아니었다.

그 와중에 해금은 불현듯 카페를 만들어야겠다는 생각을 했다. 궁하면 통한다고 했다. 둔해졌다고 생각했던 머리는 빠르게 돌기 시작했고 몸도 따라 가뿐해졌다. 이것저것 따질 것 없이 바로 행동으로 옮겼다. 일꾼들에게 이것은 이렇게 저것은 저렇게 지시를 내리느라 끼니를 못 챙기고 넘어가는 때도 많았다.

4월부터 시작한 공사는 여름이 한창일 때 완성되었다. 그리하여 2층짜리 목조건물이 민박집을 오르는 왼쪽 입구에 아담하게 들어섰다. 아래층은 방 두 개짜리 살림집으로 손색이 없었다. 길에서 보면 2층에 해당하고, 민박집에서 보면 1층인 카페 출입문의 눈높이 부분에 해금은 '카페 아리수'라는 나무 팻말을 달았다.

카페의 인테리어는 도쿄에서 제법 알아주는 업체에게 일을 맡겼다. 5년 전에 비해 주민 수가 많이 줄고 찾는 관광객도 줄었는데, 큰돈을 들여서 카페를 지었다고 수군대는 사람도 있었다. 노익장을 과시하는 거라고 질투 섞인 비아냥거림을 듣기도 했다. 해금은 전혀 개의치 않았다. 그런 소리들은 얼마 안 가서 시들해질 것을 누구보다 잘 알고 있었다. 섬에서는 근거 없는 말이 잘 생기고, 또 사라지기도 잘했다.

해금은 깨진 장독들을 버리고 오사카에서 크기가 다양한 새것을 여러 개 주문했다. 메주를 쑤어야 다시 장들을 만들 수 있으므로 콩을 대량으로 사들였다. 뒤뜰에는 다시 텃밭을 일구고 장독대 근처에 작은 정자도 떡하니 하나 만들었다. 그녀는 5년 전보다 더 부지런을 떨었다.

어느새 해금의 주변에 있던 대분화의 흔적들은 남김없이 쓸려나갔다. 민박 손님을 받고, 장을 담가 도쿄의 한국 식당에 납품을 했으며, 뒤뜰에는 푸성귀를 기르고 카페에서 커피를 내렸다. 무수히 연습하고 시음한 결과 사람들이 일품이라고 칭찬하는 커피 맛을 낼 수 있게 되었다.

5월의 황금연휴나 여름 휴가철이면 미유가 섬에 왔다. 눈코 뜰 새 없이 바쁜 해금은 그 틈에 잠시 쉬었을 뿐이다. 대학을 졸업하고 꽤 유명한 잡지사에 들어간 미유는 도쿄의 원룸아파트를 얻었고 켄과 메구미로부터 독립하였다. 미유는 잡지사 일이 제 적성에 맞고 여러 조건에 만족하고 있었다.

미유는 카페 일을 도맡았는데 무척 흥미로워했다. 가끔 해수욕이나 스쿠버다이빙을 했고, 도쿄에서는 운전면허증이 무용지물이라며 소형 승용차를 끌고 나가 도로 주행 실습을 하곤 했다. 섬의 일주 도로는 잘 닦여 있지만 서쪽으로는 제법 가파르고 굴곡이 심한 긴 고갯길이 있다. 미유가 차를 가지고 나갔다가 돌아올 때까지 해금은 노심초사하였다. 미유는 무사히 잘 돌아오긴 했지만 차는 나갔다 온 티를 꼭 냈다. 해금은 그 흔적들을 미유가 무사히 돌아온 것에 대한 훈장이라 생각했다.

장독 뚜껑을 열고 닫는 일도 미유 차지였다. 그녀는 장 담그는 일에 꽤 관심을 보였고 언젠가는 제대로 배울 거라며 별렀다. 해금도 그런 날이 꼭 있기를 바랐다. 휴가가 끝나고 미유가 돌아가면 해금은 며칠 동안 적적해서 일손이 잡히지 않았다.

미유가 한국어 학원을 다니기 시작했다는 전화를 받던 날, 해금은 과로로 쓰러지고 말았다. 그 일이 있은 후, 카페는 십수 년 전에 한국에서 일본으로 미용 기술을 배우러 왔다가 그대로 눌러앉은 여성에게 세를 주었다. 30대 후반에 '진이'라는 이름이었다.

진이는 위장 결혼했던 일본인 남편의 성을 그대로 쓰고 있었다. 그녀는 서류상 교포가 아니라 귀화한 일본인이었다. 성이 황씨였다면 더 어울렸을 것 같다는 생각이 잠시 해금의 머리를 스쳐 갔다. 일본인과 위장 결혼했지만 귀화한 후 바로 이혼하고, 이런저런 직업을 전전한 끝에 모은 돈으로 작은 식당을 개업했다가 3개월 뒤 문을 닫았다고 했다. 진이는 아래층은 살림집이고 위층은 영업장소라 굉장히 흡족해했다.

민박의 단골 중에는 유독 재일교포가 많았다. 진이는 해금의 단골들 중 한 사람의 소개로 섬에 들어왔다. 그녀는 처음 두어 달은 탈 없이 장사를 잘 했다. 그러다가 손님이 뜸해지는 시기를 버티지 못하고 떠나겠다는 것을 해금이 붙잡았다.

"이 섬까지 들어온 이유가 뭐야? 돈을 벌기로 마음먹었으면 악착같은 맛이 있어야지. 돈이란 것도 눈이 있어서 죽기 살기로 일하는 사람을 외면하지는 않더구나. 겨우 두 달 일하고 그만두면 다른 일이 기다려준대? 어디 눈먼 돈이 있는 줄 알아? 안 해본 일 없었다며? 식당도 석 달 만에 말아먹었다며? 취직할 나이도 지났고 밑천도 없다면서 왜 사람이 끈기가 없어. 늙어 고생하지 않으려면 지금부터라도 나 죽었다 생각하고 일을 해. 내 집에 들어온 사람이 잘되어야지, 이대로 가면 내 마음도 안 좋아."

해금은 월세를 깎아주었고 가라오케 기계도 사주었다. 그 뒤로

진이는 저보다 서너 살 아래의 일본 여자를 섬으로 불러다가 밤늦게까지 술도 팔았다. 그 덕에 수입이 조금은 나아졌는지 월세를 미루는 적이 없었고, 다 접고 떠나겠다는 소리도 하지 않았다.

　이듬해 해금은 각혈을 하였고, 심한 빈혈 증세로 쓰러졌다.
　진이의 연락을 받고 미유는 부리나케 비행기를 타고 섬으로 날아왔다. 2008년 4월부터 도쿄 하네다 공항에서 미야케지마로 취항하는 비행기 노선이 생겼지만, 화산가스의 분출량이 증가하면 그 이유로 심심찮게 결항되는 일이 잦았다. 해금의 소식을 들었을 때는 다행히 비행기가 운항하여 지체 없이 섬에 갔다가 해금과 함께 도쿄로 왔다.
　"다 늙어 주책이지, 별일도 아닌데 이렇게 걱정을 끼쳐서 정말 미안하구나."
　큰 병원 응급실로 옮겨진 해금은 과로로 수선을 피우게 했다며 하던 일도 팽개치고 달려와준 며느리에게 미안했다. 메구미는 링거주사가 꽂힌 해금의 파리한 손등을 내려다보며 말했다.
　"그런 말씀 마세요, 어머니. 이참에 종합검사도 받고 편안하게 푹 쉬세요."
　"벌려놓고 온 일이 많은데 어떻게 푹 쉴 수가 있나, 얼른 돌아가야지."
　"어머니, 이제 그만 일 욕심 좀 줄이세요. 건강이 제일이라는 거 누구보다 잘 아시는 분이 왜 그리세요. 아무 걱정 마시고 그냥 푹 쉬시라고요. 제 말대로 하셔야 해요, 알았죠?"

메구미는 어린아이 꾸짖듯 해금의 손등을 살짝 때리며 말했다.

"난, 네가 있어서 참 든든해."

메구미는 나이에 걸맞지 않게 쑥스러워하며 눈을 가늘게 뜨고 웃었다. 어느새 메구미의 눈가에도 잘잘한 주름이 잡혔다. 미유의 출생을 축하하러 남편과 함께 아들의 비좁은 셋집을 찾아갔을 때, 처음 본 며느리의 그 풋풋하고 눈부시던 젊음을 해금은 아직도 선명하게 기억하고 있었다. 이제 그 모습은 온데간데없이 사라졌지만, 대신에 나이 오십을 넘긴 메구미의 몸에서는 중후한 아름다움이 발산했다.

해금은 메구미 같은 딸이 하나 있다면 얼마나 좋을까, 하는 생각을 여러 번 했었다. 그러나 한편으로는 딸이 아니고 며느리여서 다행이라 여겼다. 켄의 까칠한 성격을 메구미만큼 잘 이해하고 받아줄 사람은 아마도 이 세상천지에 없을 것 같았다. 역시 시어머니는 이기적인 존재라는 생각이 들었다.

켄은 여러 가지 검사와 병실 예약 등의 수속을 마치고 응급실로 들어왔다. 얼굴에 드리워진 수심 때문에 거뭇한 피부가 더 검게 보였다.

비소세포폐암이라는 진단 결과가 나왔다. 담당 의사의 소견은 폐암의 진행이 3기쯤이라고 했다. 의사는 해금의 나이를 생각하면 무리가 될 수도 있겠지만, 그래도 수술을 권했다.

어머니가 암에 걸렸다고 했다. 다른 사람은 몰라도 어머니는 천년만년 살 줄 알았다. 켄은 기억을 헤집어봤지만 어머니의 기침 소리 한 번 들은 적이 없었다. 위험 앞에서 단 한 번도 몸을 사린 적 없이 언제나 당당하고 강인하게 살아온 어머니만 기억나는데, 폐암이라는 몹쓸 병에 걸렸다니 믿을 수가 없었다.

켄은 자신의 꼬이고 못난 이기심으로 어머니의 당당함과 강인함을 미워했었다. 어쩌면 그것은 자신의 나약함에 대한 질투심이었는지도 몰랐다. 착한 양아버지를 이용하여 사생아나 다름없는 자식의 영달을 꾀한 뻔뻔스러운 모성이라고 매도했었다. 어머니가 일본으로 귀화하지 않고 끝끝내 대한민국 국적을 가지고 외국인등록증을 갱신하는 모습이 보기 싫었다. 아들의 성공을 바라면서도 국적을 바꾸지 않는 어머니의 이중적인 면을 증오했었다.

어머니는 아들이 마구잡이로 휘둘러댄 언어폭력에 멍들어갔고, 매정한 시선에 곪아갔다. 아파도 아픈 기색 없이 묵묵히 견뎌냈다. 그녀의 병든 가슴은 닳고 해어져 구멍이 났으리라. 켄은 어머니가 자기 때문에 병을 얻었다고 확신했다. 인간이 받을 수 있는 온갖 천벌을 다 받는다 해도 그 죄를 씻어내지 못할 것 같았다.

왜 그래야만 했을까. 왜 일본인으로 살겠노라고 안달을 했을까. 나름대로의 이유는 있었다 하나 그까짓 것이 뭐라고 어머니의 가슴을 찢었던가. 꼬리를 물고 밀려드는 뼈저린 회한이었다. 콘크리트 벽에 머리가 산산조각 나도록 짓찧고 싶었다.

자신이 폐암에 걸린 줄도 모르고 폐결핵을 앓고 있다고 생각하는 어머니의 얼굴을 어떻게 볼 것인지, 켄은 앞이 캄캄했다.

"수술은 꼭 받아야 합니다."

침대 발치에 서서 말하는 켄의 목소리가 너무 무거웠다.

"이 나이에 수술을 받아서 뭣하게. 그냥 약이나 쓰고 몸조리 잘 하면 된다."

해금은 하루 종일 같은 문제로 켄과 실랑이하였다. 기운이 없으니 고집 부리는 일도 쉽지 않았다. 자꾸만 흐릿해지는 정신을 놓치지 않으려고 안간힘을 쓰다가 그나마 남아 있던 기력마저 전부 소진할 판이었다. 지난밤에는 미유가 와서 수술 받으라고 통사정을 하다가 갔고, 이제는 켄이 애원하듯 말했다.

"제가 부탁할게요. 제발 좀, 제 말대로 하세요."

"바쁠 텐데 이렇게 오래 연구소를 비워둬도 괜찮은 거냐?"

해금은 딴소리를 했다. 아들의 속을 태우고 싶지는 않았지만, 정말이지 수술은 싫었다. 차가운 바닷속에서 40년 가까운 세월을 물질하고도 감기 한 번 제대로 걸린 적이 없던 해금이었다. 내 나라를 떠나 이국땅을 고향 삼아 살아가는 인생은 아플 시간도 없었고, 아파서도 안 되었다. 남의 나라 땅과 바다에 묘비 하나 없이 떠나보낸 부모님을 생각하면 더더욱 그래서는 안 되는 일이었다.

그런데 이까짓 폐가 좀 나빠진 것이 무슨 대수라고. 폐결핵쯤

이야 약 잘 먹고 공기 좋은 곳에서 요양하면 낫는다는데, 비록 각혈을 좀 했기로서니 수술이 웬 말인가. 해금에게는 어림없었다. 이번만큼은 아들의 고집을 이길 생각이었다.

"어머니, 이렇게 부탁할게요."

이게 무슨 소리인가. 해금은 놀랐다. 아들의 입에서 나온 소리가 아니라면 누가 장난을 친 것인데, 병실에는 해금과 켄 외에는 아무도 없었다.

어머니라고 했다. 얼마 만에 듣는 소리인가. 켄은 늘 호칭을 빼고 바로 본론부터 말했다. 듣고 싶다 하여 강요할 수 있는 말이 아니었으므로 해금은 언제나 마음이 허수했다. 그런데 지금 세상에서 가장 사랑하는 사람, 해금의 아들이 어머니라고 불렀다. 세상 모든 자식들에게 있어 '어머니'는 호칭이 아니라 존재의 다른 이름이다. 해금은 그 이름으로 불리기를 얼마나 간절히 바라고 기다렸는지 모른다.

창밖으로만 헤매던 그녀의 시선이 켄에게로 천천히 옮겨갔다. 너무나도 그리웠던 얼굴을 보고 싶었다. 어머니라고 불렀던 아들의 입이 보고 싶었다. 기운이 조금만 더 있었더라면 벌떡 일어나 가까이 다가가서 보고 싶었다.

켄은 울고 있었다.

무슨 일로, 왜, 네가 왜 우느냐. 해금은 눈으로만 물었다. 너무 놀란 나머지 말로는 묻지 못했다. 어릴 때 넘어져도 잘 울지 않던 아이가, 어미를 닮아서 잘 울지 않는다던 아이가 쉰일곱 먹은 어른이 되어 울고 있었다.

"어머니, 제가…… 잘못…… 했습니다."

켄은 흐느끼며 떠듬거리던 말을 겨우 마쳤다.

"이리 가까이 오너라."

해금은 주뼛거리며 다가온 아들의 손을 잡았다. 그녀의 눈에도 물기가 어려 자세히 보고 싶은 아들의 얼굴이 습자지로 가린 것처럼 흐릿하였다.

"이 어미를 용서해다오."

폭삭 허물어지듯 켄의 허리가 앞으로 꺾였다. 그는 바닥에 무릎을 꿇고 해금의 손과 맞잡은 자신의 손등에 얼굴을 묻은 채 어깨를 심하게 들썩였다. 해금의 손가락 끝에 느껴지는 아들의 눈물은 세상 그 어떤 눈물보다 따뜻했다.

"이렇게 간단한 것을, 우리는 참 멀리도 돌았구나."

해금은 링거주사를 맞느라 퉁퉁 부은 반대쪽 손으로 아들의 머리를 쓰다듬었다. 마지막으로 아들의 머리를 쓸어주었던 때가 언제였던가. 해금은 숨을 깊이 들이마셨다. 깊은숨을 다시 내뱉으려는데 그동안 참아온 한숨들이 뒤섞여 토막토막 힘겹게 몸 밖으로 빠져나갔다.

해금은 그제야 자신이 폐결핵을 앓는 것이 아니라 성질이 다른 고약한 병에 걸렸다는 느낌을 받았다.

미유는 잘나가던 잡지사를 제 발로 나왔다.

말로는 자유로운 프리랜서가 체질에 맞는다고 했지만, 해금은 자신의 병수발을 들어주려고 미유가 희생하는 것은 아닌지 걱정이었다. 희생이라니, 그것은 만류해야 할 일이었다. 해금은 말리고 또 말렸거늘 손녀딸의 알아주는 고집을 꺾을 재간이 없었다.

한국어 학원을 일 년 다닌 보람이 있어 미유는 곧잘 한국말을 했다. 켄은 미유와 해금의 대화에 끼이지 못했다. 오랜 세월 동안 머리에서 지워버렸던 언어였으며, 잃어버린 모국어였다.

한쪽 폐에만 암세포가 넓게 퍼져 있었기 때문에 해금은 왼쪽 폐를 거의 다 들어내는 수술을 받았다. 항암제와 방사선으로 병행 치료할 때는 오죽 힘들었으면 그만 살고 싶다는 생각이 다 들었다. 그녀는 죽을힘을 다해 견뎌냈다. 늙었어도 숱이 많아 이웃 노인들에게 부러움을 샀던 해금의 머리털이 남아나질 못했다. 미유는 해금이 병원에서 퇴원하던 날, 챙이 짧고 분홍 꽃 한 송이가 곱게 얹힌 보라색 펠트 모자를 선물했다.

미유는 도쿄의 원룸에서 요코하마 집으로 다시 들어왔다. 해금은 요코하마와 도쿄를 오가며 통원 치료를 받는 동안 미유의 도움을 받았고, 가끔은 메구미나 켄의 부축을 받기도 했다. 역시 아들의 팔이 가장 든든했다.

일 년의 시간은 잠깐이었다. 해금은 의외로 예후가 좋았고 회복이 빠른 편이었다. 그렇다고 안심을 할 단계는 아니지만 웬만한 집안일은 할 수 있을 정도였다. 켄은 해금에게 민박을 정리하고 요코하마에서 아주 같이 살자고 했다. 그녀는 아들의 고마운 마음만 받아 가슴에 담았다.

하루가 다르게 가을빛이 짙어졌다. 이제는 몸도 제법 거뜬해졌으니 어서 섬으로 돌아가고 싶었다. 섬에는 해금만이 할 수 있는 일이 있었고, 흩뜨려 놓았던 것을 잘 갈무리할 수 있는 사람도 해금이었다. 켄은 해금의 결심을 꺾지 않기로 했다. 메구미는 섬으로 돌아갈 채비를 서두르는 해금에게 섭섭한 투로 말했다.

"미유의 고집이 누구를 닮았나 했더니, 바로 어머니를 닮아서 그렇군요."

"애비를 닮은 게 아니고?"

"애비는요, 고집이 센 것 같아도 막판에는 늘 져요."

해금은 웃었다. 그리고 자신이 그토록 크게 웃을 줄 안다는 사실에 놀랐다.

"그렇다면 미유가 날 닮은 게 맞구나."

"어머니 닮은 건 고집만이 아니라고요. 베개에 머리만 닿았다 하면 바로 잠에 빠져드는 것도 어쩜 그렇게 똑같은지 모르겠어요. 정말 부러워 죽겠어요."

고부간에 마주보고 앉아 하하 호호 웃으며 정담을 나누는 것만큼 화기애애한 분위기가 또 있을까. 늦게 얻은 행복이 오래 머물러준다면 얼마나 좋겠는가만, 쏜살같은 시간은 해금의 등을 떠밀었다.

해금과 미유는 사루비아 호를 타고 섬으로 왔다.

역시나 비행기는 화산가스의 분출량이 기준치를 웃돈다 하여 결항되었다. 예약을 하고 사흘을 기다렸지만 똑같은 상황만 반복되었다. 섬에 사는 사람들은 내내 그 가스를 다 마시고 사는데, 그까짓 분출량이 기준치를 조금 넘었다고 바쁜 사람들 발을 묶는 항공사가 어디 있담. 아예 처음부터 운항 자체를 하지 말든지, 미유는 속으로 부글부글 끓어오르는 화를 참지 못하고 예약 담당자에서 분풀이를 했다. 비행기의 운항 여부에 애를 태우느니 아예 여객선을 이용하는 것이 속 편했다.

해금은 미유를 제자 삼아 옆에 두고 장 담그는 일에 심혈을 기울였다. 콩을 불리고 절구에 찧고 메주를 쑤어 모양을 낸 뒤 다다미방 선반에 올리고 매달았다.

카페 아리수는 비어 있었다. 진이는 해금이 도쿄에서 수술하고 치료받는 동안 결국 버텨내지를 못하고 떠났다.

카페는 미유 차지가 되었다. 찾아오는 손님에게 커피나 차를 팔고, 겨울 바다에서 낚시를 즐기는 관광객들에게 샌드위치와 야끼소바를 만들어주는 일은 전부 미유의 손을 빌렸다. 군내 나는 섬에 아리따운 아가씨가 와서 분위기가 좋아졌다며 평생 마셔본 적이 없는 원두커피를 거의 매일같이 마시러 오는 이웃 노인도 있었다. 미유의 제안으로 노인에게는 30퍼센트 할인을 해주기로 했다. 그 소식은 반나절 만에 섬을 한 바퀴 돌아 카페는 노인정을 방불케 했다.

자리를 차지하고 앉았다 하면 두세 시간 죽치고 수다를 늘어놓다가 돌아가는 섬사람들을 미유는 좋아했다. 그들의 들으나마나 한 이야기도 재밌었다. 그 자리에 끼이지 못한 사람의 사생활을 까발리다가 한 사람이 자리를 뜨면 다음에는 그 뜬 사람의 이야기로 이어지곤 했다. 이웃 노인은 아무도 자신의 험담을 못하게 맨 나중까지 남았다. 섬사람 누구에게도 악의는 없었다. 단지 그것은 섬이라는 공간이 만들어준 그들의 소일거리일 뿐이었다.

프랑스를 다녀온 뒤 제법 의젓한 숙녀로 변신했던 미유가 언제부턴가 소녀로 돌아가 있었다. 타고난 성품을 바꾸기가 어디 손바닥 뒤집듯 쉽겠는가. 덜렁대고 조잘대고, 이러나저러나 해금에게는 미유의 일거수일투족을 지켜보는 것이 큰 낙이었다.

해금과 미유는 메주 냄새를 맡아가며 노릇하게 구워낸 김치부침개를 먹었고, 미유가 인터넷으로 주문한 막걸리를 마셨다. 섬의 겨울은 도쿄보다 1, 2도 기온이 높은 편이다. 그러나 거센 바닷바람을 막아줄 방풍막이 없는 곳이라 왠지 더 추운 느낌이 들었지만, 두 사람은 추운 한 철을 훈훈하게 보냈다.

섬에서의 시간은 유독 흐름이 느리고 일상은 제자리걸음을 하는 듯해도 어느덧 세월은 한 바퀴를 돌아 어김없이 찾아왔다. 미유와 포실하게 보낸 지난겨울의 기억이 어제 일처럼 또렷한데 또 겨울의 문턱이라니, 해금은 아찔했다. 세월이 좀먹는 일도 없었지만 해금의 시간들은 급물살을 타고 떨어지는 폭포수 같았다.

"내년에 날씨가 좀 따뜻해지면, 우리 여행할까?"

해금이 넌지시 묻는 말에 한국말이 제법 유창해진 미유의 호들갑이 시작되었다.

"좋죠, 할머니. 정말 근사한 생각이에요. 근데 어디가 좋을까요? 혹시 가고 싶은 곳 있어요?"

"어디가 좋을까? 미유가 가보고 싶은 곳부터 말해봐라."

"한국! 서울이나 경주도 좋을 것 같고 참, 제주도는 어때요? 할머니 고향에 가보는 것도 좋겠어요."

"고향이라…… 아마도 못 알아볼 정도로 변했을 게야. 얼마 전에 텔레비전에 제주도가 나왔는데, 한라산과 바다를 빼고는 어디가 어딘지 전혀 모르겠더라. 우도도 많이 변한 것 같았고."

"그럼, 결정했어요. 제주도에 가는 거예요."

이리하여 해금과 미유는 내년 5월을 기약했다.

미유가 섬에서 보낸 시간이 이태였다. 그사이 요코하마를 잠깐 다녀온 것이 서너 번뿐이었다. 반대로 아들 내외가 심심찮게 섬을 다녀갔다.

해금은 미유와 같이 지내니 즐겁기는 해도, 한창 일할 나이고 능력 있는 손녀딸을 공연히 붙들고 있는 것이 아닌가, 자꾸만 마음이 쓰였다. 천만뜻밖으로 해금의 염려를 잠재울 소식이 날아들었다.

미유는 한 출판사의 연락을 받았다. 새로 창간하는 잡지에 프랑스의 문화, 예술, 생활 등 전반적인 내용의 기사를 담을 계획이라며 미유와 자료 수집 및 편집 작업을 같이 하고 싶다는 제의였다. 미유에게 상당히 유리한 계약 조건이었지만, 기간이 여러 달 걸리는 일이라 선뜻 제의를 받아들이지 못했다.

"다 늙은 할미가 젊디젊은 손녀에게 걸림돌이 되어서야 쓰겠니?"

"할머니가 어째서 걸림돌이에요? 내가 얼마나 많은 걸 배우고 있는데."

"여기 사람들도 다 수군거린다. 할미가 손녀딸 붙잡고 있다고."

"에이, 여기 사람들 말 많은 거, 누구보다 잘 아시면서 그러시네요. 할머니가 그런 소리에 신경 쓸 사람이 아니라는 거, 잘 알거든요."

"어서 그 일 맡겠다고 전화해라. 안 그러면 여기서 널 내쫓을 거야."

"진짜? 진짜로 날 내쫓을 거예요?"

"시끄럽다. 빨랑 가서 돈 벌어. 나도 기운 떨어져서 예전만큼 돈 못 버니까, 너라도 벌어야 먹고 살지."

"그럼 나랑 같이 가요. 할머니 혼자 여기 두고 가는 건 싫어요."

며칠을 두고 줄다리기한 결과는 해금의 승리였다. 미유는 임금을 받으면 여행비는 모조리 자기가 댈 거라고 큰소리를 치면서 떠났다.

미유가 비운 자리는 덩그랬다. 해금은 그 어느 때보다 적적했다. 유난히 추운 겨울, 해금은 감기로 고생했다. 한번 들어온 감기는 좀처럼 떨어지지 않았다. 해금의 머릿속 군데군데로 통증이 찾아오는 횟수가 늘어났고, 몸은 차츰 야위어갔다. 하루도 거르지 않고 안부를 물어오는 미유에게 숨기는 것도 못할 짓 같았다.

미유가 잡지사 일을 거의 끝내갈 무렵, 해금은 켄에게 전화를 걸었다. 섬 생활이 지겨워서 요코하마로 아주 옮겨가고 싶다고 했다. 아들은 희소식이라며 무척이나 반가워했다.

　미유는 일찌감치 여행사에 제주도 여행을 예약해둔 상태였고, 잡지사와 계약한 일도 끝맺었다. 근 넉 달의 시간이 어떻게 지나갔는지, 둘러보니 봄이었다. 봄은 어떤 색깔로 왔는지, 어떤 냄새를 가지고 왔는지, 계절의 정취를 느낄 새도 없이 성큼 미유 곁에 와 있었다.

　섬에 갈 때까지 미유는 해금의 건강이 극도로 나빠졌으리라고는 꿈에도 생각 못했다. 폐에 퍼졌던 암 덩어리가 수술로 말끔히 제거된 줄 알았다. 어딘가에 몰래 숨어 있던 암세포가 살금살금 뇌로 번져서 해금을 야금야금 갉아먹을 줄을 어찌 알았겠는가.

　해금은 마당에 한가득 피게 될 수국이며, 라일락, 튤립, 금잔화에 키 작은 채송화까지 더는 보지 못할 것 같았다. 차륜매의 꽃잎이 피워 올리는 향기도 다시는 맡지 못하리라는 예감이 들었다.

　다음 주인 만날 때까지 잘들 있어라. 뒤뜰로 가서 손때를 먹인 장독들과 미리부터 작별을 해두었다. 해금은 마지막으로 박씨를 심었다. 그녀가 없어도 꽃들은 피고 향기는 바람 따라 흩어질 것이며, 새들도 잠시 몸을 쉬었다 제 둥지로 날아갈 것이며, 박은 저 혼자서도 잘 여물 것이다. 함께한 날들이 참으로 좋았구나.

고맙다. 해금은 이별이 반드시 슬픈 것만은 아니라는 사실을 인생 끄트머리에서 알게 되었다.

이만큼 살았으니 참으로 질긴 목숨이라 여겼다. 해금은 일찍 떠나버린 그리운 사람들의 몫을 자신이 조금씩 나눠 받았다는 기분이 들었다. 어느덧 바람 앞의 등잔불 신세가 되었지만, 한세상 원 없이 살았다는 생각을 하였다.

◀◀ 에필로그

커피 향이 퍼져나가는 것을 본 사람이 있는가.

미유는 카페 안을 떠다니는 향을 보고 있다.

알코올램프로 끓여진 물이 사이폰의 하단 유리 용기에서 여과기를 통과하여 상단 유리 용기로 솟구쳐 올라간다. 뜨거운 물에 의해 상단 용기에 담긴 커피 가루가 부글거리며 해체된다. 우러난 액체가 다시 플라스크를 타고 흘러내려 진한 향기와 함께 오묘한 맛의 원두커피를 탄생시킨다.

로스터에서 짙은 갈색으로 볶인 커피 열매를 그라인더에 넣고 적당한 굵기로 갈 때 퍼지는 냄새와, 갈은 원두를 뜨거운 물로 걸러낼 때 퍼지는 냄새는 다르다. 그 미묘한 차이가 한데 어우러져 실내를 떠다닌다.

향과 색과 맛을 우려낸 뒤 남은 커피 찌꺼기는 이 섬의 해안에 펼쳐져 있는 검은 모래 같다.

　태풍이 지나간 아침 하늘은 맑간 빛을 쏟아낸다. 필터 역할을 해줄 구름 한 점 없다. 벽 하나를 차지한 통유리창의 버티컬 틈으로 햇살이 들어와 마룻바닥에 사선으로 길게 눕는다.

　미유는 블랙커피에 하얀 각설탕 하나를 넣고 노트북 컴퓨터의 전원을 연결한다. 섬에 오기 전에 받은 일거리들이 아직 시작도 못한 채 싸여 있다. 프랑스의 애견 문화를 소개하는 글과 아비뇽 축제를 소개하는 기사 등이다. 이 일이 끝나는 대로 한국 여행을 하기로 나츠미와 약속했다. 그녀의 한국어 실력은 수준급이다. 미유도 뒤지지 않는다. 나츠미는 벌써 세 번이나 한국을 다녀왔다. 두 번째 여행에서 위안부 할머니들의 집회장을 목격한 뒤, 일본으로 돌아와서 바른 역사 알리기에 앞장서고 있다.

　소신이 있는 사람은 아름답다.

　해금의 장례식을 끝내고 미유는 섬으로 왔다.

　미유가 올 때 동행한 켄과 메구미는 섬에 있는 사흘 동안 분향단을 설치하고 위패를 세웠다. 집안에 쌓인 먼지를 걷어내고 냉장고와 냉동고를 작동시켰으며, 해금의 유품을 정리하였다.

　켄은 서랍장 깊은 곳에서 작은 색동주머니를 발견했다. 그 속에서 빛을 잃은 누런 금반지를 꺼내들고 한동안 쳐다보다가 오열을 하고 말았다. 친부 한태주가 남기고 간 유일한 정표이자 유품임을 알아차렸던 까닭이리라. 메구미는 남편을 꼭 껴안았고 미유는 살그머니 자리를 피했다.

켄과 메구미가 요코하마로 돌아가고 뒤이어 들이닥친 태풍으로 미유는 여러 날을 꼼짝도 못하고 집 안에 갇혀 지냈다. 뒤뜰을 방풍림처럼 둘러싼 대나무 숲이 몹시도 울부짖었고, 방향감각을 잃어버린 모진 바람에 흐드러지게 폈던 수국의 꽃잎은 남아나지 않았다.

방들이며 현관의 신발장, 주방과 식당, 욕실의 선반에 이르기까지 해금이 느껴지지 않는 곳은 없었다. 미유는 해금이 사무치게 그리웠다.

같이 가자던 제주 고향 땅을 밟아보지 못한 채 해금은 한 달가량을 병원에서 병마와 사투를 벌였고, 모르핀과 수면제로 고통과 잠을 재워야 하는 날은 늘어갔다. 켄은 병원에서 생을 마감하고 싶지 않다는 해금의 뜻대로 그녀를 집으로 데려왔다. 호스피스 간호사가 일주일에 두 번 다녀갔으며 해금의 고통을 줄여주기 위해 애를 썼다. 고통을 덜어주는 것 외에 달리 해줄 것이 없었기 때문이었다.

미유는 방 안으로 대야를 가져와서 해금의 얼굴을 씻기고 로션을 발라준 후 옷을 갈아입혔다. 3년 전 항암 치료와 방사선으로 머리카락이 전부 빠진 뒤부터는 늘 짧은 커트 머리를 고수하던 해금이었다. 그녀의 하얀 머리를 매만지며 미유가 말했다.

"할머니, 참 곱다. 얼른 기운 차리세요. 그래야 제주도도 가죠."

"이제는 괜찮다, 안 가도. 내 고향은 하나도 변하지 않고 내 머릿속에 그대로 다 있어. 새삼스럽게 새 기억을 만들 필요가 뭐 있겠니. 예전 기억으로 충분해."

해금은 언젠가도 이와 비슷한 말을 하지 않았던가.

"그렇게 말하면 정말 섭섭해요. 제주도에 가고 싶단 말이에요. 여행하자는 말은 할머니가 먼저 꺼냈잖아요. 이번엔 어쩔 수 없이 예약 취소를 했지만, 할머니 회복되면 바로 갈 거니까 그렇게 아세요."

미유는 어리광을 잔뜩 버무려 코맹맹이 소리를 냈다. 쇠잔해진 해금의 기력을 조금이라도 만회해주고 싶었다. 효력이 있었던지 해금의 입이 살짝 일그러졌는데, 미유는 그것이 미소라는 것을 알았다. 해금이 병원에 입원해 있던 동안 그녀의 표정에도 변화가 왔고, 그 변화를 희한하게도 미유는 다 알아차렸다.

"저런, 공연히 번거롭게 해서 미안하게 됐구나. 그런데 말이다, 이 할미가 글쎄 여행 중이라는 걸 깜빡하고 있었지 뭐냐."

"여행 중이라뇨?"

미유는 겁이 났다. 뇌로 번진 암이 할머니의 기억회로를 엉망으로 만드는 일이 없기를 바랐다.

"내가 아주 어렸을 때, 우리 부모님과 동생을 데리고 기미가요 마루라는 커다란 연락선을 타고 제주를 떠나오는 순간부터 여행이 시작되었던 거야. 우리 식구들은 일본에서 돈 많이 벌어서 고향에 돌아가자고 약속했거든. 그러니까 아직도 여행 중인 셈이 잖니? 참 길고도 긴 여행이지."

해금은 미유에게가 아니라 창 너머, 켄의 정원 너머 더 먼 곳을 향해 혼잣말하듯 중얼거렸다. 그녀는 먼 고향 땅을 눈으로 밟고 있는지도 몰랐다.

해금은 하얀 항아리에서 쉬고 있다.

그 좁은 곳이 답답하지 않을까.

바다가 잠잠해지고 눈이 시릴 정도로 하늘이 맑아지는 날, 미유는 스쿠버다이빙 장비를 챙겨서 바다로 나갈 것이다. 해금과의 약속을 지키기 위하여.

분해된 육신을 퍼즐처럼 짜 맞출 수 있다고 해도 돌아오지 않을 해금은 드넓은 바다에서 쉬고 싶다고 했다. 남편이 잠들어 있는 사이타마의 마츠가와 가족묘는 자신이 들어갈 곳이 아니라고 했다.

구월이 그랬던 것처럼 해금도 바다에 뿌려지길 원했다. 해녀로 반평생 넘게 살아왔으니 바다로 돌아가는 것이 해녀답지 않느냐며 웃기까지 했다. 그 말을 듣고 미유는 바보처럼 울었다.

해금의 장례식에 기영의 친구였던 김홍희가 왔었다. 오래전에 운영하던 식당을 팔고 현재는 한 조선인 장학재단의 고문을 맡고 있다고 했다. 해금은 줄곧 홍희를 통해서 장학금을 전했다. 귀국선에 몸을 싣고 북조선으로 떠난 기영은 노잣돈을 물리치며 당부했었다. 좋은 일에 써달라고. 해금은 조선학교에 기부했다. 그 사실을 미유가 처음 알게 된 것은 재작년이었는데, 해금의 말이 이랬다.

"배움에 이념을 따져서야 되겠니? 그 이념 때문에 얼마나 많은 사람들이 애매한 죽음을 당했느냐. 조선학교는 우리 민족의 글과 역사를 가르치는 곳 아니냐. 그렇게 중요한 것을 가르치는 곳이니 당연히 도와야지. 거기서 공부하는 어린 학생들이 일본 사회의 편견과 차별로 멍들지 않기를 바랄 뿐이야."

죽는다는 것은 유기물에서 무기물로 변형을 일으키는 것이다.

그 과정에서 화학적 작용으로 증발하는 것이 영혼은 아닐까, 하고 미유는 생각해본다. 그러나 이내 머리를 털어버린다. 그것은 죽음에 대한 너무도 성의 없고 예의 없는 발칙한 생각에 지나지 않는다.

죽음이란 공간 이동에 불과한지도 모른다. 거추장스러운 육체를 더 이상 끌고 다니면서 책임지지 않아도 되는 곳, 거기로 옮겨가는 것이 우리가 소위 죽음이라고 말하는 변화가 아닐까. 변화라고 말해도 무방하다면, 그것은 분명 대변화에 속할 것이다.

해금이 옮겨간 그곳, 너나없이 다 가는 곳이겠지만, 너나없이 다 똑같은 곳에 가는 것은 아니겠지. 그런 세계란, 미유는 상상을 접는다. 생명이 존엄한 것과 동등하게 죽음 역시 존엄한 것이라고 생각할 뿐.

해금이 없는 너른 집에 혼자 있자니 겁 없다는 소리를 듣는 미유지만, 조금 무섭다. 하필이면 이런 때 예전에 본 공포 영화의 장면들이 저절로 떠오르고 더 무서운 상상을 하게 되는 것은 또 뭐람. 혹시, 하는 생각으로 현관문과 창문들의 잠금장치를 확인하자니 자신이 좀 한심스럽다는 생각이 든다. 거의 사용한 적이 없는 잠금장치들이 꽤 뻑뻑하다.

새들은 억수 같은 비바람을 어디서 견디는 걸까. 사납게 울부짖는 파도와 요동치는 바닷속 수많은 물고기들은 어디서 몸을 사릴까. 여러 날 내린 비바람에 화산은 좀 식었을까.

아리수보다 오르막길 더 위에 있는 이웃집 개가 짖는다. 난동을 부리던 태풍이 떠난다는 징조다. 그 개는 평소에는 짖는 일이 없지만, 신기하게도 머지않아 태풍이 멎는다는 것을 귀신같이 알아챈다. 개 짖는 소리가 들릴 때마다 예지력이 뛰어난 개라고 해금이 칭찬하던 기억이 난다.

태풍이 멎은 밤, 구름들이 바람의 꼬리라도 잡았는지 한 방향으로 내달린다.

다행히 집과 카페에는 별다른 피해가 없다. 미유는 뒤뜰로 나간다. 공기 중에 여름밤의 열기가 살짝 묻어 있기는 하나, 얼굴에 닿는 바람은 제법 상큼하다. 무더웠던 여름도 생명이 다해가고 있다는 증거다.

절구통에 괸 물이 찰랑, 소리를 내기라도 할 것 같다. 때깔 고운 달은 말갛게 씻긴 장독들을 고고하게 비추며 미유를 설렘과 두려움으로 저울질한다. 한번 해보고 싶다. 그러나 자신이 없다. 지난 가을부터 미야케지마를 떠나기까지 해금이 마지막으로 담가둔 장들이 미유를 조롱하는 것만 같다.

네가 감히 해금을 흉내 내겠다는 건가.

이 일이 얼마나 많은 정성과 노력과 경험이 필요한 줄 알기나 할까.

너 같은 애송이가 이런 힘든 일을 혼자 할 수나 있겠니.

미유는 해금이 남겨놓은 아리수와 거기에 포함되어 있는 모든 흔적들을 지키고 싶을 뿐, 욕심은 없다. 그래서 간절히 부탁한다.

많이 서툴겠지만, 도와줘.

오래전에 해금은 종종 섬에 사는 이유를 두고 미유에게 수수께끼 같은 말만 했었다. 미유가 크면 가르쳐준다던 이유를 끝내 듣지 못했지만, 안 들어도 알 것 같다. 바람 따라 구름이 떠난 밤하늘에 언제 저리도 많은 별들이 제자리를 잡고 앉았을까. 미유의 몸이 둥실, 두둥실 떠오른다.

분향단은 해금이 살아생전 기거했던 방에 조촐히 차려두었다. 분향단 위에는 하얀 항아리가 결 고운 나무상자에 담긴 채 놓여 있다. 태풍이 지나자 이웃들이 하나둘씩 고인의 명복을 빌러 오거나 카페에 차를 마시러 온다. 조금 변한 것이 있다면, 자리에 없는 이웃들의 사생활을 까발리고 험담을 농담처럼 일삼던 그들이 해금을 추억한다는 거다. 그들의 기억에 있는 해금은 부지런함이 지나쳐 조금은 억척스러운 사람, 어려운 이웃 사정을 헤아릴 줄 아는 인정이 많은 사람, 남을 도우면서도 일체 생색을 내

거나 남의 눈에 띄게도 하지 않는 속 깊은 사람, 한번 결심하면 꼭 이루고야 마는 뚝심이 강한 사람으로 자리매김하고 있다.

미유는 섬사람들이 좋다. 그들이 다시 예전 버릇으로 돌아가 시답잖은 농담을 하고 소문을 만들어 낸다고 해도 말이다. 그것은 악취미가 아니라 섬사람이면 누구나 다 아는 유흥이니까.

섬이라는 제한된 공간의 생활은 도시 생활에 비하면 불편한 점이 너무 많다. 공간은 자유조차 구속한다. 섬에서의 시간은 제한된 공간보다 더 사람을 숨 막히게 할 때도 있다. 유배지 같은 느낌도 든다. 그럼에도 언젠가는 섬에 익숙해지기 마련이다.

미유가 만난 섬사람들은 바다를 닮았다. 그들은 담아가면서 사는 삶보다는 덜어내면서 사는 삶에 익숙하다. 중요하고 귀한 것을 많이 가지지 않는 것에 길들여져 있다. 언제 또 화산은 불을 뿜을지 모른다. 가진 것 전부를 다 잃을지도 모른다. 화산섬이 그들을 내치려고 아무리 포악을 부려도 그들은 화산섬을 떠나지 않고 모여 산다. 어디를 간들 제한된 인간의 삶이 완벽한 안전을 보장받을 수 있겠는가. 무너지면 다시 세우고 파이면 메우면 되는 것을. 그러니 속절없는 인생, 파도에 훨훨 씻어가며 산다.

그가 왔다.

카페의 출입문이 열리는가 싶더니 요시다 토모야가 입구에 우뚝 서 있다. 그림같이 서서 미유를 바라본다. 역광 때문에 미유는 그를 얼른 알아보지 못한다.

아, 뜻밖이다. 미유는 자신의 심장박동수가 올라가는 것을 느낀다. 갓 잡아 올린 생선의 심장이 이러하리라.

그는 고인을 위해 분향을 하고 싶다고 한다. 미유는 토모야를 카페에서 방으로 안내하는 내내 침묵으로 일관한다. 분향하러 온 사람에게 예의를 지키느라 그런 것이 아니고, 머릿속이 하얘져서 무슨 말을 어떻게 해야 할지 몰라서다.

토모야는 불을 붙인 향을 위로 살짝 올렸다가 순식간에 아래로 내려 불을 끈다. 그의 잽싼 행동이 미유에게 꽤 깊은 인상을 남긴다. 불 꺼진 향에서 하얀 연기가 부드럽게 흔들리며 피어오르고 토모야는 정중히 꿇어앉아 묵념을 한다. 그의 널따란 어깨에 시선을 고정시켜둔 미유는 그가 짙은 감색 양복을 입었다는 것을 뒤늦게 알아차린다. 눈썰미가 꽝이다. 토모야는 노상 작업복이나 그 비슷한 옷을 입었던 남자다.

양복이 꽤 잘 어울린다고 생각하고 있는데 그가 자리에서 일어나 상주 격인 미유에게 예를 갖춰 절을 한다. 얼떨결에 그녀도 고개를 숙인다. 그 와중에 미유의 귓전에 해금의 목소리가 들린다.

"저 친구 남자답게 생겼네. 생활력도 강해 보이고 심성도 고와 보이는구나."

해금이 했던 말이 그대로 재생된다. 그녀는 늘 옳았다.

미유는 한참 만에 겨우 입을 뗀다.

"커피 한잔, 할래요?"

　머지않아 섬에는 미유라는 여자와 토모야라는 남자를 둘러싼 요상한 소문이 돌 것이다. 시시콜콜한 사생활이 까발려지고 한 입 건너갈 때마다 거기에 양념이 가미될지도 모른다. 까딱하면 로맨스가 치정으로 추락할 수도 있다. 그렇다 한들 미유는 개의치 않는다. 악의 없는 농담에 상처받을 그녀가 아니다.
　섬을 선택한 사람에게 이 정도는 통과의례가 아니던가.

검은 모래

2021년 9월 8일 1판 1쇄 발행
2023년 10월 31일 1판 2쇄 발행

지 은 이 | 구소은

발 행 인 | 유재옥
이   사 | 조병권
출판본부장 | 박광운

편 집 1 팀 | 박광운
편 집 2 팀 | 정영길 조찬희 박치우 정지원
편 집 3 팀 | 오준영 이해빈 이소의
디자인랩팀 | 김보라 박민솔
디지털사업팀 | 박상섭 김지연 윤희진
라이츠사업팀 | 김정미 맹미영 이윤서
영업마케팅팀 | 최원석 박수진 박소연
물 류 팀 | 허석용 백철기
경영지원팀 | 최정연
발 행 처 | (주)소미미디어
인쇄제작처 | 코리아피앤피
등   록 | 제2015-000008호
주   소 | 서울시 마포구 토정로 222, 403호(신수동, 한국출판콘텐츠센터)
판   매 | (주)소미미디어
전   화 | 편집부 (070)4260-1393, (070)4260-1391 기획실 (02)567-3388
          판매 및 마케팅 (070)8822-2301, Fax (02)322-7665

ISBN 979-11-384-0290-3 (03810)